Zwycięzca jest sam

O Maryjo, bez grzechu poczęta,
módl się za nami, którzy się do Ciebie uciekamy. Amen

Potem rzekł do swoich uczniów: „Dlatego powiadam wam:
Nie troszczcie się zbytnio o życie, co macie jeść, ani o ciało,
czym macie się przyodziać. Życie bowiem więcej znaczy
niż pokarm, a ciało więcej niż odzienie.
Przypatrzcie się krukom: nie sieją ani żną; nie mają piwnic
ani spichlerzy, a Bóg je żywi. O ileż ważniejsi jesteście wy
niż ptaki! Któż z was przy całej swej trosce może choćby chwilę
dołożyć do wieku swego życia? Jeśli więc nawet drobnej rzeczy
nie możecie, to czemu zbytnio troszczycie się o inne?
Przypatrzcie się liliom, jak rosną: nie pracują i nie przędą.
A powiadam wam: Nawet Salomon w całym swym przepychu
nie był tak ubrany jak jedna z nich.

ŁUKASZ XII; 22-27

Ty, który teraz mnie obejmujesz, kimkolwiek jesteś,
Wiedz, że bez jednej rzeczy, wszystko będzie bez sensu,
I zanim posuniesz się dalej, lojalnie ostrzegam,
Nie jestem tym, za kogo mnie bierzesz, lecz kimś całkiem innym.

Kim jest ten, co chciałby zostać mym uczniem?
Kto chciałby pretendować do mego serca?

Droga jest podejrzana, cel niepewny, być może zgubny,
Musiałbyś wszystko rzucić, a ja, zapewne, stałbym się
twoim jedynym i wyłącznym wzorem do naśladowania,
Nawet wtedy twój nowicjat byłby długi i wyczerpujący,
Musiałbyś zrezygnować z dawnej koncepcji życia
i wyrzec się wszelkich, przyjętych powszechnie zasad,
Dlatego już teraz oszczędź sobie fatygi,
zabierz rękę z mojego ramienia i pozwól mi odejść,
Odstąp ode mnie i idź swoją drogą.

WALT WHITMAN

Dla N. D. P.,
która zstąpiła na ziemię,
żeby pokazać nam drogę Dobrej Walki

Od Autora

Jednym z powtarzających się w moich książkach tematów jest kwestia zapłacenia ceny za własne marzenia. Do jakiego stopnia jednak nasze marzenia mogą zostać zmanipulowane? Zdajemy sobie sprawę z tego, że w ciągu ostatnich dekad żyjemy w kulturze promującej sławę, pieniądze i władzę. Wielu z nas pozwoliło sobie wmówić, że są to wartości godne wszelkich poświęceń. Niewielu zorientowało się, że ludzie, którzy nami manipulują – wpędzając nas w pułapkę bez wyjścia – pozostają zwykle anonimowi. Sami manipulatorzy bowiem zdają sobie doskonale sprawę z tego, że najbardziej efektywnym sposobem sprawowania władzy jest rządzenie z ukrycia – niezauważalne dla manipulowanych do czasu, kiedy jest już zbyt późno, a sami zainteresowani znajdują się w sytuacji bez wyjścia. Właśnie o takiej pułapce mówi ta książka.

Troje z czterech głównych bohaterów powieści pod tytułem *Zwycięzca jest sam* pozwala na manipulowanie swoimi marzeniami:

Igor – rosyjski milioner, który wierzy, że można usprawiedliwić zabójstwo popełnione w dobrej intencji, takiej jak ulżenie ludzkiej nędzy, czy zdobycie utraconej kobiety.

Hamid – dyktator mody, który rozpoczyna karierę pełen najlepszych intencji, żeby następnie paść ofiarą systemu, który pragnął wykorzystać do swoich celów.

Gabriela – aktorka, która – jak większość współczesnych ludzi – uważa, że sława jest celem samym w sobie i ostateczną nagrodą przyznawaną w świecie, gdzie statut celebryty staje się najwyższym osiągnięciem życiowym.

Ta powieść to nie thriller – to raczej wierny portret współczesnego świata.

Paulo Coelho

3:17

Beretta Px4 jest niewiele większa od telefonu komórkowego, waży około 700 gramów i można z niej oddać 10 strzałów. Ma wiele zalet: jest mała i lekka, łatwo ją ukryć w kieszeni, a jej małokalibrowy pocisk, zamiast przebić ciało ofiary na wylot, niszczy wszystko, co napotka na swojej drodze.

Niewątpliwie ugodzony pociskiem tak małego kalibru ma spore szanse na przeżycie. Często kula nie narusza żadnej ważnej arterii, a ofiara ma czas zareagować i obezwładnić przeciwnika. Jeśli jesteś dobrym strzelcem, masz do wyboru: mierzyć między oczy lub prosto w serce i zabić na miejscu, albo celować pod odpowiednim kątem w okolice żeber, a wtedy minie trochę czasu, zanim ofiara sobie uświadomi, że została śmiertelnie postrzelona – spróbuje się bronić, uciekać, wołać o pomoc. To właśnie największa zaleta tej broni: ofiara ma dość czasu, żeby zobaczyć twarz mordercy. Wolno traci siły – krwawienie zewnętrzne nie jest obfite – aż pada na ziemię, nie do końca rozumiejąc, co się właściwie stało.

To nie jest broń zawodowca. „Pasuje do damskiej torebki, a nie do agenta", usłyszał James Bond od funkcjonariusza brytyjskiego wywiadu.

Ale jego to nie dotyczy. Dla jego celów to idealna broń. Kupił Berettę na czarnym rynku, żeby zatrzeć ślady. W magazynku ma pięć kul, ale zamierza użyć tylko jednej – tej, której wierzchołek ma wyryty pilniczkiem do paznokci krzyżyk. Trafiając w cel, taki pocisk rozpryśnie się na cztery części.

Pistoletu użyje tylko w ostateczności. Istnieje tyle innych sposobów zniszczenia czyjegoś świata. A kiedy informacja o odnalezieniu pierwszej ofiary dotrze do niej z wiadomości, pewnie szybko zrozumie, że to dla niej unicestwił jeden wszechświat, że zrobił to w imię miłości i że nie chowa do niej urazy. Że przyjmie ją z powrotem, machnie ręką na ostatnie dwa lata, nie zada żadnych pytań.

Pół roku snucia planów powinno przynieść pożądany skutek, ale o tym przekona się ostatecznie jutro rano. Starożytne greckie Furie spłyną na czarnych skrzydłach na ten biało-błękitny pejzaż pełen diamentów i botoksu, i szybkich dwuosobowych aut. Za sprawą kilku gadżetów, które przywiózł tu z sobą, w jednej chwili wszystkie marzenia o potędze, sukcesie, sławie i mamonie prysną jak bańka mydlana.

14 Mógłby już pójść do swojego pokoju, bo to, co chciał zobaczyć, ujrzał o 23:11, chociaż gotów był czekać znacznie dłużej. Wszedł mężczyzna w towarzystwie pięknej kobiety, oboje w wieczorowych strojach. Pewnie udawali się na jedno z tych galowych przyjęć, które zwykle przyciągają większe tłumy niż premiery prezentowanych na festiwalu filmów.

Igor zasłonił twarz jedną z francuskich gazet (rosyjski dziennik mógłby wzbudzić jej czujność). Nie chciał, żeby go zauważyła, ale zabieg okazał się zbyteczny. Nigdy nie rozglądała się wokół – jak każda kobieta uważająca się za królową świata. Takie kobiety żyją, żeby błyszczeć i starają się nie patrzeć na inne, bo widok cudzych brylantów i sukni można przypłacić depresją, złym humorem i poczuciem niższości. Nawet jeżeli własna garderoba i dodatki kosztowały prawdziwą fortunę.

Jej towarzysz, szpakowaty, świetnie ubrany mężczyzna, podszedł do baru i zamówił szampan – obowiązkowy aperitif przed nocą spotkań, nowych kontaktów, dobrej muzyki i wspaniałych widoków na plażę i jachty zakotwiczone w porcie.

Zauważył, że mężczyzna potraktował kelnerkę bardzo uprzejmie, grzecznie podziękował, zostawił suty napiwek.

Znali się wszyscy troje. Jego serce przepełniła radość, poczuł przypływ adrenaliny we krwi. Jutro ona dowie się o jego obecności i prędzej czy później ich drogi się skrzyżują .

Bóg jeden wie, co wyniknie z tego spotkania. Jeszcze w Moskwie Igor ślubował przed relikwią Marii Magdaleny, sprowadzoną na jeden tydzień do stolicy Rosji. Tkwił w kolejce przez całe pięć godzin, a kiedy już stanął przed relikwiarzem, wszystko wydało mu się zaaranżowane przez kapłanów. Wolał jednak nie ryzykować i nie złamał złożonej wcześniej przysięgi. Prosił więc o opiekę i pomoc w osiągnięciu celu, bez niepotrzebnych cierpień. Obiecał, że po pomyślnym zakończeniu misji i po powrocie do ojczyzny zamówi złotą ikonę u znanego malarza z monastyru w Nowosybirsku.

O trzeciej nad ranem w barze Hotelu Martinez śmierdzi papierosami i potem. Jimmy odszedł już od pianina (Jimmy nosi na każdej stopie but innego koloru), a kelnerka słania się ze zmęczenia, ale goście nie opuszczają baru, gotowi czekać w hotelowym lobby nawet do rana, aż w końcu coś się wydarzy!

Od początku festiwalu minęły już cztery dni, a tak naprawdę nic się jeszcze nie wydarzyło. Siedzący przy stolikach mają jedno wspólne życzenie: spotkać Wielkich tego świata. Piękne kobiety czekają na producenta, który się w nich zakocha i zaproponuje dużą rolę w filmie. W głębi siedzi grupa aktorów. Rozmawiają, śmieją się, udając, że ta gra ich nie dotyczy, ale nie spuszczają oka z drzwi wejściowych.

Ktoś przyjdzie. Ktoś musi przyjść. Z głowami pełnymi pomysłów i listami filmów wideo zrealizowanych podczas studiów, początkujący reżyserzy, którzy przeczytali wszystko o fotografii i pisaniu scenariuszy, czekają na cud. Może ktoś ważny, wracający z przyjęcia, zahaczy o hotelowy bar, przysiądzie się do ich stolika, poprosi o kawę, zapali papierosa i znudzony monotonią zawsze takich samych bankietów, zainteresuje się nową propozycją.

Cóż za naiwność!

Gdyby rzeczywiście ktoś taki miał się pojawić, to nie po to, żeby wysłuchiwać o „nowym ujęciu znanego tematu". No cóż, nadzieja jest matką głupich. Ci, od których cokolwiek zależy, od wejścia omiatają spojrzeniem wszystko dookoła i udają się do swoich apartamentów. Niczym się nie martwią, niczego się nie obawiają. Superklasa nie wybacza zdrady i każdy wybraniec zna własne możliwości. Wbrew temu, co się powszechnie sądzi, nie wspinali się na szczyty depcząc po cudzych karkach. A jeżeli coś zaskakującego i interesującego w świecie filmu, muzyki czy mody wciąż czeka na odkrycie, prędzej czy później zostanie odkryte, ale na pewno nie przy stoliku w hotelowym barze.

Wybrańcy z Superklasy kochają się teraz z gotowymi na wszystko dziewczynami, którym udało się wedrzeć na bankiet bez zaproszenia. Zmywają makijaż, przyglądają się swoim zmarszczkom i zastanawiają się, czy już nie czas na następną operację plastyczną. Przeglądają Internet w poszukiwaniu newsów z minionego dnia. Połykają niezastąpione pigułki nasenne i popijają herbatą, gwarantującą szybkie schudnięcie. Odhaczają w formularzu hotelowym zestaw śniadaniowy do pokoju, a potem zostawiają go na klamce obok wywieszki „Nie przeszkadzać". Zamykają oczy. Myślą: „Mam nadzieję, że szybko zasnę. Jutro pierwsze spotkanie o dziesiątej".

Każdy jednak wierzy, że Wybrańcy przesiadują w barze hotelu Martinez, a to daje jakiś cień szansy.

Nikomu nie przyjdzie nawet do głowy, że Wybrańcy rozmawiają tylko z Wybrańcami. Że od czasu do czasu spotykają się, żeby zjeść i napić się w swoim gronie, a jednocześnie rozbudzić w innych iluzoryczne przekonanie, że do wielkiego świata może wstąpić każdy, kto ma dosyć odwagi, żeby dążyć do celu. Spotykają się, żeby zapobiegać wojnom, na których mogą stracić i żeby rozbudzać konflikty między państwami i korporacjami, jeżeli da im to więcej władzy i pieniędzy. Spotykają się, żeby udawać, że są szczęśliwi, chociaż w rzeczywistości są niewolnikami własnego sukcesu. Żeby stale walczyć o wpływy i bogactwo, chociaż te przekraczają już wszelkie wyobrażenia. Bo w swej próżności Superklasa ściga się z samą sobą o to, kto zajmie najwyższy szczyt.

W idealnym świecie Wybrańcy rozmawialiby z początkującymi aktorami, reżyserami, stylistami, pisarzami, wszystkimi, którzy z przekrwionymi z braku snu oczami siedzą jeszcze przy barze, czekając na cud i zastanawiają się, jak wrócić do wynajętych z dala od centrum pokoików. Z tymi, których jutro od samego rana czeka nowy maraton błagalnych próśb o spotkanie, o chwilkę czasu, choćby w biegu, choćby na schodach.

W świecie realnym Wybrańcy są o tej porze w swoich apartamentach, sprawdzają pocztę elektroniczną, narzekają na bankiety, które niczym się od siebie nie różnią, martwią się, że któraś z pań miała większe brylanty, a jacht rywala bogatszy wystrój.

Igor nie rozmawia z nikim. Nie zależy mu na towarzystwie. Zwycięzca jest sam.

Igor jest właścicielem i prezesem pewnej dobrze prosperującej sieci telefonii komórkowej w Rosji. Z rocznym wyprzedzeniem zarezerwował najlepszy apartament w Martinezie, co zobowiązuje do opłacenia dwunastu dób hotelowych z góry, choćby gość zamierzał spędzić w hotelu tylko jedną noc. Przyleciał po południu prywatnym odrzutowcem, wziął prysznic i zszedł do baru, żeby zobaczyć jedną, jedyną scenę.

Przez jakiś czas nagabywały go aktorki, aktorzy i reżyserzy, aż wpadł na doskonały pomysł, żeby się od nich uwolnić:

– Nie mówię po angielsku. Przepraszam, jestem Polakiem.

Albo:

– Nie mówię po francusku. Przepraszam, jestem Meksykaninem.

Kiedy ktoś zwrócił się do niego po hiszpańsku, zastosował inną taktykę. Zaczął wpisywać w notesie kolumny cyfr, żeby nikt go nie wziął za dziennikarza (takim interesują się wszyscy), ani za człowieka związanego z przemysłem filmowym. Obok położył rosyjski tygodnik ekonomiczny (w końcu któż tu odróżni rosyjski od polskiego, czy hiszpańskiego?) z banalną fotografią finansisty na okładce.

Bywalcy baru, którzy uważają się za znawców rodzaju ludzkiego, pozostawiają Igora w spokoju. Kiedy odprawił piątą z kolei kobietę, która, tłumacząc się brakiem wolnych miejsc, dosiadła się do jego stolika i poprosiła o wodę mineralną, wszyscy już wiedzieli: ten samotny facet nie należy do świata filmu czy mody. Nie ma co nim sobie głowy zaprzątać, bo to „Pachnidło".

„Pachnidło" to w żargonie aktorek (lub „gwiazdeczek", jak nazywa się je na festiwalu) bogaty facet, który przyjeżdża do Cannes na podryw. Podobnie jak z perfumami, łatwo zmienić markę, a od czasu do czasu można natrafić na prawdziwy skarb. Aktorki oblegają „Pachnidła" w dwa ostatnie dni festiwalu, o ile wcześniej nie znalazły kogoś interesującego ze świata filmu. Dlatego temu nieznajomemu, z wyglądu bogatemu mężczyźnie, odpuszczą jeszcze jeden dzień. Tyle że w końcu lepiej wyjechać z festiwalu w męskim towarzystwie (a ten egzemplarz pewnie da się przerobić na producenta filmowego), niż na następnej imprezie powtarzać ten sam rytuał: pić, uśmiechać się (zwłaszcza się uśmiechać) i udawać, że nie są zainteresowane nikim szczególnym, chociaż serce bije przyspieszonym rytmem, wskazówki zegarka pędzą jak szalone, galowe noce już się kończą, a wciąż nikt ich nigdzie nie zaprosił. Tymczasem „Pachnidła" już dawno mają zaproszenia w kieszeni.

Znają na pamięć wszystko, co „Pachnidła" mają im do powiedzenia i udają, że w to wierzą:

„Mogę odmienić twoje życie".

„Niejedna kobieta chciałaby znaleźć się na twoim miejscu".

„Jesteś jeszcze bardzo młoda. Pomyśl jednak o przyszłości. Pora zainwestować w siebie".

„Jestem żonaty, ale żona..." (po czym następuje jedna z kilku wersji: „jest chora", „zagroziła, że popełni samobójstwo, jeśli ją zostawię" itd.)

„Jesteś księżniczką i zasługujesz na to, żeby cię traktować jak księżniczkę. Właściwie przez całe życie czekam właśnie na ciebie. Nie wierzę w przypadki, musimy dać sobie szansę".

Ciągle ta sama śpiewka. Jedyne zmienne, to wartość prezentów, które uda się wydrzeć (najlepiej biżuteria, którą najłatwiej spieniężyć), ilość zaproszeń na przyjęcia na luksusowych jachtach, zgromadzonych wizytówek, kart wstępu na wyścigi Formuły 1, gdzie spotykają się ci sami ludzie i gdzie przy odrobinie szczęścia pojawi się wreszcie wielka szansa.

Mianem „Pachnidła" młodzi aktorzy określają także wiekowe milionerki po operacjach plastycznych i zastrzykach botoksu, znacznie mądrzejsze od panów. One nigdy nie tracą czasu: zjeżdżają w ostatnie dni festiwalu i dobrze wiedzą, że cały sekret tkwi w dobrze zasilonym koncie bankowym.

Męskie „Pachnidło" łudzi się, że podbiło serce długonogiej piękności i może teraz manipulować nią do woli. Damskie „Pachnidło" ufa jedynie mocy swoich brylantów.

Igor nic o tym nie wie. Jest tu po raz pierwszy. Ku swemu wielkiemu zdziwieniu odkrył jedynie, że nikogo w gruncie rzeczy film nie interesuje, oczywiście poza tymi, którzy obsiadają w tej chwili hotelowy bar. Przewertował kilka czasopism i otworzył kopertę, w której jego sekretarka umieściła zaproszenia na najważniejsze imprezy. Nie znalazł wśród nich żadnego na filmową premierę. Przed przyjazdem do Francji próbował dowiedzieć się, jakie filmy konkurują o główną nagrodę, ale bez skutku. W końcu przyjaciel uspokoił go:

– Zapomnij o filmach. Cannes jest festiwalem mody.

Moda. Czym jest właściwie moda? Czy to coś, co zmienia się zgodnie z porami roku? Czy rzeczywiście zjechali się tu ze wszystkich stron świata, żeby popisać się swoją garderobą, biżuterią i całą kolekcją butów? Nie rozumieją w czym rzecz. „Moda" to sposób na wyartykułowanie pewnego komunikatu: ja także należę do twojego świata. Noszę ten sam mundur, co twoje wojska, nie strzelaj więc.

Od czasów jaskiniowych moda jest jedynym, powszechnie zrozumiałym językiem, nawet wśród zupełnie obcych sobie ludzi, którzy zdają się w ten sposób mówić: „Ubieramy się tak samo, należę do twojego szczepu, zewrzyjmy więc szeregi przeciwko słabeuszom, a przeżyjemy”.

Do Cannes zjeżdżają ludzie, dla których moda jest wszystkim. Co pół roku wydają fortunę na jakiś drobiazg, który podkreśli ich pozycję w ekskluzywnym plemieniu bogaczy. Gdyby odwiedzili Dolinę Krzemową, gdzie multimilionerzy z branży informatycznej noszą plastikowe zegarki i sprane dżinsy, zrozumieliby może, że świat się zmienił. W tym zakątku planety wszyscy są równi, nikt nie przejmuje się wielkością diamentów, marką krawata, czy modelem skórzanej aktówki. Zresztą jedwabne krawaty i skórzane aktówki nie istnieją w Dolinie Krzemowej. Tymczasem pobliskie Hollywood, wciąż wpływowe, choć nie tak jak dawniej, podtrzymuje wciąż powszechną wśród naiwnych wiarę w znaczenie modnych kreacji, szmaragdowych kolii i gigantycznych limuzyn. A ponieważ zdjęcia takich artykułów zapełniają strony kolorowych czasopism, nikt nie odważy się podnieść ręki na przynoszący bilionowe dochody przemysł reklamowy, na handel bezużytecznymi artefaktami, tworzenie niepotrzebnych trendów, na produkcję wiecznie tych samych kremów w zmieniających się opakowaniach. Śmiechu warte. Igor gardzi tymi ludźmi, zepsutymi do cna, których decyzje wpływają na losy milionów uczciwie pracujących mężczyzn i kobiet. Robotników, którzy żyją godnie i cieszą się, że dopisuje im zdrowie, mają dach nad głową i są kochani przez swoich najbliższych.

Kiedy wszystko biegnie swoim rytmem, gdy rodziny gromadzą się przy stole, żeby się wspólnie posilić, pojawia się widmo Superklasy, sprzedającej niemożliwe do zrealizowania sny o przepychu, urodzie, władzy. A skutkiem jest rozpad rodziny.

Ojciec bierze nadgodziny, żeby kupić synowi modne adidasy, bo w przeciwnym wypadku jego dziecko czeka w szkole ostracyzm. Żona roni ukradkiem łzy, bo nie stać ich na markowe ciuchy. Zamiast poznawać prawdziwe wartości wiary i nadziei, nastolatki marzą o karierze piosenkarskiej lub filmowej. Dziewczyny z prowincji ciągną do wielkich miast, gotowe zrobić wszystko, absolutnie wszystko, żeby sobie sprawić jakieś świecidełko. Świat, który powinien dążyć ku sprawiedliwości, zaczyna się kręcić wokół dóbr materialnych, które za pół roku nie będą już nic warte i trzeba je będzie zastąpić tym, co modne. Tylko dzięki temu te odpychające kreatury, które teraz spotkały się w Cannes, wciąż zajmują miejsce na szczycie.

Igor jest poza zasięgiem tej destruktywnej mocy. Wykonuje pracę, której każdy mu zazdrości. Dziennie zarabia tyle, ile z trudem zdołałby wydać w ciągu roku, nawet gdyby pozwolił sobie na wszystkie możliwe przyjemności – legalne i nielegalne. Może zdobyć każdą kobietę, i to wcale nie dzięki bogactwu. Sprawdzał to wielokrotnie i zawsze odnosił sukcesy. Właśnie skończył 40 lat, jest w świetnej formie, cieszy się doskonałym zdrowiem, co potwierdzają wykonywane co roku kompleksowe badania lekarskie. Nie ma długów. Nie musi nosić designerskich ubrań, jadać w modnych restauracjach, spędzać wakacji na plażach, gdzie spotyka się światowa śmietanka, czy kupować zegarka reklamowanego przez gwiazdę sportu. Wolno mu podpisywać milionowe kontrakty długopisem za parę groszy, nosić wygodne, eleganckie marynarki uszyte na miarę w małym zakładzie krawieckim, który sąsiaduje z jego biurem. Wolno mu robić to, na co ma ochotę i nie musi nikomu udowadniać, że jest człowiekiem bogatym. Ma interesującą pracę i kocha to, co robi.

Być może na tym polega jego problem: ciągle kocha to, co robi. Jest pewien, że to właśnie dlatego kobieta, którą kilka godzin wcześniej zobaczył w barze, nie siedzi z nim przy stoliku.

Dla zabicia czasu Igor pozwala biec swoim myślom swobodnie. Prosi Kristellę o kolejnego drinka – imię dziewczyny poznał przed godziną. Przy barze zrobiło się luźniej (goście hotelowi spożywali kolację). Zamówił szklaneczkę whisky. Powiedziała, że wydaje się smutny. Że powinien coś zjeść dla poprawy humoru. Podziękował jej za troskę. Poczuł się od razu lepiej wiedząc, że ktoś okazuje zainteresowanie stanem jego ducha.

Prawdopodobnie jako jedyny w barze zna imię kelnerki. Pozostałych gości interesują tylko nazwiska – i stanowiska – tych, którzy rozsiedli się przy stolikach i w fotelach.

Stara się skoncentrować, ale minęła już trzecia nad ranem. Piękna kobieta i szarmancki mężczyzna – nawiasem mówiąc, fizycznie bardzo do niego podobny – nie wrócili. Pewnie poszli prosto do swojego apartamentu i teraz się kochają. A może piją jeszcze szampana na pokładzie któregoś z jachtów, gdzie zabawa zaczyna się dopiero wtedy, kiedy wszystkie bankiety w mieście dobiegną już końca. Może jednak leżą w łóżku, czytają kolorowe pisma i nawet na siebie nie patrzą.

Zresztą to nie ma żadnego znaczenia. Igor jest sam, zmęczony i bardzo senny.

7:22

Budzi się o 7:22. Chętnie by jeszcze pospał. Wciąż czuje zmęczenie, daje się we znaki różnica czasu między Moskwą i Paryżem. W swoim biurze zdążyłby już odbyć dwa lub trzy spotkania z podwładnymi i przygotowywałby się do lunchu z nowym klientem.

Teraz stoi przed nim inne zadanie: znaleźć ofiarę i poświęcić ją w imię miłości. Wystarczy jedna, jedyna ofiara, a Ewa zrozumie przesłanie jeszcze tego samego poranka.

Bierze prysznic, schodzi na dół na kawę do zupełnie pustej restauracji. Potem rusza bulwarem Croisette, przy którym stoją największe luksusowe hotele. Na ulicy pusto – jedno pasmo jezdni zarezerwowane dla pojazdów uprzywilejowanych, na drugim, otwartym dla samochodów, też nie ma ruchu, bo mieszkańcy jeszcze nie wyjechali do pracy.

Nie czuje żalu. Ma już za sobą najtrudniejszy etap, kiedy cierpienie i nienawiść nie dawały mu spać. Dziś potrafi nawet zrozumieć postępowanie Ewy: monogamia jest przecież mitem, na siłę wbijanym człowiekowi do głowy. Dużo na ten temat czytał. Rzecz nie w nadprodukcji hormonów, lecz w zwykłej próżności. Chodzi raczej o pewną konfigurację genetyczną występującą u prawie wszystkich gatunków.

Badania na ojcostwo prowadzone na ptakach, małpach i lisach dowodzą, że mimo łączenia się w pary przypominające małżeństwo, zwierzętom tym obce jest pojęcie wierności. W 70% zbadanych przypadków, potomstwo takich par to bastardzi. Igor zachował w pamięci jeden passus z książki profesora Davida Barasha, psychologa z University of Washington w Seattle:

„Powiada się, że tylko łabędzie są wierne, ale i to jest wierutnym kłamstwem. Jedynym gatunkiem, który nie popełnia cudzołóstwa, jest pasożyt o nazwie *Diplozoon paradoxus*. Dwa młode osobniki spotykają się we wczes-nej fazie rozwoju i zrastają ze sobą, tworząc jeden organizm. Wszystkie inne zwierzęta są zdolne do zdrady".

Dlatego o nic Ewy nie obwinia – kierował nią instynkt wpisany w geny ludzkiej rasy. Została jednak wychowana w określonych realiach społecznych, dlatego z pewnością czuje się winna i sądzi, że on już jej nie kocha i nie jest w stanie jej wybaczyć.

To nieprawda. Jest gotów na wszystko, włącznie z wysyłaniem sygnału, że zburzył czyjś świat, po to jedynie, żeby zrozumiała, że czeka na nią, chętnie zapomni o przeszłości i nie będzie zadawał żadnych pytań.

Na deptaku przy jednej z ławek jakaś dziewczyna rozkłada kramik ze świecidełkami i pamiątkami w dość tandetnym guście.

Tak, to moja ofiara, pierwszy sygnał dla Ewy, z pewnością właściwie odczytany przez odbiorcę. Igor przygląda się dziewczynie z rozrzewnieniem, a ona nawet się nie domyśla, że jeżeli wszystko ułoży się pomyślnie, za chwilę jej dusza uleci w niebo, wreszcie wolna od idiotycznego zajęcia, które nigdy nie da jej spełnienia najskrytszych marzeń.

– Ile to kosztuje? – pyta płynnie po francusku.

– Co pan wybrał?

– Wszystko.

Niespełna dwudziestoletnia dziewczyna uśmiecha się.

– Nie pierwszy raz to słyszę. Teraz będzie: „Może się przejdziemy? Jesteś piękna, marnujesz się tutaj. Jestem..."

– Nie, nie pracuję w filmie. Nie zrobię z ciebie aktorki i nie zmienię twojego życia. Nie interesują mnie te świecidełka. Chcę po prostu z kimś porozmawiać. Możemy to zrobić tutaj.

Dziewczyna spuszcza wzrok.

– Te świecidełka to dzieło moich rodziców. Wcale się nie wstydzę tego, co robię. Pewnego dnia ktoś pozna się na ich wartości. Niech pan sobie już idzie. Na pewno znajdzie się ktoś, kto pana chętnie wysłucha.

Igor wyjmuje z kieszeni plik banknotów i kładzie je przed nią delikatnie.

– Przepraszam, zachowałem się niegrzecznie. Chciałem tylko sprawdzić, czy uda mi się coś utargować. Jestem Igor Malev. Przyjechałem wczoraj z Moskwy i wciąż odczuwam różnicę czasu.

– Mam na imię Olivia – odpowiada dziewczyna, udając, że wierzy w jego kłamstwa.

Nie pytając o pozwolenie, siada obok niej. Dziewczyna odsuwa się nieznacznie.

– O czym chce pan rozmawiać?

– Weź najpierw pieniądze.

Olivia zastanawia się. Rozgląda się wokół, uznaje, że nie ma powodu do strachu. Wolnym dla ruchu pasmem suną pierwsze samochody, w kierunku plaży maszerują młodzi ludzie, do ich ławki zbliża się para staruszków. Dziewczyna wkłada pieniądze do kieszeni – nie przelicza ich, doświadczenie nauczyło ją oszacować przybliżoną kwotę jednym spojrzeniem. Jest tego dużo więcej, niż przyniósłby całodzienny utarg.

– Dziękuję – mówi Rosjanin. – O czym chcę z tobą rozmawiać? Właściwie o niczym ważnym.

– Musi pan tu być z jakiegoś powodu. Nikt bez przyczyny nie przyjeżdża do Cannes o tej porze roku, kiedy życie w mieście staje się nie do zniesienia zarówno dla mieszkańców, jak i dla turystów.

Igor spogląda na morze i zapala papierosa.

– Palenie szkodzi.

– Co jest dla ciebie sensem życia? – pyta, nie reagując na jej uwagę.

– Miłość.

Olivia uśmiecha się. Cudowny początek dnia – rozmowa o sprawach głębszych niż ceny pamiątek lub stroje.

– A dla pana? – pyta.

– Miłość, oczywiście. Dawniej liczyły się też pieniądze, bo chciałem pokazać moim rodzicom, na co mnie stać. Udało mi się i dzisiaj są ze mnie dumni. Spotkałem kobietę ideał, pobraliśmy się, chciałbym mieć dzieci, czcić Boga i wypełniać jego wolę. Dzieci niestety nie mam.

Olivia ma ochotę zapytać dlaczego, ale nie wypada. Mężczyzna kończy rozpoczętą myśl:

– Postanowiliśmy zaadoptować dziecko. Myśleliśmy o tym dwa, trzy lata. Ale wciąż coś się działo – podróże, przyjęcia, spotkania, negocjacje.

– Kiedy się pan do mnie przysiadł, myślałam, że mam do czynienia z jednym z tych ekscentrycznych milionerów, którzy szukają przygód. Tymczasem dobrze mi się z panem rozmawia.

– Myślisz czasami o przyszłości?

– Myślę. I chyba mam podobne marzenia. Oczywiście też chciałabym mieć dzieci – nie chce zranić swego rozmówcy. – ...jeżeli to będzie możliwe, rzecz jasna. Czasami Bóg ma inne plany.

On wydaje się nie słyszeć odpowiedzi.

– Na festiwal przyjeżdżają tylko milionerzy?

– Milionerzy, ludzie, którzy uważają się za milionerów i tacy, którzy milionerami chcą zostać. Przez kilka dni ta część miasta przypomina wielki dom wariatów. Każdy zachowuje się tak, jakby był pępkiem świata. Może z wyjątkiem osób naprawdę ważnych – ci bywają sympatyczni i nie muszą nic nikomu udowadniać. Nieczęsto kupują u mnie, ale przynajmniej uśmiechną się, powiedzą kilka miłych słów i odnoszą się do mnie jak do człowieka. A co pan tutaj robi?

– Bóg stworzył świat w sześć dni. Ale czym właściwie jest świat? Tym, co widzimy ty i ja. Kiedy ktoś umiera, unicestwieniu ulega jedna cząstka kosmosu. Wszystko, co czuł, czego doświadczył, co poznał znika na zawsze wraz z jego odejściem, tak jak znikają łzy w deszczu.

– „Jak łzy w deszczu"... Widziałam film, w którym pada ta kwestia. Nie pamiętam tylko tytułu.

– Nie przyjechałem, żeby płakać. Jestem tu po to, żeby wysłać sygnał pewnej kobiecie, którą kocham. To wymaga unicestwienia kilku światów.

Nic jej nie zaniepokoiło. Przeciwnie – roześmiała się.

Ten dobrze ubrany, mówiący nienagannie po francusku, przystojny mężczyzna wcale nie wygląda na szaleńca. Nareszcie jakaś odmiana. Tyle się już nasłuchała: jesteś piękna, marnujesz się tutaj, ile kosztuje to, czy tamto, bardzo to drogie, przejdę się po mieście i wrócę trochę później (to nigdy nie następowało). Rosjanin miał przynajmniej poczucie humoru.

– Dlaczego trzeba unicestwiać świat?

– Żeby odbudować swój własny.

Olivia chciałaby go jakoś pocieszyć, ale boi się, że jak zwykle usłyszy: „Mogłabyś nadać sens mojemu życiu". A wtedy uzna rozmowę za zakończoną, bo inaczej widzi swą przyszłość. Poza tym, czy to nie głupie doradzać komuś dużo starszemu i bardziej doświadczonemu?

Dobrze byłoby jednak dowiedzieć się więcej o jego życiu. Zapłacił przecież – i to dużo – za jej czas.

– Jak się pan chce za to zabrać?

– Znasz się na żabach?

– Na żabach?

– Jak dowodzą badania, żaba umieszczona w naczyniu wypełnionym wodą z jej własnego stawu zachowuje się zupełnie biernie przez cały czas, gdy podgrzewa się tę wodę. Nie reaguje na stopniowy wzrost temperatury, na zmianę warunków. I gdy temperatura osiągnie punkt wrzenia – zdycha. A przecież gdyby ją wrzucić do wrzątku, z całych sił będzie próbowała wyskoczyć, poparzona, ale żywa.

Olivia nie ma pojęcia, co to ma wspólnego z unicestwianiem świata.

– Zachowywałem się kiedyś, jak ta ugotowana żaba – ciągnie Igor. – Nie zauważałem zmian. Zdawało mi się, że wszystko jest w porządku, a to co złe szybko minie. Żyć mi się odechciało, bo straciłem to, co najważniejsze w życiu i zamiast zareagować, tkwiłem ciągle w wodzie, której temperatura podnosiła się z minuty na minutę.

– Co takiego pan stracił? – zdobywa się na odwagę Olivia.

– Prawda jest taka, że niczego nie straciłem. Los czasami rozdziela bliskich sobie ludzi, żeby uświadomić im, ile dla siebie znaczą. Ostatniej nocy na przykład widziałem swoją żonę w towarzystwie innego mężczyzny. Wiem, że chce do mnie wrócić. Wiem, że wciąż mnie kocha, ale brak jej odwagi, by uczynić ten pierwszy krok w moją stronę. Niektóre ugotowane żaby wierzą, że liczy się przede wszystkim posłuszeństwo, a nie umiejętność korzystania z własnych doświadczeń: ten, kto potrafi, przewodzi, a ten, kto ma dobrze w głowie, posłusznie wykonuje rozkazy. Jaki stąd morał? Taki oto, że lepiej się poparzyć, ale wyjść z opresji żywym i gotowym do działania. A ty chyba możesz mi w tym pomóc.

Olivia próbuje sobie wyobrazić, co mu chodzi po głowie. I co to za kobieta, która rzuca tak interesującego mężczyznę, znającego się na sprawach, o których dotąd nic nie wiedziała? Mimo młodego wieku, Olivia wie dobrze, że miłość nie kieruje się logiką. Jej chłopak bywa brutalem, nie raz ją już uderzył, a mimo to nie przeżyłaby jednego dnia bez niego.

O czym to rozmawialiśmy? O żabach. O tym, jak mogłaby mu pomóc. Ale to niemożliwe. Lepiej zmienić temat.

– W jaki sposób chce pan zniszczyć świat?

Igor wskazuje jedyny dopuszczony do ruchu pas jezdni przy bulwarze Croisette.

– Powiedzmy, że nie chcę, żebyś poszła na przyjęcie, lecz nie mogę ci tego zabronić. Czekam więc na godziny szczytu i porzucam samochód pośrodku tej jezdni. W dziesięć minut wzdłuż plaży powstanie gigantyczny korek. Kierowcy pomyślą: „To pewnie jakiś wypadek" i będą cierpliwie czekać. Po piętnastu minutach przybędzie policja i pomoc drogowa z autolawetą, żeby usunąć przeszkodę.

– To się tu często zdarza.

– Ale wyobraź sobie, że zanim zostawiłem samochód, rozsypałem naokoło gwoździe i kawałki grubego szkła – ostrożnie, żeby nikt nie zauważył. Wszystkie pomalowane na czarno, żeby nie było ich widać na asfalcie. Laweta wjeżdża na gwoździe, z opon uchodzi powietrze. Mamy więc już dwie zawalidrogi, a gigantyczny korek sięga aż na przedmieścia, gdzie pewnie mieszkasz.

– Ma pan bujną wyobraźnię. Ale i tak dla mnie to najwyżej godzinne spóźnienie.

– Mam też w zanadrzu inne sposoby – uśmiecha się

Igor. – Powiedzmy, że zbiera się tłum śpieszących z pomocą, a ja rzucam mały pojemnik z gazem łzawiącym pod koła lawety. To na pewno wywoła panikę. Wsiadam szybko do samochodu i uruchamiam silnik, a jednocześnie rozlewam na tapicerkę trochę benzyny do zapalniczek i podpalam. W ostatniej chwili wyskakuję z wozu i oglądam scenę z boku: płomienie ogarniają samochód, sięgają do zbiornika z paliwem. Zbiornik wybucha i ogień przenosi się na następny samochód. Reakcja łańcuchowa. A do tego wszystkiego starczy jeden samochód, kilka gwoździ, granat łzawiący i niewielka ilość benzyny do zapalniczek...

– ...coś w tym rodzaju – Igor wyjmuje z kieszeni marynarki małą probówkę z odrobiną płynu. – Powinienem był to zrobić, kiedy Ewa zamierzała odejść. Opóźnić jej decyzję, zmusić, żeby przemyślała wszystko raz jeszcze, żeby rozważyła konsekwencje. Jeśli człowiek ma czas zastanowić się nad podjęciem decyzji, najczęściej rezygnuje. Żeby podjąć pewne kroki, potrzeba wielkiej odwagi. Byłem jednak zbyt dumny, myślałem, że jej przejdzie, że zrozumie swój błąd. Jestem przekonany, że teraz żałuje i chce
do mnie wrócić. Ale żeby wróciła muszę unicestwić kilka światów.

Wyraz jego twarzy ulega nagłej zmianie. Olivii przestała się już podobać jego historia. Podnosi się z ławki.

– Muszę wracać do pracy.

– Zapłaciłem, żebyś mnie wysłuchała. Dałem ci więcej pieniędzy niż twój utarg.

Dziewczyna wkłada rękę do kieszeni, żeby wyjąć zwitek banknotów i w tej samej chwili widzi pistolet wymierzony prosto w jej twarz.

– Siadaj.

W pierwszej chwili chce uciekać. Para staruszków zbliża się wolnym krokiem.

– Nawet nie próbuj – ostrzega, jakby czytał w jej myślach. – Nie zastrzelę cię. Usiądź przy mnie i wysłuchaj do końca. Nie rób niczego głupiego, a nie użyję broni.

Różne myśli przelatują jej przez głowę. Może lepiej uciekać – ale ze strachu nogi się pod nią uginają.

– Siadaj – powtarza mężczyzna. – Nie strzelę, jeśli zrobisz, co ci każę. Obiecuję.

To szaleństwo strzelać w jasny dzień. Coraz więcej samochodów, coraz więcej ludzi udaje się na plażę, coraz więcej osób na chodnikach. Lepiej zrobić, jak każe. Zresztą nic innego jej nie pozostaje, bo robi się jej słabo.

Musi go przekonać, że nic z jej strony mu grozi. Musi wysłuchać do końca lamentu zdradzonego męża. A za chwilę pojawi się policjant – zwykle o tej porze tędy przechodzi. Wtedy rzuci się na ziemię i zacznie wzywać pomocy.

– Wiem dobrze, co czujesz – uspokaja mężczyzna. – Strach tak samo się objawia od zarania dziejów, od czasów, kiedy człowiek walczył z dzikimi bestiami o przeżycie: krew odpływa z twarzy, spod naskórka, co zmniejsza utratę krwi w przypadku powierzchownego zranienia, stąd bladość na twarzy. Następuje rozkurcz jelit i wydalanie ich zawartości, co chroni organizm przed skażeniem substancjami toksycznymi. Kończyny odmawiają posłuszeństwa, ciało zastyga w bezruchu, żeby nie prowokować napastnika nagłymi ruchami.

„To jakiś koszmarny sen", myśli Olivia. Wspomina swoich rodziców. Zwykle siedzieliby obok niej na bulwarze, ale licząc na spory ruch, spędzili całą noc przy pracy, a teraz należał się im odpoczynek. Kilka godzin wcześniej kochała się ze swoim chłopakiem, mężczyzną jej życia, chociaż zdarza mu się podnieść na nią rękę. Tej nocy w tej samej chwili mieli orgazm, po raz pierwszy od bardzo dawna. Po śniadaniu nie wzięła prysznica. Czuła się wolna, pełna energii, zadowolona z życia.

Nie, to dzieje się naprawdę. Trzeba zachować spokój.

– Porozmawiajmy. Zapłacił pan za rozmowę. Nie zamierzam uciekać.

Igor przystawia lufę do żeber dziewczyny. Para staruszków przechodzi obok, spoglądają na nich, nie dostrzegają nic niezwykłego. Jak zwykle, młoda Portugalka o gęstych, czarnych brwiach i dziecinnym uśmiechu uwodzi jakiegoś mężczyznę. Nie pierwszy to raz, a ten, sądząc po stroju, musi mieć wypchany portfel.

Olivia próbuje oczami dać im jakiś sygnał. Jej towarzysz pozdrawia ich wesoło.

Przechodzą bez słowa. Nie rozmawiają z nieznajomymi. Nie zadają się z ulicznymi handlarzami.

– Porozmawiajmy – Rosjanin przerywa ciszę. – Nie zatrzymam ruchu ulicznego, obiecuję. Moja żona domyśli się, że przyjechałem, jak tylko zacznie otrzymywać sygnały. Nie zrobię tego, co wydaje się oczywiste. Nie pójdę do niej. To ona musi przyjść do mnie. Nie ma innej możliwości.

– Mogę jej przekazać wiadomość od pana. Proszę powiedzieć, gdzie się zatrzymała.

Mężczyzna wybucha śmiechem.

– Cierpisz na chorobę młodości: wam młodym wydaje się, że jesteście mądrzejsi od innych. Przecież gdybym pozwolił ci odejść, pierwsze kroki skierowałabyś na posterunek policji.

Olivia czuje, jak krew w niej zastyga. Czy będę tu siedzieć cały dzień? A może ją zastrzeli, bo zna jego twarz?

– Obiecał pan nie strzelać.

– Obiecałem i dotrzymam słowa. Ale nie bierz mnie za idiotę i zacznij się zachowywać jak dorosła.

Ma rację. Dorosła kobieta opowiedziałaby mu o swoim życiu. Być może uda jej się wzbudzić współczucie, wszak nie jest to uczucie obce nawet szaleńcom. Warto go przekonać, że i jej sytuacja nie przedstawia się różowo.

Obok nich przebiega chłopak z iPodem w uszach. Oddala się w szybkim tempie. Nawet nie zerknął w ich stronę.

– Żyję z człowiekiem, który zamienił moje życie w piekło i nic potrafię się od niego uwolnić.

Wyraz oczu Igora zmienia się nagle.

Chyba znalazła sposób na wydostanie się z pułapki. „Zachowaj ostrożność. Nie poddawaj się. Myśl o kobiecie, która go poślubiła. Bądź szczera”.

– Odsunął mnie od moich przyjaciół. Jest bardzo o mnie zazdrosny, a sam ugania się za kobietami. Ciągle mnie krytykuje, mówi, że brak mi ambicji. Zabiera wszystko, co zarobię.

Mężczyzna milczy, zapatrzony w morze. Deptak zaroił się od przechodniów. Co by się stało, gdyby wstała i zaczęła uciekać? Czy zastrzeliłby ją? Czy to na pewno prawdziwa broń?

Czuje, że dotknęła tematu, który może go interesować. Lepiej nie ryzykować, żeby nie popełnić jakiegoś głupstwa. Jeszcze przed chwilą w jego wzroku było tyle okrucieństwa.

– Mimo wszystko nie potrafię od niego odejść. Nawet gdybym spotkała kogoś lepszego, bogatszego, za nic bym go nie rzuciła. Nie jestem masochistką, jego znęcanie się nade mną nie sprawia mi przyjemności, po prostu go kocham.

Znowu poczuła lufę pistoletu. Musiała powiedzieć coś niewłaściwego.

– Nie jestem kanalią jak twój luby – cedzi słowa pogardliwym tonem. – Długo i ciężko pracowałem na to, co dziś mam. Nieraz odbierałem cięgi od życia. Walczyłem uczciwie, choć często bezkompromisowo. Zawsze byłem dobrym chrześcijaninem. Mam wpływowych przyjaciół. Nigdy nie okazałem się niewdzięcznikiem. Krótko mówiąc, nigdy niczego złego nie zrobiłem. Nigdy nie skrzywdziłem nikogo, kto stanął mi na drodze. Zawsze zachęcałem żonę do robienia tego, na co ma ochotę. I co z tego mam? Zostałem sam. Oczywiście zabijałem, kiedy wysłano mnie na tę głupią wojnę, ale nigdy nie straciłem kontaktu z rzeczywistością. Nie należę do tych straumatyzowanych weteranów wojennych, którzy wpadają do restauracji i opróżniają magazynek karabinu maszynowego. Nie jestem terrorystą. Mógłbym powiedzieć: życie obeszło się ze mną niesprawiedliwie, okradło mnie z tego, co najważniejsze, z miłości, ale są inne kobiety i wcześniej czy później ból rozłąki przeminie. Ale nie mogę. Znudziła mi się rola powoli zdychającej we wrzątku żaby.

– Skoro wie pan, że na świecie są inne kobiety, a ból nieodwzajemnionej miłości przemija, czym się pan martwi?

Teraz zachowywała się jak dorosła kobieta. Sama się dziwiła, że tak spokojnie rozmawia z szaleńcem.

Mężczyzna waha się przez chwilę.

– Nie umiem odpowiedzieć na to pytanie. Może zbyt często mnie porzucano. Może chcę dowieść samemu sobie, na co mnie stać. A może po prostu dla mnie istnieje ta jedna jedyna? Mam pewien plan.

– Jaki plan?

– Już ci mówiłem: burzyć kolejne światy, aż ona zrozumie, ile dla mnie znaczy. Aż pojmie, że zrobię wszystko, żeby ją odzyskać.

Policja!

Oboje widzą zbliżający się wóz policyjny.

– Przepraszam – mówi mężczyzna. – Chciałem porozmawiać z tobą dłużej, ale życie i ciebie nie oszczędza.

Olivia wie, że to koniec. Nie ma już nic do stracenia, próbuje więc wstać z miejsca, ale czuje dłoń nieznajomego na prawym ramieniu, jak gdyby tulił ją w czułym uścisku.

Samozaszczita biez Orużja, w skrócie Sambo, to znana wśród Rosjan sztuka walki, sztuka szybkiego likwidowania przeciwnika przy użyciu rąk. Rozwinęła się na przestrzeni wieków, w czasach, kiedy ludy wschodu broniły swego terytorium przed najeźdźcami. Przypomniał sobie o niej sowiecki aparat bezpieczeństwa i szeroko wykorzystywał do szybkiego pozbywania się ludzi niewygodnych. Podjęto nawet próbę wprowadzenia Sambo do programu Igrzysk Olimpijskich w Moskwie w 1980 roku. Na szczęście wysiłki Rosjan, którzy jako jedyni w świecie potrafili się tą techniką posługiwać, spełzły na niczym.

I dobrze. Dzięki temu niewielu potrafi to robić.

Prawym kciukiem Igor uciska tętnicę szyjną Olivii, odcinając dopływ krwi do mózgu, lewą ręką określony punkt w okolicach jej pachy, wywołując paraliż wszystkich mięśni. Żadnych konwulsyjnych ruchów. Wystarczy odczekać dwie minuty.

Dziewczyna wygląda, jakby spała w jego ramionach. Radiowóz przejeżdża za ich plecami, pasmem dla pojazdów uprzywilejowanych. Policjanci nawet nie zauważają obejmującej się pary. Mają inne problemy na głowie – przede wszystkim pilnować, żeby ulice były przejezdne – zadanie niemożliwe do spełnienia w obecnych warunkach. Właśnie nadeszła wiadomość, że pijany milioner rozbił wóz kilka kilometrów stąd.

Z głową dziewczyny wspartą na ramieniu, Igor pochyla się i sięga po rozpostartą na ziemi chustę, na której wyeksponowane były wątpliwej klasy błyskotki. Sprawnie składa materiał i przygotowuje z niego zaimprowizowaną poduszkę.

Upewnia się, że nikt ich nie widzi, a potem delikatnie układa nieruchome ciało dziewczyny na ławce. Olivia wydaje się spać, śnić o przepięknym letnim dniu, albo o znęcającym się nad nią ukochanym.

Tylko para staruszków widziała ich razem. A gdyby nawet policja uznała, że to morderstwo – co mało prawdopodobne ze względu na brak widocznych śladów – staruszkowie opiszą sprawcę jako blondyna, a może szatyna, starszego lub młodszego niż w rzeczywistości. Nie ma najmniejszych powodów do paniki. Ludzie nigdy nie zwracają uwagi na to, co się wokół nich dzieje.

– No widzisz, dotrzymałem słowa. Nie strzeliłem – szepce, składając pocałunek na czole śpiącej.

Odchodzi wolnym krokiem. Po chwili czuje straszliwy ból głowy. Normalna reakcja: po ekstremalnym napięciu krew napływa do mózgu ze wzmożoną siłą.

Mimo to jest szczęśliwy. Wcielił w życie pierwszy punkt misternego planu.

Rzeczywiście jest w stanie dopiąć swego. Ma też dodatkowe powody do zadowolenia: wyzwolił biedną duszę ze słabego ciała, uwolnił duszę, która nie potrafiła się oprzeć przemocy pospolitego tchórza. Gdyby to miało trwać dłużej, dziewczyna wpadłaby w depresję, straciła dla siebie szacunek, całkowicie uległaby woli kochanka.

Z Ewą jest inaczej. Zawsze samodzielnie podejmowała decyzje. Wspierał ją moralnie i finansowo, kiedy postanowiła otworzyć własny butik. Podróżowała, kiedy i ile zapragnęła. Był wzorowym mężem. A mimo to popełniła błąd: nie potrafiła docenić jego miłości, ani jego wyrozumiałości. Jednak liczył, że dotrą do niej wysłane przez niego sygnały. Przecież w dniu, w którym odeszła, poprzysiągł zniszczyć cały świat, żeby ją odzyskać.

Wyjmuje tanią komórkę na kartę, którą kupił tylko po to, żeby wysyłać do niej wiadomości. Wystukuje krótkiego esemesa.

11:00

Podobno wszystko zaczęło się od nikomu nieznanej francuskiej dziewiętnastolatki, która w bikini pozowała fotografom na plaży podczas festiwalu w Cannes w 1953 roku. W krótkim czasie stała się gwiazdą, a imię Brigitte Bardot obrosło legendą. Odtąd każda dziewczyna wierzy, że jej się też uda. Żadna nie ma pojęcia o aktorstwie, wszystkie liczą tylko na własną urodę.

To dlatego długonogie tlenione blondynki pokonują tysiące kilometrów, żeby znaleźć się w Cannes, całymi dniami leżeć plackiem na plaży i czekać, aż ktoś je sfotografuje i odkryje. Chcą uniknąć pułapki, jaka nieuchronnie czeka każdą kobietę: roli wzorowej gospodyni, rano odprowadzającej dzieci do szkoły, wieczorem czekającej na męża z kolacją, a przez resztę dnia pilnie obserwującej sąsiadów, żeby zebrać materiał do plotek z przyjaciółkami przy kawie. Długonogie blondynki pragną sławy, świateł reflektorów i przepychu. Chcą wzbudzać zazdrość wśród mieszkańców miasteczek, z których pochodzą, wśród dziewczyn i chłopaków, którzy traktowali je z góry i nawet przez myśl im nie przeszło, że kiedyś brzydkie kaczątka zamienią się w piękne łabędzie. Kariera w fabryce snów to jedyny cel, który się liczy. Nawet jeżeli trzeba się zapożyczać na silikon czy seksowne kiecki. Szkoła aktorska? Bzdura! To zbędne. Wystarczy ładna buzia i kontakty. Kino czyni cuda. Pod warunkiem, że uda ci się wejść do świata X muzy. Zrobią wszystko, żeby się wyrwać z małomiasteczkowej monotonii. Milionom ludzi nie przeszkadza takie życie, niech więc sobie tam siedzą. Ale jeśli przyjeżdżasz do Cannes, zostaw strach w domu i bądź gotowa na wszystko: na podejmowanie ryzykownych decyzji, na kłamanie, kiedy wymaga tego sytuacja, na zaniżanie wieku, na uśmiechanie się do tych, którymi się brzydzisz, na interesowanie się tymi, którzy cię nudzą, na mówienie „kocham" bez względu na konsekwencje, na wbijanie przysłowiowego noża w plecy przyjaciółce, która ci kiedyś podała pomocną dłoń, a obecnie stała się znienawidzoną rywalką. Przyj do przodu, wyzbądź się wszelkich skrupułów i poczucia wstydu. Nagroda zrekompensuje wszystkie poniesione ofiary.

Sława. Blask i przepych.

Takie rozważania irytują Gabrielę. Nie najlepszy początek dnia. Zwłaszcza kiedy ma się kaca.

Jedno jest pocieszające: tym razem nie obudziła się w łóżku w apartamencie pięciogwiazdkowego hotelu,

obok faceta, który ciska jej ciuchy w twarz i każe się wynosić, bo ma ważniejsze sprawy na głowie.

Podnosi się z posłania i rozgląda po mieszkanku w poszukiwaniu przyjaciółek. Oczywiście już wyszły. Oblegają teraz bulwar Croisette, baseny i hotelowe bary, próbują dostać się na jachty i proszone obiady. Na podłodze małej kawalerki, wynajętej za istną fortunę na okres festiwalowy, leży pięć materacy. Wokół nich porozrzucane ubrania, bielizna, walają się dziesiątki butów i wieszaki. Żadnej nie przyszło do głowy, żeby to pozbierać i ułożyć w szafach.

„Ubrania zabierają więcej miejsca niż ludzie".

O czymś z kolekcji Saaba, Lagerfelda, Versacego czy Gallianiego mogą tylko marzyć. Żadnej z nich nie stać na taki luksus. Ale i tak to, co mają, zaściela całą powierzchnię mieszkania: bikini, minispódniczki, krótkie koszulki, buty na platformie, tony kosmetyków.

„Kiedyś będę się ubierała, jak zechcę. Potrzebuję tylko jednej jedynej szansy".

Dlaczego potrzebuje tej szansy?

To bardzo proste. Bo wie, że jest najlepsza, i to wbrew

temu, że jej kiepskie wyniki w szkole rozczarowały rodziców. W końcu dowiodła samej sobie, że potrafi radzić sobie z trudnościami, porażkami i frustracjami. Urodziła się, żeby błyszczeć i zwyciężać. Nie ma co do tego żadnych wątpliwości.

„A kiedy już osiągnę to, o czym zawsze marzyłam, zapytam siebie: kochają mnie dla mnie samej, czy też dlatego, że jestem sławna?”.

Zna kilku znanych aktorów teatralnych, którzy mimo odniesionego sukcesu poza sceną są nieszczęśliwi, pełni wątpliwości, niepewni jutra. Wybrali aktorstwo, by wcielać się w inne postacie i żyją w obawie przed jednym fałszywym krokiem, który może przekreślić ich kariery.

„Ja jestem inna. Zawsze byłam sobą”.

Czy to prawda? A może na jej miejscu każda dziewczyna pomyślałaby tak samo?

Wstaje i parzy sobie kawę. W kuchni panuje straszliwy bałagan. Żadna z dziewczyn nie wpadła na pomysł, żeby po sobie pozmywać. Nie rozumie, czemu obudziła się w tak fatalnym nastroju i skąd biorą się wszystkie wątpliwości. Jest dobra w tym, co robi, całą duszą poświeciła się swojej pracy, a wygląda na to, że nikt nie dostrzega jej talentu. Zna ludzką naturę. Wie, że przed walną bitwą musi szukać sprzymierzeńców wśród mężczyzn, i że koniecznie trzeba się pośpieszyć. Ma dwadzieścia pięć lat i za chwilę będzie za stara na karierę w fabryce snów. Mężczyzn może podsumować w trzech punktach:

nie są tak zdradliwi jak kobiety,

nigdy nie zwracają uwagi na damski strój – zawsze rozbierają kobietę wzrokiem,

wystarczą ładne piersi, uda, pośladki i płaski brzuch, a już masz ich u swoich stóp.

Ponieważ powyższe punkty nie są też obce jej rywalkom, Gabriela przywiązuje szczególną wagę do punktu trzeciego. Uprawia aerobik, biega, unika cudownych diet i pozornie wbrew logice ubiera się z dyskretną elegancją. Do tej pory to się sprawdzało i uchodziła za młodszą niż w rzeczywistości. Ma nadzieję, że zadziała także w Cannes.

Piersi, pośladki, uda. Niech się gapią do woli, ale pewnego dnia pokaże im, na co ją stać.

Popija kawę w zadumie. Chyba już wie, czemu przypisać brak humoru. Miasto jest pełne najpiękniejszych kobiet świata! Sama nie jest brzydka, ale w porównaniu z nimi nie ma żadnych szans. Dlatego musi szybko zdecydować, co robić dalej. Długo się wahała, czy w ogóle przyjechać. Ma niewiele pieniędzy i mało czasu, żeby załatwić kontrakt. Przez dwa pierwsze dni chodziła po agencjach, rozdawała swoje CV i zdjęcia. Wszystko, co zdołała osiągnąć, to zaproszenie na wczorajszy bankiet w kiepskiej restauracji z piekielnie głośną muzyką. Nie pojawił się na nim nikt z Superklasy. Dla kurażu wypiła trochę za dużo. Skończyło się na tym, że nie wiedziała, gdzie jest i co robi. Wszystko wydawało jej się dziwaczne – Europa, sposób, w jaki ludzie się ubierają, różnorodność języków, przyklejone uśmiechy. Wśród bębniącej muzyki, wywrzaskiwanych plotek o cudzym życiu i pomstowania na klasy uprzywilejowane, każdy z obecnych marzył tylko o tym,

żeby się znaleźć na którymś z największych bankietów.

Gabriela ma dość rozmów o tzw. niesprawiedliwości klas uprzywilejowanych. Wybrańcy są po prostu tacy, jacy są i kropka. Zadają się z tymi, z którymi chcą i nie muszą się przed nikim tłumaczyć. Dlatego Gabrieli potrzebny jest plan. Wiele innych dziewczyn, którym przyświeca ten sam cel (bez krzty talentu, rzecz jasna), biega po mieście, na prawo i lewo rozdając swe CV i zdjęcia. Producenci filmowi zgromadzili już pewnie stosy papieru, filmów na DVD i wizytówek.

Jak wyróżnić się z tej całej masy?

Musi pomyśleć. To ostatnia szansa. Wszystko wydała na podróż. No i, nie da się ukryć, starzeje się. Ma już aż dwadzieścia pięć lat. To naprawdę ostatni dzwonek.

Dopijając kawę wygląda przez kuchenne okienko na ślepą uliczkę na dole, na sklep tytoniowy i dziewczynkę jedzącą czekoladę. Tak, to jej ostatnia szansa. Ma nadzieję, że wszystko zakończy się pomyślnie, nie tak, jak podczas jej debiutu scenicznego.

Wraca do przeszłości. Przypomina sobie jedenastoletnią uczennicę jednej z najdroższych szkół w Chicago, dziewczynkę przygotowującą się do wyjścia na scenę. Jej późniejsze pragnienie zwycięstwa nie narodziło się z gromkich oklasków zgromadzonej na szkolnym przedstawieniu publiczności: matek, ojców, krewnych, nauczycieli.

Wszystko potoczyło się inaczej. Grała Szalonego Kapelusznika w *Alicji w Krainie Czarów*. Tę jedną z najlepszych ról otrzymała pokonując w castingach wiele koleżanek i kolegów.

Jej pierwsza kwestia brzmiała: „Powinnaś ostrzyc sobie włosy". Na co Alicja odpowiadała: „A pan powinien oduczyć się robienia przycinków, panie Kapeluszniku".

Kiedy po wielu próbach nadszedł długo oczekiwany moment, miała taką tremę, że pomyliła tekst i rzekła: „Powinnaś przedłużyć sobie włosy". Dziewczynka grająca Alicję spokojnie wypowiedziała swą kwestię i nikt na widowni niczego nie zauważył. Ale Gabriela wiedziała, że się sypnęła, i ze zdenerwowania straciła głos. Bez Szalonego Kapelusznika nie mogli kontynuować. Przez chwilę zapanowała konfuzja, a potem na znak nauczycielki kurtyna opadła. Z zalaną łzami buzią Gabriela uciekła ze sceny i ze szkoły, podczas gdy po przerwie młodzi aktorzy przeszli od razu do sceny krykieta u Królowej. Ale o tym dziewczynka dowiedziała się następnego dnia, i chociaż nauczycielka pocieszała dzieci, że nie miało to żadnego wpływu na całość przedstawienia, bo w historii Alicji w Krainie Czarów brak wszelkiej logiki, Gabriela była zdruzgotana, a do tego podczas przerwy dzieci dały jej niezły wycisk.

Nie po raz pierwszy wdała się w bójkę z rówieśnikami. Nauczyła się bronić przed silniejszymi i atakować słabszych, zdarzało się to przynajmniej raz w tygodniu. Tym jednak razem poddała się karze bez słowa skargi, bez jednej łzy. Napastników tak zaskoczyła jej reakcja, że szybko dali sobie spokój, bo chcieli zobaczyć jej łzy, usłyszeć krzyki. A że przyjmowała razy z pokorą, szybko stracili motywację. Tymczasem po każdym celnym ciosie, Gabriela powtarzała sobie w duchu: „Zostanę wielką aktorką. Kiedyś tego pożałują".

Kto twierdzi, że dzieci nie są w stanie decydować o swojej przyszłości?

Dorośli.

Bo kiedy dorastamy, nabieramy przekonania, że posiedliśmy wszystkie rozumy i zawsze mamy rację. Podobne przeżycia na pewno były udziałem niejednego dziecka grającego w szkolnych przedstawieniach, a po takim doświadczeniu prawie każde na zawsze rezygnowało z kariery aktorskiej, ze świateł jupiterów i oklasków publiczności. Ale nie Gabriela, która do jedenastego roku życia nie przegrała żadnej batalii, i należała do najbystrzejszych, najładniejszych i najlepszych uczennic w klasie. Podjęła decyzję: „Ja im jeszcze pokażę!".

Odpowiadać ciosem na cios to jedno, ale nosić w sobie przez całe życie ślady porażki to sprawa daleko poważniejsza. Jak wiadomo, przeżyte w dzieciństwie głupie sypnięcie się w szkolnym przedstawieniu, potknięcie się w tańcu, komentarze o patykowatych nogach, czy kapuścianej głowie, mogą mieć dwojaki skutek.

Niektórzy wybierają zemstę i starają się osiągnąć jak najlepsze rezultaty w dziedzinie, w której uchodzili za słabeuszy. „Jeszcze mi pozazdrościcie", myślą.

Jednak większość godzi się z porażką i od tej pory wszystko układa się coraz gorzej. Brak im wiary w siebie, z pokorą przyjmują przeciwności losu (chociaż marzą o wolności). Pobierają się, żeby dowieść, że nie są tak brzydcy, jak to wmawiali im koledzy (chociaż sami uważają się za wyjątkowo nieatrakcyjnych). Płodzą dzieci, żeby nikt nie posądził ich o bezpłodność (chociaż nigdy nie chcieli potomstwa). Dobrze się ubierają, żeby nikt ich nie posądził o brak smaku (chociaż dobrze wiedzą, że wszyscy krytykują ich wygląd).

Po tygodniu epizod ze szkolnego przedstawienia poszedł w zapomnienie. Gabriela poprzysięgła sobie, że kiedyś wróci do szkoły jako światowej sławy aktorka, otoczona asystentami, ochroniarzami, fotografami i tłumem fanów. Zagra w *Alicji w Krainie Czarów*, a dochód z przedstawienia przeznaczy na sieroty. Będą o niej pisać wszystkie gazety, a dawni koledzy szkolni powiedzą: „Graliśmy z nią w tej samej sztuce!"

Matka chciała, żeby została chemikiem. Po ukończeniu szkoły średniej, rozpoczęła więc studia w Instytucie Technologii w Illinois. W ciągu dnia uczyła się o proteinach i strukturze benzenu, a wieczorami obcowała z Ibsenem, Cowardem i Szekspirem. Z pieniędzy otrzymywanych od rodziców na zakup odzieży i książek, opłacała szkołę teatralną, gdzie pracowała pod kierunkiem najlepszych mistrzów. Zbierała sporo pochwał. Śpiewała (bez wiedzy rodziców) w chórku z grupą rockową i tańczyła taniec brzucha w przedstawieniu *Lawrence z Arabii*.

Przyjmowała każdą propozycję w nadziei, że pewnego dnia wśród publiczności znajdzie się ktoś, kto zaproponuje jej prawdziwe przesłuchanie. A wtedy jej starania i walka o miejsce w świetle jupiterów zostaną uwieńczone sukcesem.

Mijały lata. Gabriela grała w reklamach telewizyjnych pasty do zębów, pracowała jako modelka. Raz o mało nie przyjęła propozycji pracy jako hostessa towarzysząca biznesmenom. Bardzo potrzebowała wtedy pieniędzy na przygotowanie portfolio dla najpoważniejszych agencji w Stanach Zjednoczonych. Na szczęście Bóg czuwał, a nigdy nie straciła wiary w Niego. Tego samego dnia zaproponowano jej statystowanie w wideoklipie japońskiej piosenkarki, który kręcono pod wiaduktem napowietrznej linii kolejowej przecinającej Chicago. Zarobiła wyjątkowo dużo, bo producenci wykorzystali nieznajomość rynku zagranicznego klienta. Dzięki temu sfinansowała wymarzone portfolio, które kosztowało dużo więcej, niż sobie wyobrażała.

Zawsze powtarzała sobie, że to początek kariery, tymczasem dni i miesiące mijały w zawrotnym tempie. W szkole teatralnej miała szansę na rolę Ofelii w *Hamlecie*, ale życie zaoferowało jej jedynie reklamy dezodorantów i kremów do pielęgnacji ciała. Chodziła po agencjach ze swoim portfolio i listami polecającymi od profesorów, przyjaciół i ludzi, z którymi pracowała. Wszędzie spotykała tłumy dziewczyn jak ona, uśmiechniętych i nienawidzących się nawzajem, gotowych na wszystko, byle „zaistnieć" – jak to się mówi w tych kręgach.

Godzinami czekała na swoją kolejkę, czytając o medytacji i pozytywnym myśleniu. W końcu zasiadała w fotelu przed agentem (mężczyzną lub kobietą), który odkładał na bok listy polecające i bez słowa komentarza przeglądał fotosy. Zapisywał jej dane, z rzadka po jakimś czasie zapraszał na przesłuchania, z których jedno na dziesięć kończyło się pomyślnie. Z całym swoim talentem (bo ciągle wierzyła, że ma talent) stawała przed kamerami i grupą źle wychowanych ludzi, którzy rzucali rozkazy: Rozluźnij się! Uśmiech! Obrót w prawo! Opuść głowę! Zwilż wargi!

A jaki był tego efekt? Kolejna reklama nowej marki kawy.

A co się działo jeśli agent nie dzwonił? Czuła się odrzucona. Z czasem nauczyła się z tym żyć. Uznała porażki za próbę wytrwałości i wiary we własne siły. Nie dopuszczała do siebie prawdy, że szkoła teatralna, listy polecające, wszystkie wymienione w CV rólki na trzeciorzędnych scenach, nie miały absolutnie…

Dzwoni komórka.

… żadnego znaczenia.

Komórka ciągle dzwoni.

Jest wciąż daleko myślami, kiedy tak patrzy na sklep tytoniowy i dziewczynkę zajadającą czekoladki, kiedy nagle wraca do teraźniejszości i chwyta za telefon.

Głos po drugiej stronie informuje, że za dwie godziny ma się stawić na przesłuchanie.

Idzie na przesłuchanie!

W Cannes!

Opłaciło się przelecieć ocean, wylądować w obcym mieście, gdzie hotele są przepełnione, poznać na lotnisku dziewczyny takie jak ona (jedna Polka, dwie Rosjanki i Brazylijka), błąkać się od drzwi do drzwi w poszukiwaniu noclegu, płacić fortunę za nędzne mieszkanko. Wreszcie się udało – po latach bezowocnych spotkań z agentami w Chicago, w Los Angeles, po drobnych epizodach i występach w reklamie, po wszystkich przeżytych upokorzeniach, odnalazła swą przyszłość w Europie!

Za dwie godziny?

Nie może pojechać autobusem, bo nie zna rozkładu. Mieszka na szczycie stromego wzgórza i dotąd była w centrum tylko dwa razy – żeby zanieść swoje portfolio agentom i na tym koszmarnym bankiecie ostatniej nocy.

Na dole łapała okazję – zatrzymywali się samotni panowie w drogich kabrioletach z podniesionym dachem. Każdy wie, że w Cannes jest bezpiecznie, a uroda pomaga w tego rodzaju sytuacjach. Dziś jednak nie może ryzykować, problem transportu musi sama rozwiązać. Na castingu punktualność to podstawa. Tego ją nauczyły kontakty z agencjami aktorskimi. Poza tym, jak zdążyła zauważyć, miasto jest zwykle zakorkowane. Trzeba się więc ubrać i ruszać jak najszybciej. W dziewięćdziesiąt minut powinna dotrzeć do hotelu, w którym zatrzymał się producent. Zapamiętała ten hotel, bo biegając wczoraj po mieście w poszukiwaniu swojej szansy, również i tam zachodziła.

Teraz odwieczny problem: „W co się ubrać?"

Rzuciła się na walizkę. Wybrała dżinsy od Armaniego, wyprodukowane w Chinach i kupione na bazarze w Chicago za jedną piątą ceny. Nikt nie powiedziałby, że to podróbka. Wiadomo, że 80% swojej produkcji chińskie fabryki wysyłają do firmowych sklepów, a pozostałe 20%, nazwijmy to nadwyżką, jest sprzedawane „na boku" przez samych zatrudnionych.

Do tego biała koszulka DKNY, dużo droższa od spodni. Wierna swoim zasadom wie, że dyskretny styl się opłaca. Precz z kusymi spódniczkami i głębokimi dekoltami. Musi się wyróżnić z tłumu innych dziewczyn na castingu.

Zastanawia się jeszcze nad makijażem. W końcu wybiera jasny podkład i subtelny odcień kredki do ust. Straciła na to cenny kwadrans.

11:45

Ludzie są wiecznie niezadowoleni. Kiedy mają niewiele, chcą więcej. Jeśli mają dużo, chcą jeszcze więcej. A kiedy już to osiągną, tęsknią za prostym, skromnym życiem, tyle tylko, że nic w tym kierunku nie czynią.

Czy nie wiedzą, że do szczęścia potrzeba tak niewiele? Za czym goni ta dziewczyna w dżinsach i białej bluzce? Co jest tak ważne, że w biegu nie dostrzega piękna słonecznego dnia, błękitu morza, niemowląt w wózeczkach, kołysanych wiatrem palm wzdłuż bulwaru?

„Zatrzymaj się dziewczyno! Nigdy nie uciekniesz przed dwoma najważniejszymi istnieniami w życiu każdego człowieka: przed Bogiem i przed śmiercią. Bóg ci stale towarzyszy i będzie się gniewał, bo nie zwracasz uwagi na cud życia. Ani na cud śmierci. Właśnie przebiegłaś obok trupa i niczego nie dostrzegłaś".

Igor przeszedł kilka razy obok miejsca zbrodni. Aż doszedł do wniosku, że za bardzo zwraca na siebie uwagę. Odtąd zachowuje bezpieczną odległość dwustu metrów. Założył ciemne okulary (nie ma w tym nic podejrzanego, bo świeci słońce, poza tym w takim mieście celebrytów jak Cannes są one oznaką statusu). Oparł się o balustradę i spogląda raz na plażę, raz na ławeczkę, na której niedawno siedział.

Dziwi się, że choć już prawie południe, nikt nie zwrócił uwagi na martwą kobietę leżącą na ławce przy głównym bulwarze miasta, na którym w tej chwili spoczywają oczy całego świata.

Do ławki zbliża się para ludzi w średnim wieku, najwyraźniej poirytowanych. Krzyczą coś do Śpiącej Królewny. To jej rodzice – wściekają się, bo śpi zamiast pracować. Mężczyzna gwałtownie potrząsa córką. Kobieta pochyla się nad nią i zasłania Igorowi widok.

Igor nie ma już wątpliwości, co wydarzy się za chwilę.

Krzyk kobiety. Ojciec wyciąga z kieszeni telefon komórkowy i odchodzi na bok. Jest zdenerwowany. Matka wciąż potrząsa ciałem dziewczyny. Zatrzymują się przechodnie. Igor może już zdjąć ciemne okulary i wmieszać się w tłumek gapiów.

Matka płacze, przytula do piersi ciało córki. Jakiś młody człowiek odsuwa ją i próbuje metody usta – usta, ale na próżno. Twarz Olivii ma już lekki odcień fioletowy.

– Wezwijcie karetkę!

Kilka osób jednocześnie wybiera ten sam numer. Czują się ważni, przydatni, czuli na ludzką niedolę. Z oddali dobiega już wycie karetki pogotowia. Matka krzyczy coraz głośniej. Jakaś kobieta próbuje ją objąć, ukoić matczyny ból, ale matka odpycha jej rękę. Ktoś chce unieść ciało do pozycji siedzącej, ktoś inny radzi je położyć. Nic już nie da się dla niej zrobić.

– Pewnie przedawkowała – słychać z boku. – Ach! To młode pokolenie!

Słuchacze kiwają głowami na znak poparcia. Igor obserwuje w milczeniu, jak sanitariusze wyjmują swój sprzęt, przykładają dziewczynie elektrody do piersi. Z boku przygląda się lekarz. Nic nie mówi, bo wie, że to koniec, ale nie chce, żeby jego podwładnych oskarżano o zaniedbanie obowiązków. Układają ciało na noszach, a nosze instalują w karetce. Matka przylgnęła do ciała córki. Po krótkiej dyskusji pozwalają kobiecie zostać przy dziecku i karetka rusza z piskiem opon.

Od odkrycia zwłok przez rodziców do odjazdu karetki nie minęło nawet pięć minut. Ojciec zmarłej nie bardzo wie, co ze sobą zrobić, dokąd pójść. Nie pomna na to, do kogo mówi, ta sama kobieta, która mówiła o przedawkowaniu, podchodzi teraz do niego i „pociesza" go:

– Proszę się nie martwić. To się tu zdarza codziennie.

Ojciec nie reaguje. Ciągle trzyma w ręku otwartą komórkę i wpatruje się w pustkę. Nie rozumie, co się do niego mówi. Albo nie ma pojęcia, co takiego zdarza się tu codziennie, albo w szoku odpłynął gdzieś w niebyt, przestrzeń, w której ból nie istnieje.

Tłum rozchodzi się tak szybko, jak się zebrał. Na miejscu pozostają jedynie człowiek z otwartą komórką i mężczyzna, który w ręku trzyma ciemne okulary.

– Znał pan tę dziewczynę? – pyta Igor.

Brak odpowiedzi.

Lepiej zrobić to, co wszyscy – przespacerować się bulwarem Croisette i zobaczyć, co dzieje się w Cannes w słoneczny poranek. Podobnie jak ojciec ofiary, Igor nie umie nazwać tego, co odczuwa: zniszczył świat, którego nigdy nie będzie w stanie odbudować, nawet gdyby posiadał nieograniczoną władzę. Czy Ewa jest tego warta? Z łona Olivii – zna imię dziewczyny i to go niepokoi, bo przestała być dla niego anonimową twarzą w tłumie – mógłby narodzić się geniusz, który być może odkryłby lekarstwo na raka albo składając swój podpis pod traktatem międzynarodowym, położyłby fundamenty pokoju między narodami. Zabił nie tylko jedną kobietę, ale wszystkie następne pokolenia, którym mogłaby dać początek. Cóż on uczynił? Czy miłość, choćby największa, mogła usprawiedliwić zbrodnię?

Pomylił się przy wyborze pierwszej ofiary. Śmierć Olivii nigdy nie trafi na pierwsze strony gazet i Ewa nie zrozumie adresowanego do niej sygnału.

Nie myśl już o tym. Co się stało, to się nie odstanie. Masz przecież swój plan. Nie wolno ci się teraz wycofywać. Dziewczyna wie, że nie na próżno umarła. Została złożona w ofierze na ołtarzu wielkiej miłości. Rozejrzyj się, zobacz, ile się wokół dzieje, zachowuj się jak najnormalniejszy w świecie facet. Dość się już w życiu nacierpiałeś. Zasłużyłeś sobie na odrobinę spokoju. Baw się dobrze podczas festiwalu. W końcu taki masz plan.

Nawet gdyby wziął ze sobą kąpielówki, nie przedarłby się na sam brzeg. Hotele najwyraźniej przywłaszczyły sobie ogromne połacie nabrzeża, pełne teraz leżaków z hotelowym logo, krzątających się kelnerów i ochroniarzy, którzy strzegą porządku i domagają się od każdego plażowicza okazania kluczy lub karty hotelowej. Resztę plaży zajmują wielkie, białe namioty, w których rozmaite znane browary i firmy kosmetyczne w czasie lunchu promują swoje nowe produkty. Uczestnicy tych lunchów ubrani są normalnie, jeśli za „normalny" strój można uznać baseballówkę, jaskrawo kolorową koszulę i jasne spodnie dla mężczyzn oraz biżuterię, luźny top, bermudy i klapki dla kobiet.

Obowiązkowym elementem stroju dla obu płci są ciemne okulary. Golizny prawie się nie widuje, bowiem Superklasa przekroczyła już pewien dopuszczalny wiek i każda demonstracja tego typu zostałaby uznana za śmieszną, albo, wyrażając się dosadniej, żałosną.

Igor zaobserwował jeszcze jeden detal: telefon komórkowy. Najważniejszy element garderoby.

Do dobrego tonu należy częste odbieranie esemesów i telefonów, a za każdym razem należy rozmowę przerwać i skupić się na połączeniu, nawet kiedy dotyczy sprawy zupełnie nieistotnej. Trzeba też demonstracyjnie wystukiwać kilometrowe esemesy. Wszyscy chyba zapomnieli, że SMS to krótka wiadomość tekstowa, a maleńka klawiatura nie jest maszyną do pisania. Pisanie esemesów jest zajęciem mozolnym, uciążliwym, a do tego powoduje zwyrodnienia w stawach kciuka, ale nikt się tym nie przejmuje. Zresztą dotyczy to nie tylko Cannes, ale całego świata. W tej chwili w przestrzeni kosmicznej krążą miliony komunikatów w stylu: „Witaj, kochanie. Obudziłem się myśląc o tobie. Żyć bez ciebie nie mogę", „Będę za dziesięć minut. Nakrywaj do stołu i sprawdź, czy bielizna została wysłana do pralni", „Co za nudy. Nie ma gdzieś innej imprezy? Gdzie jesteś?". Informacje, których napisanie zajmuje pięć minut, a wypowiedzenie nie więcej niż dziesięć sekund. Świat już niestety taki jest. Igor dobrze o tym wie. W końcu sam zawdzięcza swoje setki milionów dolarów temu, że telefon przestał być prostym środkiem komunikacji, a stał się furtką do nadziei, sposobem na samotność, manifestacją własnej wartości.

A to prowadzi do kompletnej demencji. Dzięki przemyślnemu systemowi stworzonemu w Londynie, za jedyne pięć euro miesięcznie możesz co trzy minuty otrzymywać z centrali rutynową wiadomość. Jeśli chcesz zrobić wrażenie na swoim rozmówcy, wystarczy wcześniej zadzwonić pod pewien numer i aktywować usługę. Dzwoni komórka, wyjmujesz ją, otwierasz, szybko odczytujesz wiadomość i rzucasz nonszalancko: „To może poczekać" – jasne, że może poczekać, bo wiadomość zawierała jedynie godzinę nadania i informację o dostarczeniu usługi. W ten sposób twój rozmówca czuje się doceniony – czyż nie zrezygnowałeś z odpowiedzi ze względu na niego? – i rozmowa o interesach nabiera tempa. Po trzech minutach następny dzwonek i przerwa w rozmowie, a ciśnienie wzrasta. Teraz masz do wyboru albo wyłączyć telefon na piętnaście minut, albo pod pozorem pilnych spraw do załatwienia uwolnić się od niechcianego interlokutora.

W jednym tylko przypadku telefon obowiązkowo się wyłącza. Nie, bynajmniej nie podczas oficjalnego bankietu, sztuki teatralnej, w kinie czy w operze, kiedy primadonna bierze górne „c" – wszędzie tam można usłyszeć dzwonek telefonu. Tym jedynym miejscem jest pokład samolotu. Święcie wierzymy słowom komunikatu: „Na czas lotu prosimy o wyłączenie telefonów komórkowych, ich użycie może spowodować zakłócenia pracy systemu nawigacyjnego", a przecież to wierutne kłamstwo.

Igor wie dobrze, skąd się wziął ten mit: od wielu lat firmy lotnicze usiłują przekonać pasażerów do korzystania z aparatów telefonicznych zainstalowanych w samolocie. Koszt połączenia dziesięć dolarów za minutę, chociaż system wykorzystuje te same satelity, co zwykły telefon komórkowy. Fortel się nie powiódł, lecz legenda wciąż jest żywa. Po prostu zapomniano wymazać polecenie z instrukcji odczytywanej przez stewardesę na krótko przed startem. Podczas każdego lotu kilku pasażerów zapomina po prostu wyłączyć komórki, a do tego wiele osób włącza laptopy i korzysta z Internetu, łącząc się z siecią za pomocą systemu telefonii komórkowej. I nigdy jeszcze żaden samolot nie rozbił się z powodu czyjejś włączonej komórki.

Ostatnio niektóre linie lotnicze zmodyfikowały nieco ten komunikat. Na pokładach ich samolotów można używać komórek, ale za czterokrotnie wyższą cenę, po uprzedniej aktywacji „trybu samolotowego". Konia z rzędem temu, kto wie, co to jest „tryb samolotowy". Ale jeśli ktoś pozwala się nabierać, to jego problem.

Wędruje dalej bulwarem. Nie może wymazać z pamięci tego, co zobaczył w ostatnim spojrzeniu dziewczyny. Stara się o tym nie myśleć.

Coraz więcej ochroniarzy, ciemnych okularów, kostiumów, jasnych ubrań i biżuterii. Coraz więcej ludzi poruszających się przyspieszonym krokiem, jakby mieli coś ważnego do załatwienia, coraz więcej fotoreporterów liczących na to, że uda im się uchwycić coś wyjątkowego. Coraz więcej gazetek z programem festiwalu. Coraz więcej ulotek wciskanych biednym śmiertelnikom, którzy nie mają zaproszenia do białych namiotów. Coraz więcej reklam zachęcających do odwiedzenia którejś z restauracji na szczycie wzgórza, z dala od bulwaru Croisette, w dzielnicy, gdzie w wynajętych klitkach zatrzymały się początkujące aktorki i modelki, żyjące z nadzieją, że jedno zaproszenie na casting odmieni ich życie.

Wszystko łatwe do przewidzenia. Gdyby teraz wszedł na jedną z tych promocyjnych imprez, nikt nie ośmieliłby się go prosić o okazanie zaproszenia – jest jeszcze wcześnie, a organizatorzy boją się, że goście zawiodą. Za to w zależności od dalszego rozwoju sytuacji, za pół godziny ochroniarze otrzymają polecenie wpuszczania wyłącznie ładnych, samotnych dziewczyn.

Dlaczego nie spróbować?

Ma przecież do spełnienia misję. Schodzi po kilku stopniach do wielkiego białego namiotu z plastikowymi oknami, klimatyzacją oraz białymi stolikami i krzesełkami, w większości jeszcze pustymi. Jeden z ochroniarzy pyta, czy ma zaproszenie. Igor potakuje, udaje, że szuka czegoś po kieszeniach. Ubrana na czerwono recepcjonistka śpieszy z pomocą.

Wręcza jej wizytówkę z logo jego firmy i nazwiskiem, Igor Malev, prezes. Na pewno jestem na liście gości, mówi, ale widocznie zostawiłem zaproszenie w hotelu, miałem tyle ważnych spotkań, że po prostu zapomniałem. Hostessa zaprasza go do środka. Potrafi rozpoznawać ludzi po stroju, a „prezes" na wizytówce też robi swoje. A tym bardziej prezes rosyjskiej korporacji! Każdy wie, że bogaci Rosjanie lubią popisywać się swoim majątkiem. Sprawdzanie listy gości jest więc zbyteczne.

Igor wchodzi i rusza do baru – namiot jest doskonale wyposażony, jest w nim nawet parkiet taneczny. Zamawia sok z ananasa, bo w szklance przyozdobionej szafirową japońską parasolką tkwi czarna słomka.

Siada przy jednym z wielu pustych stolików. Wśród nielicznych gości dostrzega mężczyznę po pięćdziesiątce, z kruczoczarnymi farbowanymi włosami, sztuczną opalenizną i muskulaturą rzeźbioną w akademii kulturystyki, obiecującej wieczną młodość. Ma na sobie powyciągany t-shirt i siedzi w towarzystwie dwóch mężczyzn w eleganckich garniturach renomowanej firmy. Mężczyźni odwracają się w stronę Igora. Igor odwraca głowę, ale nadal obserwuje całą trójkę spoza ciemnych szkieł. Panowie w garniturach starają się dociec, kim jest, a po chwili przestają się nim interesować.

Igor jest zaintrygowany.

Człowiek w t-shircie nie ma nawet komórki, za to pozostali dwaj co chwilę odbierają telefony.

Skoro ten spocony, źle wychowany oberwaniec został wpuszczony do namiotu, skoro ten nie ma przy sobie komórki, skoro kelner, co jakiś czas kręci się obok niego i nagabuje, czy czegoś sobie życzy, skoro nawet nie raczy odpowiedzieć, tylko macha przecząco ręką – to znaczy, że to ktoś bardzo ważny.

Igor wyjmuje banknot o nominale pięćdziesięciu euro i podaje go kelnerowi, który zaczął rozkładać przed nim sztućce.

– Kim jest ten facet w wypłowiałej koszulce? – pyta, pokazując wzrokiem sąsiedni stolik.

– Javits Wild. Ważna figura.

Świetnie. Po kimś tak mało znaczącym, jak dziewczyna z plaży, Javits będzie idealny – może nie tyle sławny, co ważny. Jeden z tych, co decydują, kto znajdzie się w świetle jupiterów. Nie dba o swój wygląd, bo dobrze wie, ile jest wart. Pociąga za sznurki, a marionetkom się wydaje, że należą do najbardziej uprzywilejowanych ludzi na świecie. Aż pewnego dnia z jakiegoś powodu uzna, że czas przeciąć sznurki, a wtedy kukiełki padają bez życia.

Niewątpliwie należy do Superklasy. Co znaczy, że otaczają go fałszywi przyjaciele i wielu wrogów.

– Jeszcze jedno pytanie. Czy uważasz, że to w porządku niszczyć światy w imię wielkiej miłości?

Kelner śmieje się.

– Pan jest Bogiem, czy może gejem?

– Ani jednym, ani drugim. W każdym razie dziękuję za odpowiedź.

Popełnił błąd. Nie powinien był zadawać tego pytania. Po pierwsze nie potrzebuje niczyjej aprobaty dla swoich poczynań. Ponieważ każdego czeka kiedyś śmierć. Dlaczegóż niektórzy nie mieliby umierać w imię wielkich celów? Tak się dzieje od zarania dziejów. Mężczyźni poświęcali się, żeby wykarmić swoje plemię, dziewice składano na ołtarzu, żeby przebłagać smoki i bogów. Po drugie, nie powinien zwracać na siebie uwagi, a więc niepotrzebnie dał do zrozumienia kelnerowi, że interesuje go mężczyzna przy sąsiednim stoliku.

Kelner na pewno szybko zapomni, ale po co bezsensownie ryzykować. Tłumaczy sobie, że podczas takich imprez zainteresowanie innymi ludźmi jest czymś naturalnym. Tak jak normalnym jest płacenie za takie informacje. Robił to setki razy w restauracjach w różnych zakątkach świata. Na pewno i o niego nieraz nagabywano kelnerów. Kelnerzy przywykli do otrzymywania napiwków za informacje o gościach, za lepszy stolik, za dyskretne podanie liściku. Więcej, oczekują takiej nagrody za swoje usługi.

Nie, kelner z pewnością o wszystkim zapomni. A to znaczy, że Igor ma już swoją następną ofiarę. Jeżeli mu się uda i jeżeli policja przesłucha kelnera, ten powie tylko, że ktoś go zapytał, czy dopuszczalne jest unicestwianie światów w imię wielkiej miłości. Może nawet tyle nie zapamięta. Na pytanie: „Jak wyglądał?", odpowie: „Nie przyglądałem mu się. Pamiętam tylko, że powiedział, że nie jest gejem". Stróże prawa nieraz mieli do czynienia z francuskimi intelektualistami, którzy przesiadują po barach, gdzie wymyślają dziwaczne teorie, na przykład na temat socjologii festiwali filmowych. I zrezygnują z dalszych poszukiwań.

Coś go jednak wciąż niepokoiło.

Imię. Imiona.

Zabijał już wcześniej – z błogosławieństwem własnej ojczyzny. Nie umie powiedzieć, ilu zabił, nie widział ich twarzy i nie znał ich imion. Ponieważ poznanie imienia oznacza, że masz do czynienia z istotą ludzką, a nie z wrogiem. Imię nadaje człowiekowi jedyną w swoim rodzaju osobowość, która ma przeszłość i przyszłość, przodków i, być może, potomków, która przeżyła swoje upadki i wzloty. Człowiek to imię. Jest dumny ze swego imienia, w ciągu całego życia powtarza je miliony razy, utożsamiając się z nim. To pierwsze słowo, którego uczymy się po „mama" i „tata".

Olivia. Javits. Igor. Ewa.

Jednak duch nie ma imienia. Jest czystą prawdą, która mieszka w ciele przez jakiś czas i pewnego dnia je opuszcza. Kiedy dusza staje przed sądem bożym, Bóg jej nie zapyta o imię. Bóg zapyta: „Kochałaś za życia?" Bo co stanowi esencję życia? Zdolność do miłości, a nie imiona w paszportach, dowodach osobistych, na identyfikatorach czy wizytówkach. Wielcy mistycy zmieniali swoje imiona, a niekiedy porzucali je na zawsze. Pytany o imię, Jan Chrzciciel powiedział tylko: „Jestem głosem wołającego na pustyni". Kiedy trafił na swojego następcę w kościele, Jezus zamienił imię Szymona, którym tamten posługiwał się przez całe życie, i nazwał go Piotrem. A kiedy Mojżesz zapytał Boga o imię, usłyszał w odpowiedzi: „Jam jest".

Może powinien poszukać innej ofiary. Wystarczy jedna, którą poznał z imienia: Olivia. Czuje jednak, że nie powinien się wycofywać. Postanawia tylko nie odkrywać imienia następnego świata, który zamierza unicestwić. Nie cofnie się, bo chce oddać sprawiedliwość ubogiej dziewczynie z plaży, bezbronnej, kruchej ofierze. Nowe zadanie – spocony pseudo-atleta z trefionymi włosami, typ o znudzonym spojrzeniu i niemal nieograniczonej władzy – będzie znacznie trudniejsze. Mężczyźni w garniturach są nie tylko jego pomocnikami. Zauważył, że co jakiś czas omiatają wzrokiem namiot i rejestrują wszystko, co się wokół dzieje. Jeżeli chce być godny Ewy i sprawiedliwy wobec Olivii, musi wykazać się odwagą.

Zostawia rurkę w szklance soku. Powoli ściągają goście. Trzeba poczekać, aż zrobi się ścisk. To nie powinno trwać długo. Nie brał pod uwagę, że przyjdzie mu dokonać dzieła w biały dzień w samym środku bulwaru Croisette. Nie wie jeszcze, jak się za to zabrać. Coś mu jednak mówi, że to idealne miejsce.

Nie myśli już o ubogiej dziewczynie z plaży; adrenalina przenika do jego krwi, serce bije coraz szybciej, jest podniecony i szczęśliwy.

Javits Wild nie siedziałby tu tylko po to, żeby zjeść i napić się za darmo, bo bywa na tysiącach takich imprez. Przyszedł tu dla kogoś albo z jakiegoś konkretnego powodu.

To coś, lub ten ktoś, z całą pewnością będzie najlepszym alibi Igora.

12:26

Javits obserwuje nadchodzących gości, którzy szybko wypełniają namiot.

„Co ja tutaj w ogóle robię? – myśli. – Na co mi to? Mam wszystko, czego mi trzeba, znają mnie w światku filmowym, mogę mieć każdą kobietę, chociaż urodą nie grzeszę, no i fatalnie się ubieram, ale właśnie o to mi chodzi. Skończyły się czasy, kiedy miałem jeden jedyny garnitur, kiedy od czasu do czasu (żebrząc, podlizując się) zdobywałem zaproszenie od Superklasy, szykowałem się do wyjścia, jakby to było najważniejsze wydarzenie w moim życiu. Teraz już wiem, że zmieniają się tylko miasta, gdzie odbywa się bankiet. Wszystko inne jest dokładnie takie samo, nudne i przewidywalne.

Podchodzą do mnie ludzie i zachwycają się, tym co robię. Niektórzy nazywają mnie bohaterem i dziękują za danie szansy komuś spoza ścisłego grona uprzywilejowanych. Piękne, mądre kobiety, których nie zwiedzie wygląd zewnętrzny, widzą kłębiące się wokół mojego stolika tłumy i wypytują o mnie kelnerów. A potem zawsze znajdują jakiś sposób, żeby się przedstawić, przekonane, że seks to jedyne, na czym mi zależy. Każda prosi o jakąś przysługę. Dlatego mi schlebiają, chwalą mnie i proponują to, czego mi rzekomo brak. A ja chciałbym tylko, żeby dały mi święty spokój.

Byłem na tysiącach podobnych bankietów. Na ten nie

przyszedłem w żadnym konkretnym celu. Po prostu cierpię na bezsenność. Chociaż z Kalifornii do Cannes przyleciałem prywatnym odrzutowcem, cudem techniki, osiągającym pułap jedenastu kilometrów i pokonującym całą trasę bez międzylądowania. Zmieniłem wystrój wnętrza. Z osiemnastu zmniejszyłem liczbę foteli do sześciu i wydzieliłem kabinę dla czteroosobowej załogi. Teraz kiedy ktoś mnie pyta: „Mogę się z tobą zabrać?", mam doskonałą wymówkę: „Przepraszam, nie ma miejsc".

Swą nową zabawkę, wartą ponad 40 milionów dolarów, Javits wyposażył w dwa łóżka, stół konferencyjny, kabinę prysznicową, system dźwiękowy Miranda (Bang & Olufsen to doskonały design, znakomicie reklamowany, ale jest już przestarzały), dwa ekspresy do kawy, mikrofalówkę dla załogi i elektryczny grill dla siebie (nienawidził odgrzewanego jedzenia). Javits pije tylko szampana i chętnie się z gośćmi dzieli butelką Moët & Chandon rocznik 1961, ale na pokładzie samolotu ma zawsze przebogaty wybór trunków. Poza tym, w kabinie znajdują się dwa 21-calowe ekrany ciekłokrystaliczne, na których wyświetla się najnowsze filmy, nawet te, które jeszcze nie weszły do kin.

Podróżował po świecie jedną z najlepszych maszyn (tylko Francuzi przedkładają Dassault Falcon), ale mimo bogactwa, nie jest w stanie przestawić wszystkich zegarów w Europie. W tej chwili w Los Angeles jest 3:43 nad ranem i zaczynał odczuwać zmęczenie. Chodził z bankietu na bankiet i odpowiadał wciąż na dwa kretyńskie pytania, od których zaczynała się każda rozmowa:

„Jaką miałeś podróż?".

Na co nieodmiennie odpowiadał innym pytaniem:

„Dlaczego pytasz?".

Rozmówca nie bardzo wiedział, co odpowiedzieć, uśmiechał się głupawo i zmieniał temat:

„Na długo przyjechałeś?".

Javits znowu odpowiadał pytaniem: „Dlaczego pytasz?". A potem udawał, że odbiera telefon, przepraszał i oddalał się, a za nim jego dwaj nieodłączni towarzysze.

Nikogo interesującego nie poznał. Zresztą kto może się wydać interesującym człowiekowi, który ma praktycznie wszystko? Kiedyś próbował znaleźć sobie przyjaciół spoza branży filmowej: filozofów, pisarzy, artystów cyrkowych, właścicieli delikatesów. Z początku wszystko układało się pomyślnie, aż wreszcie padało stałe pytanie: „Może przeczytasz mój scenariusz?"; albo: „Mam przyjaciela/przyjaciółkę, zawsze chciał(a) zostać aktorem/aktorką. Może chciałbyś go/ją poznać?".

Nie chciał. Poza pracą był zajęty innymi sprawami. Raz w miesiącu latał na Alaskę, wchodził do pierwszego lepszego baru, upijał się, zjadał pizzę, wędrował po pustkowiu i rozmawiał z miejscowymi. Dwie godzinny dziennie ćwiczył w swojej prywatnej siłowni, ale lekarze ostrzegali go, że nie uniknie problemów z sercem. Nie dbał o kondycję. Chodziło mu o rozładowanie napięcia, jakie stale go przytłaczało, o medytację, chciał wyleczyć rany na duszy. Ilekroć podczas wędrówki po bezdrożach spotkał kogoś, pytał, jak to jest żyć „normalnym życiem", bo już zapomniał. Odpowiedzi bywały różne i z czasem doszedł do wniosku, że nawet wśród ludzi jest na świecie absolutnie sam.

Na podstawie obserwacji ludzkiego postępowania – a nie wypowiedzi napotykanych ludzi – spisał w punktach, czym jest normalność.

Javits rozgląda się. Samotny mężczyzna w ciemnych okularach popija sok owocowy i patrzy na morze w zamyśleniu, obojętny na wszystko wokół niego. Przystojny, dobrze ubrany, z włosami przyprószonymi siwizną. Był tu jako jeden z pierwszych. Na pewno wie, kim jest Javits, a przecież nie podszedł i się nie przedstawił. Nie boi się siedzieć samotnie przy stoliku! Samotność w Cannes jest przekleństwem, oznacza, że nikt się tobą nie interesuje, że jesteś nikim, że nikt cię tu nie zna.

Javits zazdrości nieznajomemu. Ten prawdopodobnie nie spełnia kryteriów wyszczególnionych na liście normalnych zachowań, którą Javits zawsze nosi w kieszeni spodni. Wygląda na niezależnego, wolnego człowieka. Chętnie bym z nim porozmawiał, myśli Javits, ale jestem bardzo zmęczony.

– Co to znaczy być normalnym? – zwraca się do jednego ze swoich towarzyszy.

– Masz wyrzuty sumienia? Może zrobiłeś coś niestosownego?

Najwyraźniej zadałem niewłaściwe pytanie niewłaściwemu człowiekowi. Pewnie teraz myśli, że żałuję czegoś, co zrobiłem i zamierzam rozpocząć nowe życie. Nie o to chodzi. Nawet gdybym czegoś żałował – już za późno zaczynać od nowa. Takie są reguły gry.

– Pytałem, co to znaczy być normalnym.

Adresat pytania jest wyraźnie zbity z tropu. Drugi rozgląda się wokół, obserwuje tłum ludzi.

– Żyć jak ktoś pozbawiony wszelkich ambicji – pada wreszcie odpowiedź.

Javits wyciąga listę z kieszeni i kładzie ją na stole.

– Nie rozstaję się z tą listą i stale coś do niej dopisuję.

Jeden z mężczyzn tłumaczy, że musi teraz pilnie baczyć, co się wokół dzieje. Drugi „przyjaciel", bardziej pewny siebie, czyta na głos:

LISTA NORMALNOŚCI:

1 Normalne jest wszystko to, dzięki czemu zapominamy, kim jesteśmy i czego pragniemy. Wszystko, co umożliwia pracę: produkowanie, przetwarzanie i zarabianie pieniędzy.

2 Określanie reguł wojennych (Konwencja Genewska).

3 Długie lata studiów, a następnie niemożność znalezienia pracy w swoim zawodzie.

4 Praca od dziewiątej do siedemnastej, która nie daje żadnej satysfakcji, a podejmuje się ją tylko po, żeby po trzydziestu latach przejść na emeryturę.

5 Przejście na emeryturę i odkrycie, że brak nam energii, żeby cieszyć się życiem. A po kilku latach śmierć z nudów.

6 Używanie botoksu.

7 Wiara, że władza znaczy więcej niż pieniądze, a pieniądze więcej niż szczęście.

8 Wyśmiewanie tych, którzy szukają szczęścia zamiast pieniędzy i zarzucanie im braku ambicji.

9 Porównywanie przedmiotów takich jak samochody, domy, odzież i określanie własnych ambicji zgodnie z wynikiem tych porównań. Nie zastanawianie się nad prawdziwą przyczyną, dla której przyszliśmy na świat.

10 Nie odzywanie się do obcych. Obgadywanie sąsiadów.

11 Przekonanie, że rodzice zawsze mają rację.

12 Małżeństwo i rodzina, a kiedy miłość wygaśnie pozostawanie w związku „dla dobra dzieci" (jakby one nie słyszały wiecznych kłótni).

12a Krytykowanie wszystkich, którzy próbują być inni.

14 Budzenie się na przeraźliwy jazgot budzika.

15 Ślepa wiara w słowo drukowane.

16 Wiązanie wokół szyi kawałka kolorowego materiału, który niczemu nie służy, a który nazywa się krawatem.

17 Zadawanie nieprecyzyjnych pytań, chociaż interlokutor dokładnie wie, dokąd zmierzamy.

18 Układanie ust w uśmiech, kiedy chce się nam płakać. Litowanie się nad tymi, którzy okazują swoje uczucia.

19 Pogląd, że sztuka warta jest fortunę, albo że nic nie jest warta.

20 Pogarda dla tego, co łatwo osiągalne. Skoro nie wymagało poświęcenia, to na pewno nie jest nic warte.

21 Podążanie za modą, nawet najidiotyczniejszą.

22 Przekonanie, że wszyscy sławni ludzie mają miliony.

23 Inwestowanie w urodę, a zaniedbywanie rozwoju duchowego.

24 Używanie wszystkich dostępnych środków, żeby udowodnić innym swoją nieskończoną wyższość, chociaż jest się zupełnie zwykłą osobą.

25 Unikanie spojrzeń w środkach transportu publicznego, w obawie przed posądzeniem o flirt.

26 Stawanie twarzą do drzwi w windzie i niezauważanie nikogo, chociaż kabina jest przepełniona.

27 Nie pozwalanie sobie na głośny śmiech w restauracji, choćby usłyszana anegdota była śmieszna do rozpuku.

28 Na półkuli północnej ubieranie się zgodnie z porą roku: gołe ramiona na wiosnę (choćby było bardzo zimno), wełniany sweter jesienią (choćby było bardzo ciepło).

29 Na półkuli południowej przybieranie drzewka bożonarodzeniowego śniegiem z waty, chociaż narodzenie Chrystusa nie ma z zimą nic wspólnego.

30 Zakładanie, że z wiekiem stajemy się skarbnicami wszelkiej mądrości, chociaż niewiele w życiu widzieliśmy i przeżyliśmy.

31 Uczestniczenie w imprezach charytatywnych w poczuciu, że przyczyniamy się do zniesienia panującej w świecie niesprawiedliwości.

32 Spożywanie trzech posiłków dziennie, choć nie jesteśmy głodni.

33 Przeświadczenie, że inni są pod każdym względem lepsi: ładniejsi, zdolniejsi, bogatsi, inteligentniejsi, a wykraczanie poza własne możliwości jest bardzo ryzykowne i dlatego lepiej nic nie robić.

34 Używanie samochodu jako broni i jako zbroi.

35 Przeklinanie w korkach ulicznych.

36. Przekonanie, że to koledzy namawiają nasze dziecko do złego.

37 Małżeństwo z pierwszą osobą, która może zapewnić odpowiednią pozycję społeczną. Na miłość przyjdzie czas później.

38 Mówienie „Próbowałem", chociaż to nieprawda.

39 Odkładanie najciekawszych rzeczy w życiu na koniec, kiedy już brak nam sił i energii.

40 Aplikowanie sobie codziennych, wielogodzinnych dawek telewizji jako ucieczki od depresji.

41 Przekonanie, że można być pewnym wszystkiego, co się już zdobyło.

42 Zakładanie, że kobiety nie lubią piłki nożnej, a mężczyźni aranżacji wnętrz i gotowania.

43 Zwalanie za wszystko winy na rząd.

44 Przeświadczenie, że okazując dobroć, uczciwość i szacunek będziemy postrzegani jako słabi i łatwo dający sobą manipulować.

45 Przeświadczenie, że agresywność i chamstwo, to to samo, co silna osobowość.

46 Strach przed endoskopią (mężczyźni) i porodem (kobiety).

– Powinieneś na podstawie tego nakręcić film – śmieje się „przyjaciel".

„Znowu to samo, myśli Javits. Nie potrafią myśleć o niczym innym. Nie odstępują mnie na krok, a mimo to nie mają pojęcia, czym się zajmuję. Nie robię filmów".

Wszystko zaczyna się od tak zwanego producenta. Przeczytał właśnie jakąś książkę i wpadł na genialny pomysł. Jedzie sobie samochodem autostradami Los Angeles (które tak naprawdę jest wielkim przedmieściem). Siedzi więc sam w samochodzie i sam podejmuje decyzję o przekształceniu tego fantastycznego pomysłu w coś, co będzie można zobaczyć na ekranie.

Dowiaduje się, czy nikt go nie ubiegł, jeśli chodzi o prawa do ekranizacji. Jeżeli się spóźnił, szuka i znajduje inną powieść – w samych Stanach Zjednoczonych publikuje się rocznie ponad 60 tysięcy tytułów. Jeżeli zdążył przed konkurencją, dzwoni do autora książki i proponuje najniższą możliwą cenę. Zwykle propozycja zostaje z miejsca przyjęta. Nie tylko aktorzy marzą o współpracy z fabryką snów. Każdy pisarz czuje się dowartościowany, jeśli jego słowa przeobrażają się w obraz.

Umawiają się na obiad. Producent chwali powieść jako „wielkie dzieło o ogromnym potencjale kinematograficznym", a autora jako „geniusza, zasługującego na sławę". Autor wyjaśnia, że powieść zabrała mu pięć lat życia i proponuje swój udział w pracach nad scenariuszem. „Przykro mi, ale to niemożliwe. Chodzi o całkiem inny język", słyszy w odpowiedzi. „Ale rezultat z pewnością pana zadowoli".

A potem: „Zapewniam, że film będzie wierną adaptacją książki". Co oczywiście jest wierutnym kłamstwem, o czym obaj dobrze wiedzą.

Pisarz przyjmuje warunki, obiecując sobie, że następnym razem będzie twardszy. Producent wyjaśnia, że należy teraz poszukać dużego studia filmowego i zdobyć środki finansowe. Wspomina o kilku gwiazdach zainteresowanych głównymi rolami. To następne wierutne kłamstwo, które zawsze robi spore wrażenie i ostatecznie przekonuje autora. Producent kupuje tak zwaną „opcję", czyli płaci około 10 tysięcy dolarów za prawa do ekranizacji przez okres trzech lat. Co potem? „Później wypłacimy kwotę dziesięciokrotnie wyższą, plus oczywiście 2% od zysku netto". Tak kończą się negocjacje finansowe – pisarz jest przekonany, że obiecana część wpływów osiągnie kwotę astronomiczną.

Gdyby się rozpytał wśród znajomych, dowiedziałby się, że doradcy finansowi Hollywoodu są mistrzami w magicznej sztuce pod tytułem: żaden film nigdy nie zarobił ani grosza!

Na koniec producent wyciąga z kieszeni szczegółowy kontrakt i prosi o natychmiastowe złożenie podpisu. Ma to być argumentem dla studia filmowego, dowodem, że produkt należy do nich. Nie mogąc oderwać wzroku od tych 2 procent dochodów (na które nie ma żadnych szans) i widząc oczyma wyobraźni wypisane wielkimi literami własne nazwisko na plakatach (w rzeczywistości będzie to najwyżej krótka linijka petitem: „Na podstawie powieści...”), pisarz bez dłuższego zastanawiania się podpisuje kontrakt.

Marność nad marnościami i wszystko marność. Nic nowego pod słońcem, jak powiedział Salomon ponad trzy tysiące lat temu.

Producent zaczyna pukać do drzwi studiów filmowych. Jego nazwisko jest już znane w środowisku, dlatego niektóre drzwi otwierają się przed nim, ale jego propozycje nie zawsze spotykają się z przychylnym przyjęciem. Jeśli nic z tego nie wyjdzie, nie trudzi się nawet, żeby zaprosić autora na jeszcze jeden obiad. Wysyła po prostu list z wyjaśnieniem, że mimo jego własnej entuzjastycznej oceny, przemysł filmowy nie jest jeszcze gotowy na tak nowatorskie dzieło. Załącza kontrakt (przez niego nie podpisany, rzecz jasna).

Jeżeli pomysł zostanie zaakceptowany, producent udaje się do osoby najmniej ważnej i najgorzej opłacanej w całej hierarchii – do scenarzysty. Scenarzysta to ktoś, kto pracuje dniami i nocami przez całe tygodnie i miesiące, wielokrotnie przerabiając oryginał na potrzeby filmu. Scenariusz wysyła się do producenta (nigdy do autora książki), który zwyczajowo odrzuca pierwszą próbę, wychodząc z założenia, że scenarzystę zawsze stać na więcej. Młody talent (lub też stary wyjadacz – w tym światku nie istnieją etapy pośrednie) ma w perspektywie następne bezsenne tygodnie i miesiące, i hektolitry czarnej kawy. W nieskończoność przepisuje scena po scenie, wprowadzając poprawki sugerowane przez producenta (i często się dziwi: „Skoro potrafi pisać lepiej ode mnie, czemu sam się za to nie zabrał?”, ale szybko przypomina sobie o obiecanym honorarium i ponownie siada do komputera).

Wreszcie scenariusz jest prawie gotowy. Teraz producent przedstawia długą listę postulatów: usunięcie wszelkich aluzji politycznych, które nie spodobałyby się bardziej konserwatywnej części publiczności, wprowadzenie większej ilości pocałunków, bo kobiety to lubią. Historia musi mieć początek, środek i zakończenie, a ofiarność i męstwo głównego bohatera mają wzruszać do łez. Najlepiej gdyby w początkowych scenach filmu któraś z postaci traciła ukochaną osobę, a odnajdywała ją w finale. Dla większości scenariuszy wzorzec jest jeden: Pan kocha panią. Pan traci panią. Pan odzyskuje panią. Dziewięćdziesiąt procent filmów to wariacje na ten jeden temat.

Filmy, które odbiegają od tego schematu, brak wątku miłosnego rekompensują scenami przemocy, albo masą uwielbianych przez publiczność efektów specjalnych. A że ta formuła sprawdziła się tysiące razy, po co niepotrzebnie ryzykować?

Dokąd teraz udaje się producent ze scenariuszem w ręku – jego zdaniem doskonałym?

Do studia, które wyłożyło fundusze. Tam jednak czeka do skierowania do kin długa kolejka gotowych filmów, a jak wiadomo na całym świecie ilość kin zmniejsza się z roku na rok. Studio prosi więc producenta o odrobinę cierpliwości, albo o znalezienie niezależnego dystrybutora – oczywiście po podpisaniu kolejnego, szczegółowego kontraktu (zastrzegającego między innymi wyłączne prawa do rozpowszechniania „poza planetą Ziemią") – i wzięciu na siebie całkowitej odpowiedzialności za wszystkie związane z produkcją wydatki.

W tym momencie wkracza na scenę ktoś taki, jak niezależny dystrybutor – dla zwykłych zjadaczy chleba postać całkowicie anonimowa, ale znana dobrze w światku filmowym. Wszyscy obecni doskonale orientują się jak ważną jest osobistością. Osobnik, który niczego nie wymyślił, niczego nie napisał i nie wydał centa.

Javits jest pośrednikiem. Jest dystrybutorem!

Przyjmuje producenta w swoim obskurnym biurze (wielki odrzutowiec, dom z basenem, zaproszenia na najważniejsze w świecie imprezy służą wyłącznie poprawieniu mu samopoczucia – producent nie zasługuje nawet na szklankę wody mineralnej). Odbiera od niego film na DVD i w zaciszu domowym ogląda jego pięć pierwszych minut. Czasem, w jednym przypadku na sto, ogląda film do końca, bo coś mu się na początku spodobało. Wtedy wydaje dziesięć centów na telefon do producenta i wyznacza mu datę i godzinę następnego spotkania.

„Podpisujemy kontrakt", oznajmia, jakby wyświadczał mu wielką przysługę. „Zajmę się dystrybucją".

Producent próbuje negocjować. Dopytuje się, w ilu kinach i gdzie film będzie wyświetlany, no i na jakich warunkach. Bezsensowne pytania, bo wie dobrze, co usłyszy w odpowiedzi: „Wszystko zależy od reakcji publiczności na pokazach przedpremierowych". Produkt zostanie pokazany widzom reprezentującym wszystkie grupy społeczne – skrupulatnie wyselekcjonowanym przez wyspecjalizowane firmy zajmujące się badaniem rynku. Specjaliści zanalizują rezultaty. Jeżeli wynik analizy okaże się pozytywny, Javits wyda kolejne dziesięć centów na telefon, a następnego dnia wręczy producentowi do podpisania kolejny tasiemcowej długości kontrakt w trzech jednobrzmiących egzemplarzach. Producent prosi o trochę czasu na skonsultowanie się z adwokatem. Javits oczywiście się zgadza, zastrzegając jednak, że właśnie zamyka listę tytułów na najbliższy sezon, nie może więc zagwarantować, że następnego dnia, kiedy producent wróci z podpisanym kontraktem, nie będzie już za późno na uwzględnienie filmu w bieżącym repertuarze.

Producent przebiega wzrokiem tylko ten paragraf, który dotyczy jego wynagrodzenia. Podoba mu się to, co widzi i podpisuje. Druga taka szansa może się nie trafić.

Minęły lata od czasu, kiedy po raz pierwszy rozmawiał z autorem powieści o możliwości ekranizacji. Nie zdaje sobie sprawy, że teraz znalazł się dokładnie w tym samym miejscu, co autor kilka lat wcześniej.

Marność nad marnościami i wszystko marność. Nic nowego pod słońcem, jak mawiał stary Salomon ponad trzy tysiące lat temu.

Javits rozgląda się po namiocie i po raz kolejny zadaje sobie pytanie: Co ja tu właściwie robię? Kontroluje ponad pięćset sal kinowych w Stanach Zjednoczonych i ma umowy na wyłączność z następnymi pięcioma tysiącami sal na całym świecie. Ich właściciele muszą kupować wszystko, co im zaoferuje, nawet kompletne knoty. Wiedzą, że sukces kasowy jednego filmu zrekompensuje z okładem finansowe fiasko pięciu innych, które nie przyciągnęły tłumów. Wszyscy zależni są od Javitsa, niezależnego megadystrybutora, herosa, który złamał monopol wielkich studiów i stał się legendą w świecie filmowym.

Nikt nie pyta, jak mu się to udało, ale to nie ma najmniejszego znaczenia, skoro zalicza jeden wielki sukces kasowy na pięć knotów (średnia wielkich studiów filmowych to jeden sukces na dziewięć niewypałów).

Oczywiście sam Javits doskonale wie, jak osiągnął sukces. Właśnie dlatego nie rozstaje się z dwójką swoich „przyjaciół", którzy teraz odbierają telefony, ustalają terminy spotkań, przyjmują zaproszenia. Wyglądają całkiem normalnie, w niczym nie podobni do napakowanych goryli przy wejściu do namiotu, ale są warci więcej niż niejedna armia. Zostali wyszkoleni w Izraelu, odbywali służbę w Ugandzie, Argentynie i Panamie. Jeden zajmuje się odbieraniem telefonów, drugi w tym czasie pilnie śledzi każdy ruch i gest obecnych. Zamieniają się zadaniami,

tak jak to robią tłumacze symultaniczni czy kontrolerzy lotów – co piętnaście minut potrzebują piętnastu minut wytchnienia.

Czego szuka na tym „lunchu"? Mógłby zostać w hotelu i pospać sobie. Jest zmęczony pochlebstwami. Ma dość uśmiechania się i tłumaczenia, że nie ma sensu dawać mu wizytówki, bo i tak ją zgubi. W ostateczności odsyła natrętów do jednej z sekretarek (zakwaterowanych w innym luksusowym hotelu przy bulwarze Croisette), które nawet oka nie mogą zmrużyć, bo cały czas odbierają telefony, odpisują na emaile i usuwają z poczty cały spam (głownie oferty na przedłużenie penisa i środki gwarantujące wielokrotny orgazm), który przedziera się przez wszystkie zainstalowane w komputerze filtry. W zależności od tego, w jaki sposób Javits kiwnie głową, jeden z jego towarzyszy wręcza rozmówcy adres i telefon sekretarki, albo przeprasza, że nie ma już wizytówek.

Co on tu robi? Najwyższa pora udać się na spoczynek. W Los Angeles dawno spałby sobie smacznie. Javits zna odpowiedź, ale nie chce jej zaakceptować: boi się samotności. Zazdrości facetowi, który przyszedł wcześniej i ze wzrokiem utkwionym w dal popijał sok. Zrelaksowany, wyglądał jak ktoś, kto nie dba o to, co inni o nim myślą. Javits postanawia zaprosić go na drinka, ale mężczyzny nie ma już przy stoliku.

W tym samym momencie czuje ukłucie w plecy.

„Komary. To przez nie nienawidzę przyjęć na plaży".

Sięga dłonią, żeby podrapać swędzące miejsce i wymacuje cienką szpilkę. Co za idiotyczny żart! Ogląda się za siebie. Dwa metry dalej, za grupą gości, spostrzega ciemnoskórego mężczyznę z głową w dredach. Głośno się śmieje, a otaczające go kobiety wpatrują się w niego wzrokiem pełnym podziwu i pożądania.

Javits jest zbyt zmęczony, żeby zareagować. Lepiej zostawi czarnego w spokoju. Niech się dowcipniś cieszy, skoro tylko tak może zrobić na ludziach wrażenie.

– Idiota.

Obaj jego towarzysze natychmiast reagują na zmianę w zachowaniu swego podopiecznego, który płaci im 435 dolarów dziennie. Jeden z nich sięga ręką pod lewą pachę, gdzie, niewidoczny pod marynarką, ma automatyczny pistolet w kaburze. Drugi podnosi się z miejsca i dyskretnie (w końcu są na bankiecie) ustawia się pomiędzy czarnoskórym mężczyzną a swoim szefem.

– Nic się nie stało – uspokaja Javits. – To tylko głupi kawał.

Pokazuje im szpilkę.

Dwaj idioci są gotowi do odparcia każdego ataku z użyciem broni palnej czy białej. Zawsze pierwsi wchodzą do hotelowego apartamentu, na wszelki wypadek z odbezpieczonymi pistoletami. Wystarczy im jeden rzut oka, żeby dostrzec, kto ma przy sobie broń (co zdarza się często w wielu rejonach świata), a z podejrzanego nie spuszczają wzroku, dopóki się nie przekonają, że dla ich szefa nie stanowi żadnego zagrożenia. W windzie stają murem po obu stronach Javitsa, odgradzając go od innych pasażerów. Nigdy w jego obecności nie wyjęli broni z kabury, ale gdyby tak się stało, niechybnie by jej użyli. Zwykle w sytuacjach krytycznych wystarczy ich jedno spojrzenie albo kilka słów na stronie.

Sytuacje krytyczne? Żadnej, odkąd zatrudnił obu „przyjaciół". Jakby sama ich obecność wystarczała, żeby oddalić wszystkie złe duchy i mroczne intencje.

– Ten facet przyszedł wcześnie i siedział przy tamtym stoliku – powiedział jeden z nich. – Był uzbrojony, prawda?

Drugi wymamrotał coś jak: „prawdopodobnie". Ale nieznajomy zniknął jakiś czas temu. A mieli na niego oko przez cały czas, bo nie wiedzieli, na co patrzył zza ciemnych szkieł.

Uspokajają się. Jeden wraca do odbierania telefonów, drugi świdruje wzrokiem czarnego z dredami, który odpowiada bezczelnym spojrzeniem. Jest w tym czarnym coś dziwnego, ale jeden fałszywy ruch i może stracić wszystkie zęby. Wszystko rozegra się dyskretnie, z dala od ciekawskich spojrzeń, gdzieś na plaży. Sprawę załatwi jeden z nich, a drugi będzie stał z boku z palcem na cynglu. Tyle że takie bezczelne zachowanie bywa próbą odseparowania ochroniarzy od celu ataku. Znają dobrze takie sztuczki.

– W porządku…

– Nic nie jest w porządku. Dzwońcie po karetkę. Nie mogę ruszyć ręką.

12:44

To się nazywa szczęście!

Wszystkiego się spodziewała, ale nie tego, że spotka mężczyznę, który – była o tym przekonana – odmieni jej życie. Tymczasem jest tu, jak zwykle byle jak ubrany, siedzi przy stoliku z dwoma przyjaciółmi. Ci naprawdę wielcy nie muszą nikomu niczego udowadniać. Nie potrzebują nawet ochroniarzy. Zdaniem Maureen, ludzie w Cannes dzielą się na dwie kategorie:

a) opaleni – całe dnie wystawiają twarze do słońca (należą już do wybrańców) i mają dostęp do wszystkich zamkniętych stref miasta. Po powrocie do hotelu zastają górę zaproszeń, których większość ląduje w koszu na śmieci.

b) bladzi – biegają od jednej obskurnej agencji do drugiej i czekają w długich kolejkach na próby i castingi, a potem oglądają doskonałe filmy, których nikt nie zauważa w zalewie szmiry, albo koszmarne produkcje, które mają szanse na „miejsce pod słońcem" (wśród opalonych), bo ich twórcy znają kogo trzeba.

Javits Wild ma oczywiście godną pozazdroszczenia opaleniznę.

Festiwal, który na dwanaście dni bierze w posiadanie to niewielkie miasto na południu Francji, podbija maksymalnie ceny, uniemożliwia mieszkańcom swobodne poruszanie się ulicami, wypełnia lotnisko prywatnymi odrzutowcami, a plaże modelkami. Festiwal to nie tylko oblegany przez fotoreporterów czerwony dywan, po którym gwiazdy filmowe defilują do głównego wejścia Pałacu Festiwalowego. Cannes nie jest pokazem mody. Jest festiwalem filmowym.

Luksus i przepych stanowią najbardziej widowiskową część imprezy, ale liczy się przede wszystkim to, czego telewizje nie pokazują: kupujący i sprzedający z całego świata negocjują sprzedaż gotowych produktów, prowadzą rozmowy o inwestycjach i niezrealizowanych jeszcze pomysłach. W zwykłym dniu festiwalowym, w całym mieście odbywa się około 400 projekcji filmowych, większość z nich w wynajętych na okres festiwalu lokalach. W małych, dusznych pomieszczeniach widzowie siedzą na podłodze i na łóżkach, skarżąc się na upał, żądając obsługi godnej pięciogwiazdkowego hotelu. Organizatorzy takich seansów uśmiechają się z przymusem, z trudem trzymając nerwy na wodzy, bo na wszystko muszą się zgadzać, spełniać każdą zachciankę. Znoszą wiele dla szansy pokazania czegoś, nad czym pracowali prawdopodobnie kilka lat.

W czasie, kiedy 4800 nowych filmów walczy zacięcie o opuszczenie pokoi hotelowych i o projekcję w prawdziwym kinie, fabryki snów zmierzają w przeciwnym kierunku: pojawiają się nowe technologie, ludzie niechętnie wychodzą z domu, bo się boją, bo zbyt ciężko pracują, bo mają kablówkę, która za grosze oferuje około 500 filmów dziennie.

Najgorsze jest to, że dzięki Internetowi każdy może być twórcą filmowym. Rozmaite portale wyspecjalizowały się w pokazywaniu pierwszych kroków dziecka, egzekucji przez ścięcie lub kobiet, które wystawiają swoje ciała na pokaz, bo je rajcuje świadomość, że z drugiej strony ekranu komuś uprzyjemnią chwile samotności. Mamy też portale karmiące nas scenami ludzi umierających z zimna na dworcach, sceny katastrof naturalnych i wypadków drogowych, klipy sportowe, pokazy mody, filmy z ukrytych kamer, których celem jest ośmieszenie Bogu ducha winnych przechodniów.

Oczywiście ludzie wychodzą z domu. Ale wolą wydawać pieniądze w restauracjach i sklepach z markową odzieżą. Bo wszystko inne mają w domu na ekranach telewizorów i monitorów o wysokiej rozdzielczości.

Odeszła już epoka, kiedy to każdy znał na pamięć nazwiska wielkich laureatów Złotej Palmy. Dzisiaj na pytanie, kto wygrał rok wcześniej, nawet ci, którzy tam byli, nie są w stanie odpowiedzieć. „Chyba jakiś Rumun", mówi jeden. „Nie jestem pewien, raczej Niemiec", podpowiada inny. Później cichcem sprawdzą w katalogach i odkryją, że to był Włoch, a jego filmy pokazywane są jedynie w klubach dyskusyjnych.

Po okresie twardej walki z wypożyczalniami kaset wideo kina przeżywały krótki okres prosperity, ale teraz znowu chylą się ku upadkowi. Tym razem ich przeciwnikami są Internet, producenci pirackich kopii i stare filmy na płytach DVD, dołączane za darmo do czasopism. W tej sytuacji dystrybucja staje się bezlitosną walką o przeżycie. Duże studio filmowe, które zainwestowało duże pieniądze w jakiś obraz, ucieka się do wszelkich sposobów, żeby film był pokazywany w możliwie największej ilości kin na całym świecie w tym samym czasie. Tym samym filmy, realizowane przez nowe alternatywne studia, wypychane są z rynku.

Śmiałkowie, którzy wbrew zdrowemu rozsądkowi podejmują ryzyko, odkrywają (zwykle zbyt późno), że sam produkt wysokiej jakości nie wystarczy do osiągnięcia sukcesu. Dystrybucja w wielkich metropoliach kosztuje bajońskie sumy, nie mówiąc o promocji, pełnostronicowych reklamach w prasie, premierowych galach, specjalistach od marketingu, gadżetach reklamowych, coraz droższych ekipach współpracowników, profesjonalnym sprzęcie. Najtrudniej jednak znaleźć kogoś, kto sprzeda gotowy już wyrób.

A mimo to każdego roku powtarza się to samo: chodzenie od drzwi do drzwi, żeby po wielu trudach umówić się wreszcie na spotkanie z przedstawicielem Superklasy, którego interesuje wszystko, prócz repertuaru kin. Negocjacje ze stacjami telewizyjnymi gotowymi zapłacić jedynie ułamek uczciwej ceny za zaszczyt, jaki spotyka reżysera, jeśli jego film zostanie wyemitowany. Wysłuchiwanie żądań wprowadzenia zmian w imię szacunku dla wartości rodzinnych, przemontowania gotowego filmu, obietnic (rzadko dotrzymywanych), że po całkowitej zmianie scenariusza już w następnym roku na reżysera będzie czekał gotowy kontrakt.

Nieszczęsny reżyser słucha i akceptuje, bo nie ma wyjścia. Superklasa rządzi światem. Ze słodkim uśmiechem delikatnie przedstawia swoje argumenty, ale jej decyzje są zawsze ostateczne. Oni się na tym znają. Przyjmują lub odrzucają. Mają pełnię władzy. A władza z nikim nie negocjuje, jedynie z samą sobą. Nie wszystko jednak stracone. W realnym świecie, jak w filmie, również istnieją bohaterowie.

Maureen ma przed sobą jednego z takich bohaterów! Wreszcie nadszedł długo oczekiwany moment. Po trzech latach pracy, marzeń, telefonów, wyjazdów do Los Angeles, prezentów, próśb do przyjaciół z jej Banku Przysług i wstawiennictwa ze strony byłego chłopaka, kolegi ze szkoły filmowej, który uznał, że zamiast tracić głowę i pieniądze, bezpieczniej jest podjąć pracę w tygodniku poświęconym filmowi.

„Pomówię z nim, powiedział eks-kochanek. Tyle, że Javits nikogo nie potrzebuje, nawet dziennikarzy, którzy by go lansowali lub mu szkodzili. Jest ponad to. Kiedyś dociekaliśmy, jak to się dzieje, że właściciele kin jedzą mu z ręki, ale jego współpracownicy odmówili komentarza. Pomówię z nim, ale niczego nie gwarantuję".

Porozmawiał z Javitsem, nakłonił go do obejrzenia *Tajemnic lochu*, a następnego dnia telefonicznie zaproponował Maureen spotkanie w Cannes.

Nie odważyła się nawet wspomnieć, że mieszka dziesięć minut drogi taksówką od jego biura. Kupiła bilet lotniczy do Paryża, stamtąd pociągiem jechała cały dzień do Cannes. Pokazała *voucher* nieuprzejmemu recepcjoniście hotelu piątej kategorii i zainstalowała się w pojedynczym pokoju, tak małym, że w drodze do toalety potykała się o własne walizki. Również dzięki byłemu chłopakowi zdobyła kilka zaproszeń na mało ważne imprezy, takie jak promocja nowej wódki czy pokaz pewnej nowej linii t-shirtów. Na zdobycie zaproszenia do Pałacu Festiwalowego było już o wiele za późno.

Dużo na to wszystko wydała, przez ponad dwadzieścia godzin bez przerwy była w drodze, ale trudy się opłaciły.

Czuje, że wyjedzie z podpisanym kontraktem i czeka ją wspaniała przyszłość. Że przemysł filmowy przeżywa kryzys? Cóż z tego? Czyż filmy – chociaż jest ich mniej – ciągle nie robią sukcesów kasowych? Miasta są oblepione plakatami nowych filmów. O czym piszą tabloidy? O gwiazdach filmowych! Maureen wie, a może tylko wierzy, że stale powracające przepowiednie o śmierci kina jak dotąd się nie sprawdziły. „Kino się skończyło", kiedy pojawiła się telewizja. „Kino się skończyło", kiedy powstawały wypożyczalnie wideo. „Kino się skończyło", kiedy Internet umożliwił piracką dystrybucję. A mimo wszystko kino wciąż żyje – i to ma się dobrze, sądząc po ulicach tego śródziemnomorskiego miasta, które sławę zawdzięcza festiwalowi.

Teraz trzeba tylko wykorzystać mannę, która spada prosto z nieba do jej rąk.

Godzić się na wszystko. Javits Wild jest na festiwalu. Javits widział już jej film. A temat filmu – wykorzystywanie seksualne – po serii szeroko opisywanych w prasie spraw jest niewątpliwie na czasie. Nadeszła odpowiednia chwila, żeby *Tajemnice lochu* pokazać publiczności kin, kontrolowanych przez Javitsa.

Javits Wild, buntownik z wyboru, człowiek, który zrewolucjonizował rozpowszechnianie filmów dla szerokiej publiczności. Tylko aktor Robert Redford próbował mu dorównać, tworząc Sundance Film Festival, forum niezależnych twórców filmowych, ale mimo długoletnich wysiłków nie udało mu się przełamać monopolu, który obraca setkami milionów dolarów w Stanach, Europie i Indiach. Javits Wild zwyciężył.

Javits Wild, zbawca kinematografii, człowiek legenda, sympatyk mniejszości, przyjaciel artystów, nowoczesny mecenas, miał jakiś sprytny sposób (nie wiedziała jaki, ale wiedziała, że skuteczny), żeby trafić do kin na całym świecie.

Javits Wild zaprosił ją na dziesięciominutową rozmowę. A to oznaczało jedno: podoba mu się jej film, a reszta jest tylko kwestią dogadania kilku szczegółów.

„Zgodzę się na wszystko – powtarza. – Absolutnie na wszystko".

Oczywiście w dziesięć minut Maureen nie opowie mu o całych ośmiu latach (jednej czwartej jej życia) pracy nad filmem. Nie ma sensu wspominać o dyplomie szkoły filmowej, kilku reklamach, dwóch filmach krótkometrażowych, dobrze przyjętych w kinach studyjnych i w nowojorskich klubach alternatywnych. Nie warto też mówić o tym, że obciążyła hipoteką otrzymany w spadku po rodzicach dom, żeby na realizację filmu zdobyć kredyt w wysokości miliona dolarów, ani że to była jej jedyna szansa, bo innego domu nie miała.

Po wielu próbach jej koleżanki i koledzy ze studiów zapominali o dawnych ideałach i zajęli się reklamą lub podejmowali pracę w mało znanych firmach produkujących seriale telewizyjne. Maureen, po dobrym przyjęciu, z jakim spotkały się jej krótkometrażówki, marzyło się coś więcej i nic nie było w stanie jej zatrzymać.

Żywiła głębokie przekonanie, że miała misję do spełnienia: odmienić świat, żeby lepiej się w nim żyło przyszłym pokoleniom; połączyć wysiłki wszystkich ludzi myślących podobnie; dowieść, że sztuka jest nie tylko rozrywką; obnażyć nędzę duchową i fałsz przywódców politycznych; ratować głodujące dzieci w Afryce; chronić środowisko naturalne; walczyć z niesprawiedliwością społeczną.

Zamysł ambitny, ale była pewna, że dzięki uporowi możliwy do urzeczywistnienia. Żeby osiągnąć upragniony cel, musiała najpierw oczyścić duszę. Z pomocą miały jej przyjść cztery siły, które zawsze nią kierowały: miłość, śmierć, władza i czas. Musimy kochać, ponieważ Bóg nas kocha. Musimy być świadomi śmierci, żeby cieszyć się życiem. Musimy walczyć, żeby zwyciężyć – nie ulegając jednak żądzy władzy, bo władza dla samej władzy jest niewiele warta. Wreszcie musimy zrozumieć, że nasza nieśmiertelna dusza tkwi uwięziona w pajęczynie czasu, ze wszystkimi jej możliwościami i ograniczeniami.

Nawet uwięziona w pajęczynie czasu, Maureen mogła robić to, co lubi i co ją interesuje. Za pomocą sztuki filmowej była zdolna zostawić swoje przesłanie światu, który zdawał się rozpadać na jej oczach, była w stanie zmienić rzeczywistość i ludzi.

Kiedy zmarł jej ojciec, który całe życie skarżył się, że nigdy nie robił tego, o czym marzył, zrozumiała coś niezwykle ważnego: zmiany zachodzą właśnie w momentach kryzysu.

Nie chciała skończyć jak on, nie chciała powiedzieć własnej córce: „Kiedyś czegoś pragnęłam i nawet byłam w stanie to osiągnąć. Ale się przestraszyłam ". Kiedy dostała spadek, wiedziała, że to znak: miała spełnić swoją misję.

Przyjęła wyzwanie. W przeciwieństwie do innych nastolatek, które marzą o karierze aktorskiej, jej marzyło się opowiadanie historii, które zachwycą, zabawią i rozbudzą marzenia przyszłych pokoleń. Tak jak *Obywatel Kane*. Ten pierwszy film mało znanego aktora, dziennikarza radiowego, który demaskował słynnego amerykańskiego magnata prasowego, wszedł do klasyki kina nie tylko za sprawą tematyki, ale też ze względu na twórcze podejście do ówczesnych problemów etycznych i innowacyjne rozwiązania techniczne. Wystarczył jeden film, żeby stać się nieśmiertelnym.

„Jego pierwszy film".

A więc można trafić za pierwszym razem. Nawet jeżeli reżyser, Orson Welles, nigdy już nie powtórzył tego sukcesu. Nawet jeżeli zniknął ze sceny (to się zdarza) i obecnie pozostaje jedynie tematem wykładów na wydziałach filmowych. Z pewnością prędzej czy później ktoś znowu odkryje jego geniusz. Pozostawił potomnym nie tylko *Obywatela Kane*. Udowodnił przecież, że wystarczy jeden krok we właściwym kierunku, i możesz liczyć na zaproszenia. Obiecała sobie: nigdy nie zapomnieć o trudnościach, przez które przeszła, i dokładać wszelkich starań, żeby człowiek mógł odzyskać swoją godność.

A skoro można zrobić tylko jeden pierwszy film, skoncentrowała wszystkie wysiłki, modlitwy i emocje na jednym projekcie. W przeciwieństwie do swoich przyjaciół, pełnych najrozmaitszych pomysłów, a w rezultacie pracujących nad kilkoma projektami jednocześnie, z których żaden nie kończył się sukcesem, Maureen duszą i ciałem poświeciła się *Tajemnicom lochu*, opowieści o pięciu zakonnicach, które przyjmują pod swój dach maniaka seksualnego. Zamiast go nawrócić, akceptują reguły jego wynaturzonego świata i oddają mu się, żeby dzięki miłości pojął chwałę Bożą.

Maureen miała prosty plan. Hollywoodzkie artystki, nawet te najsławniejsze, znikają z afiszy po ukończeniu 35 lat. Nadal piszą o nich kolorowe czasopisma, nadal gwiazdy pokazują się na aukcjach charytatywnych i wielkich bankietach, popierają różne kampanie humanitarne, a kiedy wreszcie zdadzą sobie sprawę, że świat o nich

zapomniał, wdają się w romanse, rozwodzą się lub wywołują skandale – wszystko dla jeszcze kilku miesięcy, tygodni lub dni chwały. W tym okresie między bezrobociem a totalnym zapomnieniem pieniądze nie mają dla nich żadnego znaczenia: zgodziłyby się na każdą rolę, byle tylko znów znaleźć się na ekranie.

Maureen skontaktowała się z aktorkami, które niespełna dziesięć lat wcześniej znajdowały się u szczytu, a teraz ziemia zaczynała im się usuwać spod nóg i zrobiłyby wszystko, żeby znowu zabłysnąć. Napisała wspaniały scenariusz. Posyłała go wielu znanym agentom, którzy zażądali tak absurdalnych honorariów, że machnęła na nich ręką. Następnie przeprowadziła indywidualne rozmowy z każdą z niegdysiejszych gwiazd pierwszej wielkości. Wszystkie przyjęły jej propozycję pod warunkiem, że nikt się nie dowie, że pracują za pół darmo.

W przemyśle filmowym pokora nie popłaca. Czasem w jej snach pojawiał się Orson Welles: „Sięgaj po niemożliwe. Nie zaczynaj od najniższej półki, bo tam się teraz znajdujesz. Pnij się w górę jak najszybciej, zanim ktoś cię nie zrzuci z drabiny. Boisz się? Módl się, ale przyj do przodu!". Miała do dyspozycji doskonały scenariusz i świetną obsadę. Wiedziała, że musi stworzyć coś, co zyska aprobatę wielkich studiów i potężnych dystrybutorów, ale nie kosztem jakości. Sztuka i oczekiwania rynku nie muszą się wzajemnie wykluczać. Przeciwnie – powinny iść ręka w rękę. A co do reszty? Na tę resztę składali się: krytycy filmowi i adepci masturbacji intelektualnej, ubóstwiający filmy, których nikt nigdy nie rozumie; maleńkie kina studyjne odwiedzane przez tę samą garstkę widzów, którzy po seansie przesiadują w barze do świtu, paląc papierosa za papierosem i rozpamiętując jedną jedyną scenę (którą zresztą pojęli zupełnie opacznie w stosunku do zamysłu reżysera); reżyserzy, wygłaszający prelekcje i tłumaczący to, co powinno być dla publiczności oczywiste; zebrania związków zawodowych, domagających się wsparcia przez państwo rodzimej produkcji filmowej; rozmaite manifesty publikowane w periodykach dla jajogłowych, przygotowywane na niekończących się naradach, na których ostro piętnuje się rząd za brak zainteresowania kondycją sztuki; listy do redakcji poważnych pism, których czytelnikami są niemal wyłącznie autorzy i ich rodziny.

Kto zmienia świat? Superklasa. Czyli ci, którzy nim kręcą. Którzy kształtują zachowania, emocje i umysły rzeszy ludzi na tej planecie.

Dlatego potrzebuje Javitsa. Oscara. Cannes.

A ponieważ nie osiągnęłaby nic na drodze „demokratycznie podejmowanych decyzji – wszyscy chętnie udzielali jej rad, ale nikt się nie kwapił zaryzykować – sama postawiła wszystko na jedną kartę. Angażowała ekipę, miesiącami wprowadzała zmiany do scenariusza, przekonała do projektu doskonałych, choć nieznanych, scenografów, kostiumologów i aktorów drugoplanowych, obiecując im marne pieniądze, za to ogromną szansę na przyszłość. Na wszystkich wielkie wrażenie robiła lista odtwórczyń pięciu głównych ról („Musi dysponować olbrzymim funduszem!"). Dlatego liczyli na niebotyczne honoraria, ale łatwo było ich przekonać, że udział w takiej produkcji dobrze się będzie prezentować w ich CV. Entuzjazm Maureen zdawał się otwierać przed nią wszystkie drzwi.

Brakowało tylko akordu finałowego. Stworzenie wielkiego dzieła nie wystarczy. Trzeba zrobić wszystko, żeby to dzieło nie wylądowało gdzieś na dnie szuflady.

Potrzebowała medialnej o-bec-noś-ci!

Posłała kopię swojego filmu tylko do jednej osoby: Javitsa Wilda. Wykorzystała wszystkie swoje kontakty. Nic zrażała się niepowodzeniami. Spotykała się z lekceważeniem, arogancją, poniżaniem i drwiną, głęboko jednak wierzyła w sukces, bo wiele ją kosztował potu i krwi. I wtedy pojawił się jej były kochanek, a Javits Wild wyznaczył jej spotkanie.

Nie odrywa od niego wzroku podczas lunchu, myśli tylko o zbliżającym się spotkaniu. Nagle widzi, że dzieje się z nim coś dziwnego, że zesztywniał, postawił oczy w słup. Jeden z jego towarzyszy rozgląda się nerwowo na wszystkie strony, sięga ręką pod marynarkę. Drugi łapie za komórkę i zaczyna nerwowo wystukiwać numer.

Czyżby coś się stało? Niemożliwe. Stojący obok ludzie bawią się w najlepsze, rozmawiają, piją, ciesząc się kolejnym dniem festiwalu, nowymi zaproszeniami, słońcem i pięknem opalonych ciał.

Jeden z mężczyzn próbuje mu pomóc się podnieść, ale Javits nie jest w stanie wykonać żadnego ruchu. To chyba nic poważnego. Może za dużo wypił. Jest zmęczony. Może to stres.

To nie może być nic poważnego! Przejechała taki kawał drogi. Jest tak blisko celu i…

Z daleka słyszy wycie syreny. Pewnie policja próbuje przedrzeć się przez zakorkowane ulice.

Jeden z mężczyzn przewiesza bezwładne ramię Javitsa przez swój kark i prawie niesie go w kierunku drzwi wyjściowych. Dźwięk syren zbliża się. Drugi, nie wyciągając ręki spod marynarki, ciągle rozgląda się wokół. W pewnej chwili ich spojrzenia się spotykają.

Mężczyzna niesie Javitsa po pochyłej rampie. Jak to możliwe, żeby ktoś tak mizernej postury zdołał bez trudu udźwignąć zwaliste cielsko Javitsa?

Syrena milknie u wejścia do namiotu. Javits i taszczący go mężczyzna zniknęli na zewnątrz. Drugi mężczyzna, z ręką pod marynarką, kieruje się w jej stronę.

– Co się stało? – pyta wystraszona. Lata pracy z aktorami podpowiadają jej, że jakby wykuta w kamieniu twarz, którą ma przed sobą, jest twarzą zawodowego zabójcy.

– Wiesz przecież, co się stało – odpowiada z akcentem, którego Maureen nie potrafi zidentyfikować.

– Widziałam, że źle się poczuł. Co się właściwie stało?

Mężczyzna nie wyjmuje ręki spod marynarki. A w głowie Maureen rodzi się genialny pomysł: czemu nie wykorzystać tego incydentu? To może być moją szansą.

– Mogę w czymś pomóc? Może pojadę z nim?

Ramię do połowy ukryte pod marynarką lekko się rozluźnia, ale oczy wpatrują się w nią badawczo, śledzą każdy jej gest.

– Pojadę z wami. Znam Javitsa Wilda. Jestem jego znajomą.

Po chwili, która wydaje się wiecznością, a trwa zapewne nie dłużej niż ułamek sekundy, mężczyzna odwraca się i bez jednego słowa rusza szybkim krokiem w stronę bulwaru Croisette.

Maureen nic nie rozumie. Dlaczego miałaby wiedzieć, co się tam stało? Dlaczego odszedł tak nagle?

Żaden z gości nic nie zauważył – może tylko dźwięk syreny, który pewnie skojarzył im się z ulicznym wypadkiem. Syreny nie pasują do świata zabawy, słońca, drinków, nowych kontaktów, pięknych kobiet, przystojnych mężczyzn, do ludzi bladych i tych opalonych. Syreny należą do innego świata, w którym istnieją wypadki, zawały serca, choroby i przestępstwa. Syreny nie interesują żadnej z obecnych tu osób.

Maureen kręci się w głowie. Cokolwiek przytrafiło się Javitsowi, to dla niej dar niebios. Zrywa się i biegnie do drzwi. Widzi już tylko szybko oddalający się ambulans mknący na sygnale po uprzywilejowanym pasie jezdni.

– To mój znajomy! – zwraca się do jednego z ochroniarzy. – Dokąd go zabrali?

Mężczyzna podaje nazwę szpitala. Bez chwili namysłu Maureen rusza na poszukiwanie taksówki. Po dziesięciu minutach przypomina sobie, że w Cannes taksówki nie krążą po ulicach. Może je wezwać tylko szwajcar któregoś z eleganckich hoteli, ale za tę przysługę trzeba mu słono zapłacić. Maureen nie ma przy sobie gotówki. Wchodzi do pobliskiej pizzerii. Pokazuje na planie miasta, dokąd chce dotrzeć i dowiaduje się, że szpital znajduje się o pół godziny szybkim truchtem od bulwaru.

No cóż, ostatecznie biega przez całe życie. Pół godziny więcej nie zrobi już żadnej różnicy.

12:53

– Dzień dobry. Ładny poranek.

– Jaki ranek? – odpowiada jedna z dziewczyn. – Dawno minęło już południe.

Tak właśnie to sobie wyobrażała. Pięć dziewczyn bardzo do niej podobnych, przynajmniej fizycznie. Gruba warstwa makijażu, kuse spódniczki, głębokie dekolty. Każda zajęta swoją komórką, wysyła esemesy.

Nie rozmawiają ze sobą, bo i o czym tu rozmawiać? Wszystkie musiały pokonywać takie same trudności, bez słowa znosić podobne upokorzenia, podejmować takie same wyzwania. Wszystkie pragną bardzo mocno uwierzyć, że marzenia trwają wiecznie, a życie można odmienić w ciągu jednej minuty, tyle że nie nadszedł jeszcze właściwy moment i przeznaczenie poddaje próbie ich silną wolę.

Pewnie wszystkie kłóciły się z rodzicami, którzy wróżyli im przyszłość prostytutek.

Wszystkie grały już kiedyś na scenie, przeżyły agonię i ekstazę występów publicznych, kiedy wszystkie oczy były na nie zwrócone, kiedy czuły w powietrzu wibracje i na koniec słyszały oklaski. Wszystkie wyobrażały sobie setki razy, że pewnego dnia na widowni zasiądzie przedstawiciel Superklasy. Po spektaklu odwiedzi je w garderobie i poza serdecznymi gratulacjami złoży propozycję inną niż zaproszenie na kolację, czy prośba o numer telefonu.

Każda z nich przyjęła już kilka takich zaproszeń i wie, że to tylko droga do łóżka starszego, wpływowego pana – tak jak każdy „interesujący” mężczyzna, żonatego – któremu chodzi jedynie o zaliczenie kolejnego podboju.

Wszystkie miały narzeczonych mniej więcej w swoim wieku, jednak na pytanie o stan cywilny bez wahania odpowiadały: „Wolna jak ptak”. Wszystkie uważały, że trzymają stery życia w swoich rękach. Wszystkie po stokroć słyszały, że mają talent i chodzi tylko o okazję do jego zaprezentowania, a potem padały sakramentalne słowa: „Ja ci pomogę”. Czasem dawały się nabrać i na jedną noc odzyskiwały wiarę w siebie, ale kiedy następnego dnia dzwoniły pod podany numer, odzywała się gburowata sekretarka, która wcale nie miała zamiaru łączyć ich z szefem.

Wszystkie groziły, że sprzedadzą swoją historię tabloidom, że opowiedzą, jak zostały oszukane. Ale żadna się na to nie odważyła, bo, jak sobie tłumaczyły: „Nie warto palić za sobą wszystkich mostów”.

Jedna czy dwie mają może za sobą podobne doświadczenia, jak Gabriela z *Alicją w Krainie Czarów*, a teraz chcą dowieść rodzinie i dawnym kolegom, że jednak potrafią. Ich najbliżsi pewnie oglądali swoje córki w reklamach czy na plakatach rozwieszonych w całym mieście i po fazie kłótni i awantur teraz wierzą święcie, że ich pociechy są na najlepszej drodze do błyskotliwej kariery.

Wszystkie wierzyły, że ich marzenia się ziszczą, że ktoś wreszcie odkryje ich talent, aż pewnego dnia gorzka prawda stawała się oczywista: w tym biznesie jest tylko jedno magiczne słowo: kontakty.

Zaraz po przyjeździe do Cannes poroznosiły swoje portfolia po agencjach. Teraz co chwilę zerkają nerwowo na ekraniki swoich komórek. Przyjmują ile się da zaproszeń, podstępnie wślizgują się na imprezy zamknięte, no i marzą, że ktoś zabierze je na galowy bankiet, albo najlepiej poprowadzi po czerwonym dywanie schodami Pałacu Festiwalowego. To ostatnie marzenie jest najtrudniejsze do zrealizowania, tak nierealne, że starają się o tym nawet nie myśleć, żeby uniknąć rozczarowania, które naznaczy ich twarze goryczą. A przecież zawsze muszą pokazywać światu pogodną twarz, nawet wtedy, kiedy są nieszczęśliwe.

Kontakty.

Za cenę wielu niepowodzeń w końcu udaje im się zdobyć jeden czy drugi kontakt, który może zaowocuje czymś godnym uwagi. Dlatego okupują poczekalnię agencji. Zaprosił je producent z Nowej Zelandii. Nie pytały, co to za film. Wiedziały tylko, że muszą przyjść punktualnie, bo nikt, zwłaszcza w przemyśle filmowym, nie ma chwili do stracenia. Dużo czasu mają tylko te dziewczyny w poczekalni agencji filmowej, które przeglądają ilustrowane czasopisma, nerwowo ślą esemesa za esemesem, sprawdzają, czy nic ciekawego nie kroi się na wieczór, rozmawiają ze znajomymi, zawsze nadmieniając, że nie mogą dłużej rozmawiać, bo czekają na ważne spotkanie z producentem.

Gabriela jest czwarta w kolejce. Z wyrazu oczu pierwszych trzech kandydatek, które wyszły z castingu bez jed-
nego słowa, próbowała coś wyczytać, ale bez skutku. W końcu wszystkie były aktorkami i potrafiły ukrywać emocje, radość i smutek. Stukając obcasami szły zdecydowanym krokiem w kierunku wyjścia i tylko na odchodne rzucały: „Powodzenia!", takim tonem, jakby chciały powiedzieć: „Spokojnie. Nie macie nic do stracenia. Ta rola należy do mnie".

Jedna ze ścian pokoju jest przysłonięta czarną tkaniną. Na podłodze walają się kable, stoją światła w metalicznie połyskującej obudowie z drutu i coś jak parasol z białego płótna. Do tego urządzenia nagłaśniające, monitory i jedna kamera wideo. Po kątach piętrzą się plastikowe butelki wody mineralnej, metalowe walizeczki, statywy, luźne kartki papieru i jeden komputer. Na oko trzydziestoparoletnia kobieta w okularach siedzi na podłodze, kartkując portfolio Gabrieli.

– Okropność – wzdycha, nie patrząc na nią. – Co za okropność!

Gabriela nie bardzo wie, co zrobić. Może powinna udać, że nie słyszy i pójść do techników, którzy o czymś żywo rozmawiają, paląc papierosa za papierosem. A może po prostu zostać tam, gdzie stoi.

– To jest ohydne! – zaperza się kobieta.

– To właśnie ja.

Nie potrafi się powstrzymać. Przebiegła pół Cannes, żeby zdążyć, czekała dwie godziny w korytarzu, jeszcze raz się łudziła, że niebawem jej życie się odmieni (choć nauczona przykrym doświadczeniem już nie puszcza jak dawniej wodzy fantazji). Nie potrzebuje następnego powodu do depresji.

– Wiem, wiem – odpowiada kobieta, nie odrywając oczu od zdjęć. – Pewnie kupę szmalu za nie zapłaciłaś? Są tacy, co zbijają majątek na przygotowywaniu portfolio, pisaniu życiorysów, organizowaniu warsztatów teatralnych. Mówiąc prosto z mostu, wykorzystując próżność takich, jak ty.

– Skoro jestem taka okropna, to po co mnie zaprosiliście?

– Bo potrzebujemy kogoś okropnego.

Gabriela wybucha śmiechem. Kobieta podnosi w końcu głowę i mierzy ją wzrokiem od stóp do głów.

– Poza tym podoba mi się twój styl. Nie cierpię wulgarności.

Marzenia ożywają. Serce wali mocniej.

Kobieta podaje jej kartkę papieru.

– Podejdź tam. Gaście papierosy! – woła do swojej ekipy. – Zamknijcie okno, nie chcemy spaprać ścieżki dźwiękowej.

Wskazane miejsce to przyklejona do podłogi na krzyż żółta taśma, optymalny punkt pod względem oświetlenia i kąta obiektywu kamery.

– Strasznie tu gorąco, jestem cała zlana potem. Czy mogę pójść do łazienki i poprawić makijaż?

– Możesz, jasne, że możesz. Ale jak wrócisz, może już być za późno na zdjęcia. Musimy oddać ten materiał przed wieczorem.

Wszystkie jej poprzedniczki na pewno zadały to samo pytanie i na pewno usłyszały tę samą odpowiedź. Lepiej nie tracić czasu. Wyjmuje z kieszeni chusteczkę i idąc na wyznaczone miejsce delikatnie ociera twarz.

Za kamerą staje operator, a Gabriela pośpiesznie przebiega wzrokiem tekst zajmujący pół kartki papieru.

– Ujęcie numer 25, Gabriela Sherry, Agencja Thompson.

„Dwadzieścia pięć?", myśli Gabriela.

– Akcja! – rzuca kobieta w okularach.

Zapada cisza.

– „Nie, nie wierzę! Nikt nie popełnia zbrodni bez powodu".

– Zacznij jeszcze raz. Mówisz do swojego chłopaka.

– „Nie, nie wierzę! Nikt nie popełnia takiej zbrodni bez powodu".

– W tekście nie ma „takiej". Uważasz, że scenarzysta, który ślęczał nad tym miesiącami, nie zastanawiał się, czy nie dodać „takiej"? Skoro tego słowa nie ma, to znaczy, że uznał je za zbędne, bezużyteczne, niepotrzebne.

Gabriela bierze głęboki oddech. Poza cierpliwością nie ma nic do stracenia. Zrobi, co uzna za stosowne, a potem pójdzie na plażę, albo wróci do łóżka, żeby odespać poprzednią noc. Musi odpocząć, jeżeli chce dobrze wyglądać na wieczornych koktajlach.

Ogarnia ją dziwny, przyjemny spokój. Czuje się nagle bezpieczna i kochana. Cieszy się, że żyje. Przecież nikt jej nie każe znosić z pokorą poniżania. Po raz pierwszy od wielu lat czuje, że wstępują w nią siły, z których istnienia nawet nie zdawała sobie sprawy.

– „Nie, nie mogę uwierzyć. Nikt nie popełnia zbrodni bez powodu".

– Następne zdanie.

Kobieta w okularach nawet nie musiała tego mówić, bo Gabriela i tak powie cały tekst do końca.

– „Pójdziemy do lekarza. Potrzebujesz pomocy".

– „Nie" – kobieta w okularach rzuca kwestię „narzeczonego".

– „Dobrze. Nie pójdziemy do lekarza. A może spacer? Opowiesz mi, o co tu właściwie chodzi. Kocham cię. Jestem może jedyną osobą na świecie, której na tobie zależy".

I na tym koniec. Tu tekst się urywa. Panuje cisza. Jakaś dziwna energia wypełniła studio.

– Powiedzcie tej ostatniej, że nie ma na co czekać – kobieta w okularach zwraca się do kogoś z ekipy.

Czy to znaczy, że się udało?

– Pójdź na marinę przy skrzyżowaniu Croisette z Allée des Palmiers. Punktualnie o 13:55 będzie czekała na ciebie łódź, która zabierze cię do pana Gibsona. Wysyłamy mu wideo, ale zawsze lubi osobiście poznać tych, z którymi ewentualnie ma pracować.

Na twarzy Gabrieli zakwita uśmiech.

– Powiedziałam „ewentualnie". Jeszcze nic nie wiadomo.

Uśmiech nie znika z jej twarzy. Gibson!

13:19

Inspektor Savoy i lekarz medycyny sądowej stoją po obu stronach stołu obitego blachą z nierdzewnej stali. Na stole leży piękna dziewczyna około dwudziestoletnia, całkiem naga. I martwa.

– Jest pan pewien?

Lekarz podchodzi do stalowego zlewu, ściąga gumowe rękawiczki, wyrzuca je do pojemnika na śmieci i odkręca kran.

– Całkowicie pewien. Ani śladu narkotyków.

– Co się więc stało? Taka młoda dziewczyna i zawał?

W pomieszczeniu słychać jedynie plusk lejącej się wody.

„Zawsze mają jedną z dwóch odpowiedzi: narkotyki albo zawał".

Lekarz sądowy długo myje ręce – odrobina suspensu nie zaszkodzi. Naciera ręce środkiem dezynfekującym, wrzuca do śmietnika wszystkie jednorazówki użyte podczas sekcji, wreszcie odwraca się w stronę detektywa.

– Niech się pan przyjrzy dokładnie, naprawdę dokładnie. Niech się pan nie krępuje, inspektorze. Zwracanie uwagi na szczegóły to część pańskiej pracy.

Savoy ogląda zwłoki, starając się niczego nie przeoczyć. Sięga ręką, żeby unieść jedno ramię.

– Proszę nie dotykać – upomina go lekarz.

Centymetr po centymetrze Savoy bada wzrokiem nagie ciało dziewczyny. Sporo się już o niej dowiedział: Olivia

Martins, Portugalka z pochodzenia, dziewczyna młodego chłopaka bez zawodu, bywalca nocnych lokali. Mężczyzna jest teraz przesłuchiwany w jednym z komisariatów. Sędzia wydał nakaz przeszukania jego mieszkania. Znaleziono tam buteleczki THC (tetrahydrokanabinol, główny składnik psychoaktywny marihuany, ostatnio często mieszany z olejkiem sezamowym, co z jednej strony niweluje charakterystyczny zapach, a z drugiej wzmacnia działanie narkotyku i wywołuje efekt halucynogenny mocniejszy od klasycznego skręta). Odkryto też sześć saszetek zawierających po jednym gramie kokainy, a na prześcieradle plamy krwi, które teraz bada laboratorium. Mężczyzna jest najwyżej drobnym dilerem narkotyków, posiadającym kartotekę policyjną, bo odsiedział już dwa wyroki. Ale nie za przemoc fizyczną.

Olivia nawet po śmierci jest śliczna. Gęste brwi, dziewczęca świeżość, piersi... „Nie, tak nie wolno. Jestem przecież profesjonalistą".

– Nic nie widzę – mówi.

Lekarz uśmiecha się pobłażliwie, czym doprowadza do szału Savoya. Wskazuje palcem na niemal niezauważalny zasiniony punkt pomiędzy lewym barkiem a szyją, a potem podobny ślad z prawej strony klatki piersiowej, pomiędzy dwoma żebrami.

– Zacznę od kilku szczegółów technicznych. Śmierć została spowodowana przez niedrożność żyły szyjnej i tętnicy szyjnej, przy jednoczesnym ucisku określonego splotu nerwowego. Przeprowadzono to z taką precyzją, że nastąpił całkowity paraliż górnej części ciała...

Savoy milczy. Lekarz sądowy zdaje sobie sprawę, że to nie pora na popisywanie się erudycją, czy strojenie żartów. Robi mu się żal samego siebie. Codziennie ma do czynienia ze śmiercią, ma do czynienia ze zwłokami i z ludźmi o smutnych twarzach. Jego dzieci nie opowiadają przyjaciołom, czym zajmuje się ich ojciec. Podczas spotkań towarzyskich nie ma o czym mówić, bo przecież nie będzie zabawiał znajomych makabrycznymi opowieściami z prosektorium. Coraz częściej zastanawia się, czy wybrał właściwy zawód.

– ...mówiąc krótko, została uduszona.

Savoy nadal milczy, ale jego mózg pracuje: jak można udusić kogoś w biały dzień w samym sercu miasta, na bulwarze Croisette? Jej rodzice zeznali, że dziewczyna wyszła rano z domu z towarem przeznaczonym na sprzedaż – oczywiście nielegalną, bo uliczni kramarze nie płacą podatków, mają więc zakaz handlu. Jakie to ma teraz znaczenie?

– Jest coś – ciągnie swój wywód lekarz – co zastanawia w tej sprawie. W przypadku normalnego uduszenia, ślady widoczne są po obu stronach karku. Napastnik otacza szyję ofiary obydwiema dłońmi, a ta bezskutecznie próbuje się uwolnić z uścisku. W naszym przypadku tylko jedna ręka, a dokładniej jeden palec zahamował dopływ krwi do mózgu, natomiast palec drugiej ręki uniemożliwił wszelki opór i doprowadził do całkowitego paraliżu. To wymaga znajomości pewnych technik walki i anatomii.

– A może została zamordowana gdzieś indziej, a ciało podrzucono na ławkę później?

– Gdyby tak było, ciało nosiłoby jeszcze inne ślady. Szukałem takich śladów, zakładając, że zamordował ją jeden sprawca. Niczego nie odkryłem. Nie znalazłem też śladów na przegubach i kostkach, świadczących o tym, że ktoś ją obezwładnił. Nie będę wchodził w szczegóły, ale w przypadku nagłej śmierci organizm reaguje w określony sposób. Choćby mocz i…

– Co pan chce przez to powiedzieć?

– Chodzi mi o to, że została zamordowana w miejscu, gdzie ją znaleziono. A sądząc po śladach palców, morderca działał w pojedynkę. Nikt nie zauważył, żeby próbowała uciekać, co sugeruje, że znała oprawcę. Domyślam się, że siedział po jej lewej stronie. Z pewnością przechodził odpowiednie szkolenie i znał różne sztuki walki.

Savoy dziękuje skinieniem głowy i szybko wychodzi. Po drodze telefonuje na komisariat, gdzie trwa przesłuchanie narzeczonego ofiary.

– To nie narkotyki – rzuca do słuchawki. – To morderstwo. Dowiedzcie się, czy zna sztuki walki. Zaraz przyjeżdżam.

– Nie! – słyszy w odpowiedzi. – Jedź prosto do szpitala. Mamy nowy problem.

13:28

Latająca nad plażą mewa zobaczyła mysz. Obniżyła lot i zapytała:

– Gdzie się podziały twoje skrzydła?

Każdy gatunek mówi we własnym języku. Mysz nie zrozumiała więc pytania, ale ze zdumieniem wpatrywała się w te dwie dziwne, wielkie rzeczy, wyrastające z ciała mewy.

„Z pewnością cierpi na jakąś nieuleczalną chorobę", zmartwiła się.

Mewa zauważyła, że mysz nie odrywa wzroku od jej skrzydeł i pomyślała: „Biedactwo. Jakiś potwór ją pewnie okaleczył, pozbawił słuchu, oberwał skrzydła".

Poczuła litość dla myszy, chwyciła ją ostrożnie w dziób i wzbiła się w powietrze. „Niech sobie pooglądа świat, pewnie stęskniła się za tym widokiem", myślała zataczając kręgi w powietrzu. A potem ostrożnie posadziła mysz na ziemi.

Przez kilka następnych miesięcy mysz była najnieszczęśliwszą istotą pod słońcem: wzbiła się na wysokości, skąd podziwiała świat. Z czasem przyzwyczaiła się do mysiego losu i była gotowa przysiąc, że to cudowne zdarzenie było tylko pięknym snem.

Słyszała tę opowieść w dzieciństwie. A teraz sama szybowała nad ziemią: widziała turkusowe morze, luksusowe jachty, ludzi jak maleńkie mrówki, wielkie namioty na plaży, pobliskie wzgórza, a po lewej stronie horyzont, za którym – ze wszystkimi swoimi problemami – rozciągała się Afryka.

Szybko zbliżają się do ziemi. „Najlepiej oglądać ludzi z góry”, myśli. „Wtedy widać, jak niepozornymi jesteśmy istotami”.

Ewa wydaje się znudzona, a może zdenerwowana. Są razem od ponad dwóch lat, a Hamid nigdy nie wie, jakie myśli chodzą jej po głowie. Cannes jest dla obojga udręką, ale on nie może wyjechać przed zakończeniem festiwalu. Ewa powinna już do tego przywyknąć. Jej życie z pierwszym mężem nie różniło się wiele od obecnego: obowiązkowe bankiety, organizacja imprez, nowe kraje, kontynenty, języki.

„Czy zawsze tak się zachowywała, zastanawia się Hamid, czy może nie kocha mnie jak dawniej?”

Nawet nie chce o tym myśleć. Stara się skoncentrować na innych sprawach.

Ryk silnika uniemożliwia rozmowę. Mogą się porozumieć tylko za pomocą słuchawek z mikrofonem. Ewa nawet nie zdjęła swoich z uchwytu przy oparciu fotela. Zresztą nie ma sensu prosić, żeby je założyła, bo jedyne, co ma jej do powiedzenia po raz tysięczny, to to, że jest najważniejszą kobietą w jego życiu i że zrobi wszystko, żeby się dobrze bawiła przez cały tydzień, podczas jej pierwszego festiwalu. Ale teraz jej tego nie powie, pilot usłyszy w swoich słuchawkach każde jego słowo – a Ewa nie lubi publicznego okazywania uczuć.

Ich szklana bańka zaraz wyląduje. Widzi już ogromną, białą limuzynę, Maybacha, najdroższy i najbardziej luksusowy samochód na świecie. Lepszy i droższy niż Rolls-Royce. Za chwilę przesiądą się do wozu, będą sączyć schłodzonego szampana i wodę mineralną przy relaksujących dźwiękach muzyki.

Spojrzał na swój platynowy zegarek, numerowaną replikę jednego z pierwszych modeli wyprodukowanych przez nieduży warsztat w mieście Schaffhausen. Kobiety mogą się obwieszać brylantami, ale dla eleganckiego mężczyzny jedyną dozwoloną biżuterią jest zegarek. Tylko prawdziwi koneserzy znają wartość takich zegarków, których prawie się nie reklamuje w kolorowych czasopismach.

Oto dewiza człowieka o wyszukanym smaku: znaleźć to, co najlepsze, a o czym inni nawet nie słyszeli, i produkować też to, co najlepsze, nawet jeśli inni mają na ten temat inne zdanie.

Dochodzi czternasta. Musi porozmawiać ze swoim maklerem, zanim otworzą nowojorską giełdę. Po przyjeździe na miejsce zatelefonuje – jeden jedyny raz – i przekaże instrukcje na bieżący dzień. Zarabianie w „kasynie", jak nazywa fundusze inwestycyjne, nie było jego ulubionym zajęciem. Udawał jednak, że trzyma rękę na pulsie i wie, co wyczyniają jego fachowcy od obracania kapitałem. Mógł wprawdzie zawsze liczyć na opiekę i wsparcie szejka, ale musiał też udowodnić, że wie, co się wokół niego dzieje.

Może zresztą skończy się na dwóch rozmowach telefonicznych, ale bez żadnych konkretów ani instrukcji, co sprzedać, a co kupić. Musiał się skoncentrować na czymś innym: dziś wieczór przynajmniej dwie aktorki – jedna sławna, a druga nikomu nieznana – przedefilują po czerwonym dywanie w jego kreacjach. O wszystko oczywiście zadbają jego asystenci, ale woli sam dopilnować szczegółów i nie tracić kontaktu z tymi, którzy stanowią fundament jego imperium. Resztę czasu we Francji chce poświęcić Ewie: przedstawić jej interesujących ludzi, zabierać ją na spacery po plaży, zapraszać na obiady do małych restauracji za miastem, trzymając za rękę wędrować przez winnice, rozpościerające się po horyzont.

Kiedyś uważał, że potrafi kochać tylko swoją pracę, chociaż długiej listy jego miłosnych podbojów niejeden mógłby mu pozazdrościć. Odkąd poznał Ewę, stał się innym człowiekiem. Są już ze sobą dwa lata, a kocha ją mocniej i goręcej niż wcześniej. Zakochany.

On, Hamid Hussein, jeden z najsłynniejszych kreatorów mody, właściciel ogromnego międzynarodowego imperium sprzedającego luksus i przepych. Swego czasu walczył z każdym, pasował się z każdym przejawem dyskryminacji wobec Bliskiego Wschodu i jego religii. Wykorzystał starożytne mądrości swojego plemienia, żeby przeżyć, nauczyć się wszystkiego i wspiąć na szczyty.

Wbrew powszechnej opinii, nie pochodził z bogatej rodziny potentatów naftowych. Jego ojciec handlował tekstyliami, a pewnego dnia, śmiało odmawiając wykonania rozkazu, zaskarbił sobie przychylność szejka.

Ilekroć gnębiły go wątpliwości, przypominał sobie historię ojca: miej odwagę powiedzieć władcy „nie", nawet jeśli wiele wówczas ryzykujesz. Prawie zawsze się to sprawdzało, a jeśli nie, to i tak konsekwencje nie były tak poważne, jak się spodziewał.

Ojcu niestety nie było dane dożyć dnia triumfu syna. Kiedy szejk zaczął wykupywać wszystkie okoliczne tereny pustynne, żeby wybudować na nich najnowocześniejsze miasto na świecie, ojciec zdobył się na odwagę i odpowiedział emisariuszom monarchy:

„Nie sprzedam. Moja rodzina żyje na tym skrawku pustyni od wieków. Tu spoczywają nasi przodkowie. Tutaj nauczyliśmy się, jak przeżyć burze i najazdy wroga. Nie sprzedam ziemi, którą Bóg powierzył mojej pieczy".

Emisariusze podnieśli ofertę, ale nie zmienił decyzji. Wrócili wściekli do stolicy, obiecując, że ostatecznie dopną swego. Szejk zaczynał się niecierpliwić. Miał wielkie plany i nie chciał dłużej zwlekać. Ceny ropy naftowej szły w górę na światowych rynkach. Należało wykorzystać dobrą passę, zanim wyczerpią się zapasy cennego surowca i zostaną przekreślone szanse na stworzenie infrastruktury, która przyciągnie zagranicznych inwestorów.

Stary Hussein odrzucał jednak coraz hojniejsze propozycje, aż pewnego dnia szejk odwiedził krnąbrnego poddanego.

– Dam ci wszystko, czego zapragniesz – rzekł.

– Zapewnij zatem wykształcenie mojemu synowi. Skończył szesnaście lat, a tu nie ma dla niego żadnych perspektyw.

– Pod warunkiem, że sprzedasz mi swój dom.

Zapanowało milczenie, a po chwili, patrząc szejkowi prosto w oczy, ojciec powiedział coś, czego władca nie spodziewał się usłyszeć.

– Panie, na tobie spoczywa obowiązek zadbania o wykształcenie twoich poddanych. A mnie nie wolno przehandlowywać przeszłości mojej rodziny w zamian za przyszłość.

Hamid pamięta ogromny smutek w oczach ojca, kiedy na koniec dodał:

– Ale jeśli dasz mojemu synowi chociaż jedną szansę, panie, przyjmę twoją ofertę.

Szejk wyszedł bez słowa. Następnego dnia wezwał na rozmowę syna kupca. W drodze do pałacu przy starym porcie Hamid mijał zamknięte dla ruchu uliczki, olbrzymie stalowe dźwigi, robotników przy pracy, ciężkie maszyny burzące stare dzielnice stolicy.

Władca z miejsca przeszedł do sedna sprawy:

– Wiesz, że zależy mi na kupnie ziemi twojego ojca. Nasze złoża naftowe są na wyczerpaniu. Zanim wyschną szyby, musimy znaleźć inny sposób na niezależność ekonomiczną. Pokażemy światu, że możemy dać mu nie tylko ropę, ale i inne dobra. Dla osiągnięcia tego celu należy podjąć pewne kroki, jak choćby budowa nowoczesnego lotniska. Potrzebujemy terenów, na których obcokrajowcy wzniosą siedziby swoich przedsiębiorstw. Moje plany są szczytne, a intencje czyste. Chcemy też kształcić naszych obywateli, przede wszystkim ekonomistów. Słyszałeś moją rozmowę z twoim ojcem...

Hamid nie okazywał lęku, a rozmowie przysłuchiwało się z dziesięć osób, był gotów na każde pytanie.

– ...czym więc chciałbyś się zajmować?

– Pragnę studiować *haute couture.*

Obecni wymienili spojrzenia. Pewnie nie wiedzieli, co znaczy francuskie *haute couture.*

– To jest... ekskluzywne krawiectwo – wyjaśnił. – Większość tkanin mój ojciec sprzedaje obcokrajowcom, którzy szyją z nich wykwintne toalety i zarabiają na nich sto razy więcej niż mój ojciec. Wierzę, że możemy robić to samo na miejscu. Jestem pewien, że w ten sposób przyczynimy się do obalenia mitów, jakie wciąż krążą po świecie na nasz temat. Jeżeli ludzie Zachodu zobaczą, jak się ubieramy, łatwiej im przyjdzie zaakceptować nasze obyczaje.

Po sali audiencyjnej rozszedł się pomruk dezaprobaty. On mówi o odzieży? To jawna manifestacja zachodniego stylu myślenia, przywiązująca większą wagę do wyglądu zewnętrznego niż do duchowości.

– Z drugiej strony cena, jaką ma zapłacić mój ojciec, jest zbyt wysoka. Wolę, żeby nie sprzedawał domu i ziemi. Wezmę się do pracy, wykorzystam tkaniny, którymi handluje i, jeżeli taka jest wola Miłosiernego Boga, spełnię swoje marzenie. Podobnie jak Wasza Wysokość wiem, dokąd zmierzam.

Dworzanie oniemieli z wrażenia. Jak śmie ten młodzieniec sprzeciwiać się woli władcy i własnego rodzica? Szejk tylko uśmiechnął się.

– Gdzie studiuje się *haute couture*?

– We Francji i we Włoszech, terminuje się u wielkich mistrzów. Są też uczelnie krawieckie, ale nic nie zastąpi doświadczenia. Nie będzie łatwo, ale z wolą Miłosiernego Boga powiedzie mi się.

Szejk poprosił młodzieńca, by powrócił do pałacu wieczorem. Hamid zszedł do portu, poszedł na bazar, gdzie oczarowały go kolory, tkaniny i hafty. Lubił chodzić po bazarach i poczuł smutek na myśl o tym, że razem z targowiskiem zniknie część przeszłości i wiekowej tradycji. Czy można zatrzymać postęp? Czy to rozsądne hamować przemiany? Przypomniał sobie nieprzespane noce, kiedy przy świetle świecy rysował stroje Beduinów, żeby przetrwał jakiś ślad dawnej kultury, którą zniszczą dźwigi i buldożery.

O wyznaczonej porze powrócił do pałacu. W sali audiencyjnej zgromadziło się wokół władcy jeszcze więcej ludzi.

– Podjąłem dwie decyzje – rozpoczął szejk. – Po pierwsze, przez rok będę ci wypłacał pensję. Jest wielu chętnych do studiowania finansów, dotąd nie zgłosił się nikt, kto by chciał kształcić się w krawiectwie. Twój pomysł wydaje się szalony – lecz prawdę mówiąc tak też oceniane są moje zamiary, a przecież już teraz nabierają realnych kształtów. Nie mogę zaprzeczać samemu sobie. Z drugiej strony ani ja, ani żaden z moich doradców nie mamy kontaktów wśród ludzi, o których wspomniałeś. Będę ci więc wypłacał miesięczną pensję, żebyś nie musiał żebrać na ulicy. Wierzę jednak, że wrócisz do ojczyzny jako zwycięzca. Będziesz reprezentował nas wszystkich za granicą i masz działać tak, żeby nie przynieść nam wstydu. Zanim wyjedziesz, naucz się języków obcych. Jakimi językami mówią tam, dokąd się udajesz?

– Angielski, francuski, włoski. Jestem wdzięczny za twą hojność, panie, a co z moim ojcem…

Gestem dłoni szejk nakazał mu milczenie.

– Oto moje drugie postanowienie. Dom twojego ojca zostanie na swoim miejscu. Wkrótce otoczą go drapacze chmur i słońce przestanie docierać do jego wnętrza. Wtedy twój ojciec wyprowadzi się z własnej woli. Sam dom jednak pozostanie na zawsze. Za wiele lat ludzie o mnie powiedzą: „Był wielkim człowiekiem, ponieważ zmienił swój kraj. Był też sprawiedliwy, bo uszanował prawa pewnego handlarza tkanin".

Helikopter ląduje na końcu mola. Czas wrócić do teraźniejszości. Hamid wysiada pierwszy, podaje rękę Ewie. Dotyka jej skóry i z dumą spogląda na żonę, blondynkę

w śnieżnobiałym stroju z eleganckim beżowym kapeluszem w ręku. Przechodzą obok zakotwiczonych jachtów w stronę samochodu, gdzie przy otwartych drzwiach czeka już wyprostowany kierowca.

Trzyma dłoń żony i szepcze jej do ucha:

– Mam nadzieję, że obiad ci smakował. To znani kolekcjonerzy sztuki. Ładnie z ich strony, że załatwili ten helikopter do dyspozycji zaproszonych gości, bardzo dobrze o nich świadczy.

– Doskonale się bawiłam – mówi Ewa.

Choć bliższe prawdy byłoby: „Okropnie. Poza tym boję się. Dostałam esemesa i wiem, kto go wysłał, chociaż numer się nie wyświetla".

Wsiadają do ogromnej limuzyny dla dwojga. Temperatura w klimatyzowanym wnętrzu jest w sam raz, z głośników płynie muzyka, jaką lubią, z zewnątrz nie przenika żaden dźwięk. Hamid siada wygodnie na obitym skórą siedzeniu, sięga do barku, proponuje Ewie kieliszek szampana. Ewa odmawia, woli wodę mineralną.

– Kiedy wczoraj wychodziliśmy na kolację, zauważyłem w hotelu twojego byłego męża.

– Niemożliwe. Nie prowadzi żadnych interesów w Cannes.

A powinna powiedzieć: „Masz chyba rację. Właśnie dostałam do niego esemesa. Jedźmy natychmiast na lotnisko i uciekajmy stąd".

– Jestem pewien, że to był on.

Hamid widzi, że żona nie ma ochoty na rozmowę. Jak nakazuje dobre wychowanie, szanuje jej prywatność. Zaczyna myśleć o czymś innym.

Ale najpierw przeprasza i dzwoni do swojego agenta w Nowym Jorku. Wysłuchuje cierpliwie dwóch lub trzech zdań, po czym grzecznie przerywa wywód o tendencjach na rynkach finansowych. Rozmowa nie trwała dłużej niż dwie minuty.

I jeszcze jedna rozmowa – z reżyserem, którego wybrał do swojego pierwszego filmu. Reżyser jest w drodze na jacht, gdzie ma się spotkać z Gwiazdorem. Potwierdza, że młoda aktorka też już wybrana i ma później do nich dołączyć.

Zwraca się znowu do Ewy, ale ta najwyraźniej nie chce rozmawiać. Patrzy przez okno pustym wzrokiem. Może się martwi, że nie zdąży się przebrać. Czeka ją szybka zmiana sukienki i wyjazd na mało ważny pokaz mody pewnej belgijskiej projektantki. Bardzo zależy mu na obejrzeniu nowej afrykańskiej modelki, Jasmine. Jak zapewniali go jego współpracownicy, dziewczyna idealnie nadaje się do zaprezentowania jego przyszłej kolekcji.

Ciekawi go, jak dziewczyna znosi presję imprezy organizowancj w Cannes. Jeżeli wszystko ułoży się pomyślnie, w październiku Jasmine zostanie jedną z jego głównych twarzy podczas Tygodnia Mody w Paryżu.

Ewa wygląda przez szyby samochodu bez specjalnego zainteresowania. Dobrze zna siedzącego obok, nienagannie ubranego mężczyznę o nieskazitelnych manierach, łagodnego, kreatywnego i walecznego. Wie, że jej pragnie, jak żaden inny mężczyzna nie pragnął kobiety, oczywiście poza tym, od którego odeszła. Może mu zaufać, chociaż otaczają go najpiękniejsze kobiety świata. Jest uczciwy, pracowity, śmiały. Pokonał wiele przeszkód, żeby się znaleźć tu – w limuzynie z kierowcą – żeby móc zaproponować jej kieliszek szampana albo szklankę jej ulubionej wody mineralnej. Mężczyzna silny i mądry, zdolny obronić ją przed każdym niebezpieczeństwem. Z wyjątkiem jednego. Jej byłego męża.

Nie sprawdza ponownie wiadomości, żeby nie budzić podejrzeń. Zresztą zna ją na pamięć:

– „Dla ciebie zgładziłem jeden świat, Katiusza".

Nie rozumie, co znaczą te słowa. Ale nikt inny nie nazywa jej tym imieniem.

Nauczyła się kochać Hamida, chociaż szczerze nienawidziła trybu życia, jaki musi prowadzić przy jego boku, przyjęć, na które chodzą i jego przyjaciół. Nie jest do końca przekonana, czy go kocha – czasami tak ją to gnębi, że chodzą jej po głowie myśli samobójcze. Ale pamięta, że był jej wybawicielem w momencie, kiedy uważała, że wszystko się dla niej skończyło – kiedy nie potrafiła sama wydostać się z pułapki małżeństwa.

Wiele lat temu pokochała człowieka anielskiej dobroci. Miał smutne dzieciństwo, potem przyszło powołanie do wojska i wyjazd na absurdalną wojnę w Afganistanie. Wrócił do kraju w stanie rozkładu. Mimo wszystkich przeciwności, pokonywał piętrzące się przed nim przeszkody. Ciężko pracował, zapożyczał się u mocno podejrzanych typów, a potem nie sypiał po nocach obmyślając, jak spłacić długi. Bez narzekań znosił wszechobecną korupcję, godził się na płacenie łapówek, jeśli zdobyta dzięki temu koncesja miała poprawić los całego narodu. Był idealistą, człowiekiem czułym i wrażliwym. Za dnia nikt nie kwestionował jego rozkazów, zresztą wiedział, jak rządzić, a doświadczenie służby wojskowej tylko mu w tym pomagało. Nocami przytulał się do niej i prosił, by go chroniła, radziła, jak postąpić. Żeby się modliła za sukces i wybawiła z setek pułapek zastawianych na niego każdego dnia.

Ewa głaskała go po głowie i zapewniała, że wszystko dobrze się ułoży. Że jest porządnym człowiekiem, a Bóg nagradza sprawiedliwych.

Powoli trudności znikały i zaczynały pojawiać się nowe perspektywy. Jego niewielkie przedsiębiorstwo, w którym początkowo musiał pilnie zabiegać o zlecenia, rozrastało się. Należał do nielicznych inwestorów w dziedzinie, która według większości nie miała szans się rozwinąć w kraju cierpiącym na brak nowoczesnego systemu łączności. Ale rząd się zmienił, ukrócił korupcję. Zaczęły napływać pieniądze – zrazu powoli, potem coraz szybciej i coraz więcej. Jednak Ewa i Igor nie zapomnieli o trudnych początkach i nigdy nie szastali pieniędzmi. Wspomagali akcje charytatywne i organizacje weteranów wojennych. Zadowalali się prostym życiem i marzyli, że pewnego dnia zostawią wszystko i zamieszkają z dala od wielkich miast i ludzi. A wtedy na dobre zapomną o aroganckich cwaniakach, z którymi teraz mają do czynienia. Dużo podróżowali: żyli praktycznie na walizkach, w samolotach i hotelach, pracując po 18 godzin na dobę. Przez lata nie znaleźli czasu na jeden miesiąc wspólnych wakacji.

Karmili się jednak tym samym marzeniem: nadejdzie taka pora, kiedy zapomną o wariackim tempie życia. Blizny, które im pozostaną, będą nosili jak medale zdobyte w walce o wiarę i ideały. W końcu człowiek rodzi się po to – tak wtedy wierzyła – żeby kochać i żyć u boku ukochanej osoby.

Wszystko się zmieniło. Nie musieli już szukać klientów – sami się do nich zgłaszali. Zdjęcie jej męża ukazało się na okładce czołowego magazynu ekonomicznego. Miejscowi notable zasypywali ich zaproszeniami na bankiety i rozmaite imprezy. Traktowano ich jak parę królewską, a pieniądze płynęły coraz większym strumieniem.

Trzeba się było przystosować do nowego życia. Kupili piękny, luksusowo wyposażony dom w Moskwie. Z powodów, których nie znała i nie chciała znać, dawni partnerzy w interesach męża – ludzie, od których pożyczał pieniądze i którym zwrócił długi wraz z lichwiarskimi odsetkami – trafili do więzienia. Od tego czasu Igorowi zawsze towarzyszyła ochrona, początkowo tylko dwóch weteranów wojennych, kolegów z Afganistanu. Liczba zatrudnionych ochroniarzy wzrastała wraz z rozwojem firmy oraz powstaniem gigantycznej korporacji z filiami w wielu krajach i w siedmiu strefach czasowych, inwestującej coraz więcej w coraz to nowe przedsięwzięcia.

Ewa spędzała dnie w galeriach handlowych lub popijając herbatę z przyjaciółkami, które rozmawiały wciąż na te same tematy. Igor chciał więcej i więcej.

Zaszedł tak wysoko dzięki niebywałej ambicji i pracowitości. Ilekroć go pytała, czy nie zaszli już dalej, niż planowali i nalegała, żeby zrealizować to, o czym zawsze marzyli – życie z dala od zgiełku – prosił o odrobinę cierpliwości i jeszcze trochę czasu. Wtedy też zaczął pić. Kiedy pewnej nocy wrócił z mocno zakrapianej wódką i winem kolacji, nie wytrzymała. Krzyczała, że dłużej takiego życia nie zniesie, że oszaleje, jeśli tak dalej będzie.

– Nie cieszysz się z tego, co masz? – zapytał Igor.

– Owszem, cieszę się. Problem w tym, że ty się nie cieszysz. I nigdy nie będziesz się cieszył. Ciągle boisz się stracić to, co zdobyłeś. Nie potrafisz już się wycofać. Sam

siebie zniszczysz! Tak jak niszczysz nasze małżeństwo i moją miłość.

Nie po raz pierwszy mu to mówiła, zawsze byli wobec siebie szczerzy. Tym razem jednak czuła, że nadchodzi kres. Miała już dość zakupów, herbatek z przyjaciółkami, programów telewizyjnych, które oglądała dla zabicia czasu, czekając do późna w nocy, aż wróci z pracy.

– Nie mów tak. Nie oskarżaj mnie, że zabijam naszą miłość. Obiecuję, że niedługo zostawimy to wszystko. Proszę cię tylko o odrobinę cierpliwości. Może powinnaś się czymś zająć, bo rzeczywiście taka bezczynność musi być nieznośna.

Przynajmniej zdawał sobie z tego sprawę.

– Co chciałabyś robić? – zapytał.

Kto wie, być może to było jakieś wyjście z sytuacji?

– Chcę się zajmować modą, zawsze o tym marzyłam.

W ciągu kilku dni spełnił jej prośbę. Wrócił do domu z kluczami do sklepu w jednej z najlepszych moskiewskich galerii handlowych. Ewa była w siódmym niebie. Jej życie nabrało nowego sensu – długie dni i noce spędzane na oczekiwaniu należały już do przeszłości. Wystąpiła o kredyt, Igor też coś dołożył. Wszystko wskazywało na to, że odniesie sukces.

Przyjęcia i bankiety, na których zawsze czuła się obco, zaczęły ją interesować. Dzięki kontaktom, w dwa lata po otwarciu Ewa prowadziła najlepszy w Moskwie sklep z ekskluzywną modą. Miała wprawdzie z mężem wspólne konto, a on nigdy nie kontrolował jej wydatków, ale za punkt honoru postawiła sobie zwrócenie całej pożyczki. Zaczęła sama podróżować w poszukiwaniu nowych wzorów i marek. Zatrudniła współpracowników, nauczyła się księgowości i ku swojemu szczeremu zdumieniu stała się odnoszącą sukcesy bizneswomen.

Wszystkiego nauczył ją Igor. Był wzorem przedsiębiorcy, przykładem do naśladowania.

I kiedy wszystko wydawało się na najlepszej drodze, kiedy jej życie nabrało nowego sensu, Anioł Światła, który dotąd rozświetlał jej drogę, zaczął okazywać symptomy umysłowego niezrównoważenia.

Po weekendzie spędzonym w rybackiej wiosce nad brzegiem jeziora Bajkał siedzieli w restauracji w Irkucku.
Korporacja dysponowała już dwoma samolotami i helikopterem. Mogli więc podróżować do najdalszych zakątków świata i wracać w poniedziałek do Moskwy, każde do swoich obowiązków. Nie narzekali, że spędzają tak niewiele czasu razem, ale lata strawione na walce o przetrwanie pozostawiły swój ślad. Wiedzieli jednak, że miłość potrafi przezwyciężyć wszystko i tak długo, jak są razem, nic złego nie może się im przydarzyć.

W połowie romantycznej kolacji przy świecach do restauracji wszedł mocno podchmielony żebrak. Przysiadł się do ich stolika, przerywając jedną z nielicznych, cennych chwil, jakie mogli spędzać we dwoje z dala od moskiewskiego zgiełku. Właściciel restauracji chciał wyprowadzić biedaka, ale Igor oznajmił, że sam sobie poradzi. Żebrak poczynał sobie coraz śmielej, chwycił butelkę wódki i wypił ją duszkiem, zasypywał ich pytaniami: „Kim jesteście?", „Skąd macie tyle pieniędzy, kiedy my tu cierpimy nędzę?", narzekał na życie, na rząd. Igor znosił to przez kilka minut.

Wreszcie wstał, złapał nieproszonego gościa pod ramię

i wyprowadził go z restauracji przy wąskiej, niewybrukowanej uliczce. Na zewnątrz czekali jego dwaj ochroniarze. Ewa zobaczyła przez szybę, jak wydał im polecenie: „Pilnujcie mojej żony”, a potem zniknął wraz z pijaczkiem za rogiem. Wrócił po kilku minutach z uśmiechem na twarzy.

– Już nikomu nie będzie przeszkadzał – powiedział.

Ewa dostrzegła w jego oczach jakieś nowe światło, niezwykłą radość, jakiej jeszcze nie widziała podczas tego weekendu.

– Co się stało?

Igor zamówił następną butelkę wódki. Pili do późnej nocy, on uśmiechnięty, zadowolony z siebie, ona niespokojna: pewnie dał żebrakowi pieniądze, zawsze był hojny i pomagał potrzebującym.

Dopiero po powrocie do hotelu Igor się trochę bardziej otworzył:

– Nauczyłem się tego w młodości, kiedy walczyłem w niesłusznej sprawie i o ideały, które były mi obce. Zawsze znajdzie się sposób na skończenie z nędzą.

Nie, niemożliwe, żeby Igor był w Cannes. Hamid musiał się pomylić. Obaj mężczyźni spotkali się tylko jeden raz w życiu, w holu budynku, w którym mieszkali w Londynie. Igor zdobył jej nowy adres i przyjechał prosić, by do niego wróciła. Hamid rozmawiał z nim, ale nie pozwolił wejść do mieszkania, grożąc, że wezwie policję. Przez cały tydzień nie wychodziła z domu, wymawiając się bólem głowy. Ale znała już prawdę: Anioł Światła przeistoczył się w Absolutne Zło.

Otwiera telefon i raz jeszcze czyta esemesa.

Katiusza. Tylko jedna osoba ją tak nazywa. Osoba należąca do przeszłości, ale gotowa dręczyć ją do końca życia, bez względu na to, jak się skryje w świecie, do którego on nie ma dostępu. Ten sam mężczyzna, który w drodze powrotnej z Irkucka – jakby zrzucając ogromny ciężar – zaczął jej opowiadać o demonach zamieszkujących jego duszę.

„Nikomu, absolutnie nikomu nie pozwolę wkraczać w naszą intymność. Długo pracowaliśmy nad stworzeniem sprawiedliwszego, lepszego świata. Ktokolwiek naruszy nasz spokój – nasze nie tak znów częste chwile swobody – zostanie zlikwidowany tak, żeby już nigdy nam nie przeszkodził".

Ewa bała się zapytać, co znaczy „zostanie zlikwidowany". Sądziła, że zna swojego męża. Tymczasem dawno wygasły wulkan znów zaczyna grzmieć, a wstrząsy z godziny na godzinę stają się silniejsze. Przypomniała sobie ich dawne nocne rozmowy, kiedy wspominał, że w Afganistanie musiał czasem zabijać w obronie własnej. Nigdy wtedy nie dostrzegła śladu skruchy w jego oczach:

– Grunt, że przeżyłem. Mogłem zginąć w jakieś słoneczne popołudnie, albo o świcie, w pokrytych śniegiem górach, albo nocą, kiedy w namiocie graliśmy w karty, pewni, że kontrolujemy sytuację. A gdyby tak się stało, wszystko zostałoby na tym świecie po staremu. Byłbym kolejnym numerem w wojskowych statystykach, pośmiertnie odznaczonym za odwagę. Ale Jezus miał nade mną pieczę, no i dał mi szybki refleks. Wychodziłem zwycięsko z najtrudniejszych prób, za co los mnie obdarzył dwiema najważniejszymi w życiu rzeczami: sukcesem w pracy i miłością ukochanej kobiety.

Zabić w obronie własnej to jedno, ale „zlikwidować" biednego pijaczka, który zakłócił ich wieczór i którego mógłby wyprowadzić za drzwi właściciel lokalu, to coś całkiem innego. Ta myśl nie dawała jej spokoju. Coraz wcześniej wychodziła rano do sklepu, a wieczorami siedziała do późna przy komputerze. Chciała uciec od dręczącego ją pytania. Przez kilka miesięcy jakoś sobie radziła: podróżowała, chodziła na bankiety i spotkania, brała udział w aukcjach na cele charytatywne. Czasem jej się wydawało, że źle zrozumiała jego słowa w Irkucku i obwiniała się, że pochopnie go oceniła.

Z upływem czasu wspomnienie wydarzenia w Irkucku zatarło się, aż do dnia, kiedy udali się na bankiet połączony z loterią na cele charytatywne w jednej z najdroższych restauracji Mediolanu. Każde z nich przyjechało do Włoch w innym celu. Igor, żeby omówić szczegóły kontraktu z tamtejszym przedsiębiorcą. Ewa na

Tydzień Mody, gdzie chciała kupić kilka kreacji dla swojego moskiewskiego butiku.

To, co zdarzyło się w samym środku Syberii, powtórzyło się w centrum jednego z najbardziej cywilizowanych miast świata. Tym razem dosiadł się do nich znajomy, również podpity, i zaczął ich zabawiać sprośnymi dowcipami. Ewa zauważyła, jak ręka Igora zaciska się nerwowo na rączce noża. Bardzo grzecznie poprosiła natręta o pozostawienie ich w spokoju. Znajomy potulnie odszedł, a oni zaczęli rozmawiać o lokalnych trunkach i nowych przepisach unijnych, choć Ewie tylko jedno pytanie cisnęło się na usta. Coraz więcej piła, aż zdobyła się na odwagę:

– Co w tym złego, że ktoś lekko podpity przysiądzie się do nas i pogada?

– Rzadko podróżujemy razem – odparł zmienionym głosem. – Wiem, jaki jest świat, w którym żyjemy, wiem o zakłamaniu, które jest wokół. Każe się nam ufać nauce bardziej niż wierzyć w wartości duchowe. Karmimy nasze dusze tym, co społeczeństwo nazywa rzeczami ważnymi, a w rzeczywistości umieramy, bo zdajemy sobie sprawę, co się wokół nas dzieje. Wiemy, że zmusza się nas do robienia tego, czego nie mieliśmy zamiaru robić. Mimo to nie stać nas, żeby wszystko rzucić i poświęcić resztę dni i nocy prawdziwemu szczęściu, rodzinie, naturze, miłości. A dlaczego? Bo czujemy się zobowiązani skończyć to, co rozpoczęliśmy: osiągnąć wymarzoną stabilizację finansową, która pozwoli nam cieszyć się resztką życia we dwoje. Bo jesteśmy ludźmi odpowiedzialnymi. Wiem, że czasami zarzucasz mi, że za dużo pracuję. Ale to nieprawda. Buduję naszą przyszłość i wkrótce staniemy się wolni. Wtedy będziemy marzyć i realizować nasze marzenia.

Stabilizacji finansowej z pewnością im nie brakowało. Nie mieli długów. Mogli wstać od stolika, zabrać ze sobą tylko karty kredytowe i po prostu porzucić świat, którym Igor tak się brzydził i nie martwić się o pieniądze. Często rozmawiali o tym, a Igor zawsze powtarzał to samo: „Jeszcze odrobina cierpliwości". To jednak nie była dobra pora, żeby rozmawiać o wspólnej przyszłości.

– Bóg pomyślał o wszystkim – ciągnął Igor. – Jesteśmy

razem, bo On tak zdecydował. Może nie w pełni zdajesz sobie sprawę, ile dla mnie znaczysz. Bez ciebie prawdopodobnie nie zaszedłbym tak daleko. To On postawił nas obok siebie, ramię przy ramieniu, i dał mi siłę, bym mógł cię w potrzebie obronić. Nauczył mnie, że wszystko jest częścią planu, który należy wypełnić w najmniejszych szczegółach. Gdybym tego nie uczynił, leżałbym martwy w Kabulu, lub żebrał w Moskwie.

Teraz spumante, czy jak kto woli szampan, ujawniło swoją moc:

– Co się stało z tamtym żebrakiem na Syberii? – zapytała.

W pierwszej chwili Igor nie wiedział, o co jej chodzi, ale mu Ewa przypomniała.

– Co było później?

– Uratowałem go.

Odetchnęła z ulgą.

– Zbawiłem go od plugawego życia bez perspektyw, od mroźnych zim i alkoholu, który z wolna wyniszczał jego organizm. Sprawiłem, że jego dusza uwolniła się
z ciała i poszybowała ku światłu. W chwili, kiedy wszedł do restauracji, żeby zmącić nasz spokój, zrozumiałem, że jego duszę opętał demon.

Serce waliło jej jak młotem. Jaśniej nie musiał tego ujmować. Zabił żebraka. Wszystko stało się jasne.

– Bez ciebie nie istnieję. Ktokolwiek zechce nas rozdzielić i zburzyć spokój tych krótkich chwil, które mamy dla siebie, zasługuje na taki los.

Czy to znaczy, że zasługuje na śmierć? Może już wcześniej to się zdarzało, tylko ona niczego nie zauważała? Pociągnęła z kieliszka wielki haust, potem jeszcze raz. Igor jakby się uspokajał. Nigdy się przed nikim nie otwierał, dlatego tak sobie cenił ich rozmowy.

– Mówimy tym samym językiem – ciągnął. – Postrzegamy świat w podobny sposób. Dopełniamy się, jak to jest dane tylko ludziom, którzy miłość przedkładają nad wszystko. Powtarzam: bez ciebie nie istnieję. Spójrz na Superklasę, rozejrzyj się po sali. Myślą, że są ważni, wrażliwi na krzywdę społeczną, bo wydają majątek na bezwartościowe przedmioty oferowane na aukcjach charytatywnych, albo angażują się w kampanie na rzecz bezdomnych uchodźców w Rwandzie lub ochrony zagrożonej wyginięciem chińskiej pandy. Dla nich panda i głodne dziecko znaczą tyle samo. Czują się wyjątkowi, lepsi niż inni, bo robią coś wartościowego. Walczyli na wojnie? Nie! Sami wywołują wojny, ale w nich nie walczą. Jeżeli wojna jest zwycięska, przyjmują należne gratulacje. Jeżeli kończy się klęską, zrzucają winę na innych. Potrafią kochać tylko siebie.

– Kochanie, chciałabym cię jeszcze o coś zapytać...

Tymczasem na scenie pojawił się konferansjer. Podziękował zebranym za przybycie i oznajmił, że dochód z imprezy zostanie przekazany na zakup leków dla szpitali w obozach dla afrykańskich uchodźców.

– O jednym nie wspomniał – rzucił Igor, jakby nie słysząc jej prośby. – Tylko 10% tej sumy trafi na ten zbożny cel. Lwia część pójdzie na pokrycie kosztów tego bankietu, na jego promocję, opłacenie organizatorów, a więc tych ludzi, którzy wpadli na „genialny pomysł" zorganizowania

tej farsy – oczywiście za sowite wynagrodzenie. Tak oto wykorzystuje się nędzę, żeby wypychać sobie kieszenie.

– No to po co tu przyszliśmy?

– Musieliśmy. To należy do moich obowiązków. Nie przyszedłem po to, żeby ratować Rwandę i posyłać leki uchodźcom. Ale przynajmniej mam tego świadomość. Reszta używa swoich pieniędzy, żeby choć w niewielkim stopniu zmyć własne grzechy i oczyścić sumienie. Kiedy dzienniki donosiły o ludobójstwie w Rwandzie, sfinansowałem mały oddział, który ocalił od śmierci ponad dwa tysiące Tutsi i Hutu. Wiedziałaś o tym?

– Nigdy o tym nie wspominałeś.

– Nie było takiej potrzeby. Wiesz przecież, jak bardzo troszczę się o innych.

Zaczyna się aukcja. Najpierw mała torba podróżna – idzie za sumę pięciokrotnie wyższą od ceny detalicznej. Igor przygląda się temu beznamiętnym wzrokiem. Ewa opróżnia następny kieliszek, waha się, czy powinna go zapytać, czy lepiej nie.

Na scenie w rytm piosenki Marilyn Monroe ktoś maluje obraz. Cena gotowego „dzieła" idzie w górę. Obraz zostaje sprzedany za ekwiwalent ceny skromnego mieszkania w centrum Moskwy.

Jeszcze jeden kieliszek musującego wina. Jeszcze jeden sprzedany przedmiot. Za równie absurdalnie wysoką cenę.

Za dużo wypiła. Igor pomaga jej dojść do apartamentu, kładzie do łóżka. Półprzytomna Ewa zdobywa się wreszcie na odwagę:

– Co będzie, jeżeli cię zostawię?

– Następnym razem nie pij tyle.

– Odpowiedz.

– To się nigdy nie zdarzy. Jesteśmy idealnie dobranym małżeństwem

Wraca świadomość, ale dalej udaje pijaną, bo tak łatwiej powiedzieć, co jej leży na sercu.

– A jeżeli się zdarzy?

– Zmuszę cię do powrotu. Znasz mnie i wiesz, że umiem dopiąć swego. Nawet gdybym musiał unicestwić kilka światów.

– A gdybym związała się z innym?

Patrzy z pobłażaniem, niemal dobrotliwie.

– Nawet gdybyś przespała się ze wszystkimi mężczyznami, kochałbym cię nadal.

Od tej pory przeżywała koszmar: związała się z potworem, z krwiożerczym mordercą. O co chodziło z tym oddziałem najemników, interweniujących w plemienne porachunki? Ilu jeszcze zamordował, żeby nie zakłócali im spokoju? Mogła go usprawiedliwić wojenną traumą, ciężkimi przeżyciami, ale wielu przeszło przez to samo, a nie uważali się za narzędzia Boskiej Sprawiedliwości, wypełniające Wielki Plan.

– Nie jestem zazdrosny – powtarzał Igor, ilekroć któreś z nich wybierało się w podróż. – Wiesz, jak bardzo cię kocham i wiem, że ty też mnie kochasz. Nic nigdy tego nie zmieni.

Była coraz bardziej pewna, że to nie miłość, a coś wynaturzonego, chorego. I albo to zaakceptuje i będzie przez resztę życia żyć jak więzień, albo przy pierwszej nadarzającej się okazji, uwolni się od niego.

Pojawiło się kilka takich okazji, ale największą wytrwałością i uporem wykazał się mężczyzna, którego nigdy nie widziała w roli partnera: krawiec, który podbijał świat mody i z dnia na dzień stawał się sławniejszy. Otrzymywał ze swojego kraju ogromne pieniądze, żeby przekonać Zachód, że „plemiona koczownicze" wyznawały stałe wartości dalekie od terroryzmu maleńkiej grupki fanatyków religijnych. Wszystko wskazywało na to, że czeka go błyskotliwa kariera.

Na targach mody, na których się spotykali, rzucał wszystko, odwoływał obiady i kolacje, tylko po to, żeby spędzić z nią kilka chwil w spokoju w hotelowym apartamencie. Nie chodziło tylko o seks. Często tylko oglądali telewizję, jedli, pili (on wyłącznie napoje bezalkoholowe), chodzili na spacery, odwiedzali księgarnie, rozmawiali z nieznajomymi. Nie opowiadali sobie o przeszłości, nie robili planów na przyszłość. Mówili dużo o teraźniejszości.

Opierała się długo. Nie była w nim zakochana i nigdy tak naprawdę go nie pokochała. Ale gdy zaproponował, by rzuciła wszystko i przeprowadziła się do niego, do Londynu, przyjęła propozycję bez wahania. Tylko tak mogła uciec ze swojego osobistego piekła.

Nadeszła nowa wiadomość:

UNICESTWIŁEM NASTĘPNY ŚWIAT Z TWOJEGO POWODU, KATIUSZA.

To niemożliwe; od lat nie byli w kontakcie.

– Od kogo?

– Nie mam pojęcia. Numer się nie wyświetla – odparła spokojnie, ale była przerażona.

– Już dojeżdżamy. Pamiętaj, mamy niewiele czasu.

Limuzyna majestatycznie zajeżdża do wejścia Hotelu Martinez. Za ustawionymi przez policję barierkami ludzie w różnym wieku wyczekują całymi dniami w nadziei, że w końcu zobaczą z bliska słynną gwiazdę. Pstrykają aparatami cyfrowymi, chwalą się innym, kogo już widzieli, wysyłają zdjęcia na fora internetowe. Triumfują, że długie wyczekiwanie zostało im wynagrodzone: przez ułamek sekundy zobaczyli aktorkę, aktora, czy prezentera telewizyjnego!

To dzięki nim rozwija się przemysł filmowy, ale zanadto nie wolno im się zbliżać. Rozstawieni w strategicznych punktach ochroniarze od każdego wchodzącego za barierkę żądają dowodu, że wolno mu tam przebywać. Należy wtedy okazać otwierającą drzwi apartamentu kartę magnetyczną, w przeciwnym razie na oczach gawiedzi ochroniarz cię nie przepuści. Jeśli jesteś z kimś umówiony, musisz podać swoje nazwisko ochroniarzowi i czekać przed drzwiami, aż zaproszenie zostanie potwierdzone (lub nie). Każdy ochroniarz ma malutki nadajnik, którym kontaktuje się z recepcją, a ty czekasz w nieskończoność. Dopiero kiedy nadejdzie odpowiedź, kończą się twoje upokorzenia i wchodzisz do środka. Oczywiście cała procedura nie dotyczy tych, którzy podjeżdżają limuzyną.

Drzwi Maybacha zostają otwarte – z jednej strony przez szofera, z drugiej przez hotelowego portiera. Wszystkie aparaty fotograficzne kierują się na Ewę, błyskają flesze. Nie mają pojęcia, kim jest, ale skoro zamieszkała w Martinezie i przyjechała wielką limuzyną, musi być kimś ważnym. Może kochanką wysiadającego z drugiej strony faceta? Jeśli tak, i jeśli on jest żonaty, istnieje szansa, że uda im się sprzedać zdjęcia jakiemuś brukowcowi. A może piękna blondynka jest zagraniczną gwiazdą filmową, dotąd nieznaną we Francji? Następnego dnia odkryją jej tożsamość w którymś z dzienników i poczują satysfakcję, że stali oddaleni od niej o cztery czy pięć metrów.

Hamid spogląda na tłumek kłębiący się za barierą. Nigdy tego nie zrozumie, bo wychował się w kraju, gdzie nikt się tak nie zachowuje. Kiedyś zapytał przyjaciela o przyczynę tak wielkiego zainteresowania celebrytami:

– To nie są wyłącznie wielbiciele ich talentu – wyjaśnił przyjaciel. – Jak świat światem, człowiek wierzy, że bliskość czegoś nieosiągalnego i tajemniczego jest w stanie obdarzyć go niezliczonymi łaskami. Dlatego ludzie pielgrzymują do duchowych mistrzów i miejsc świętych.

– W Cannes?

– Wszędzie, gdzie choćby z daleka można przez ułamek sekundy zobaczyć jakąś sławę. Jej najmniejsze skinienie jest jak błogosławieństwo, jak boska ambrozja i manna z nieba. Wszędzie tak jest. Weźmy na przykład gigantyczne imprezy muzyczne, przypominające rytuały religijne, odprawiane przez setki tysięcy osób. A co z tłumami ludzi, którym nie udało się zdobyć biletu na ważną premierę i wyczekują pod teatrem na pojawienie się gwiazd? A kibice na stadionach, gapiący się na gromadę facetów, którzy uganiają się za piłką? Celebryci stali się idolami, wręcz ikonami. Jak wizerunki świętych po kościołach. Ich podobizny zdobią pokoje nastolatków i sypialnie małżeńskie, a nawet gabinety magnatów przemysłowych, którzy mimo swego wielkiego bogactwa zazdroszczą im popularności. Jest tylko jedna różnica między symbolami religijnymi a ikonami świeckimi. W tym drugim przypadku najwyższym sędzią jest publiczność, która dziś gotowa oklaskiwać swojego idola, jutro może zażądać jego głowy i z wypiekami na twarzy czytać o kolejnych jego skandalach, myśląc sobie w duchu: „Biedaczek. Dobrze, że nie skończyłem tak jak on". Dziś idola wszyscy adorują, ale jutro równie skwapliwie będą go kamieniować i krzyżować.

13:37

Po zabiegach kosmetycznych i fryzjerskich dziewczyny zabijają ostatnie pięć godzin, jakie zostają im do pokazu, bawiąc się swoimi iPodami i komórkami. Ale nie Jasmine. Jasmine czyta książkę, tomik poezji:

Dwie drogi w żółtym lesie szły w dwie różne strony:
Żałując, że się nie da jechać dwiema naraz
I być jednym podróżnym, stałem zapatrzony
W głąb pierwszej z dróg, aż po jej zakręt oddalony,

Gdzie wzrok niknął w gęstych krzakach i konarach;
Potem ruszyłem drugą z nich, nie mniej ciekawą,
Może wartą wyboru z tej jednej przyczyny,
Że rzadziej używana, zarastała trawą;

A jednak mogłem skręcić tak w lewo, jak w prawo:
Tu i tam takie same były koleiny,
Pełne liści, na których w tej porannej porze
Nie znaczyły się jeszcze śladów czarne smugi.

Och, wiedziałem: choć pierwszą na później odłożę,
Drogi nas w inne drogi prowadzą – i może
Nie zjawię się w tym samym miejscu po raz drugi.
Po wielu latach, z twarzą przez zmarszczki zoraną,

Opowiem to, z westchnieniem i mglistym morałem:
Zdarzyło mi się niegdyś ujrzeć w lesie rano
Dwie drogi: pojechałem tą mniej uczęszczaną –
Reszta wzięła się z tego, że to ją wybrałem.

Wybrała drogę mniej uczęszczaną. Zapłaciła za to wysoką cenę, ale warto było. Na wszystko przychodzi właściwy czas. Miłość pojawiła się wtedy, gdy najbardziej jej potrzebowała – i trwa do dziś. Dla tego uczucia Jasmine pracowała: z miłości dla jednej szczególnej osoby.

Jasmine tak naprawdę ma na imię Cristina. Zgodnie z jej CV, odkryła ją Anna Dieter podczas jednej z podróży po Kenii. Więcej szczegółów się nie podaje, niech ludzie sobie resztę dopowiedzą: może cierpiała nędzę i głód w regionie spustoszonym wojnami domowymi. W rzeczywistości, choć ma skórę jak heban, Cristina urodziła się w belgijskiej Antwerpii. Jej rodzice opuścili Rwandę, uciekając przed stale wybuchającymi konfliktami między Hutu i Tutsi.

Kiedy miała 16 lat, pomagała czasem matce, która dorabiała sprzątaniem w domach zamożnych Belgów. Pewnego dnia w drodze powrotnej do domu zaczepił je mężczyzna, który przedstawił się jako fotograf.

– Ma pani bardzo piękną córkę – zaczął. – Czy zgodzi się pani, żeby mi pozowała?

– A widzi pan tę torbę? Dźwigam w niej środki czystości. Pracuję dzień i noc, żeby posłać córkę do dobrej szkoły, a potem na uniwersytet. Ona ma tylko 16 lat.

– W sam raz, żeby mi pozować – odpowiedział fotograf i wręczył dziewczynie wizytówkę. – Jeśli zmienisz zdanie, zadzwoń.

Poszły dalej. Matka zauważyła, że córka schowała wizytówkę do kieszeni spodni.

– Nie wierz mu. To nie twój świat. Tacy mężczyźni chcą cię tylko zaciągnąć do łóżka.

Cristina dobrze o tym wiedziała. Koleżanki z klasy zazdrościły jej urody, a chłopcy chcieli zapraszać na imprezy, ale ona była świadoma swoich korzeni i wszystkiego, co się z tym wiąże.

Nie uwierzyła też, kiedy podobna historia zdarzyła się po raz drugi. Wchodziła do lodziarni, kiedy jakaś kobieta zachwyciła się jej urodą i powiedziała, że fotografuje modę. Cristina podziękowała, wzięła wizytówkę i obiecała zadzwonić – ale nie miała najmniejszego zamiaru tego robić, chociaż było to spełnienie marzeń większości dziewczyn w jej wieku.

Trzy miesiące później stała przed witryną sklepu z markową odzieżą, kiedy podszedł do niej właściciel.

– Czym się zajmujesz, dziecko?

– Raczej czym będę się zajmować. Będę studiować weterynarię.

– Źle wybrałaś. Nie chciałabyś pracować dla mnie?

– Nie mam czasu stać za ladą. W każdej wolnej chwili pomagam w pracy mojej mamie.

– Nie mówię o staniu za ladą, proponuję ci sesję zdjęciową w strojach naszej kolekcji.

Wszystkie trzy spotkania pozostałyby jedynie przywoływanym od czasu do czasu wspomnieniem żony i matki, kobiety spełnionej zawodowo i prywatnie, gdyby nie pewien epizod, który miał miejsce kilka dni później.

Wybrała się z przyjaciółmi do dyskoteki. Zabawa trwała w najlepsze, kiedy do sali wtargnęła rozwrzeszczana grupa dziesięciu młodych mężczyzn, dziewięciu z nich uzbrojonych w drewniane pałki z osadzonymi w nich żyletkami. Zastraszyli tańczących i zmusili ich do opuszczenia parkietu. Wybuchła panika. Wśród bezładnego tłumu Cristina nie wiedziała, co począć. Instynkt jej podpowiadał, żeby nie ruszać się z miejsca i nie patrzeć w stronę napastników.

Zdążyła jeszcze zobaczyć, jak dziesiąty z napastników podchodzi do jej przyjaciela, chwyta go od tyłu, wyciąga nóż z kieszeni i na oczach wszystkich obecnych podrzyna mu gardło. Po chwili grupa bandziorów uciekła z dyskoteki. Podniosły się krzyki, jedni biegali jak w amoku, inni siadali na podłodze i zanosili się płaczem. Kilka osób podeszło do ofiary, dobrze wiedząc, że na pomoc jest już za późno. W szoku stali nieruchomo i patrzyli w milczeniu, tak jak Cristina. Znała i zamordowanego chłopaka, i jego mordercę. Domyślała się też motywu zbrodni – zanim poszli do dyskoteki, siedzieli w barze, gdzie doszło do kłótni między mężczyznami. Wydawało się jej, że unosi się w powietrzu, a to co widzi, to tylko zły sen, z którego zlana potem za chwilę się obudzi, z ulgą, że koszmar się skończył.

Ale to nie był sen.

Szybko wróciła na ziemię. Powietrze rozdarł jej krzyk. Krzyczała, żeby ktoś mu pomógł, a potem żeby nikt go nie ruszał. Zapanował jeszcze większy zamęt. Wpadli uzbrojeni policjanci, potem sanitariusze, wreszcie detektywi, którzy ustawili obecnych pod ścianą i zaczęli po kolei ich przesłuchiwać: prosili o dokumenty, numery telefonów, adresy. Kto to zrobił? I dlaczego? Cristina nie mogła wykrztusić słowa. Ciało zabitego przykryto i wyniesiono z klubu. Pielęgniarka dała jej coś na uspokojenie i ostrzegła, że nie powinna prowadzić teraz samochodu, lepiej wrócić do domu taksówką albo autobusem.

Następnego ranka zadzwonił telefon. Jej matka nie poszła do pracy, żeby dopilnować córki, która wciąż była jakby nieobecna. Policjant po drugiej stronie nakazał im stawić się do południa na posterunku i zgłosić do pewnego inspektora. Matka odmówiła, policjant zagroził konsekwencjami – nie miały więc innego wyjścia.

Przyszły o wyznaczonej godzinie. Inspektor spytał, czy Cristina znała mordercę.

Miała jeszcze w uszach słowa matki: „Niczego nie opowiadaj. Jesteśmy emigrantami i jesteśmy czarne. Oni są biali i są Belgami. Wyjdą z wiezienia i wcześniej czy później dopadną cię".

– Nie mam pojęcia, kto to był. Nigdy wcześniej go nie widziałam.

Wiedziała, że odmawiając zeznań traci nieodwołalnie szacunek do siebie, traci chęć do życia.

– Jasne, że widziałaś – żachnął się policjant. – Nie bój się. Nic ci nie grozi. Prawie wszyscy siedzą, potrzebujemy tylko kilku świadków.

– O niczym nie wiem. Stałam daleko. Nie widziałam, kto to zrobił.

Inspektor potrząsnął głową z rezygnacją.

– Będziesz musiała powtórzyć to przed sądem. Jesteś gotowa składać fałszywe zeznania pod przysięgą? A wiesz, że za to możesz spędzić długie lata w więzieniu, dokładnie tak, jak ci mordercy?

Po kilku miesiącach dostała wezwanie do sądu. Wszystkich dziesięciu zobaczyła na ławie oskarżonych, a obok ich adwokatów. Chłopcy wydawali się dobrze bawić. Jedna z dziewczyn obecnych w klubie wskazała mordercę.

Przyszła kolej na Cristinę. Prokurator poprosił, żeby zidentyfikowała mężczyznę, który zabił.

– Nie wiem, kto to zrobił – odparła.

Była czarna. Była córką emigrantów. Miała rządowe stypendium. Marzyła tylko o odzyskaniu chęci do życia, wiary w przyszłość. Przez większość czasu do dnia rozprawy leżała w swoim pokoju na łóżku ze wzrokiem utkwionym w sufit. Nie miała ochoty na naukę, ani na nic. Nie należała do świata, w którym żyła do tej pory: jako szesnastolatka dokonała przerażającego odkrycia – że jest absolutnie nieprzygotowana do walki o własne życie. Musiała uciec z Antwerpii, wyjechać gdzieś w poszukiwaniu utraconej radości i siły witalnej.

Z braku dowodów chłopców wypuszczono – zabrakło jednego świadka, żeby udowodnić im winę i ich skazać. Po wyjściu z budynku sądu Cristina zadzwoniła pod oba numery telefonów, jakie widniały na otrzymanych od fotografów wizytówkach. Umówiła się na spotkania. Potem ruszyła do sklepu z markową odzieżą, gdzie wcześniej rozmawiał z nią właściciel.

Nie zastała go. Jak się dowiedziała, często robił objazdy innych sklepów, które miał w całej Europie.

Z właścicielami wizytówek lepiej jej poszło. Oboje pamiętali ją i chcieli się z nią spotkać.

W domu zakomunikowała swoją decyzję matce. Nie prosiła o radę, nie tłumaczyła się. Po prostu oznajmiła, że opuszcza Antwerpię na zawsze i że umożliwi jej to praca modelki.

Jasmine rozgląda się wokół siebie. Do pokazu pozostały jeszcze trzy godziny. Jej koleżanki jedzą sałatki, popijają herbatę, rozmawiają o planach na wieczór. Pochodzą z różnych stron świata, są mniej więcej w jej wieku – 19 lat. I pewnie w tej chwili tylko dwie rzeczy im w głowie: jak najszybciej załatwić nowy kontrakt i znaleźć bogatego męża.

Znała rozkład dnia każdej z nich. Przed snem różne

kremy oczyszczające pory i nawilżające cerę, a przy tym od wczesnej młodości uzależniające skórę od syntetycznych związków, które ponoć gwarantują idealną karnację. Rano znowu krem nawilżający. Potem filiżanka czarnej kawy bez cukru, owoce, no i błonnik, który znakomicie przyspiesza trawienie. Następnie trochę ćwiczeń, głównie rozciągających, i w drogę w poszukiwaniu pracy. Są jeszcze za młode, żeby trenować na siłowni, a poza tym ich sylwetki mogłyby nabrać męskiego wyglądu. Trzy lub cztery razy dziennie wchodzą na wagę – większość na wszelki wypadek wozi ze sobą wagę w walizce, bo właściciele prywatnych kwater nie zapewniają takich udogodnień. Wpadają w depresję, kiedy wskazówka pokazuje, że przybył im jeden gram.

Mają na ogół 17-18 lat, dlatego zwykle towarzyszą im matki. Nie przyznają, że są zakochane, chociaż prawie każda kocha swojego chłopaka. Bo komuś, kto kocha i tęskni, rozłąka wydaje się nie do zniesienia i czas się dłuży. Tak, dużo myślą o pieniądzach. Zarabiają średnio czterysta euro na dzień, a więc sporą sumę jak dla kogoś, kto jest za młody na prawo jazdy. Marzą o czymś więcej. Wiedzą, że młodość szybko przemija i wkrótce ich miejsce zajmą nowe, młodsze twarze. Muszą więc jak najszybciej dowieść, że stać je na więcej niż paradowanie po wybiegu. Naprzykrzają się swoim agentom prośbami o załatwienie zdjęć próbnych, podczas których z pewnością okaże się, że mają talent aktorski. Oto wielkie marzenie każdej z tych dziewczyn.

Agent jest oczywiście za, ale radzi poczekać – przecież są dopiero u progu kariery. Tymczasem prawda jest taka, że nie ma żadnych kontaktów poza światem mody, do tego nieźle zarabia na pracy tych dziewczyn, a na w sumie nie tak wielkim rynku mody panuje ostra konkurencja. Lepiej wycisnąć z modelek ile się da, zanim przekroczą krytyczną granicę dwudziestu lat, cerę zniszczy im nadmiar kremów nawilżających, ich organizm uzależni się od diety niskokalorycznej, a na psychice odbiją się wszystkie kuracje na ograniczenie łaknienia, po których w ich oczach i głowach zapanuje kompletna pustka.

Wbrew powszechnemu przekonaniu, modelki płacą

za wszystko: za bilety lotnicze, hotele, no i te sałatki. Asystenci kreatorów mody zapraszają je na castingi, czyli selekcję rozstrzygającą o tym, która z nich wystąpi na pokazie mody, a która będzie pozowała do zdjęć. Na castingach dziewczyny stają twarzą w twarz z różnymi nieudacznikami, którzy wykorzystują te krótkie chwile władzy do pokazania, kim to oni niby są. Nie słyszy się z ich ust przyjaznego, pokrzepiającego słowa, znają tylko: „beznadziejnie", „fatalnie", „okropnie". Dziewczyny wychodzą z castingu i pędzą na następny. Nie rozstają się ze swoimi komórkami, tym kołem ratunkowym, boskim objawieniem, narzędziem do kontaktu z Wyższym Światem, do którego pragną wstąpić, by móc z góry spoglądać na wszystkie równie ładne buzie, które nie dostąpiły zaszczytu zostania gwiazdą.

Rodzice są dumni z początków kariery swoich pociech i gryzie ich trochę sumienie, że kiedyś sprzeciwiali się takiemu pomysłowi na życie – w końcu dziewczyny dobrze zarabiają i pomagają swoim rodzinom. Ich facetom nie bardzo się to podoba, ale starają się tego nie okazywać, bo miło jest się pokazać w towarzystwie znanej modelki. Agenci współpracują z dziesiątkami dziewczyn w tym samym wieku, marzących o tym samym. Mają zatem gotowe odpowiedzi na wszystkie pytania: „Mogłabym wystąpić na Tygodniu Mody w Paryżu?", „Czy nie powinnam już próbować szczęścia w kinie?". Przyjaciółki modelek zazdroszczą im kariery – skrycie lub otwarcie.

Dziewczyny przyjmują wszystkie zaproszenia, a na imprezach zachowują się tak, jakby cały świat się wokół nich kręcił. W głębi duszy marzą, że pewnego dnia ktoś w końcu przebije sztuczną, lodową barierę, którą same tworzą wokół siebie. Na starszych panów spoglądają z mieszaniną wstrętu i zainteresowania. Wiedzą, że w ich wypchanych portfelach kryje się klucz do innego życia, ale z drugiej strony boją się, że ktoś mógłby je wziąć za luksusowe prostytutki. Zawsze widuje się je z nieodłącznym kieliszkiem szampana w ręku – to należy do wizerunku, który usiłują stworzyć. Ale unikają napojów wyskokowych – wiedzą, że alkohol odbije się na ich wadze. Dlatego piją wyłącznie niegazowaną wodę mineralną. Woda gazowana wprawdzie nie wpłynie na ich wagę, jednak rozedmie brzuch. Dziewczyny mają ideały, marzenia i godność osobistą, ale te znikną wcześniej czy później, zaraz przy pierwszych próbach ukrycia przedwczesnych śladów cellulitu.

Obiecują sobie nie myśleć o przyszłości. Dużą część swoich zarobków, wydają na kosmetyki, rzekomo gwarantujące wieczną młodość. Ubóstwiają buty, ale tylko od czasu do czasu pozwalają sobie na luksus pary super drogich pantofli. Dzięki znajomościom w domach mody udaje im się kupić sukienki i bieliznę za połowę ceny. Dzielą niewielkie mieszkania z ojcem, matką, bratem studiującym na uniwersytecie i siostrą, która wybrała karierę bibliotekarki czy naukowca. Wszyscy uważają, że zarabiają fortunę i zasypują je prośbami o pożyczkę. Więc pożyczają, bo czują się wtedy ważne, bogate, hojne, wyniesione ponad przeciętność. Ale kiedy idą do banku, okazuje się, że na koncie jest debet, a na karcie kredytowej przekroczyły dopuszczalny limit.

Zbierają setki wizytówek, spotykają nienagannie ubranych mężczyzn, kuszących ich ofertami fikcyjnej pracy. Dzwonią do nich co jakiś czas, żeby podtrzymać cenny kontakt. Wiedzą, że kiedyś mogą potrzebować pomocy, chociaż cena za nią będzie wysoka. Wszystkie wpadają w tę samą pułapkę. Wszystkie marzą o łatwym sukcesie i szybko się przekonują, że coś takiego nie istnieje. Zanim skończą siedemnaście lat, mają za sobą wiele rozczarowań, zdrad i upokorzeń. Ale ciągle wierzą.

Źle sypiają przez rozmaite środki hamujące łaknienie. Dużo słyszały o anoreksji – chorobie powszechnej w tym zawodzie, znanej też jako jadłowstręt psychiczny – którą powoduje obsesyjny lęk przed nadwagą i niska samoocena co do własnego wyglądu, a której skutkiem jest odrzucanie przez organizm wszelkiego pokarmu. Mówią sobie, że to ich nie dotyczy i z reguły nie zauważają pierwszych symptomów zaburzenia.

Z dzieciństwa przenoszą się bezpośrednio w świat luksusu i blichtru, przeskakując fazę dojrzewania. Zapytane o plany na przyszłość, zawsze mają gotową odpowiedź: „Studia filozoficzne. Pracuję, żeby zarobić na czesne".

Dobrze wiedzą, że to nieprawda. A raczej, że coś w tych słowach brzmi fałszywie, lecz nie wiedzą, co. Czy rzeczywiście potrzebują dyplomu wyższej uczelni? Czy zarabiają, żeby opłacić naukę? Bogiem a prawdą, nie mają nawet czasu na studia – rano casting, po południu sesja zdjęciowa, potem koktajl, a wieczorem bankiet, na który muszą pójść, żeby się pokazać, poczuć się podziwianą i uwielbianą.

Według osób postronnych, prowadzą życie jak z bajki. Przez pewien czas same wierzą, że na tym polega życie – przecież mają już prawie wszystko, czego szczerze zazdrościły dziewczynom z kolorowych magazynów i reklam kosmetyków. Niektórym, przy odrobinie samodyscypliny, udaje się nawet trochę oszczędzić, zanim pewnego dnia stojąc przed lustrem odkryją pierwsze objawy starzenia. Odtąd lękają się, że lada chwila dostrzeże je też jakiś stylista czy fotograf. Odtąd ich dni są policzone.

> ...pojechałem tą mniej uczęszczaną –
> Reszta wzięła się z tego, że to ją wybrałem.

Zamiast powrócić do lektury, Jasmine podnosi się, nalewa sobie kieliszek szampana (zawsze tam jest, ale mało która go pije), bierze hot-doga i podchodzi do okna. W milczeniu wpatruje się w morze. Jej historia jest po prostu inna.

13:46

Budzi się zlany potem. Spogląda na budzik na nocnym stoliku. Spał raptem czterdzieści minut. Jest zmęczony, wystraszony, w panice. Zawsze uważał, że jest niezdolny do zadania bólu komukolwiek. Dzisiejszego ranka po-

zbawił jednak życia dwie niewinne osoby. Nie po raz pierwszy burzył światy, ale do tej pory czynił to z ważnego powodu.

Śniła mu się dziewczyna z ławeczki na bulwarze. Zamiast go potępić, pobłogosławiła, a on, z twarzą wtuloną w jej piersi, szlochał i błagał o przebaczenie. Tymczasem ona delikatnie gładziła mu włosy i prosiła, żeby się nie martwił – Olivia, uosobienie miłosierdzia i przebaczenia. Igor zastanawia się, czy miłość do Ewy usprawiedliwia jego czyny.

Woli wierzyć, że postępuje słusznie. Jeżeli Olivia jest po jego stronie, jeżeli spotkali się w wyższym, bliższym świętości wymiarze, jeżeli wszystko jest prostsze, niż mu się wydawało, to znak, że istnieje jakieś wytłumaczenie dla tego, co się wydarzyło.

Przechytrzenie towarzyszy Javitsa nie stanowiło problemu. Znał ten typ: sprawni fizycznie, reagujący szybko i precyzyjnie, zostali wytresowani, żeby zapamiętać każdą twarz, zauważać każdy gest, wyczuć na odległość niebezpieczeństwo. Pewnie wiedzieli, że Igor ma broń pod marynarką. Dlatego tak długo go obserwowali, zanim uznali, że nie stanowi zagrożenia. Może wzięli go za kolegę po fachu: ochroniarza, który upewniał się, czy w namiocie nic nie zagraża jego szefowi.

Nie miał szefa i sam stanowił zagrożenie. Kiedy już raz wszedł do namiotu i wybrał następną ofiarę, nie było odwrotu. Gdyby zrezygnował, straciłby cały szacunek do siebie. Zauważył, że ochroniarze strzegli rampę prowadzącą do namiotu, ale nikt nie pilnował wejścia od strony plaży. Opuścił namiot dziesięć minut po przyjściu – miał nadzieję, że goryle Javitsa to odnotują. Obszedł namiot rampą przeznaczoną dla gości hotelu Martinez (musiał okazać kartę magnetyczną do swego apartamentu) do części plaży zarezerwowanej na lunch. Spacer po piasku w butach nie należał do przyjemności. Do tego ciągle odczuwał zmęczenie po podróży, strach, że się nie uda, napięcie po niedawnym zniszczeniu wszechświata i przyszłych pokoleń biednej dziewczyny sprzedającej świecidełka. Cofnąć się jednak nie mógł.

Zanim wrócił do namiotu, wyjął z kieszeni czarną słomkę, przez którą wcześniej pił sok ananasowy. Otworzył buteleczkę, którą przedtem pokazywał Olivii. Nie zawierała benzyny, jak powiedział dziewczynie, tylko coś, co w nikim nie wzbudziłoby żadnych podejrzeń: cienką igłę i kawałek zwykłego korka. Za pomocą cienkiego ostrza zrobił w korku otwór o średnicy słomki.

Wmieszał się w tłum gości, których wciąż przybywało. Krążyli po namiocie, wymieniali powitania, pocałunki i uściski. Wszyscy trzymali w dłoniach mieniące się wszystkimi kolorami tęczy koktajle, żeby zająć czymś ręce i zapomnieć o tremie, zanim organizatorzy zaproszą do bufetu. Wtedy będą mogli sobie pojeść, oczywiście zachowując umiar, bo nie wolno zapominać o diecie i przebytych liposukcjach, no i o wieczornych bankietach przy suto zastawionych stołach. Oczywiście na bankiecie zjedzą więcej, nawet gdyby nie byli głodni, bo to należy do dobrego tonu.

Zaproszeni goście to głównie ludzie w sile wieku, a więc organizatorzy najwyraźniej nastawili się na profesjonalistów. Wiek współbiesiadników sprzyjał jego planom, bo prawie wszystkim wzrok już nie dopisywał. Oczywiście, nikt nie nosił okularów, oznaki zaawansowanego wieku. W tym towarzystwie obowiązują młodzieńczy strój i styl bycia, trzeba być przynajmniej „młodym duchem" i w „świetnej formie". Goście zachowują się tak, jakby ich nie interesowało, co się wokół dzieje, a prawda jest taka, że po prostu niedowidzą i niedosłyszą. A więc zamiast okularów, szkła kontaktowe, które pozwalają zidentyfikować osobę z odległości kilku kroków. Zresztą to i tak nieważne, bo z kim rozmawiają, stanie się szybko jasne.

Jedynie dwoje z obecnych wszystko widzi i wszystko słyszy – towarzysze Javitsa. Nie zdawali sobie tylko sprawy, że tym razem i ich ktoś obserwował.

Igor umieścił igiełkę w słomce i udał, że odkłada słomkę do szklanki z sokiem.

Obok stolika Javitsa grupa pięknych dziewcząt wydawała się chłonąć każde słowo jakiegoś Jamajczyka, a w istocie każda z nich kombinowała, jak pozbyć się konkurencji i zaciągnąć egzotycznego młodzieńca do łóżka – wieść niesie, że Jamajczycy są dobrzy w te klocki.

Igor zbliżył się ostrożnie do stolika Javitsa, wyjął ze szklanki słomkę i niepostrzeżenie w nią dmuchnął. Ukryta w słomce igła poszybowała w stronę ofiary. Zobaczył jeszcze, jak Javits podnosi rękę i drapie się po plecach.

A potem wyszedł i wrócił do hotelu, żeby się trochę przespać.

Kurarę, używaną pierwotnie przez Indian południowoamerykańskich do zatruwania strzał, można znaleźć w szpitalach w całej Europie. Niektórzy chirurdzy stosują ją jako środek zwiotczający mięśnie. Śmiertelna dawka – jak ta na koniuszku igły wystrzelonej przez Igora – zabija sporego ptaka w ciągu dwóch minut. W przypadku dzika agonia trwa kwadrans, a w przypadku człowieka – dwadzieścia minut.

Po dostaniu się do krwiobiegu kurara powoduje postępujące porażenie mięśni, a w konsekwencji powolne uduszenie się ofiary. Najdziwniejsze, czy jak chcą niektórzy najgorsze jest to, że ofiara jest świadoma tego, co się wokół niej dzieje, ale nie może się poruszyć, wezwać pomocy, zaradzić paraliżowi, który z wolna obejmuje całe ciało.

W dziewiczym lesie, jeśli podczas polowania myśliwy zrani palec zatrutym ostrzem, jego współplemieńcy doskonale wiedzą, jak należy zareagować. Stosują sztuczne oddychanie i podają odtrutkę z ziół, którą zawsze noszą ze sobą, bo takie wypadki są bardzo częste. W wielkim mieście lekarze niewiele mogą zdziałać, bo zwykle podejrzewają zawał serca.

Zmierzając do hotelu Igor nawet nie spojrzał za siebie. Wiedział, że jeden z dwóch goryli właśnie nerwowo rozgląda się za sprawcą, a drugi dzwoni po pogotowie. Karetka powinna wkrótce być na miejscu, ale ratownicy nie będą mieli zielonego pojęcia, z czym tak naprawdę przychodzi im się zmierzyć. Ubrani w kolorowe kombinezony i odblaskowe kamizelki, wyskoczą z ambulansu, wyposażeni w defibrylator i przenośny aparat EKG. Ale w przypadku zatrucia kurarą serce jest ostatnim z zaatakowanych mięśni i wciąż pracuje, nawet po śmierci mózgu.

Sanitariusze nie stwierdzą żadnych odchyleń w pracy serca, założą więc choremu maskę tlenową, zaaplikują kroplówkę na wypadek, gdyby to był udar słoneczny lub zatrucie pokarmowe. Do tego czasu minie dwadzieścia minut i nawet gdyby delikwent przeżył, do końca swoich dni byłby warzywem.

O tym Igor najbardziej marzył: żeby Javits spędził resztę życia na szpitalnym łóżku bez kontaktu ze światem.

Tak, wszystko dokładnie zaplanował. Przyleciał prywatnym samolotem, żeby przemycić na terytorium Francji niemożliwy do zidentyfikowania pistolet i najróżniejsze trucizny nabyte w Moskwie dzięki kontaktom z czeczeńską mafią. Przemyślał każdy krok w najdrobniejszych szczegółach, jakby przygotowywał się do spotkania z ważnym kontrahentem. Sporządził w myślach listę potencjalnych ofiar. Z wyjątkiem jednej, którą poznał i z którą rozmawiał, wszystkie inne musiały należeć do różnych grup wiekowych, klas społecznych i narodowości. Miesiącami studiował biografie seryjnych morderców. Używał w tym celu specjalnego programu komputerowego, cieszącego się ogromnym wzięciem wśród terrorystów, bo nie pozostawiał w sieci żadnych śladów. Przedsięwziął wszelkie możliwe środki ostrożności, żeby po zakończeniu misji zniknąć niepostrzeżenie.

Poci się intensywnie. Nie, to nie wyrzuty sumienia – Ewa zasługuje na takie poświęcenie – ale obawa, że wybrana przez niego droga, prowadzi donikąd. Kobieta, którą kocha nad wszystko, musi zrozumieć, że jest dla niej zdolny zburzyć niejeden świat. Czy to jednak wystarczy, żeby ją odzyskać? Czy to w ogóle ma sens? Czy nie lepiej pogodzić się z przeznaczeniem, pozwolić życiu toczyć się własnym rytmem i czekać, aż ludzie się opamiętają?

Jest zmęczony. Mąci mu się w głowie. Może od morderstwa lepsze jest męczeństwo, najwyższe poświęcenie, oddanie własnego życia w imię miłości? Najlepszym przykładem Jezus. Kiedy Go zobaczyli pokonanego, przybitego do krzyża, jego oprawcy sądzili, że na tym się

skończy. Dumni z siebie, ze swego zwycięstwa, uwierzyli, że definitywnie rozwiązali problem.

Myśli się plączą. W imię miłości planował niszczenie kosmosów, a nie rezygnację ze swojej wolności. We śnie dziewczyna o gęstych brwiach przypominała Matkę Boską Boleściwą z ciałem syna na jej kolanach – dumną i cierpiącą jednocześnie.

Idzie do łazienki, wkłada głowę pod kran i puszcza strumień lodowatej wody. Może to przez brak snu, zmianę miejsca i czasu, a może dlatego, że zaczął realizować plan, którego w gruncie rzeczy nigdy nie zamierzał wcielać w życie. Przypomniał sobie śluby, składane w Moskwie przed relikwią Marii Magdaleny. Czy postępuje słusznie? Potrzebuje jakiegoś znaku.

Ofiara. Tak, powinien był wcześniej o tym pomyśleć. Może jednak dopiero doświadczenie dwóch unicestwionych tego poranka światów objawiło mu, o co toczy się gra. Odkupienie miłości przez całkowite poddanie się. Jego ciało zostanie wydane w ręce katów, którzy oceniają jedynie gesty, a nie dociekają intencji ani przyczyn, które się kryją za każdym czynem uznanym przez społeczeństwo za „niepoczytalny”. Jezus (jedyny, który rozumie, że miłość zasługuje na każdą ofiarę) zaopiekuje się jego duchem. Ewie przypadnie w udziale jego dusza. Dowie się wtedy, do czego był dla niej zdolny. Nie zostanie skazany na śmierć, bo we Francji gilotyny nie używa się od dziesięcioleci. Prawdopodobnie spędzi wiele lat w więzieniu. Ewa okaże skruchę i odpokutuje za swoje grzechy. Będzie go odwiedzać, przynosić mu jedzenie. Będą mieli dużo czasu na rozmowy, na milczenie, na miłość. Ich ciała się nie dotkną, ale ich dusze będą sobie bliższe niż kiedykolwiek. Chociaż czekają ich długie lata, zanim się spełnią dawne marzenia o domku nad Bajkałem, ten czas oczekiwania oczyści ich i stanie się dla nich błogosławieństwem.

Ofiara. Zakręca wodę, patrzy w lustro. Nie widzi swojej twarzy. Widzi Baranka ponownie gotowego na śmierć. Wkłada to samo ubranie i wychodzi na ulicę. Rusza w kierunku miejsca, gdzie rano młoda Portugalka rozłożyła swój kram.

– To ja zabiłem tę dziewczynę – zwraca się do pierwszego napotkanego policjanta.

Policjant spogląda niego, na dobrze ubranego mężczyznę z rozwichrzonymi włosami i podkrążonymi oczami.

– Tą, która sprzedawała świecidełka?

Kiwa potakująco głową.

Policjant nie wydaje się być zainteresowany dalszą rozmową.

– Przydałaby się wam służąca! – woła do przechodzących właśnie znajomych, objuczonych torbami zakupów z pobliskiego marketu.

– A będziesz jej płacił? – śmieje się kobieta. – Zresztą w tym mieście nikt się do takiej roboty nie pali.

– Co tydzień nosisz inny pierścionek. To nie chodzi o pieniądze.

Igor nie rozumie. Przecież przyznał się do zbrodni.

– Słyszał pan, co mówiłem?

– Człowieku, jest bardzo gorąco. Idź do domu, prześpij się i trochę odpocznij. W Cannes można się nieźle zabawić.

– A co z dziewczyną?

– Znał ją pan?

– Nigdy wcześniej jej nie widziałem. Siedziała tutaj rano. Ja...

– ...pan widział, jak ambulans kogoś stąd zabiera i sobie pan wymyślił, że to morderstwo. Nie mam pojęcia, skąd się pan tu wziął. Nie wiem, czy ma pan dzieci, ale proszę uważać z narkotykami. Niby nie są tak szkodliwe, a proszę zobaczyć, co się przydarzyło tej nieszczęsnej dziewczynie.

Stróż prawa oddala się, nie czeka na dalsze wyjaśnienia.

Powinien podać więcej szczegółów, nalegać. Może wtedy policjant potraktowałby go serio? Jasne! Nie da się zabić kogoś w biały dzień, na głównej ulicy Cannes. A o mały włos przyznałby się też do drugiej zbrodni, tej popełnionej w pełnym ludzi namiocie.

Ale stróż prawa, porządku publicznego i dobrych obyczajów nie chciał go wysłuchać. W jakim my świecie żyjemy? Może powinien wyjąć pistolet i zacząć strzelać na oślep. Wtedy by uwierzyli. Czy tylko barbarzyńca, który
 zabija bez powodu, zasługuje na uwagę?

Igor odprowadza wzrokiem policjanta, który przechodzi na drugą stronę ulicy i wchodzi do baru. Poczekam chwilę, postanawia. Może policjant zmieni zdanie, zadzwoni na posterunek, dowie się szczegółów o morderstwie i wróci, żeby z nim porozmawiać.

Jest jednak prawie pewien, że to nie nastąpi. Przypomina sobie, co powiedział policjant na temat pierścionka na palcu przechodzącej kobiety. Czy wiedział skąd ona go ma? Z pewnością nie. W przeciwnym razie zaaresztowałby ją pod zarzutem posiadania przedmiotu pochodzącego z przestępstwa.

A teraz co do kobiety i jej pierścionka. Zdobiący go brylant w sposób cudowny pojawił się w jednym ze sklepów jubilerskich. Jak informował sprzedawca swoich klientów, oszlifowano go i oprawiono w holenderskim czy belgijskim warsztacie. Został wyceniony ze względu na swoją barwę, przejrzystość, wagę i szlif. Cena sporego brylantu waha się od kilkuset euro do sum, które normalnych śmiertelników przyprawiają o zawrót głowy.

Diament. Brylant, jeżeli ktoś woli. Jak każdy wie, jest to kawałek zwykłego węgla, który pod działaniem wysokiej temperatury i czasu uległ krystalizacji. Nie zawiera żadnych szczątków organicznych, dlatego trudno ustalić, ile czasu zajmuje zmiana jego struktury. Geologowie szacują, że może to być od 300 milionów do miliarda lat. Diamenty powstają na głębokości około 150 kilometrów pod skorupą ziemską, a wskutek ruchów tektonicznych stopniowo przemieszczają się bliżej powierzchni ziemi.

Diament jest najodporniejszym i najtwardszym minerałem. Do jego obróbki używa się narzędzi zaopatrzonych w diamentowe ostrza. Resztki ze szlifowania – diamentowy pył – wykorzystuje się w maszynach ścierających i polerujących. Przede wszystkim jednak diamenty wykorzystuje się w jubilerstwie, bo też są one przejawem najwyższej ludzkiej próżności.

Kilkadziesiąt lat temu, gdy świat wydawał się przywiązywać większą wagę do rozwiązywania problemu niesprawiedliwości społecznej, diamenty zaczęły znikać z rynku. Wtedy największy producent diamentów, firma z siedzibą w Afryce Południowej, wynajęła jedną z najlepszych na świecie agencji reklamowych. Superklasa spotkała się z Superklasą. Przeprowadzono odpowiednie badania, a ich wyniki można wyrazić trzema słowami:

Diamonds are forever – Diamenty są wieczne.

Problem rozwiązany. Jubilerzy podchwycili nowy slogan, a wydobycie diamentów biło kolejne rekordy. Skoro diamenty są wieczne, jak lepiej wyrazić miłość, która – przynajmniej teoretycznie – trwa wiecznie? W jaki lepszy sposób zaznaczyć swą odrębność jako Superklasa, wyróżnić się wśród miliardów innych mieszkańców świata z najniższego piętra piramidy społecznej? Zwiększał się popyt, ceny diamentów rosły. Minęło kilka lat, a południowoafrykański koncern, który dyktował warunki na rynku diamentów, znalazł się pośrodku wielkiego cmentarza.

Igor zna to dobrze. Kiedy wysłał oddział najemników do pomocy w rozstrzygnięciu wojny plemiennej w Afryce, natknął się na wiele przeszkód. Nie żeby żałował, że się w to zaangażował: choć mało kto o tym wie, ocalił w ten sposób wiele istnień ludzkich. Wspomniał o tym tylko raz Ewie podczas jakiejś kolacji, ale nigdy potem nie wracał do tego tematu. Kiedy czynisz dobro, lepiej żeby twoja lewica nie wiedziała, co czyni prawica. To diamenty pomogły mu ratować ludzi przed śmiercią, o czym nie będzie ani jednej wzmianki w jego biografii.

Policjant, który, zamiast zainteresować się wyznaniem zbrodniarza, podziwia klejnot na palcu kobiety z torbą wyładowaną papierem toaletowym i środkami czystości, powinien szybko zmienić pracę. Nie ma pojęcia o tym, że roczny dochód tego całkiem zbędnego przemysłu to około 50 miliardów dolarów, że zatrudnia on gigantyczną armię górników i przewoźników, prywatne firmy ochroniarskie, szlifiernie diamentów, firmy ubezpieczeniowe, hurtowników i pracowników luksusowych salonów jubilerskich. Nie zdaje sobie sprawy, że zanim diament trafi na wystawę sklepu jubilerskiego, przebywa długą drogę przez rzeki potu i krwi.

Grzęznąc całymi dniami w gęstym mule, poszukiwacz diamentów marzy tylko o jednym – że znajdzie wreszcie

kamień, który przyniesie mu fortunę. Kilka znalezionych diamentów sprzedaje średnio za ekwiwalent dwudziestu dolarów za sztukę. A za każdą sztukę w sklepie jubilerskim klient zapłaci nawet do dziesięciu tysięcy dolarów. Ale i tak poszukiwacz jest bogaczem, bowiem żyje w kraju, gdzie zarabia się średnio 50 dolarów rocznie. Pięć znalezionych diamentów zapewni mu szczęśliwe, choć krótkie życie, strawione na ciężkiej pracy w strasznych warunkach.

Z jego rąk kamienie wędrują do bezimiennych kupców, którzy natychmiast odsprzedają je partyzanckim oddziałom w Liberii, Kongu czy Angoli. Potem na zamaskowanym lotnisku polowym zjawia się człowiek z uzbrojoną po zęby eskortą. Ląduje samolot. Wysiada z niego dżentelmen w nienagannie skrojonym garniturze, zwykle w towarzystwie drugiego, bez marynarki, który niesie walizeczkę. Następuje krótka wymiana pozdrowień. Człowiek z uzbrojonymi ochroniarzami wręcza przybyszom małe paczuszki – może to jakiś przesąd, ale zawsze są opakowane w używane skarpetki.

Mężczyzna bez marynarki wyjmuje z kieszeni lupę, umieszcza ją w lewym oku i ogląda towar sztuka po sztuce. Mija półtorej godziny i już wie, z czym ma do czynienia. Wtedy wydobywa z walizeczki małą wagę elektroniczną i wysypuje na jej szalkę zawartość skarpetek. Na skrawku papieru szybko coś oblicza, a potem towar wraz z wagą wkłada do walizeczki. Dżentelmen w garniturze daje znak uzbrojonej obstawie i pięciu lub sześciu z nich wbiega do samolotu. Wyładowują wielkie skrzynie i stawiają je na płycie lotniska. Potem przybysze wsiadają do samolotu. Samolot kołuje i wzbija się w powietrze. Cała transakcja trwa kilka godzin.

Skrzynie zostają otwarte, a zawierają: karabiny, miny przeciwpiechotne, pociski, które rozrywają się po trafieniu w cel i rażą dziesiątkami śmiercionośnych, metalowych kul. Cały ten arsenał trafia do najemników i regularnej armii, i nie minie wiele czasu, a kraj pogrąża się w chaosie kolejnego krwawego puczu. Giną całe plemiona. Wybuchające miny urywają dzieciom nogi i ręce. Kobiety są gwałcone. Tymczasem, z dala od tych wydarzeń, zwykle w Antwerpii lub w Amsterdamie, poważni, skupieni panowie pilnie oddają się swojej pracy. Dumni z własnego talentu, zahipnotyzowani blaskiem bijącym od każdej wypolerowanej powierzchni tego kawałeczka węgla, którego strukturę zmienił czas. Do obróbki diamentu używa się diamentowych ostrzy.

Z jednej strony – rozpaczliwy krzyk kobiety pod spowitym kłębami dymu niebem. Po stronie przeciwnej – piękne stare budowle, widoczne z okien rzęsiście oświetlonych szlifierni diamentów.

W 2002 roku Organizacja Narodów Zjednoczonych przyjęła deklarację znaną jako Kimberley Process. Miała ona uregulować światowy obrót diamentami i wprowadzić zakaz skupowania diamentów pochodzących ze stref objętych konfliktami wojennymi. Przez pewien czas szacowni europejscy szlifierze zamawiali towar wyłącznie u południowoafrykańskiego monopolisty, ale szybko znalazły się sposoby na „zalegalizowanie” diamentów niewiadomego pochodzenia. Deklaracja stała się fikcją, służącą politykom do przechwalania się, jak to podejmują działania na rzecz wyeliminowania handlu „krwawymi diamentami" – bo tak nazywa się kamienie pochodzące z przemytu.

Przed pięciu laty Igor wymienił diamenty na broń i utworzył mały oddział, którego celem było zakończenie krwawego konfliktu na północy Liberii. Akcja powiodła się – bandyci zostali zlikwidowani. Pokój zapanował w małych wioskach, a diamenty zaczęto sprzedawać amerykańskim jubilerom, których nie interesowało ich pochodzenie. Jeżeli społeczeństwo nie czyni nic, żeby położyć kres zbrodniom, człowiek ma prawo robić, co uzna za stosowne, żeby zaprowadzić ład.

Właśnie coś podobnego wydarzyło się na tej plaży. A kiedy kompetentne służby stwierdzą popełnienie morderstwa, ktoś ogłosi opinii publicznej rutynową formułkę: „Robimy wszystko co w naszej mocy, żeby odnaleźć sprawcę zabójstwa".

Niech próbują. Po raz kolejny jak zawsze przychylny los wskazuje mu drogę. Poświęcenie to za mało. Zresztą Ewa nie zniosłaby jego nieobecności. Z kim by rozmawiała podczas niekończących się samotnych nocy i dłużących się dni w oczekiwaniu na jego powrót? Płakałaby na myśl o zimnej celi, w której on pustym wzrokiem wpatruje się w biały sufit. I kiedy w końcu wyjechaliby do nowego domu nad Bajkałem, byliby za starzy, żeby zrealizować wszystko, co wspólnie planowali.

Policjant wychodzi z baru na deptak.

– Pan jeszcze tutaj? Zgubił się pan, czy potrzebuje pan pomocy?

– Nie, dziękuję.

– Proszę sobie odpocząć. O tej porze słońce pali niemiłosiernie.

Igor wraca do hotelu. Bierze prysznic, potem zamawia budzenie na godzinę szesnastą. Musi wypocząć i odzyskać jasność umysłu. Nie wolno mu robić takich głupstw, jak przed chwilą. Takim nieodpowiedzialnym zachowaniem może zaprzepaścić wszystkie plany.

Dzwoni do recepcji i rezerwuje stolik na tarasie. Chce się tam w spokoju napić herbaty po przebudzeniu. Potem kładzie się i wpatruje w sufit, czekając, aż nadejdzie sen.

Nieważne skąd są diamenty; ważne, żeby lśniły.

Na tym świecie jedynie miłość zasługuje na wszystko. Cała reszta nie ma najmniejszego sensu.

Po raz kolejny czuje, że jest absolutnie wolny. Zamęt w głowie mija, wraca jasność umysłu.

Cały swój los złożył w ręce Jezusa. A Jezus postanowił, że Igor ma kontynuować swoją misję.

Zasypia ze spokojnym sumieniem.

13:55

Gabriela postanawia pójść na piechotę na miejsce, gdzie ma na nią czekać łódź. Musi pomyśleć, poukładać sobie w głowie ostatnie wydarzenia. Niebawem spełnią się jej najskrytsze marzenia, albo najgorsze obawy.

Odzywa się komórka – wiadomość od agentki:

GRATULACJE. BIERZ CO ZAPROPONUJĄ. XXX.

Przygląda się ludziom snującym się bez celu bulwarem Croisette. W odróżnieniu od nich, ona ma precyzyjnie wyznaczony cel! Nie należy do tych, które stadami zjeżdżają do Cannes i nie wiedzą od czego zacząć. Ma dobre CV, całkiem niezły bagaż doświadczeń zawodowych. Nigdy do zrobienia kariery nie wykorzystywała własnych walorów fizycznych. Wierzyła głęboko w swój talent. To dlatego zaproszono ją na spotkanie ze sławnym reżyserem. Nie musiała ubierać się w kusą spódniczkę. Poszło jej dobrze, chociaż nie miała czasu nauczyć się roli. Oczywiście, reżyser weźmie to wszystko pod uwagę.

Zatrzymuje się, żeby kupić sobie coś do jedzenia. Od rana nie miała nic w ustach. Z pierwszym łykiem kawy wraca do rzeczywistości.

Dlaczego wybrano właśnie ją?

Jaką dostanie rolę?

A jeżeli Gibson po obejrzeniu próbnych zdjęć uzna, że nie o to mu chodziło?

„Uspokój się”.

Nie ma nic do stracenia, przekonuje samą siebie, ale jakiś głos w jej głowie powtarza:

„To twoja jedyna i niepowtarzalna szansa".

Nie ma czegoś takiego jak jedyna i niepowtarzalna szansa. Życie zawsze daje nam drugą szansę, ale głos nie ustępuje:

„Może i nie ma, ale kiedy się druga taka szansa nadarzy? Zapomniałaś, ile masz lat?"

Jasne, że nie zapomniała. Dwadzieścia pięć. To dla aktorki, nawet najbardziej pracowitej... itd.

Nie musi do tego wracać. Płaci za kanapkę i kubek kawy, i rusza w kierunku mariny. Stara się zapanować nad nadmiarem optymizmu, jak mantrę powtarzać zasady pozytywnego myślenia. Wszystko, byleby nie myśleć o czekającym ją spotkaniu.

„Jeżeli wierzysz w zwycięstwo, zwycięstwo uwierzy w ciebie".

„Dla szansy zaryzykuj wszystko i trzymaj się z daleka od wszystkiego, co ci proponuje spokojne życie".

„Talent jest darem uniwersalnym, ale potrzeba wielkiej odwagi, żeby go wykorzystać. Nie bój się być najlepsza".

Nie wystarczą mądrości wielkich mistrzów, przyda się też pomoc z nieba. Zaczyna się modlić, jak zawsze, kiedy jest zdenerwowana. Czuje, że powinna złożyć jakąś obietnicę: przejdzie pieszo z Cannes do Watykanu, jeżeli zdobędzie obiecaną rolę. No i jeżeli film powstanie i odniesie sukces.

Nie. Wystarczy, że zagra w filmie Gibsona, a zaraz zwrócą na nią uwagę reżyserzy i producenci. Wtedy odbędzie przyrzeczoną pielgrzymkę.

Zatrzymuje się przy marinie, spogląda w morze. Sprawdza wiadomość odebraną od agentki. Skoro ona już wie, to chyba pewna sprawa. Co ma jednak oznaczać „bierz co zaproponują"? Czy ma się przespać z reżyserem? A może z odtwórcą głównej roli?

Nigdy tego nie robiła, ale teraz jest gotowa na wszystko. Zresztą kto nie marzy o nocy spędzonej z wielkim gwiazdorem?

Znowu patrzy na morze. Mogłaby pójść do pensjonatu i się przebrać, ale jest przesądna. Skoro dżinsy i biała bluzka przyniosły jej szczęście na castingu, to może nie powinna niczego zmieniać w swoim wyglądzie, przynajmniej do wieczora. Poluźnia pasek, siada w pozycji lotosu i zaczyna proste ćwiczenia jogi. Oddycha powoli, jej ciało, serce, myśli – wszystko zdaje się wracać na swoje miejsce.

– Gabriela Sherry?

Potwierdza skinieniem głowy. Młody mężczyzna zaprasza ją na pokład łodzi motorowej i wypływają w morze, manewrując pomiędzy dziesiątkami jachtów dużych i małych. Chłopak się nie odzywa, jakby był myślami gdzieś daleko. Może się zastanawia, co dzieje się w kabinach mijanych jachtów, albo marzy, że zostanie właścicielem jednego z nich. Gabriela waha się. Ma mnóstwo pytań i wątpliwości, a jedno miłe słowo z jej strony może zmienić nieznajomego w sprzymierzeńca, który poradzi jej, jak się zachować. Kim on jednak jest? Czy u Gibsona w ogóle ma coś do powiedzenia? Czy może jest nikim, zwykłym majtkiem, przewożącym nieznane aktorki na pokład jachtu na spotkanie z Gibsonem?

Lepiej nic nie mówić.

Pięć minut później cumują przy burcie wielkiego, białego jachtu. Odczytuje nazwę na rufie: *Santiago*. Po drabince schodzi marynarz i pomaga jej wspiąć się na pokład. Gabriela przechodzi przez przestronny salon, gdzie trwają przygotowania do wieczornego przyjęcia. Idzie na dziób jachtu, gdzie jest niewielki basen, dwa stoliki pod otwartymi parasolami i kilka leżaków. W promieniach wczesnopopołudniowego słońca wygrzewają się Gibson i Gwiazdor!

„Nie miałabym nic przeciwko temu, żeby się przespać z którym z nich”, uśmiecha się. Poczuła się pewniej, chociaż serce jej bije szybciej niż zwykle.

Gwiazdor lustruje ją od stóp do głów i obdarza sympatycznym uśmiechem. Gibson wita ją uściskiem dłoni. Przysuwa krzesło i zaprasza do stołu.

Telefonuje do kogoś i prosi o połączenie z numerem pokoju hotelowego. Powtarza numer głośniej, cały czas nie spuszczając z niej oczu.

No więc jest tak, jak podejrzewała: pokój hotelowy.

Gibson rozłącza się.

– Po powrocie na ląd pójdziesz do tego apartamentu w Hiltonie. Hamid Hussein wystawia tam swoją kolekcję. Zostałaś zaproszona na przyjęcie w Cap d'Antibes.

Więc jednak się udało. Dostała rolę! No i zaproszenie do Cap d'Antibes. Przyjęcie w Cap d'Antibes!

– Jak ci się wydaje? – Gibson zwraca się do Gwiazdora.

– Lepiej posłuchajmy, co ma nam do powiedzenia.

Gibson przytakuje i gestem dłoni zaprasza: „Opowiedz nam trochę o sobie". Gabriela zaczyna od szkoły teatralnej i reklam, w których brała udział. Żaden z panów nie słucha. Podobne historie słyszeli już tysiące razy. Ale to jej nie zniechęca. Mówi coraz szybciej i szybciej. Wydaje jej się, że nie ma już nic więcej do dodania, a jej życiowa szansa zależy od jednego słowa, którego nie potrafi znaleźć. Bierze głęboki oddech, stara się zapanować nad nerwami. Chce być błyskotliwa, dowcipna, ale nie umie zapomnieć wyuczonej na pamięć lekcji, bardzo przydatnej – według słów agentki – w takich, jak ta chwilach.

Po dwóch minutach Gibson jej przerywa.

– Wspaniale. To wszystko wiemy z twojego CV. Powiedz nam coś o sobie.

Runął jakiś wewnętrzny mur. Zamiast spanikować, uspokaja się, a jej głos brzmi pewniej.

– Jestem jedną z milionów na świecie, marzących przez całe życie, żeby znaleźć się na takim jachcie, patrzeć na morze i rozmawiać o pracy chociażby z jednym z was. Obaj doskonale zdajecie sobie z tego sprawę. Poza tym, chyba nie mam nic do dodania. Czy mam męża? Nie, ale jak każda wolna kobieta znam pewnego mężczyznę, który mnie kocha i pewnie teraz w Chicago trzyma kciuki, żeby z moich planów nic nie wyszło.

Mężczyźni śmieją się, co ją zupełnie uspokaja.

– Chcę do czegoś dojść, chociaż zdaję sobie sprawę, że zbliżam się do granic możliwości, bo w filmie mój wiek działa na moją niekorzyść. Wiem, że jest wiele utalentowanych, początkujących aktorek, lepszych ode mnie. Ale z jakichś powodów wybraliście mnie, a ja postanowiłam przyjąć waszą propozycję. To może być moja ostatnia szansa. Fakt, że o tym wspominam, może działać przeciwko mnie. Nie widzę jednak innego wyjścia. Przez całe życie wyobrażałam sobie ten właśnie moment: zdjęcia próbne, pierwsza duża rola, współpraca z prawdziwymi profesjonalistami. Ta chwila nadeszła. Jeżeli wszystko na tym się skończy i wrócę do domu z niczym, przynajmniej będę wiedzieć, że dotarłam tak daleko dzięki dwóm dwóm zaletom: prawości i pracowitości. Jestem swoją najlepszą przyjaciółką i najzacieklejszym wrogiem. Zanim się tu zjawiłam, uważałam, że na to nie zasługuję, że nie spełnię waszych oczekiwań i że dokonaliście złego wyboru. Chociaż jednocześnie coś mi mówiło, że to nagroda za wytrwałość i walkę do końca.

Odwraca głowę. Chce jej się płakać, ale się powstrzymuje – mogliby to uznać za szantaż emocjonalny.

– Jak w każdym innym zawodzie – przerywa ciszę ciepły głos Gwiazdora – są wśród nas ludzie uczciwi, którzy cenią profesjonalizm. Dzięki nim doszedłem tu, gdzie jestem, tak samo zresztą jak nasz reżyser. Przeżywaliśmy do-

kładnie to samo, co ty. Wiemy, co teraz czujesz.

Gabriela ma przed oczami całe swoje życie. Lata bezowocnych wysiłków, pukanie bez skutku do różnych drzwi, zimnej obojętności – jakby wcale nie istniała. Kiedy zaś zauważano, że jeszcze żyje, słyszała w odpowiedzi kategoryczne „nie".

„Nie wolno mi płakać".

Myśli o wszystkich tych, którzy jej powtarzali: „Zejdź na ziemię, to się nigdy nie spełni", a którzy teraz, kiedy niemożliwe stanie się możliwe, będą ją zapewniać: „Zawsze wiedzieliśmy, że masz talent!". Drżą jej wargi. Słowa płyną prosto z serca, cieszy się, że ma odwagę pokazać swą ludzką, słabą stronę. Od tego zrobiło się jej lepiej na duszy. Jeżeli teraz Gibson z niej zrezygnuje, bez żalu wróci do miasta, bo w decydującym momencie walki wykazała się odwagą.

Zależy od innych. Minęło dużo czasu zanim to odkryła, ale w końcu zdała sobie z tego sprawę. Zna osoby dumne ze swojej emocjonalnej niezależności. W istocie są tak samo słabe jak ona i płaczą po kryjomu, nigdy nikogo nie prosząc o pomoc. Wierzą w niepisane prawo, że

„świat należy do silnych" i tylko „najsilniejsi w nim przeżywają". Jeżeli miałoby to być prawdą, rodzaj ludzki przestałby istnieć. Należymy przecież do gatunku, którego potomstwo potrzebuje opieki przez długie lata. Gabriela pamięta, jak ojciec tłumaczył jej pewnego razu, że człowiek osiąga zdolność do życia o własnych siłach dopiero w wieku dziewięciu lat, podczas gdy żyrafa potrzebuje na to pięciu godzin, a pszczoła staje się niezależna w ciągu zaledwie pięciu minut od przyjścia na świat.

– O czym myślisz? – pyta Gwiazdor.

– Że nie muszę udawać silnej. Co za ulga! Przez lata trudno mi było zbliżyć się do ludzi. Wierzyłam, że wiem lepiej, jak osiągnąć to, na czym mi zależy. Moi ukochani tego nie znosili, a ja nie rozumiałam dlaczego. Kiedyś podczas tournée złapałam grypę i przez kilka dni nie ruszałam się z łóżka, chociaż potwornie się bałam, że znajdą za mnie zastępstwo. Nic nie jadłam, majaczyłam w gorączce, aż wezwano lekarza, który mnie wysłał do domu. Byłam przekonana, że straciłam pracę i szacunek kolegów. Ale tak się nie stało: przesyłali mi kwiaty, dzwonili często, pytali, jak się czuję. Okazało się, że ci, których uważałam za rywali w walce o miejsce w świetle reflektorów, martwią się o mnie! Jedna z moich koleżanek przysłała mi kartkę ze słowami pewnego lekarza, który pracował w jakimś egzotycznym kraju:

Każdy słyszał o chorobie występującej w Afryce Centralnej, nazywanej śpiączką. Nie każdy jednak wie, że podobna choroba atakuje duszę. Jest bardzo groźna, ponieważ w pierwszym stadium jej objawy są zwykle niezauważalne. Na pierwszy znak braku entuzjazmu i zainteresowania innymi ludźmi, uważaj! Jedynym lekarstwem na tę chorobę jest zrozumieć, że dusza zmuszona do życia powierzchownego cierpi katusze. Dusza potrzebuje bowiem pięknych, głębokich przeżyć.

Słowa. Gwiazdor przypomina sobie swój ulubiony wers z wiersza wyuczonego jeszcze w szkole, który wraz z upływem lat zaczynał go napełniać narastającym strachem: *Musiałbyś wszystko rzucić, a ja, zapewne, stałbym się twoim jedynym i wyłącznym wzorem do naśladowa-*

nia. Dokonanie wyboru jest bodaj najtrudniejsze w życiu człowieka. Kiedy aktorka opowiadała o sobie, on przypomniał sobie swoją przeszłość, która odbijała się w jej opowiadaniu.

Pierwszą wielką szansę zawdzięczał swojemu talentowi. Z godziny na godzinę jego życie się odmieniło, a sława przyszła tak niespodziewanie, że nie był w stanie się przystosować. Pojawiał się w miejscach, których powinien unikać, za to odrzucał zaproszenia od ludzi, którzy mogli mu rzeczywiście pomóc w karierze. Zarabiał wprawdzie nie tak wiele, ale wydawało mu się, że stać go na wszystko: drogie prezenty, egzotyczne podróże, prywatne samoloty, drogie restauracje, hotelowe apartamenty przypominające królewskie komnaty, które wyobrażał sobie w dzieciństwie. Pierwsze recenzje, pełne szacunku i pochwał, działające jak miód na jego serce i duszę. Listy z całego świata – z początku na nie odpowiadał, czasem umawiał się z kobietami, które przysyłały mu zdjęcia, aż zrozumiał, że takiego tempa długo nie wytrzyma. Agent nie tylko go

ostrzegał, ale wręcz straszył, że ktoś zastawi na niego pułapkę. Nawet teraz lubi spotkania z fanami, którzy wiedzą wszystko o jego karierze, tworzą jego strony internetowe, wydają fanziny o jego życiu, zawsze przedstawiające go w pozytywnym świetle i broniące go przed atakami dziennikarzy, którzy wytykają mu każde potknięcie. Mijały lata. Sukces, który kiedyś uważał za cud, za dar od losu – pewny, że nigdy nie zostanie jego niewolnikiem – stopniowo stawał się jedynym sensem życia.

Zaczyna myśleć o przyszłości i strach ściska mu serce: to wszystko pewnego dnia może się skończyć. Pojawiają się młodsi aktorzy, gotowi za mniejsze pieniądze zaakceptować dużo większe wymagania. Zauważył, że mówi się tylko o jego pierwszym wielkim filmie, który uczynił go sławnym, chociaż od tego czasu nakręcił 99 innych, których nikt nie pamięta.

Finansowo też wiedzie mu się dużo gorzej, może dlatego, że początkowo sądził, że zawsze będzie miał pracę i stawiał bardzo wygórowane warunki. Dlatego dostawał coraz mniej propozycji, nawet kiedy spuścił z tonu i żądał tylko połowy swojej dawnej gaży. Zaczyna bać się o przyszłość. Zdarza mu się to po raz pierwszy. Dotąd wierzył, że zajdzie jeszcze dalej, wyżej, szybciej. Nie może sobie pozwolić na zepchnięcie na boczny tor, kiedy więc czyta nowy scenariusz, nawet najsłabszy, zachwyca się proponowaną rolą i chętnie ją przyjmuje, choć gaża jest dużo niższa od tego, do czego nawykł. Producenci udają, że wierzą. Agent udaje, że ich wyprowadził w pole, wie jednak, że jego protegowany musi się pokazywać publicznie na festiwalach takich jak ten, zawsze zapracowany, zawsze grzeczny, zawsze lekko na dystans, bo to niesłychanie ważne dla podtrzymania legendy.

Asystent odpowiedzialny za kontakty z prasą wpadł na pomysł zdjęcia, na którym Gwiazdor będzie całował znaną gwiazdę filmową, do zamieszczenia na pierwszej stronie jakiegoś brukowca. Znalazł już odpowiednią aktorkę, której też przyda się trochę reklamy. Wszystkie szczegóły zostały omówione, wystarczy tylko wybrać odpowiedni moment podczas dzisiejszej uroczystej gali. Ma to wyglądać spontanicznie, ale muszą być pewni, że w pobliżu będą się kręcić paparazzi. Po opublikowaniu zdjęć, ich nazwiska wrócą na pierwsze strony gazet. W wywiadach będą dementować plotki na swój temat i skarżyć się na naruszanie ich prywatności. Adwokaci pozwą redakcje czasopism, a attaché prasowi obu gwiazd staną na głowie, żeby skandal jak najdłużej nie schodził ze szpalt.

Po tylu latach ciężkiej pracy, mimo sławnego nazwiska, jego sytuacja niewiele się różniła od sytuacji siedzącej przed nim dziewczyny.

Musiałbyś wszystko rzucić, a ja, zapewne, stałbym się twoim jedynym i wyłącznym wzorem do naśladowania.

Gibson przerywa ciszę, jaka przez pół minuty zapanowała nad tą sceną: jacht, słońce, zimne napoje, krzyki mew, chłodna bryza.

– Jak sądzę jesteś ciekawa, co to za rola. Tytuł filmu nie ma znaczenia – jeszcze się wielokrotnie zmieni. No więc będziesz mu partnerować – wskazuje Gwiazdora. –

To znaczy, zagrasz jedną z głównych ról. Następne pytanie, które pewnie chcesz zadać, to: dlaczego ja, a nie jakaś sława?

– To prawda.

– Odpowiedź jest prosta: chodzi o pieniądze. Budżet filmu, który mam robić – nawiasem mówiąc jest to debiut Hamida Husseina jako producenta – jest bardzo mizerny, z czego połowa pójdzie na promocję. Dlatego zaangażowaliśmy sławnego artystę, który przyciągnie tłumy, i ciebie, nieznaną aktorkę, która zadowoli się niską gażą, ale za to otrzyma szansę zwrócenia na siebie uwagi. To nic nowego. Odkąd przemysł filmowy zaczął rządzić światem, studia robią wszystko, żeby utwierdzić publiczność w przekonaniu, że sława jest synonimem bogactwa. Kiedy byłem dzieckiem i oglądałem te wielkie rezydencje hollywoodzkie, myślałem, że aktorzy zarabiają fortuny. Wierutne bzdury. Na całym świecie jest dziesięć, może dwadzieścia zarabiających krocie gwiazd filmowych. Reszta żyje na pokaz: willa wynajęta na koszt studia, stroje i biżuteria udostępniane przez domy mody i firmy jubilerskie, drogie samochody wypożyczane przez producentów, którzy chcą, by ich nazwiska kojarzono z high-lifem. Za cały przepych płacą studia. Sami aktorzy zarabiają niewiele. Oczywiście, nie dotyczy to naszego przyjaciela, ale dotyczy ciebie.

Gwiazdor nie ma pojęcia, czy Gibson rzeczywiście uważa go za jednego za największych aktorów, czy sobie kpi. Zresztą to bez znaczenia. Byle tylko podpisali kontrakt, no i żeby producent się nie rozmyślił w ostatniej chwili, a scenarzysta na czas dostarczył scenariusz. Potem już tylko trzeba dbać o to, żeby nie przekroczyć budżetu i przeprowadzić skuteczną kampanię reklamową. Nieraz widział, jak sypią się najmisterniejsze plany. Taki właśnie jest biznes filmowy. Jego ostatni film przeszedł prawie bez echa, dlatego teraz musi się udać. A zapewnić to może Gibson.

– Zgadzam się – mówi dziewczyna.

– Szczegóły ustalimy z twoją agentką. Podpiszesz z nami kontrakt na wyłączność. Za pierwszy film dostaniesz

5 tysięcy dolarów miesięcznie przez okres jednego roku. Będziesz uczestniczyć w imprezach, które wskaże nasz dział marketingu. Będziesz jeździć tam, gdzie ci każemy. Będziesz mówić to, co chcemy – nikogo nie interesuje twoje własne zdanie. Czy wszystko jasne?

Gabriela kiwa głową. Bo co mogłaby powiedzieć? Pięć tysięcy dolarów to w Europie miesięczne wynagrodzenie sekretarki, ale jaki ma wybór? Nie mogą zauważyć, że się waha. Zresztą dobrze zna reguły gry.

– No więc – ciągnie Gibson – będziesz żyła jak milionerka i zachowywała się jak wielka gwiazda. Nie zapominaj tylko, że nie jesteś ani jedną, ani drugą! Jeżeli pójdzie dobrze, w następnym filmie podwyższymy ci gażę do 10 tysięcy dolarów miesięcznie. Wtedy też jeszcze raz sobie porozmawiamy, bo pewnie zacznie cię prześladować jedna myśl: „Jeszcze się kiedyś zemszczę". Oczywiście twoja agentka zna nasze warunki i wie, czego oczekiwać. Czyżby ci nic nie wspomniała?

– To bez znaczenia. I nie zamierzam się na nikim mścić.

Gibson udaje, że nie dosłyszał.

– Nie zaprosiłem cię tu, żeby rozmawiać o zdjęciach próbnych. Powiem tylko, że wypadły doskonale – dawno już takich nie widziałem. To też opinia mojej asystentki, która cię przesłuchiwała. Wezwałem cię tutaj, żeby od początku wszystko było jasne. Musisz sobie zdawać sprawę, na co się decydujesz. Po pierwszym filmie aktorowi się wydaje, że ma cały świat u swych stóp, i domaga się zmiany kontraktu, ale na to już za późno i on dobrze o tym wie. Zaczynają się depresje, napady histerii, melancholia. Nasza filozofia to wyjaśnić wszystko w najdrobniejszych szczegółach. Jeśli odniesiesz sukces, będą w tobie dwie kobiety: jedna ubóstwiana przez miliony ludzi na całym świecie, a druga świadoma tego, że nic już od niej nie zależy.

Radzę ci więc dobrze się zastanowić nad konsekwencjami swojego wyboru, zanim w Hiltonie zaczniesz przymierzać stroje. W hotelowym apartamencie będzie na ciebie czekać długi kontrakt w czterech egzemplarzach. Zanim go podpiszesz, cały świat należy do ciebie i ze swoim życiem możesz robić, co ci się podoba. Wraz ze złożeniem podpisu na tych dokumentach przestaniesz być panią siebie. O wszystkim będziemy decydować za ciebie: o fryzurze, o restauracji, w której zjesz kolację – nawet, jeżeli nie będziesz głodna. Oczywiście dzięki sławie będziesz mogła dorobić pracując w reklamie. To dlatego aktorzy godzą się na podobne warunki.

Mężczyźni podnoszą się.

– Myślisz, że dobrze ci się będzie z nią grało? – pyta Gibson Gwiazdora.

– Będzie wspaniała. Okazała prawdziwe uczucia tam, gdzie inni po prostu udają.

– A tak na marginesie. Chyba nie sądzisz, że to mój jacht? – rzuca Gibson, kiedy Gabriela schodzi do motorówki, która odwiezie ją na brzeg.

Gabriela wie, co chciał przez to powiedzieć.

15:44

– Chodźmy na taras na kawę – proponuje Ewa.

– Pokaz rozpoczyna się za godzinę. Widziałaś, jakie korki na ulicach.

– Zdążymy.

Idą schodami na górę, skręcają na prawo, do końca korytarza. Ochroniarz zna ich, przepuszcza bez słowa. Mijają witryny z biżuterią wysadzaną diamentami, rubinami, szmaragdami i wychodzą na skąpany w słońcu taras pierwszego piętra. Co roku znana firma jubilerska wynajmuje salę, żeby podjąć przyjaciół, celebrytów i dziennikarzy. Umeblowana z wyszukanym smakiem, z bogato zaopatrzonym bufetem. Siadają przy stoliku pod parasolem. Natychmiast zjawia się kelner. Zamawiają gazowaną wodę mineralną i espresso. Kelner proponuje coś z bufetu, ale odmawiają, są już po obiedzie. Po dwóch minutach chłopak wraca z tacą.

– Jak się czujesz? W porządku? – pyta Hamid.

– Doskonale. Wszystko w jak najlepszym porządku.

„Nic nie jest w porządku, dodaje w myślach Ewa. Nic oprócz kawy".

Hamid czuje, że coś dziwnego dzieje się z jego żoną. Porozmawia z nią później. Teraz nie chce o tym myśleć. Boi się, że usłyszy: „Odchodzę, kochanie".

Kilka stolików dalej siedzi jeden z najsłynniejszych dyktatorów mody na świecie, na krześle obok niego leży aparat fotograficzny. Mistrz patrzy w dal, jakby podkreślał, że nie życzy sobie, żeby mu przeszkadzano. Nikt nie odważa się do niego podejść, zwłaszcza że miła pięćdziesięcioletnia pani, rzeczniczka hotelu, grzecznie pozbywa się natrętów – mistrz musi odpocząć od prześladujących go modelek, dziennikarzy, klientów, agentów.

Hamid przypomina sobie pierwsze swoje spotkanie ze sławą całą wieczność temu. Od jedenastu miesięcy mieszkał w Paryżu i zdążył zaprzyjaźnić się z kilkoma osobami ze środowiska. Pukał do różnych drzwi i dzięki kontaktom szejka (choć zarzekał się, że nie zna nikogo w tych kręgach, miał wpływowych przyjaciół, którzy wiele mogli) dostał pracę w jednej z najlepszych pracowni *haute couture*. Często przesiadywał w firmie po godzinach i pracował na własną rękę z tkaninami przywiezionymi ze swojej ojczyzny. W tym okresie dwukrotnie jeździł do kraju, za pierwszym razem na wieść o śmierci ojca, po którym odziedziczył małe przedsiębiorstwo. Zanim zdążył pomyśleć o przyszłości rodzinnego biznesu, wysłannik szejka przyniósł mu wiadomość, że władca wyznaczył zarządcę firmy, który zadba o jej rozwój, ale jej właścicielem pozostanie Hamid.

Na pytanie, skąd to nagłe zainteresowanie władcy niewielką firmą tekstylną, wysłannik odparł:

– Pewien francuski producent walizek chce tu otworzyć fabrykę. Pierwsze, o co zapytał, to o tkaniny, które mógłby wykorzystać w swojej luksusowej kolekcji. Mamy więc pierwszego poważnego klienta, a do tego promujemy miejscowe tradycje i nie tracimy kontroli nad surowcem.

Wracając do Paryża wiedział, że dusza ojca jest w raju, a pamięć o nim przetrwa w kraju, który tak kochał. Znowu pracował po nocach, eksperymentował z motywami beduińskimi i tkaninami, które ze sobą przywiózł. Skoro firma francuska, znana z przebojowości i z dobrego smaku, zainteresowała się tkaninami produkowanymi w jego ojczyźnie, to wiadomość o tym wnet dotrze do stolicy światowej mody i zwiększy się popyt na takie materiały. Wszystko było kwestią czasu, wiadomości szybko się rozchodzą.

Pewnego ranka wezwał go dyrektor. Po raz pierwszy wkraczał do tej świątyni krawiectwa, do gabinetu wielkiego dyktatora mody. Zdumiał go panujący tam bałagan: porozrzucane wszędzie gazety, sterty papierów na starym biurku, zdjęcia z celebrytami z całego świata, oprawione okładki czasopism, próbki materiałów, wazon pełen białych piór różnej wielkości.

– Świetnie ci idzie. Obejrzałem twoje szkice, które rozsiewasz po całej pracowni. Na twoim miejscu byłbym ostrożny: ktoś może zechcieć zmienić pracę i zabierze ze sobą kilka twoich dobrych pomysłów.

Hamidowi nie podobało się, że jest obserwowany, ale nic nie powiedział.

– Dlaczego myślę, że jesteś dobry? – ciągnął mistrz. – Bo jako przedstawiciel odmiennej kultury zaczynasz rozumieć, jak zaadaptować rodzime wzorce do zachodnich obyczajów. Jest tylko jeden problem: w Europie nie kupimy takich tkanin. Poza tym w twoich projektach jest zbyt wiele nawiązań religijnych. Moda służy okrywaniu ciała, chociaż oczywiście odzwierciedla też, co nam w duszy gra.

Mistrz podszedł do sterty czasopism w kącie gabinetu i bez chwili wahania wyciągnął ze stosu stary numer „Paris Match", kupiony prawdopodobnie u bukinistów – paryskich antykwariuszy, którzy od czasów Napoleona handlują książkami nad Sekwaną. Na okładce tygodnika widniało zdjęcie Christiana Diora.

– Dlaczego ten człowiek stał się żywą legendą? Odpowiem ci: bo rozumiał ludzką naturę. Wśród wielu rewolucji w modzie, jedna zasługuje na specjalną uwagę. Zaraz po zakończeniu drugiej wojny światowej, kiedy Europa z braku tkanin nie miała się dosłownie w co ubrać, Dior stworzył projekty, które wymagały ogromnej ilości materiału. W ten sposób nie tylko pięknie ubierał piękne kobiety, ale sprzedawał marzenia o szczęśliwszym świecie, o elegancji i dostatku. Za to go obrażano i krytykowano. Wiedział jednak, że to dobry kierunek – pod prąd utartym tendencjom.

Odkłada pismo na to samo miejsce, bierze inne.

– A tu Coco Chanel. Porzucona przez rodziców jako dziecko, szansonistka kabaretowa, kobieta, która od życia mogła się spodziewać najgorszego. Wykorzystała jednak swoją szansę – w jej przypadku kilku bogatych kochanków – i w krótkim czasie stała się najważniejszą projektantką mody swojej epoki. Co takiego zrobiła? Wyzwoliła kobiety od gorsetu, narzędzia tortur, które więzi korpus i uniemożliwia naturalne ruchy. Popełniła tylko jeden błąd: zataiła swoją przeszłość, chociaż za jej sprawą mogłaby się stać prawdziwą ikoną – kobietą, która dopięła swego na przekór losowi.

Odłożył czasopismo.

– Możesz zapytać: dlaczego nikt nie zrobił tego wcześniej? Nigdy się tego nie dowiemy. Musieli być tacy, co próbowali, krawcy zapomniani przez historię, bo nie potrafili w swoich kolekcjach oddać ducha czasu. Żeby wywrzeć taki wpływ, Coco Chanel potrzebowała czegoś więcej niż niewątpliwy talent i bogaci kochankowie. Społeczeństwo musiało dojrzeć do wielkiej feministycznej rewolucji, która w tym czasie nastąpiła.

Mistrz milknie na chwilę.

– Teraz przychodzi czas na Bliski Wschód, bo stamtąd pochodzą napięcia i lęki, które utrzymują świat w niepewności. Wiem o tym jako dyrektor tego domu mody. W ostateczności wszystko zaczyna się od spotkania głównych dostawców farb i pigmentów.

Hamid znowu spogląda na sławnego projektanta i jego aparat fotograficzny. Może zauważył Hamida i zastanawia się, skąd ten zdobył tyle pieniędzy, żeby stać się jego największym konkurentem.

Człowiek, który teraz patrzy w pustą przestrzeń i udaje obojętność, zrobił kiedyś wszystko, żeby Hamida nie przyjęto do Federacji. Domyślał się, że Hamida wspierali finansowo potentaci naftowi, co według niego oznaczało nieuczciwą konkurencję. Nie wiedział jednak, że osiem miesięcy po śmierci ojca i dwa miesiące po tym, jak dyrektor słynnego domu mody, dla którego pracował, zaoferował mu lepsze stanowisko (chociaż Hamid nadal nie miał prawa podpisywać swoich kreacji własnym nazwiskiem, bo dom mody posiadał oficjalnego projektanta, który zbierał laury w świetle jupiterów), szejk wezwał go na audiencję.

Po przyjeździe Hamid z trudem rozpoznał swoje dawne miasto. Po obu stronach głównej ulicy wyrosły drapacze chmur, jezdnią ciągnęły sznury samochodów, na starym lotnisku panował chaos. Ale idea przewodnia rządzącego szejka stawała się rzeczywistością: powstawała oaza pokoju pośród wojen, raj dla inwestorów w czasach kryzysów wstrząsających światowym rynkiem finansowym, wizytówka narodu, który tylu uważało za stosowne krytykować, poniżać i szufladkować. Powoli rządy sąsiednich państw w regionie uwierzyły w powodzenie projektu wzniesienia miasta w środku pustyni. Najpierw jak strumyk, potem jak potężna rzeka – popłynęły za tym pieniądze.

Pałac się nie zmienił, chociaż inny, dużo większy powstawał nieopodal. Hamid był w świetnym humorze – właśnie otrzymał doskonałą propozycję pracy i nie będzie już potrzebował finansowego wsparcia szejka; przeciwnie, jest w stanie zwrócić co do grosza to, co dostał na naukę.

– Zwolnij się z pracy – powiedział szejk.

Hamid nie zrozumiał. Wiedział, że firma, którą odziedziczył po ojcu, przynosi spore dochody, ale miał inne plany. Nie mógł jednak po raz drugi przeciwstawić się woli człowieka, któremu tyle zawdzięczał.

– Podczas naszego pierwszego spotkania, panie, zdobyłem się na śmiałość i odmówiłem Waszej Wysokości. Broniłem wtedy praw mojego ojca, który zawsze był dla mnie kimś najważniejszym na świecie. Tym razem muszę się ugiąć przed wolą władcy. Jeżeli pieniądze włożone w moje wykształcenie uważasz za złą inwestycję, zrobię to, czego ode mnie żądasz. Wrócę i zajmę się odziedziczoną po ojcu firmą. Jeżeli mam zrezygnować ze swoich marzeń, bo tak każe nasza tradycja plemienna, uczynię to.

Zaakcentował mocno te słowa. Nie ośmielił się okazać słabości wobec człowieka, który nade wszystko cenił siłę charakteru.

– Nie proszę, żebyś wracał do domu. Dostałeś awans,

a to oznacza, że wiesz już na tyle dużo, żeby stworzyć własny dom mody. Właśnie tego od ciebie oczekuję.

„Czy ja się przesłyszałem? Chce, żebym stworzył własny dom mody?”.

– Coraz więcej luksusowych marek wchodzi na nasz rynek – ciągnął szejk. – Ci obcokrajowcy doskonale wiedzą, co robią. Nasze kobiety zaczynają zmieniać swój sposób myślenia i ubierania się. Moda wywiera na nasz region większy wpływ niż obce inwestycje. Rozmawiałem o tym z ludźmi, którzy się na tym znają. Ja jestem tylko starym Beduinem, który kiedyś sądził, że samochody należy karmić jak wielbłądy. Chciałbym, żeby obcokrajowcy czytali naszych poetów, słuchali naszej muzyki, tańczyli nasze tańce, śpiewali nasze pieśni przekazywane z pokolenia na pokolenie. Widzę jednak, że nikogo to nie interesuje. Tylko w jeden sposób nauczymy świat szanować nasze tradycje. To twoja dziedzina – moda. Jeżeli patrząc na nasz strój obcokrajowcy zrozumieją, kim jesteśmy, może kiedyś pojmą też całą resztę.

Następnego dnia Hamid spotkał się z grupą inwestorów z różnych krajów. Powierzyli mu fantastycznie dużą sumę i określili terminy, do kiedy ma zwrócić pożyczkę. Pytali też, czy sprosta takiemu zadaniu.

Hamid poprosił o trochę czasu do namysłu. Poszedł na grób ojca i spędził na modlitwie całe popołudnie. Po zmroku wędrował przez pustynię i czuł jak zimny wiatr przenika go do szpiku kości. Rano wrócił do hotelu, gdzie zatrzymali się inwestorzy. „Błogosławiony ten, który daje swoim dzieciom korzenie i skrzydła”, powiada arabskie przysłowie.

Potrzebował korzeni. Każdy ma takie miejsce na świecie, gdzie się urodził i gdzie się nauczył mówić w swoim języku. A także gdzie odkrył, jak jego przodkowie radzili sobie z przeciwnościami. Zawsze nadchodzi taki czas, kiedy czujemy się odpowiedzialni za to miejsce.

Potrzebował skrzydeł. Skrzydła odkrywają przed nami bezkresne horyzonty wyobraźni, przenoszą nas w marzenia i do odległych miejsc. Dzięki skrzydłom poznajemy korzenie naszych bliźnich i uczymy się od nich nowych rzeczy.

Prosił Najwyższego o błogosławieństwo i zaczął się modlić. Po dwóch godzinach przypomniała mu się rozmowa podsłuchana w ojcowskim sklepie między ojcem i jego przyjacielem:

– Dzisiaj rano syn poprosił mnie o pieniądze na zakup baranka. Powinienem mu pomóc?

– To nic pilnego. Poczekaj tydzień z odpowiedzią.

– Mam przecież pieniądze. Jaka to różnica, teraz czy za tydzień?

– Ogromna. Doświadczenie mnie nauczyło, że człowiek ceni to, czego nie jest absolutnie pewien.

Hamid kazał inwestorom czekać tydzień na decyzję, po czym przyjął propozycję. Potrzebował teraz ludzi biegłych w finansach, którzy dobrze zainwestują pieniądze. Potrzebował współpracowników, najlepiej z rodzinnej wioski. Potrzebował jeszcze roku na starym miejscu pracy, żeby nauczyć się rzeczywiście wszystkiego. Tylko tyle.

„Wszystko zaczyna się od spotkania głównych dostawców farb i pigmentów".

To niezupełnie prawda. Wszystko zaczyna się od tego, że firmy wyspecjalizowane w badaniach tendencji rynkowych odnotowują określone tendencje, także w modzie, w różnych warstwach społecznych. Dane do swoich badań czerpią z ankiet, wywiadów z klientami, z monitorowania popytu na pewne artykuły, a przede wszystkim z obserwacji armii młodych ludzi – między dwudziestym a trzydziestym rokiem życia – odwiedzających nocne kluby, wystających na rogach ulic i czytających internetowe blogi. Takie młode osoby nie oglądają wystaw sklepowych nawet najlepszych marek, bo to, co tam jest, znajduje już uznanie ogółu, a więc przez młodych zostało skazane na śmierć.

Analitycy tendencji rynkowych szukają odpowiedzi na pytanie: co za chwilę zawładnie wyobraźnią konsumentów? Młodzi ludzie nie mają pieniędzy na towary luksusowe, zaczynają więc sami kombinować, w co i jak się ubrać. Spędzają wiele godzin przed ekranami komputerów i wymieniają pomysły z dużą grupą swoich rówieśników na całym świecie. Tak rodzi się coś jak wirus, który zaraża całą wirtualną społeczność. To młodzież kształtuje poglądy starszych na politykę, literaturę, muzykę, a nie odwrotnie – jak się wydaje naiwnym. Z drugiej strony, rodzice przekazują dzieciom tak zwany „system wartości". Nastolatki są buntownikami z natury, a mimo to zawsze stają po stronie rodziny. Ubierają się cudacznie, słuchają muzyków, którzy wyją i roztrzaskują gitary na estradzie – ale to wszystko. Zwykle nie mają odwagi, żeby pójść dalej i doprowadzić do prawdziwej rewolucji obyczajowej.

„Kiedyś byli do tego zdolni. Na szczęście to minęło i nigdy już nie wróci".

Jak dowodzą badania tendencji rynkowych, obecnie społeczeństwo zmierza w kierunku bardziej konserwatywnym. Zostawiliśmy już daleko za sobą zagrożenia, jakimi były sufrażystki (kobiety, które na początku XX wieku walczyły o prawo głosu), czy długowłosi, niedomyci hippisi (szaleńcy, którzy święcie wierzyli w pokój i wolną miłość).

Weźmy na przykład lata sześćdziesiąte XX wieku. Światem wstrząsały krwawe wojny wyzwoleńcze okresu postkolonialnego. Panował strach przed wojną nuklearną. Przeżywaliśmy okres prosperity, a jednocześnie tęskniliśmy za odrobiną radości. Jak wcześniej Christian Dior zrozumiał, że nadzieję na dobrobyt można wyrazić strojami z dziesięciu metrów materiału, tak projektanci z lat sześćdziesiątych odkryli, że połączenie czerwieni i fioletu działa jednocześnie uspokajająco i pobudzająco.

Czterdzieści lat później wszystko się zmieniło. Świat przestał się bać konfliktu na międzynarodową skalę, za to stanął w obliczu innego śmiertelnego zagrożenia: dewastacji środowiska naturalnego. Styliści zaczęli skłaniać się ku kolorom kojarzonym z naturą: z piaskiem pustyni, z lasami tropikalnymi, z wodą oceanów. Oczywiście, między jednym a drugim okresem pojawiały się i znikały inne trendy: psychodeliczny, futurystyczny, arystokratyczny, retro.

Zanim wielka kolekcja nabierze kształtu, analitycy

tendencji rynkowych opracowują ogólną mapę stanu ducha współczesnego świata. Jak się wydaje – pomimo wojen i głodu w Afryce, terroryzmu, gwałcenia praw człowieka, arogancji niektórych wysoko rozwiniętych krajów – obiektem naszego szczególnego zainteresowania jest ratowanie naszej biednej Ziemi przed zagrożeniami stworzonymi przez człowieka.

„Ekologia. Ratowanie planety. Śmiechu warte".

Hamid jednak wie, że nie ma sensu walczyć z podświadomością zbiorową. Kolory sukien i akcesoriów, tkaniny, tak zwane akcje dobroczynne organizowane przez Superklasę, wydawane książki, muzyka płynąca z radia, filmy dokumentalne realizowane przez byłych polityków, nowe kino, tworzywa, z których robi się buty, biopaliwa, petycje do parlamentów, obligacje emitowane przez największe banki – wszystko to wydaje się koncentrować na jednym: na ratowaniu planety. Z dnia na dzień rodzą się fortuny. Wielkim międzynarodowym koncernom media poświęcają wiele uwagi ze względu na ich zaangażowanie w jakąś kampanię ekologiczną, skądinąd absolutnie bez znaczenia dla środowiska naturalnego. Pozbawione skrupułów organizacje pozarządowe zamieszczają ogłoszenia w wielkich sieciach telewizyjnych i otrzymują dziesiątki milionów dolarów w darowiznach. A wszystko dlatego, że każdy obsesyjnie się zamartwia przyszłością Ziemi.

Ilekroć Hamid czyta w prasie wypowiedzi ciągle tych samych polityków, którzy globalne ocieplenie lub dewastację środowiska naturalnego wykorzystują w swoich kampaniach wyborczych, mówi sobie:

„Cóż za arogancja! Ta planeta jest, była i zawsze będzie silniejsza od nas. Nie możemy jej zniszczyć. Jeżeli przekroczymy pewną granicę, zmiecie nas ze swojej powierzchni, a sama będzie trwała dalej. Czemu nie zaczną się martwić, czy aby planeta nas nie zniszczy? Bo «ratowanie planety» daje poczucie siły, aktywności, szlachetności. Podczas gdy hasło «nie dajmy planecie się zniszczyć» rodzi poczucie niemocy, beznadziei, no i świadomość, jak niewiele znaczymy".

Tak czy inaczej, moda musi wyjść naprzeciw żądaniom konsumenta. Farbiarze mieszali już pigmenty w poszukiwaniu najodpowiedniejszych tonacji dla przyszłej kolekcji. Producenci tkanin rozglądali się za włóknami naturalnymi. Projektanci dodatków – pasków, torebek, okularów, zegarków – dokładali starań, żeby nadążyć za resztą i w ulotkach reklamowych (na papierze z surowców wtórnych) pisali o swoich gigantycznych wysiłkach podejmowanych dla ochrony środowiska naturalnego. Wszystko to zobaczą znani projektanci na największych, zamkniętych dla publiczności targach mody, noszących nazwę Première Vision (Pierwsze Wejrzenie).

Od tego momentu każdy projektant wykorzysta całą swą inwencję dla stworzenia własnej kolekcji, przeświadczony o tym, że świat ekskluzywnej mody jest prawdziwie kreatywny, oryginalny i niezależny. Otóż to nieprawda. Bo każdy z nich niewolniczo trzyma się wskazówek analityków tendencji rynkowych. Im słynniejsza marka, tym mniej chęci do podejmowania ryzyka. W końcu praca setek tysięcy zatrudnionych, porozrzucanych po całym świecie, zależy od decyzji garstki ludzi –

Superklasy świata *haute couture* – która ma serdecznie dosyć udawania, że co sześć miesięcy sprzedaje rzeczywiście coś nowego.

Pierwsze szkice powstają na stołach „zapoznanych geniuszów", którzy marzą, żeby pewnego dnia ich nazwiska trafiły na etykiety sprzedawanych ciuchów. Pracują od sześciu do ośmiu miesięcy: najpierw z ołówkiem i papierem, potem z prototypami z taniego materiału. Fotografie modelek w takich prototypowych strojach trafiają następnie do dyrektorów, którzy ze stu wzorów do najbliższego pokazu wybierają około dwudziestu. Na tym etapie wprowadza się poprawki: zmienia się guziki, krój rękawa, stebnowania.

Potem znowu zdjęcia – tym razem modelki siadają, leżą, chodzą – znowu poprawki, bo uwaga, że suknia „nadaje się tylko na wybieg", to klęska dla całej kolekcji i wstyd dla każdej marki. Tymczasem „zapoznani geniusze" zdążyli wylecieć na bruk bez prawa do odszkodowania, gdyż pracowali dla domu mody w ramach nigdy niekończącego się „stażu". Najbardziej utalentowani wielokrotnie poprawiają swoje kreacje i dobrze wiedzą, że niezależnie od tego, jak wielki sukces odniesie ich dzieło, tylko marka firmy zasłuży na wzmiankę.

Obiecują zemścić się srodze pewnego dnia. Wierzą, że przyjdzie dzień, kiedy stworzą własne pracownie i wreszcie zostaną docenieni. Tymczasem robią dobrą minę do złej gry i pracują dla swoich szefów, udając wielki entuzjazm. Następuje kolejna selekcja kreacji do pokazu i kolejny odsiew pracowników. Jednocześnie przyjmuje się nowych do pracy nad następną kolekcją. Dopiero teraz z wybranych tkanin powstaje to, co zostanie zaprezentowane na pokazie – tak, jakby miało to stanowić dla widzów niespodziankę. Jest to oczywiście gra pozorów, bo właściciele markowych sklepów na całym świecie od dawna mają w swoich rękach zdjęcia modelek we wszystkich możliwych pozycjach, jak również informacje o dodatkach, próbki tkanin, wyszczególnienia proponowanych cen, no i adresy dostawców. W zależności od wielkości i znaczenia firmy produkcja wzorów z „nowej kolekcji" trwa już od jakiegoś czasu w różnych miejscach na świecie na wielką skalę.

W końcu nadchodzi wielki dzień, a dokładniej trzy tygodnie, które mają dać początek nowej erze (która, jak każdy wie, trwa sześć miesięcy). Zaczyna się w Londynie, potem przenosi się do Mediolanu i kończy w Paryżu. Zjeżdżają się dziennikarze z całego świata. Fotoreporterzy walczą o najlepsze miejsca, a wszystko to odbywa się w największej tajemnicy. Prasa rozpisuje się na temat rewolucyjnych przemian w modzie. Kobiety są zachwycone, mężczyźni patrzą z lekką pobłażliwością na te „przebieranki" i włosy im stają na głowie dęba na myśl o kilku tysiącach dolarów, które wybulą na, według nich, bzdury, a co ich żony uważają za nieodzowny emblemat wyróżniający Superklasę wśród zwykłych śmiertelników.

W ciągu tygodnia tak zwane ekskluzywne dzieła mistrzów krawiectwa są już ogólnie dostępne w butikach na wszystkich kontynentach. Nikt się specjalnie nie dziwi, jakim cudem tak szybko tam dotarły, ani że je wyprodukowano w tak rekordowo krótkim czasie. Legenda jest ważniejsza od rzeczywistości.

Klientki nie mają pojęcia, że nowe trendy tworzą ci, którzy pilnie śledzą wszystko, co powszechnie znane, a ekskluzywność jest łgarstwem, na które dają się nabrać; że kolekcje zachwalane na stronach wyspecjalizowanych żurnali, należą do wielkich międzynarodowych korporacji handlujących luksusem, że te same korporacje utrzymują przy życiu te właśnie żurnale, zamieszczając w nich całostronicowe reklamy.

Oczywiście, jak od każdej reguły, i od tej zdarzały się wyjątki. Po kilku latach zmagań Hamid Hussein stał się jednym z nich. W tym kryła się jego wielka siła.

Widzi, że Ewa znowu sprawdza wiadomości w komórce, czego zwykle nie robi. Nienawidzi tego gadżetu, bo przypomina jej o pierwszym małżeństwie. Hamid niewiele wie o tym okresie w jej życiu, bo nie lubią o tym mówić. Spogląda na zegarek – mogą jeszcze spokojnie dokończyć kawę. Patrzy jeszcze raz w stronę wielkiego projektanta.

Gdyby tylko to wszystko zaczynało się naprawdę od spotkania dostawców farb i pigmentów, a kończyło na pokazie. Ale tak nie było.

Z człowiekiem, który teraz kontempluje horyzont, po raz pierwszy spotkali się na Première Vision. Hamid ciągle jeszcze pracował jako projektant dla dużego domu mody. Tymczasem szejk organizował już zespół jedenastu osób, które miały wprowadzić w życie jego pomysł wykorzystania mody do zaprezentowania ich świata, religii i kultury.

– Ciągle wysłuchujemy wskazówek, jak rzeczy proste przedstawić w bardzo skomplikowany sposób – rzekł Hamid do kreatora.

Przechodzili wśród stoisk eksponujących nowe tkaniny, rewolucyjne technologie i kolory, które będą obowiązywać przez następne dwa lata; wśród tysięcy akcesoriów: platynowych klamerek do pasków, etui do kart bankowych otwierane naciśnięciem jednego przycisku, bransoletek z wysadzanym brylantami kółeczkiem, które regulowało ich długość z dokładnością do jednego milimetra.

Projektant zmierzył go spojrzeniem.

– Świat zawsze był i pozostanie skomplikowany.

– Nie zgadzam się. Kiedyś otworzę własny dom mody i zerwę ze wszystkim, do czego jesteście tu przyzwyczajeni.

– Wiesz dobrze, jak ten świat działa – roześmiał się projektant. – Słyszałeś chyba o Federacji? Obcokrajowiec może długo czekać, zanim go przyjmą.

Francuska Federacja Krawiectwa to jeden z najbardziej elitarnych klubów na świecie. To tam zapadają decyzje, kto weźmie udział w Tygodniu Mody w Paryżu i określa się warunki stawiane uczestnikom. Założona w 1868 roku, Federacja ma niemal nieograniczoną władzę. Zastrzegła markę „Haute Couture" i nikt spoza niej nie może jej używać pod groźbą konsekwencji prawnych. Wydaje w dziesięciu tysiącach egzemplarzy oficjalny katalog dwóch najważniejszych pokazów mody w roku. Rozdziela dwa tysiące akredytacji dla dziennikarzy na całym świecie. Wybiera wielkich partnerów handlowych i miejsca pokazów mody.

– Ależ wiem doskonale, czym jest świat mody – rzucił w odpowiedzi Hamid i zakończył rozmowę. Intuicja mu podpowiadała, że jego interlokutor stanie się pewnego dnia sławnym projektantem. Ale wiedział też, że nigdy nie będą przyjaciółmi.

Sześć miesięcy później wszystkie przygotowania do wielkiej zmiany zostały ukończone. Hamid zwolnił się z pracy, otworzył swą pierwszą pracownię na Saint-Germain-des-Près i zaczął walczyć o swoją markę. Przegrał wiele bitew, ale zrozumiał jedno: nie wolno mu się ugiąć przed tyranią dyktatorów mody. Chciał być oryginalny i to mu się udało, bo miał w sobie prostotę Beduina i mądrość pustyni, no i doświadczenie nabyte w ciągu ostatniego roku. Korzystał też z rad ekspertów finansowych i mógł liczyć na stałe dostawy nowych, oryginalnych tkanin.

Dwa lata później miał już pięć lub sześć sklepów w całej Francji i został przyjęty do Federacji – nie tylko ze względu na swój talent, ale też dzięki kontaktom szejka, którego wysłannicy twardo negocjowali warunki powstawania filii francuskich firm w swoim kraju.

Dużo wody upłynęło w Sekwanie, zmieniały się poglądy, prezydenci zaczynali i kończyli swe kadencje, nowe technologie zdobywały coraz większą popularność, Internet zdominował komunikację na planecie, opinia publiczna coraz bardziej się liczyła we wszystkich dziedzinach, a przepych i zbytek ponownie zdobywały utracone przyczółki. Tymczasem Hamid rozszerzał swoją działalność. Projektował już nie tylko ubrania, ale i akcesoria, meble, kosmetyki, zegarki oraz drogie tkaniny.

Stał na czele potężnego imperium, a każdy, kto zainwestował w jego marzenie, został należycie wynagrodzony dzięki regularnie przekazywanym dywidendom. W dalszym ciągu nadzorował osobiście większość swoich przedsięwzięć, był obecny na najważniejszych sesjach fotograficznych, dużo projektował, a trzy razy w roku jeździł na pustynię, żeby się pomodlić na grobie ojca i zdać szejkowi sprawozdania z postępów jego firmy. Teraz podjął nowe wyzwanie: produkcja filmu fabularnego.

Spogląda na zegarek.

– Już najwyższy czas – zwraca się do Ewy, która pyta, czy to rzeczywiście aż tak ważne wydarzenie.

– Nie aż tak ważne. Chciałbym jednak tam być.

Ewa wstaje z fotela. Hamid patrzy po raz ostatni na samotnego, sławnego projektanta, który jakby zapomniawszy o całym świecie spogląda w morze.

16:07

W młodości wszyscy mamy głowę pełną ideałów i chcemy zbawiać świat. Z czasem wielu z nas zapomina o tym marzeniu, odkrywając, że istnieje tyle innych, ważniejszych spraw: założenie rodziny, dorabianie się, podróże, nauka języków obcych. Jednak niektórzy uparcie wierzą, że można zmienić społeczeństwo i pozostawić po sobie przyszłym pokoleniom lepszy świat.

Trzeba tylko wybrać sobie zawód. Można być politykiem (na początku zawsze stawiając sobie za cel pomoc społeczności lokalnej), społecznikiem (przekonanym, że korzeni zbrodni należy szukać w nierówności klasowej), artystą (uważającym, że wszystko stracone i trzeba zacząć od początku) albo... policjantem.

Savoy uważał się kiedyś za jednostkę, jakiej społeczeństwo potrzebuje. Jako miłośnik kryminałów, wyobrażał sobie, że miejsce bandytów jest za kratami, a porządni obywatele powinni się cieszyć szczęściem po wsze czasy. W akademii policyjnej uczył się pilnie teorii, dostawał wysokie noty, rozwijał sprawność fizyczną, żeby być gotowym na niebezpieczne sytuacje, ćwiczył na strzelnicy, chociaż żywił nadzieję, że nikogo nigdy nie pozbawi życia.

W pierwszym roku pracy wydawało mu się, że poznaje tajniki swojej profesji. Koledzy skarżyli się na niskie płace, niekompetencję wymiaru sprawiedliwości, nieprzychylne nastawienie społeczeństwa do policji, niemal kompletny brak działań ze strony władz w zakresie bezpieczeństwa publicznego. Mijały lata, a policyjne życie i narzekania pozostały takie same, zmieniło się tylko jedno: papierkowa robota.

Niekończące się raporty o tym gdzie, jak, dlaczego do czegoś doszło. Ktoś wyrzucił śmiecie w miejscu niedozwolonym i zaraz zaczynało się nudne tropienie sprawcy (zawsze pozostają jakieś ślady, na przykład koperty lub bilety lotnicze), fotografowanie miejsca przestępstwa, szkicowanie szczegółowych map, identyfikacja podejrzanego, pierwsze grzeczne ostrzeżenie, a po nim drugie, już nie tak grzeczne, powiadomienie wymiaru sprawiedliwości, jeżeli obwiniony nie potraktował sprawy poważnie, przesłuchania przed sądem, wyrok, a potem odwołania od decyzji – oczywiście wszystko z udziałem rzutkich, kompetentnych prawników. Mijały dwa lata, aż wreszcie akta lądowały w archiwum i żadna ze stron nie ponosiła żadnych konsekwencji.

Morderstwa zdarzały się bardzo rzadko. Według ostatnich statystyk, większość interwencji policyjnych w Cannes dotyczy bijatyk w nocnych klubach z udziałem dzieci zamożnych rodziców, włamań do letnich domów i mieszkań, wykroczeń drogowych, nielegalnego handlu, rodzinnych awantur. Powinien się z tego cieszyć. Świat staje się coraz mniej bezpieczny, a południe Francji pozostaje oazą spokoju – nawet podczas festiwalu, kiedy do Cannes zjeżdżają tysiące obcokrajowców, żeby wygrzewać się na plaży, albo sprzedawać i kupować filmy. Rok wcześniej zajmował się czterema samobójstwami (co przekładało się na jakieś siedem kilogramów papieru) i dwoma przypadkami agresji fizycznej zakończonej śmiercią.

A teraz dwa prawdopodobne zabójstwa w ciągu kilku godzin. O co w tym chodzi?

Goryle ofiary zniknęli zanim zdążono ich przesłuchać. „Trzeba wystosować pisemną naganę dla winnych niedopatrzenia”, pomyślał Savoy. Pozwolili odejść jedynym naocznym świadkom wydarzenia, bo kobieta, która siedzi w poczekalni, nic nie mogła im powiedzieć. Już po kilku minutach rozmowy zorientował się, że stała daleko od stolika ofiary, a potem, kiedy trucizna zaczęła działać, wykorzystała okazję, żeby przepchnąć się bliżej słynnego dystrybutora filmowego.

Teraz czeka go lektura stosów dokumentów.

Siedzi w szpitalnej poczekalni i trzyma przed sobą dwa raporty. Pierwszy, napisany przez lekarza dyżurnego, to dwie kartki papieru pełne nudnych szczegółów technicznych, opisujące stan człowieka, który znajduje się teraz na oddziale intensywnej terapii: przez nakłucie z lewej strony karku do krwiobiegu trafiła substancja toksyczna o nieznanym dotąd składzie (właśnie badanym w laboratorium). Jedyną substancją, która wywołuje tak szybką i gwałtowną reakcję, jest strychnina, ale ta zwykle powoduje też konwulsje. Z zeznań ochroniarzy i opisu stanu pacjenta przez ekipę ratowników oraz z wyjaśnień kobiety siedzącej w poczekalni wynika, że takich objawów u ofiary nie odnotowano. Przeciwnie, wszyscy świadkowie mówią o natychmiastowym porażeniu mięśni i zesztywnieniu tułowia, tak że nikt z pozostałych gości nawet nie zauważył, jak chorego wynoszono z namiotu.

Drugi, bez porównania obszerniejszy raport pochodził z EPCTF (Grupy Zadaniowej Europejskich Szefów Policji) i Europolu (Europejskiego Urzędu Policji). Agenci obu instytucji śledzili na zmianę każdy krok dystrybutora filmowego, odkąd jego samolot wylądował w Europie. W chwili wypadku ofiarę obserwował czarnoskóry agent pochodzący z Gwadelupy, który wyglądał na Jamajczyka.

„Agent wyznaczony do pilnowania ofiary nie zauważył niczego podejrzanego. W krytycznym momencie widok zasłonił mu częściowo mężczyzna ze szklanką soku ananasowego".

Ofiarą, dotąd nie notowaną, jest osoba dobrze znana w świecie filmu jako dystrybutor, ale podejrzewa się, że jego oficjalna działalność stanowi jedynie przykrywkę dla dużo bardziej intratnego procederu. Według Europolu, Javits Wild, jeszcze pięć lat temu drugorzędny producent filmowy, został zwerbowany do prania brudnych pieniędzy przez kartel narkotykowy rozprowadzający kokainę w obu Amerykach.

„Interesujące!”.

Po raz pierwszy Savoy czyta raport z zainteresowaniem. Wygląda na to, że to będzie jego pierwsza duża sprawa, całkiem inna od dotychczasowych: nielegalnych śmietnisk, domowych awantur, włamań do letnich domów, dwóch morderstw na rok.

Zna ten mechanizm. Wie, o czym mówi raport. Dilerzy zbijają fortunę na sprzedaży narkotyków, ale nie mogą wykazać źródła swoich dochodów. Nie mogą otwierać kont, kupować nieruchomości, samochodów, biżuterii, inwestować czy transferować pieniędzy za granicę, bo urząd skarbowy zacznie węszyć: „Jak się ten facet wzbogacił? Skąd ma tyle forsy?”.

Należy więc obejść przeszkodę, a najlepszą metodą jest tak zwane pranie brudnych pieniędzy, to znaczy przenoszenie zysków z działalności kryminalnej na legalne aktywa, które mogą jeszcze przysporzyć splendoru. Wyrażenie „prać brudne pieniądze” ma związek z amerykańskim gangsterem Alem Capone, który nabył w Chicago sieć pralni – Sanitary Cleaning Shops – i na ich konto przelewał pieniądze z nielegalnego handlu alkoholem w czasach prohibicji. Na pytanie, w jaki sposób się dorobił, mógł spokojnie odpowiedzieć: „Ludzie więcej piorą niż dawniej. Ta inwestycja okazała się dobrym interesem”.

„Dobrze to wszystko obmyślił – pomyślał Savoy. – Zapomniał tylko złożyć zeznanie podatkowe”. Nie tylko dilerzy narkotyków piorą brudne pieniądze. Robią to też politycy, biorący łapówki za zawyżanie cen zamówień publicznych, terroryści finansujący swoje operacje w różnych regionach świata, korporacje ukrywające zyski przed akcjonariuszami, i zwykli obywatele, dla których płacenie podatków jest zbyt uciążliwe. Dawniej wystarczyło otworzyć konto numerowane w jakimś raju podatkowym, ale rządy wielu państw podpisały umowy o współpracy w przekazywaniu informacji o właścicielach takich kont i oszuści finansowi zostali przymuszeni do przystosowania się do nowych warunków.

Jedno jest pewne: przestępca zawsze o parę kroków wyprzedza inspektorów podatkowych.

Jak to funkcjonuje obecnie? W sposób zdecydowanie bardziej elegancki, wyszukany i pomysłowy. Wszystko odbywa się w trzech etapach: umiejscowienie środków, maskowanie, legitymizacja. Weź kilka pomarańczy, wyciśnij z nich sok, dodaj wodę gazowaną i podaj gościom jako oranżadę – nikogo nie interesuje, skąd pochodzą owoce.

Przygotowanie „oranżady" jest stosunkowo proste: zakładasz kilka kont i przelewasz niewielkie sumy z banku do banku. Często stosuje się do tego specjalnie opracowane programy komputerowe, żeby tym lepiej zakamuflować źródło pochodzenia pieniędzy. Ostatecznie wszystkie małe sumy lądują na koncie głównym. Droga do niego jest tak kręta, że niemal nie sposób prześledzić toru impulsów elektronicznych, bo pieniądze raz zdeponowane z banknotów stają się kodami złożonymi z cyfr „0" i „1".

Savoy myśli o swoim koncie w banku. Te mizerne kwoty, jakie na nim przechowuje, są zdane na łaskę i niełaskę kodów przenoszonych przez sieć kabli. A jeżeli bank postanowi nagle zmienić cały system? I jeżeli do tego nowy system będzie niesprawny? Jak udowodnić, że ma na koncie konkretną sumę pieniędzy? Jak przekształcić wszystkie zera i jedynki w coś bardziej realnego, jak czynsz czy tygodniowe zakupy w markecie?

Nic nie poradzi: jest niewolnikiem systemu. Może tylko zaraz po wyjściu ze szpitala pójść do bankomatu, sprawdzić stan konta i wziąć wydruk. Notuje w kalendarzu: od dzisiaj będę sprawdzał saldo raz w tygodniu i przechowywał wydruki. W razie nieszczęścia, pozostanie przynajmniej dowód na papierze.

Papier. Znów to słowo. A właściwie dlaczego zaczął o tym rozmyślać? Aha! Pranie brudnych pieniędzy.

Ostatni etap jest najłatwiejszy. Pieniądze wpływają na oficjalne konto, na przykład funduszu inwestycyjnego, albo międzynarodowego dewelopera. Jeśli fiskus zapyta o pochodzenie kapitału, odpowiedź jest prosta: „To pieniądze drobnych inwestorów, którzy nam zaufali i kupują nasz produkt". Odtąd można inwestować w kupno akcji, ziemi, samolotów, towarów luksusowych, domów z basenami, kart kredytowych bez limitu zadłużenia. Partnerami tych firm są ci sami ludzie, którzy wcześniej handlowali narkotykami, bronią i wszystkim, co nielegalne. Ale pieniądze są już czyste. Przecież każdej spółce wolno zarabiać miliony dolarów na spekulacjach giełdowych i obrocie nieruchomościami.

Pozostaje tylko jedno, najtrudniejsze pytanie: „Kim są ci drobni inwestorzy?"

Tu otwiera się pole do popisu dla przestępczej kreatywności. „Pomarańczami" są często bywalcy kasyn i domów gry, obracający pieniędzmi od „przyjaciela", zwykle w krajach, gdzie panuje korupcja, a nadzór nad rynkiem hazardu niemal nie istnieje. W końcu każdy może wygrać, a kiedy pada wielka wygrana, działający w porozumieniu ze swoimi mocodawcami właściciel kasyna pobiera za przysługę odpowiedni procent od wygranych.

Z kolei gracz, z reguły ktoś niezbyt zamożny, składając wygraną na swym koncie, ma proste wytłumaczenie, skąd nagle u niego taki przypływ gotówki: „Miałem farta!".

Następnego dnia lwią część wygranej przelewa na rachunek „przyjaciela", który pożyczył gotówkę. Sobie zostawia tylko niewielki procent z tej sumy, jako wynagrodzenie za dobrze wykonaną robotę.

Kiedyś preferowaną metodą było kupowanie drogich restauracji, z których dochód trafiał na oficjalne rachunki bankowe bez budzenia czyichkolwiek podejrzeń. Nawet gdyby inspekcja skarbowa zastała pustą salę restauracyjną w sobotę wieczorem, trudno byłoby udowodnić, że w piątek przez cały dzień wszystkie stoliki nie były zajęte. Obecnie pojawił się proceder dużo bardziej wyrafinowany. Nieprzewidywalny, arbitralny i niezrozumiały dla laika rynek sztuki!

Przedstawiciel średniozamożnej klasy średniej wystawia na aukcji przedmiot, na przykład cenny obraz, który rzekomo znalazł na strychu domu dziadków. Obraz idzie za bardzo duże pieniądze, a w następnym tygodniu zostaje odsprzedany jakiejś galerii. „Pomarańcza" jest szczęśliwa, dziękuje bogom za łaskawość, składa pieniądze na koncie, a potem inwestuje je za granicą, zawsze pamiętając, żeby na rachunku pozostawić małą sumkę – umówiony procent od transakcji. Bogami są oczywiście prawdziwi właściciele dzieła sztuki, którzy odkupią je od galerii i wystawią powtórnie na licytację, tym razem już w innym domu aukcyjnym i przy pomocy innych pośredników.

Istnieją jednak dziedziny dużo bardziej opłacalne, takie jak teatr, czy produkcja i dystrybucja filmów. Tutaj niewidzialne ręce piorące brudne pieniądze święcą prawdziwe triumfy.

Savoy czyta życiorys człowieka leżącego teraz na intensywnej terapii. Jego wyobraźnia wypełnia pewne luki i niejasności w raporcie.

Aktor, który marzył o wielkiej karierze. Nie zdołał się przebić – chociaż do dziś dba o swój wygląd tak, jakby rzeczywiście był gwiazdorem – ale poznał przemysł filmowy. W średnim wieku zdobył od inwestorów trochę pieniędzy i nakręcił jeden czy dwa filmy – oba zrobiły klapę przez kiepską dystrybucję. Tak czy inaczej, jego nazwisko pojawiło się w napisach końcowych i dla branżowej prasy filmowej stał się przykładem producenta niezależnego, który próbował zrobić coś innego niż zwykła masówka produkowana przez wielkie studia filmowe.

Popada w lekką depresję, nie wie, co począć ze swoim życiem, bo nikt nie chce mu dać trzeciej szansy. Ma dość chodzenia od drzwi do drzwi, podczas gdy potencjalni inwestorzy lokują pieniądze tylko w murowany sukces. Aż wreszcie pewnego pięknego dnia zjawia się u niego kilku panów – niektórzy bardzo uprzejmi, reszta nie otwiera nawet ust.

Proponują mu interes: zajmie się dystrybucją filmów. Na początek ma wybrać prawdziwy hit, który dotrze do milionowej publiczności. Oczywiście wielkie studia będą podbijać cenę, ale to nie jego zmartwienie, o to zadbają nowi przyjaciele. Film trafi na ekrany tysięcy kin i przyniesie krocie, a Javits dostanie to, na czym mu najbardziej zależy: wyrobi sobie markę poważnego dystrybutora. Nikt nie będzie początkowo zaglądać do życiorysu niespełnionego producenta filmowego, ale po drugim lub trzecim sukcesie kasowym fiskus może się zainteresować źródłem pieniędzy. Tyle że do tego czasu upłynie pięć lat, a więc sprawa ulegnie przedawnieniu i władze skarbowe niczego nie będą w stanie zrobić.

Tak się zaczęła błyskotliwa kariera Javitsa. Pierwsze rozpowszechniane przez niego filmy przynoszą duże zyski, wszyscy są przekonani o jego nieprzeciętnej intuicji w wyborze tego, co najlepsze. Producenci i reżyserzy biją się, żeby z nim współpracować. Dla pozoru co pół roku Javits kupuje dwa lub trzy filmy niskobudżetowe. Reszta to wielomilionowe, gigantyczne produkcje czołowych nazwisk kina ze znakomitą obsadą. Filmy, których producenci wydają na promocję bajońskie sumy, pochodzące z oaz podatkowych. Wpływy kasowe ze sprzedaży biletów zostają zainwestowane w zwykły fundusz inwestycyjny, który ma „udziały" w filmie.

Gotowe. Z brudnych pieniędzy powstało cudowne dzieło sztuki, które wprawdzie nie przyniosło oczekiwanych zysków, ale i tak zapewniło miliony dolarów, które natychmiast zostaną zainwestowane przez wspólników.

Może się zdarzyć, że dociekliwy inspektor podatkowy, albo zazdrośnik z konkurencyjnego studia, zwróci uwagę na prosty fakt: jak to się dzieje, że aż tylu nieznanych na rynku producentów zatrudnia gwiazdy pierwszej wody i najznakomitszych reżyserów, wydaje miliony na reklamę i powierza rozpowszechnianie filmu jednemu i temu samemu dystrybutorowi? Odpowiedź wydaje się prosta: wielkie studia są zainteresowane wyłącznie własnymi produkcjami, a Javits jest bohaterem, który przeciwstawia się dyktaturze gigantycznych korporacji – jest Dawidem, walczącym z reprezentującym niesprawiedliwy system Goliatem.

Nie bacząc na tak racjonalne wytłumaczenie, sumienny inspektor podatkowy może dalej drążyć sprawę. Podejmuje tajne śledztwo i odkrywa, że kinowe rekordy kasowe powstały za pieniądze anonimowych spółek zarejestrowanych na Bahamach, w Panamie czy w Singapurze. Wtedy wtyczka w skarbówce (bo zawsze jest gdzieś jakaś wtyczka) ostrzega mocodawców Javitsa, że kanał jest już spalony i pora poszukać innego dystrybutora i pomocnika w praniu brudnych pieniędzy.

Javits jest zrozpaczony. Spodobało mu się życie multimilionera, traktowanego niczym półbóg. Leci do Cannes, gdzie nie budząc podejrzeń ma się spotkać ze swoimi mocodawcami, opracować nowy plan działania i osobiście przekazać kody kont bankowych. Nie wie, że jest od dawna śledzony i jego zatrzymanie to tylko kwestia czasu – armia panów w garniturach pod krawatem czeka w mrocznych biurach na właściwy moment. Może póki co darują mu wolność, żeby zdobyć więcej dowodów. A może tu i teraz zakończy się jego kariera?

Mocodawcy Javitsa nie lubią ryzyka. Ich człowiek może w każdej chwili zostać aresztowany, zacznie współpracować z wymiarem sprawiedliwości, poda wszystkie szczegóły techniczne, wymieni kilka nazwisk, na zdjęciach zrobionych z ukrycia przez agentów rządowych zidentyfikuje kilka postaci interesujących policję.

Problem można rozwiązać tylko w jeden sposób: należy Javitsa zlikwidować.

Wszystko jest jasne. Savoy domyśla się, co się stało w namiocie na plaży. Musi teraz zrobić to, co zwykle. Wypełnić kilka formularzy, napisać raport, przekazać go do Europolu. Resztą niech się zajmą zatrudnieni przez Europol urzędnicy i agenci. Do nich należy zatrzymanie morderców, za co wielu z nich czeka awans i inne zaszczyty. Śledztwo musi się skończyć sukcesem, a przełożeni Savoya i tak nie uwierzą, żeby prowincjonalny francuski policjant był zdolny doprowadzić do jego pomyślnego zakończenia (Cannes, mimo całego przepychu i blichtru, jest przez pozostałe 350 dni w roku tylko małym prowincjonalnym miasteczkiem).

Podejrzewa, że sprawcą jest jeden z ochroniarzy ofiary, bo tylko ktoś znajdujący się blisko Javitsa mógł zaaplikować mu truciznę. Nie wspomina jednak o tym w raporcie, bo musiałby wtedy zużyć więcej papieru, pospisywać zeznania wszystkich zatrudnionych w namiocie. A tak może spokojnie zamknąć akta sprawy, oczywiście po kilku dniach faksowania i telefonowania do stojących wyżej w hierarchii służbowej wydziałów.

Wróci do dwóch zabójstw rocznie, do kłótni domowych i mandatów, chociaż był tak blisko sprawy, która mogła wywołać reperkusje międzynarodowe. Marzenia dorastającego chłopca – o ulepszaniu świata, walce o większe bezpieczeństwo i sprawiedliwość społeczną, karierze zawodowej, pracy w Ministerstwie Sprawiedliwości, o zapewnieniu żonie i dzieciom lepszych warunków, o zmianie w postrzeganiu funkcjonariuszy policji przez społeczeństwo, o uczciwości w policji – zawsze rozbijają się na tych samych słowach: papierkowa robota.

16:16

Taras przy barze hotelu Martinez szczelnie wypełniają goście. Igor jest dumny ze swojej zdolności przewidywania. Nigdy przedtem nie był Cannes, a przecież przewidział i zarezerwował stolik. Zamawia herbatę i grzanki, zapala papierosa i rozgląda się wokół. Wszystko jest tak jak w każdym innym eleganckim lokalu na świecie: kobiety po botoksie lub z anoreksją, obwieszone kosztownościami starsze panie jedzące lody, mężczyźni z dużo młodszymi od siebie panienkami, znudzone sobą nawzajem pary, uśmiechnięte dziewczyny sączące niskokaloryczne napoje i udające zainteresowanie opowieściami koleżanek, a w rzeczywistości omiatające wzrokiem salę w nadziei, że kogoś poderwą.

Jedyny wyjątek stanowi grupa trzech mężczyzn i dwóch kobiet. Siedzą przy stoliku, na którym wśród puszek piwa rozłożyli jakieś dokumenty. Rozmawiają cicho, co chwila obliczają coś na kalkulatorze. Wyglądają na jedynych, którzy naprawdę nad czymś pracują. A to nieprawda – bo tu każdy bez wyjątku ciężko pracuje i wszystkim przyświeca jeden cel: po-pu-lar-ność.

Popularność, która przy odrobinie szczęścia stanie się Sławą, która z kolei przy odrobinie szczęścia stanie się Władzą. To ostatnie, magiczne słowo posiada moc przeobrażenia zwykłego człowieka w niedostępny symbol, w półboga nawykłego do tego, że każdy jego kaprys zostaje spełniony, a jego limuzynę z przyciemnianymi szybami albo sportowy kabriolet odprowadzają zawistne spojrzenia gawiedzi. Półboga, który już zdobył wszystkie szczyty i dla którego nic już nie jest niemożliwe.

Goście tarasu Martineza pokonali już pewne bariery. Nie sterczą na zewnątrz z tłumem paparazzich za metalowymi barierkami w oczekiwaniu na pojawienie się w głównych drzwiach hotelu jakiejś osobistości, która ich szary świat opromieni światłem. Oni dotarli już do hotelowego lobby i teraz brak im tylko sławy oraz władzy, nieważne, jaką one formę przybiorą. Mężczyźni wiedzą, że dla nich wiek się nie liczy – potrzebne są im tylko kontakty. Dziewczyny, które obserwują taras z czujnością godną ochroniarza, zdają sobie sprawę, że zanim się obejrzą, przekroczą pewną barierę wiekową, a wtedy sam wdzięk i uroda nie wystarczą, żeby coś osiągnąć. Starsze kobiety chcą być doceniane i szanowane z powodu talentu i inteligencji, lecz blask ich diamentów działa oślepiająco na otoczenie. Mężczyźni w towarzystwie żon marzą,

by ktoś z przechodzących ich pozdrowił, a wtedy obecni odwrócą głowy w ich stronę i pomyślą: „To chyba ktoś ważny, może nawet sławny".

Syndrom celebryta. Może zrujnować karierę, rozbić małżeństwo, zachwiać poczuciem dobra i zła, oślepić i mędrca i głupca. Oto przykłady. Wielki naukowiec, który po zdobyciu ważnej nagrody porzuca badania, mogące pomóc ludzkości, jeździ z konferencji na konferencję, bo to dobrze wpływa na jego ego, no i na stan konta. Indianin z amazońskiej puszczy, otoczony opieką przez sławnego piosenkarza, zaczyna głosić wszem i wobec, że artysta żeruje na nim i jego nędzy. Bojownik o sprawiedliwość społeczną, dzielnie broni praw pokrzywdzonych, staje do wyścigu wyborczego, wygrywa wybory, zapomina o szczytnych hasłach, które kiedyś głosił, a wreszcie pewnego dnia zostaje nakryty w hotelu z prostytutką, którą opłaca z pieniędzy podatników.

Syndrom celebryty. Człowiek zapomina, kim jest, a zaczyna wierzyć w to, co inni o nim mówią. Superklasa – marzenie każdego śmiertelnika – świat bez cieni, gdzie na każdą prośbę pada sakramentalne: „tak".

Igor ma władzę. O to miejsce walczył przez całe życie. Żeby je osiągnąć, uczestniczył w nudnych bankietach i w niekończących się konferencjach, spotykał się z ludźmi, których szczerze nie cierpiał, uśmiechał się do tych, którymi gardził, rzucał obelgi, kiedy czuł litość dla biedaka, którego musiał ukarać „dla przykładu". Pracował dniem i nocą, nie znał niedziel i świąt. Konferował z adwokatami, wysoko postawionymi urzędnikami, rzecznikami prasowymi. Zaczynał od zera w czasach upadku komunizmu i doszedł na sam szczyt. Przetrwał wszystkie polityczne burze, które przetoczyły się nad jego krajem w pierwszych dwudziestu latach nowego porządku demokratycznego.

A dlaczego mu się to udało? Bo wierzy w Boga i wie, że na drodze życia towarzyszy mu błogosławieństwo, które musi uszanować, w przeciwnym razie straci wszystko.

Oczywiście czasami coś mu mówiło, że zapomina o najważniejszej części tego błogosławieństwa: o Ewie. Ale przez wiele lat wierzył, że Ewa potrafi go zrozumieć i godzi się na tę przejściową fazę, po której zaczną spędzać razem więcej czasu i wspólnie realizować własne marzenia. Snuli wielkie plany – podróże, rejsy dalekomorskie i domek w górach na odludziu z ogniem płonącym w kominku, gdzie spędzą resztę życia, nie martwiąc się o dach nad głową, o to czy starczy im pieniędzy na opłacenie rachunków, ratę kredytu, wywiązanie się z innych obowiązków. Znajdą w okolicy szkołę dla gromadki dzieci, które mieli w planach. Całymi dniami będą chodzić po pobliskich lasach, a wieczorem do przytulnych, miejscowych restauracji.

Starczy im czasu na uprawianie ogrodu, na lekturę, na kino, na wszystkie zwykłe rozrywki, o których każdy marzy, a na które zwykle nie ma czasu. Po powrocie do domu z teczką pełną dokumentów rozkładał je na łóżku i prosił ją o odrobinę cierpliwości. Powtarzał tę prośbę także, kiedy dzwonił telefon komórkowy w restauracji i długo rozmawiał z kimś po drugiej stronie. Zdawał sobie sprawę, że Ewa robiła wszystko, żeby było mu łatwiej, ale czasami skarżyła się, delikatnie przypominając, że póki są młodzi powinni korzystać z życia. Przecież mieli dość pieniędzy, żeby zapewnić przyszłość pięciu przyszłym pokoleniom.

Igor obiecywał: „Dobrze, na dzisiaj koniec". Ewa uśmiechała się, gładziła go po twarzy. Nagle przypominał sobie o jakiejś ważnej sprawie i szedł do kogoś zadzwonić albo wysłać e-maila.

Mężczyzna koło czterdziestki podnosi się z miejsca, rozgląda po tarasie i wywijając złożoną w rulon gazetą jak mieczem, krzyczy:

– „Przemoc i terror w Tokio", piszą na pierwszej stronie. „Siedem osób zamordowano w salonie gier komputerowych".

Wszystkie głowy zwracają się w jego stronę.

– Przemoc! Nie mają pojęcia, o czym mówią! Tu na naszych oczach jest prawdziwa przemoc!

Igor czuje zimny dreszcz na plecach.

– Cały świat oburza się, kiedy jakiś maniak morduje kilka niewinnych osób. Ale pytam was – kto się przejmuje przemocą intelektualną tutaj, w Cannes! No kto? Dyktatura dokonuje mordu na naszym festiwalu. Już nie chodzi o wybór najlepszego filmu. Chodzi o przestępstwo przeciwko ludzkości, o zmuszanie ludzi do kupowania produktów, których oni wcale nie chcą, przedkładanie mody nad sztukę! Sale kinowe straszą pustkami, bo wszyscy są na bankietach i koktajlach. To hańba! Jestem tu po to...

– Zamknij się! – odzywa się ktoś z obecnych. – Nikogo nie interesuje, po co tu przyjechałeś.

– ...jestem tu po to, żeby zdemaskować nasze zniewolenie przez żądzę posiadania! Przestaliśmy myśleć samodzielnie. Manipuluje nami reklama i kłamstwo! Robi się wielkie halo z powodu zasztyletowania kilku tokijczyków, a kto się przejmuje tysiącami ciosów zadanych podstępnie całemu pokoleniu reżyserów filmowych?

Mężczyzna przerywa, oczekuje owacji. Nic z tego, nawet chwili milczącej zadumy. Goście wracają do przerwanych rozmów, obojętni na jego słowa. Krasomówca siada z dobrą miną do złej gry, lecz z sercem rozdartym, bo zrobił z siebie idiotę.

„Po-pu-lar-ność", myśli Igor. „Problem w tym, że nikt go nie słuchał".

Teraz jego kolej, żeby się rozejrzeć. Ewa zatrzymała się w tym samym hotelu. Przeżyli tyle lat razem, więc szósty zmysł mu podpowiada, że ona jest niedaleko, może na tym samym tarasie. Na pewno odebrała jego wiadomości i teraz się za nim rozgląda, przekonana, że były mąż jest blisko.

Nie widzi jej nigdzie, ale nie potrafi przestać o niej myśleć, to jak obsesja. Przypomina sobie, jak pewnej nocy wracał do domu. W limuzynie tylko on i szofer, a zarazem ochroniarz – walczyli razem w Afganistanie, ale nie dla obu fortuna była równie łaskawa. Poprosił o zatrzymanie się przed Hotelem Kempinski. Zostawił w aucie komórkę i dokumenty. Wszedł do baru na tarasie budynku, w przeciwieństwie do tego w Cannes, prawie pustego. Obsługa szykowała się do wyjścia. Rozdał kelnerom sute napiwki i poprosił, żeby nie zamykali jeszcze przez godzinę.

Wtedy dotarła do niego cała prawda. Że nie rzuci pracy ani za miesiąc, ani za rok, ani za dziesięć lat. Nigdy nie będą mieli domu w górach, ani dzieci, o których marzyli. Pytał samego siebie, dlaczego było to niemożliwe
i znalazł tylko jedną odpowiedź. Z drogi prowadzącej do władzy nie ma odwrotu. Na zawsze pozostanie niewolnikiem własnego wyboru. A gdyby musiał kiedyś rzeczywiście porzucić dotychczasowe życie, wpadnie w głęboką depresję.

Dlaczego tak było? Czy ze powodu koszmarnych snów o okopach i przerażonym chłopaku, który wypełniał swój patriotyczny obowiązek i zabijał? Czy też dlatego, że nie może zapomnieć swej pierwszej ofiary – wieśniaka, który znalazł się na linii ognia, gdy Armia Czerwona walczyła z afgańskimi partyzantami? Czy może z powodu tych wszystkich, którzy w niego wątpili i upokarzali go, kiedy szukał inwestorów dla swojej firmy? Czy też dlatego, że zadawał się z rosyjskimi mafiozami i pomagał im prać brudne pieniądze pochodzące z prostytucji?

Zdołał zwrócić pożyczone pieniądze, nie brudząc sobie rąk korupcją. Nikomu nic nie zawdzięczał. Negocjował z cieniami, a sam zachował jasno płonące światło. Wiedział, że wojna to już przeszłość i że nigdy nie wróci na pole walki. Znalazł miłość swego życia. Robił to, co lubił robić. Był bogaty, bardzo bogaty. Nawet gdyby powrócił komunizm, był bezpieczny, bo większość środków ulokował za granicą. Miał dobre układy ze wszystkimi partiami politycznymi. Spotykał wiele osobistości światowego formatu. Założył fundację na rzecz osieroconych dzieci żołnierzy poległych w Afganistanie.

Ale dopiero w kawiarni koło Placu Czerwonego, teraz kiedy miał taką władzę i takie pieniądze, żeby skłonić kelnerów do dłuższej pracy – w końcu zrozumiał.

Zrozumiał, bo wiedział, że to samo działo się z jego żoną. Spędzała czas w podróżach, a kiedy była w Moskwie, wracała do domu późno i zaraz zasiadała przy komputerze. Zrozumiał, że wbrew temu, co powszechnie się sądzi, władza absolutna oznacza absolutne zniewolenie. Kiedy się zajdzie tak daleko, człowiek nie może już przestać. Ciągle widzi przed sobą szczyty do zdobycia. Stale pojawiają się nowi konkurenci i trzeba ich albo pozyskać, albo wyeliminować. Razem z dwoma tysiącami innych, należał do najbardziej ekskluzywnego klubu, który zbiera się raz

w roku w Davos w Szwajcarii, na Światowym Forum Ekonomicznym. Wszyscy członkowie tego klubu są milionerami. Wszyscy pracują od świtu do nocy, chcą więcej i więcej i nigdy nie zmieniają kursu, stale tylko akcje, giełdy, tendencje rynkowe, pieniądze, pieniądze, pieniądze. Pracują nie dlatego, że potrzebują, ale dlatego, że w ich mniemaniu są potrzebni: potrzebują ich tysiące rodzin i rządy, bo mają wobec nich szczególną odpowiedzialność. Szczerze wierzą, że pomagają światu – co może być prawdą – ale za to poświęcenie przypłacają własnym życiem.

Następnego dnia zrobił coś, czego nienawidził: poszedł do psychiatry. Działo się z nim coś niedobrego. Odkrył w sobie chorobę dość rozpowszechnioną wśród tych, którzy osiągają sukces poza zasięgiem zwykłych ludzi. Cierpiał na pracoholizm.

– Pracoholikowi, który oderwie się na jakiś czas od problemów własnej firmy – powiedział psychiatra – grozi ciężka depresja. Nie znamy jeszcze podłoża tego zaburzenia. Podejrzewa się, że ma związek z niepewnością, lękami z czasów dzieciństwa, z pragnieniem oderwania się od rzeczywistości. Pracoholizm jest jak uzależnienie od narkotyków. Ale w przeciwieństwie do narkomanii, która powoduje zmniejszenie produktywności, pracoholik powiększa bogactwo swojego kraju. A więc opracowanie odpowiedniej kuracji na pracoholizm nie leży w niczyim interesie.

– Jakie są tego konsekwencje?

– Powinien pan wiedzieć. W końcu czy nie dlatego pan tu przyszedł? Najpoważniejsza z nich to rozpad życia rodzinnego. W Japonii, a więc w kraju szczególnie dotkniętym tą chorobą, która często kończy się śmiercią, opracowano kilka sposobów kontrolowania tej obsesji.

W ciągu ostatnich dwóch lat chyba nikogo Igor nie słuchał z takim respektem i uwagą, jak tego wąsacza w okularach.

– A więc jest jakieś lekarstwo? – zapytał.

– Kiedy pracoholik szuka pomocy u psychiatry, to znak, że da się go wyleczyć. Ale tylko jedna osoba na tysiąc uświadamia sobie, że potrzebuje takiej pomocy.

– Przysięgam, ja potrzebuję. Mam dość pieniędzy...

– To typowa reakcja pracoholika. Oczywiście wiem, że ma pan dużo pieniędzy, jak zresztą każdy pracoholik. Wiem, kim pan jest. Widziałem pańskie zdjęcia z charytatywnych balów, kongresów, prywatnych audiencji u naszego prezydenta – między nami mówiąc, dostrzegam u niego te same symptomy. Pieniądze to nie wszystko. Muszę dowiedzieć się jednego: czy naprawdę chce się pan zmienić?

Igor pomyślał o Ewie, o domu w górach, o rodzinie, którą planowali, o milionach dolarów zdeponowanych w bankach. Pomyślał o swojej pozycji w świecie i władzy, jaką posiadał: trudno będzie z tego zrezygnować.

– Nie chodzi o to, żeby pan kompletnie zrezygnował z pracy – rzekł psychiatra, jakby czytając w jego myślach. – Chodzi o to, żeby praca stała się dla pana źródłem radości, a nie obsesji.

– Jestem gotów.

– Dlaczego chce się pan leczyć? Wszyscy pracoholicy uważają się za szczęśliwych w tym, co robią. No i żaden z pańskich kolegów – też pracoholików – nie widzi potrzeby szukania pomocy u psychiatry.

Igor opuścił wzrok.

– Mam panu powiedzieć? Jak już mówiłem, niszczy pan rodzinę.

– Gorzej. Moja żona wykazuje podobne symptomy. Od czasu naszej podróży nad Bajkał zaczęła się ode mnie oddalać. Jestem znowu gotów zabić... – wie, że powiedział zbyt wiele, ale lekarz za biurkiem jakby niczego nie zauważył. – Jestem gotów uczynić wszystko dla dobra mojej żony.

Psychiatra polecił asystentce zapisać w kalendarzu serię wizyt. Nie pytał Igora o zdanie – na tym między innymi polega terapia: pokazać, że wszystko inne, nawet najważniejsze spotkanie, można przełożyć na później.

– Mogę o coś zapytać?

Lekarz pokiwał głową.

– Czy praca nie uszlachetnia? Czy nie jest dowodem głębokiego szacunku dla Boga i dla szansy, jaką mi dał? Sposobem na zaprowadzenie ładu społecznego, choć przyznaję, czasami metodami nieco... – przerywa

– Jakimi metodami?

– Nieważne.

Igor z ulgą opuścił gabinet. Co też taki terapeuta może wiedzieć? Przecież życie ma zawsze jakiś głębszy sens, a wszystkich łączy niewidzialna sieć. Czasami wystarczy wyciąć komórki rakowe, żeby uleczyć cały organizm. Ludzie zamykają się we własnych, małych, egoistycznych światach, a w swoich planach nie liczą się z bliźnimi. Wierzą, że nasza planeta to ziemia, którą trzeba eksploatować. Kierują się instynktem i pożądaniem. Nie dbają o nasze wspólne dobro.

Tymczasem on nie niszczy rodziny. Chce tylko pozostawić dzieciom, o których marzy, nieco lepszy świat. Świat bez narkotyków i handlu ludźmi. Świat, w którym miłość będzie wielką siłą jednoczącą rodzinę, plemiona, narody i religie. Ewa to zrozumie, nawet jeżeli ich małżeństwo przechodzi teraz kryzys – zesłany, bez cienia wątpliwości, przez Złego Ducha.

Następnego dnia poprosił sekretarkę o anulowanie wszystkich wizyt. Miał ważniejsze rzeczy na głowie. Pracował nad wielkim planem zbawienia świata. Do jego realizacji potrzebował pomocy i znalazł już grupę ludzi gotowych dla niego pracować.

Dwa miesiące później rzuciła go ukochana żona – Szatan ją opętał, inaczej nie potrafił tego wyjaśnić.

Ze świata wspomnień wyrwał go nagle łoskot przesuwanego krzesła. Do jego stolika przysiadła się kobieta ze szklaneczką whisky w jednej ręce i z papierosem w drugiej. Dobrze ubrana i najwyraźniej pijana.

– Mogę się przysiąść? Wszystkie stoliki są zajęte.

– Już się pani przysiadła.

– Nie do wiary! – powiedziała, jakby znali się od lat. – Po prostu w głowie się nie mieści. Policja wyrzuciła mnie ze szpitala. A człowiek, dla którego tłukłam się pociągiem przez cały dzień i za astronomiczną sumę wynajęłam pokój w hotelu, walczy ze śmiercią. Cholera!

Ktoś nasłany przez policję? A może to, co mówi, nie ma z nim nic wspólnego?

– A zresztą! Co pan właściwie tu robi? – kobieta zmienia temat. – Nie jest panu za gorąco? Nie lepiej zdjąć marynarkę? Chyba, że chce pan robić dobre wrażenie?

Jak zwykle ludzie sami wybierają swoje przeznaczenie. Nieznajoma właśnie to zrobiła.

– Zawsze chodzę w marynarce, bez względu na temperaturę. Pani jest aktorką?

Kobieta wybucha histerycznym śmiechem.

– Czymś w tym stylu. Tak, jestem aktorką. Gram kogoś, kto od dzieciństwa marzy o tym samym. Kto przez siedem zasranych lat walczy, żeby przekuć marzenia w rzeczywistość. Kto zastawia dom i haruje bez wytchnienia...

– Wiem, co to znaczy.

– Nie, nie wie pan. Nie ma pan pojęcia, co to znaczy myśleć dzień i noc o jednym. Wpychać się bez zaproszenia, wymieniać uściski dłoni z ludźmi, którymi się gardzi. Wydzwaniać jeden, dwa, dziesięć razy, żeby przypodobać się komuś, kto panu do pięt nie dorasta i nie ma pańskiej odwagi, ale zajmuje ważne stanowisko i odgrywa się na panu za własne frustracje.

– ...i nie znajdować w życiu żadnej przyjemności poza pracą. Nie mieć żadnych rozrywek. Uważać wszystko za totalne nudy. Wreszcie rozbić własną rodzinę.

– Kim pan jest? – kobieta, już zupełnie trzeźwa, patrzy na niego zdziwiona. – Pan chyba czyta w moich myślach.

– Właśnie nad tym się zastanawiałem, kiedy pani podeszła. Myślę, że mogę pani pomóc.

– Nikt nie może mi pomóc. Ten, który mógłby mi pomóc, leży teraz na oddziale intensywnej terapii. A z tego, co zobaczyłam, zanim przyjechała policja, nie wyjdzie stamtąd żywy. O Boże! – Kobieta dopija resztkę whisky. Igor daje znak kelnerowi, ale ten podchodzi do innego stolika. – Zawsze wolałam sarkastyczne pochwały od konstruktywnej krytyki. Proszę mi powiedzieć, że jestem piękna i utalentowana.

Igor śmieje się.

– Skąd pani wie, że nie jestem w stanie pani pomóc?

– A jest pan dystrybutorem filmowym? Ma pan kontakty i kina na całym świecie?

Chyba rozmawiają o tej samej osobie. Jeżeli tak i jeżeli to prowokacja, na ucieczkę już za późno. Znaczy, że go cały czas obserwowali i gdy tylko podniesie się z miejsca, zostanie aresztowany. Czuje, jak ściska go w żołądku. A właściwie czego ma się bać? Kilka godzin wcześniej bezskutecznie sam chciał oddać się w ręce policji – wybrał męczeństwo i pragnął złożyć w ofierze własną wolność. Ale wtedy Bóg odrzucił ten dar. Najwyraźniej teraz zmienił zdanie.

Trzeba się zastanowić, jak dalej sytuacja może się rozwinąć. Kobieta udająca pijaną zidentyfikuje go, a następnie uda się na komisariat celem złożenia zeznań. Zaraz potem podejdzie mężczyzna, oczywiście policjant w cywilu, i dyskretnie poprosi go o chwilę rozmowy na zewnątrz. W kieszeni marynarki Igor ma coś, co przypomina długopis i może wzbudzić podejrzenia, ale co gorsza ma też Berettę. Całe życie staje mu przed oczami.

Czy użyć pistoletu do obrony? Policjant na pewno nie przyszedł sam. Gdzieś tu są też jego towarzysze. Wystarczy jeden nieopatrzny ruch i koniec z nim. Poza tym, nie przyjechał do Cannes, żeby brutalnie zabijać kogo popadnie. Ma misję do spełnienia, a jego ofiary, które woli nazywać męczennikami miłości, służą wznioślejszym celom.

– Nie jestem dystrybutorem – odpowiada. – Nie mam nic wspólnego z filmem, modą, luksusem. Pracuję w telefonii komórkowej.

– Wspaniale! – wykrzykuje kobieta. – Ma pan więc pieniądze. Miewał pan już pewnie niejedno marzenie i dlatego potrafi mnie pan zrozumieć.

Zaczyna gubić wątek. Znowu przywołuje kelnera, tym razem z powodzeniem. Zamawia dwie herbaty.

– Nie widzi pan, że piję whisky?

– Widzę. Jak już mówiłem, mogę chyba pani pomóc. Ale wpierw musi pani wytrzeźwieć i wiedzieć, co robi.

Maureen poważnieje. Odkąd ten nieznajomy zaczął czytać w jej myślach, czuje, że wraca do rzeczywistości. Kto wie, może mógłby jej pomóc? Od lat nikt nie próbuje jej poderwać na tę najbanalniejszą z obietnic w światku filmowym: „Mam kontakty". Nic tak nie odmienia stanu ducha kobiety, jak zainteresowanie ze strony mężczyzny. Ma ochotę wstać od stolika, pójść do toalety i poprawić makijaż przed lustrem. To jednak może poczekać. Najpierw trzeba mu posłać jasny sygnał, że jest zainteresowana.

Potrzebuje towarzystwa, jest otwarta na niespodzianki, które może zgotować jej los. Kiedy Bóg zamyka jedne drzwi, natychmiast uchyla któreś z okien. Jak inaczej to wytłumaczyć, że pośród wszystkich zajętych stolików tylko przy jednym siedział samotny mężczyzna? W tym na pewno kryje się znak: ich dwoje po prostu musiało się spotkać.

Śmieje się w duchu. W jej rozpaczliwej sytuacji wszystko stawało się znakiem, zrządzeniem losu, dobrą nowiną.

– Na początek muszę się dowiedzieć, czego pani potrzebuje – rzekł mężczyzna.

– Potrzebuję pomocy. Mam gotowy film z pierwszorzędną obsadą. Jego dystrybucji miał się podjąć jeden z nielicznych w branży, którzy wierzą w talent kogoś spoza układu. Miałam jutro się z nim spotkać. Dzisiaj byłam na tej samej imprezie, co on. I tam się rozchorował.

Igor czuje ulgę. Może to prawda, że życie bywa bardziej zaskakujące niż fikcja.

– Dowiedziałam się, do którego szpitala go odwieziono i poszłam tam. Po drodze wymyślałam, co powiedzieć personelowi: że jestem jego znajomą, że mieliśmy zacząć wspólny projekt. Nie zamieniłam z nim jednego słowa, ale myślę, że człowiek w krytycznej sytuacji lubi, kiedy ma obok kogoś, nawet obcą osobę.

„No tak – myśli Igor – wykorzystać cudze nieszczęście dla własnych celów".

Wszyscy są tacy sami.

– Co to dokładniej znaczy pierwszorzędna obsada? – pyta.

– Przepraszam bardzo, za chwilę wrócę.

Igor podnosi się, jak tego wymaga dobre wychowanie. Wkłada ciemne okulary. Stara się zachować spokój. Po chwili siada i dopija herbatę, a jednocześnie omiata wzrokiem cały taras. Na pierwszy rzut oka nie ma żadnego zagrożenia. Lepiej jednak opuścić taras, jak tylko kobieta wróci z toalety.

Na Maureen galanteria jej nowego znajomego robi

duże wrażenie. Od lat nie spotkała kogoś tak szarmanckiego. Kątem oka widzi kilka pięknych dziewczyn przy stoliku obok, które z pewnością słyszały przynajmniej część ich rozmowy, a teraz uśmiechając się rzucają Igorowi ukradkowe spojrzenia. Zauważa też, że Igor założył ciemne okulary. Pewnie chce się dyskretnie przyjrzeć dziewczynom. A co jeśli po powrocie zastanie je popijające herbatę przy jego stoliku?

Takie jest życie: nie ma co narzekać, ani za wiele oczekiwać.

Spogląda na swoje odbicie w lustrze. Co takiego w jej twarzy miałoby zainteresować mężczyznę? Pora zejść na ziemię, tak przynajmniej zrozumiała nieznajomego. Oczy zmęczone, puste – jest wyczerpana, jak każdy w czasie festiwalu, ale wie, że musi walczyć dalej. Festiwal jeszcze się nie skończył. Javits może wyzdrowieć, albo zjawi się ktoś z jego firmy. Maureen ma bilety na pokazy filmowe i zaproszenie na bankiet „Gali", jednego z najważniejszych francuskich tygodników. Może, korzystając z okazji, podpyta, jak niezależni europejscy producenci i reżyserzy rozprowadzają swoje filmy. Musi się natychmiast wziąć w garść.

A co do przystojnego nieznajomego, lepiej się nie łudzić. Wraca do stolika przekonana, że zobaczy przy nim swoje rywalki, ale Igor nadal siedzi samotnie. Znowu grzecznie się podnosi, podsuwa jej krzesło.

– Nie przedstawiłam się. Mam na imię Maureen.

– Bardzo mi miło. Jestem Igor. Powiedziałaś, że masz idealną obsadę.

Ma teraz okazję zemścić się na siedzących obok dziewczynach. Mówi troszeczkę głośniej niż zwykle.

– W Cannes, jak na każdym festiwalu filmowym, co roku odkrywa się nowe aktorki. I co roku prawdziwie utalentowane aktorki przegrywają z młodymi w wyścigu po wielkie role, bo dla przemysłu filmowego stają się za stare, chociaż stare wcale nie są. Często te nowe odkrycia to blichtr (mam nadzieję, że te idiotki obok słyszą, myśli), gwiazdy jednego sezonu. Na swoich filmach niewiele zarabiają – reżyserzy dobrze o tym wiedzą i bezczelnie to wykorzystują – dlatego inwestują w coś, w co nie należy inwestować.

– To znaczy…

– We własną urodę. Stają się celebrytkami. Żądają pieniędzy za udział w imprezach, pracują w reklamie i promocji różnych produktów. Zadają się z wpływowymi mężczyznami na stanowiskach i z najseksowniejszymi gwiazdorami, uwielbianymi na całym świecie. Zarabiają ogromne pieniądze, ponieważ są młode i piękne, a ich agenci są w stanie załatwić im intratne kontrakty. Prawdę powiedziawszy, pozwalają się agentom wodzić za nos, bo każdy agent wie, jak grać na próżności takich osóbek. Taka celebrytka staje się ideałem kur domowych, podlotków i adeptek sztuki aktorskiej, których nie stać nawet na bilet do sąsiedniego miasta, ale swoją idolkę uważają za przyjaciółkę, prowadzącą takie życie, o jakim same marzą. Celebrytka robi więc filmy i zarabia trochę lepiej – jej agent rozpuszcza plotki o jej rzekomo olbrzymich honorariach, w co nawet sami dziennikarze nie wierzą, ale piszą o tym, bo czytelnicy wolą newsy od rzetelnej informacji.

– Jak między nimi różnica? – pyta Igor; uspokoił się, ale nadal bacznie obserwuje, co się wokół dzieje.

– Powiedzmy, że na aukcji w Dubaju kupiłeś komputer w złotej obudowie i na tym cudzie techniki chcesz napisać powieść. Dzwoni do ciebie dziennikarz i mówi: „Proszę mi opowiedzieć o swoim złotym komputerze". To jest właśnie news. Bo informacją byłby temat twojej powieści, ale to go nie interesuje.

„Może Ewa otrzymuje ode mnie newsy, a nie informacje?", zastanawia się Igor. Nigdy dotąd o tym nie myślał pod tym kątem.

– Mów dalej – prosi.

– Mija czas, dokładnie siedem czy osiem lat. Kończą się zaproszenia do filmów. Dochody z udziału w imprezach i reklamach topnieją. Agent wydaje się coraz bardziej nieuchwytny i nie odpowiada na telefony. „Wielka gwiazda" tupie nogami: jak można tak postępować z największym symbolem seksu, z obiektem powszechnego uwielbienia? Pierwszy ofiarą niezadowolenia pada oczywiście agent; trzeba go natychmiast zmienić. Ale, o zgrozo, agent wcale się nie przejął. Przeciwnie, prosi ją o podpisanie deklaracji o owocnej współpracy, potem życzy powodzenia i odchodzi w siną dal.

Maureen rozgląda się po tarasie, szukając przykładu tego, o czym mówi – kobiety wciąż sławnej, chociaż już rzadko pokazującej się na ekranach i rozpaczliwie poszukującej nowej szansy. Taka kobieta nadal zachowuje się jak diwa, z dystansem wobec zwykłych śmiertelników. Ma serce pełne goryczy, a skórę pełną botoksu i ledwo widocznych blizn po niezliczonych operacjach plastycznych. Maureen widzi wokół mnóstwo botoksu i poprawianej urody, ale żadnej z gwiazd ubiegłych sezonów. Może ich już nie stać na wyprawy do Cannes i została im tylko rola głównej atrakcji balów na prowincji, albo udział w promocjach czekolady lub piwa. Nadal zachowują się jak dawniej, chociaż wiedzą, że gwiazdami już nie są.

– A co z tym drugim rodzajem kobiet.

– Druga grupa aktorek ma dokładnie ten sam problem. Ale z jedną różnicą – znów podnosi głos, bo ich sąsiadki wyraźnie się interesują tym, co ma do powiedzenia kobieta, która dobrze zna środowisko. – One wiedzą, że uroda kiedyś przemija. Nie pokazują się tak często na okładkach czasopism i w reklamach. Doskonalą sztukę aktorską, nawiązują kontakty, które przydadzą się im w przyszłości. Pozwalają na wykorzystanie swoich nazwisk i twarzy w reklamie, ale nie jako modelki, tylko na zasadzie partnerstwa. Oczywiście zarabiają mniej. Za to do końca życia. Wtedy pojawia się ktoś taki, jak ja. Z dobrym scenariuszem i sporą sumą pieniędzy. Zaprasza je do udziału w filmie, one się zgadzają. Mają talent i są dobre w powierzonej roli. Są też wystarczająco inteligentne, żeby wiedzieć, że nawet jeśli film nie stanie się wielkim sukcesem, to przynajmniej one, już w dojrzałym wieku, nie odejdą w niebyt. A kto wie, mogą nawet zwrócić na siebie uwagę poważnego producenta.

Igor także widzi, że dziewczyny obok przysłuchują się słowom Maureen.

– Może się przejdziemy? – proponuje ściszonym głosem. – Tu zbyt głośno i tłoczno. Znam takie miejsce, skąd można oglądać zachód słońca. To dopiero widok!

O niczym więcej Maureen nie marzy. Spacer i zachód słońca, chociaż do zachodu jeszcze daleko. Nareszcie ktoś na poziomie, a nie prymityw, który by pewnie powiedział: „Wstąpmy do mojego pokoju, muszę zmienić buty" albo „Obiecuję, będę grzeczny", a na górze próby zaciągnięcia jej do łóżka przerywałby tylko obietnicami: „Mam kontakty, znam ludzi, którzy mogą ci pomóc".

Szczerze mówiąc, nie ma nic przeciwko temu, żeby się całować z tym przystojniakiem, który wie jak traktować kobietę.

Wstają od stolika. Przy wyjściu Igor prosi kelnera o dopisanie wszystkiego do rachunku (a więc mieszka w Martinezie!). Wychodzą na Croisette i zgodnie z jego propozycją skręcają w lewo.

– Tam jest mniej ludzi. No i widok piękniejszy, bo słońce zachodzi za te wzgórza.

– Kim ty właściwie jesteś? – pyta Maureen.

– Dobre pytanie. Sam chciałbym wiedzieć.

Kolejny punkt na jego korzyść. Żadnego przechwalania się, że bogaty, inteligentny, przedsiębiorczy. Chce tylko w jej towarzystwie podziwiać zachód słońca. W milczeniu idą do końca plaży, mijając przechodniów – starsze pary, które jakby żyły w innym, niefestiwalowym świecie, młodych na rolkach z iPodami w uszach, w obcisłych strojach, ulicznych sprzedawców, którzy rozłożyli swój towar na tak sprytnie pomyślanych chustach, że na widok zbliżającej się straży miejskiej, można je jednym ruchem zamienić w coś przypominającego duże plażowe torby. Przechodzą też obok miejsca odgrodzonego przez policję żółtą taśmą – Maureen nie wie dlaczego, przecież to tylko zwykła ławka. Zauważa, że jej towarzysz stale ogląda się za siebie, jakby oczekiwał czyjegoś nadejścia, albo po prostu zauważył kogoś znajomego.

Wchodzą na molo, gdzie przycumowane łodzie częściowo zasłaniają widok plaży. Siadają na wygodnej ławce z oparciem. Wreszcie są sami. Nikt tu nie przychodzi, bo nic się tu nie dzieje. Maureen jest w doskonałym humorze.

– Co za widok! Wiesz, dlaczego Bóg odpoczywał siódmego dnia? – Igor nie rozumie pytania, więc Maureen ciągnie. – Bo szóstego dnia, zanim zakończył pracę i zostawił człowiekowi świat doskonale urządzony, przyszła do niego grupa producentów z Hollywood: „Resztę zostaw nam! Sami zorganizujemy zachody słońca w technicolorze, efekty specjalne, błyskawice i pioruny, i taki szum fal, żeby każdy pomyślał, że jest nad morzem".

Śmieje się sama ze swojego dowcipu.

– Pytałaś, kim jestem – mówi Igor z powagą.

– Nie mam pojęcia, kim jesteś, ale wiem, że znasz to miasto. Muszę powiedzieć, że cieszę się z naszego spotkania. W ciągu jedynego dnia doznałam nadziei, rozpaczy, samotności i radości. To bardzo dużo, jak na jeden raz.

Igor wyjmuje z kieszeni jakiś przedmiot – drewnianą rurkę, nie dłuższą niż piętnaście centymetrów.

– Świat jest niebezpieczny – oznajmia. – Gdziekolwiek jesteś, wszędzie czyha niebezpieczeństwo. W każdej chwili może się zjawić pozbawiony skrupułów osobnik, który zechce cię zaatakować, zniszczyć, zamordować. A my nie potrafimy się bronić. Jesteśmy zdani na łaskę silniejszych od nas.

– Masz rację. Domyślam się, że ten przedmiot służy do obrony.

Igor delikatnie manipuluje przy rurce. Z pieczołowitością godną mistrza, który starannymi pociągnięciami pędzla wprowadza ostatnie poprawki w swoim dziele, zdejmuje nakrętkę: nie, to nie nakrętka, ale łepek czegoś, co przypomina długą szpilkę. Metalowe ostrze lśni w promieniach słońca.

– Na lotnisku nie przepuściliby cię przez bramkę z czymś takim w walizce – śmieje się Maureen.

– Oczywiście, że nie.

Maureen czuje, że ma u boku mężczyznę szarmanckiego, przystojnego, prawdopodobnie bogatego, który do tego jest w stanie uchronić ją przed wszelkimi niebezpieczeństwami. Nie zna statystyk kryminalnych Cannes, ale zawsze dobrze wiedzieć, że ktoś pomyślał o wszystkim. Właśnie od tego są mężczyźni: żeby myśleć o wszystkim.

– Naturalnie trzeba umieć się tym posługiwać, wiedzieć w które miejsce zadać cios. Wykonano to ze stali, ale jest tak cienkie i kruche, że nikomu nie wyrządzi żadnej krzywdy, chyba że, jak wspomniałem, działasz precyzyjnie.

Unosi ostrze na wysokość ucha Maureen. W pierwszym odruchu przestraszyła się, ale natychmiast zapomniała o lęku.

– To jest na przykład idealne miejsce. Trochę wyżej, a trafia się na kości czaszki, które stawiają opór. Nieco niżej można przebić tętnicę szyjną; wtedy człowiek wprawdzie umrze, ale będzie miał czas zaatakować. Jeżeli jest uzbrojony, zdąży mnie zastrzelić, i to z bardzo bliska.

Ostrze przesuwa się niżej, w okolice piersi. „Chce mnie zaszokować i jednocześnie podniecić", zgaduje Maureen.

– Nigdy bym nie pomyślała, że ktoś z twojej branży może tak dobrze się znać na zabijaniu. Z tego, co mówisz, uśmiercić tym przedmiotem nie jest łatwo.

A chciałaby powiedzieć: „To ciekawe, co mówisz, bardzo ciekawe, ale teraz weź mnie za rękę i chodźmy oglądać zachód słońca".

Ostrze dotyka jej piersi i przesuwa się dalej – to wystarcza, żeby poczuła jeszcze większe podniecenie. Zatrzymuje się trochę poniżej ramienia.

– Teraz jestem na wysokości twojego serca. Chroni je naturalna bariera żeber. Gdybym w bójce ugodził kogoś tutaj, ostrze prawdopodobnie złamałoby się na którymś z nich. A nawet gdyby weszło między żebra, jest tak cienkie, że spowodowałoby zbyt nikłe krwawienie, żeby osłabić przeciwnika, który by pewnie nawet nie poczuł ukłucia. Natomiast tutaj – to już inna sprawa, cios w to miejsce jest śmiertelny.

„Co ja, u licha, robię w tym odludnym miejscu z nieznajomym facetem, który opowiada tak makabryczne historie?" – zdążyła pomyśleć i poczuła jakby porażenie prądem, a potem paraliż, kiedy jego dłoń wbijała ostrze coraz głębiej. Zaczyna się dusić, próbuje złapać oddech, ale zaraz traci przytomność.

Igor zakłada rękawiczki i obejmuje ją ramieniem – jak pierwszą ofiarę, tyle że sadza ją z głową lekko opuszczoną na pierś.

Gdyby ktoś się zapuścił do tego zakątka plaży, zobaczyłby jedynie śpiącą kobietę, może wyczerpaną całodniowym uganianiem się za producentami filmowymi.

Za starym magazynem chłopak, który często się tam ukrywa, żeby się masturbować i podglądać kopulujące pary, trzęsącymi się rękami wybiera numer policji. Wszystko widział dokładnie! Z początku sądził, że to zabawa, ale facet rzeczywiście wbił sztylet w pierś kobiety! Nie ruszy się ze swej kryjówki do czasu przyjazdu policji; ten szaleniec może w każdej chwili wrócić, a wtedy koniec z nim.

Igor wyrzuca sztylet do morza i kieruje się w stronę hotelu. Tym razem sama ofiara zadecydowała o swoim losie. Siedział samotnie na tarasie, zatopiony we wspomnieniach, kiedy do niego podeszła. Nie sądził, że pójdzie z nim w tak odludne miejsce – a poszła. Mogła uciec, kiedy objaśniał gdzie i jak najlepiej zadać śmiertelny cios – a nie odeszła. Sama się o to prosiła.

Jezdnią zamkniętą dla ruchu sunie radiowóz. Igor patrzy dokąd jedzie. Ku jego zdumieniu, wóz wjeżdża na stare molo, gdzie nikt się nie zapuszcza podczas festiwalu. Tak rankiem, jak i tego popołudnia było całkiem opustoszałe, chociaż stąd najlepiej podziwiać zachód słońca.

Chwilę później w tym samym kierunku pędzi karetka na sygnale z migoczącym kogutem na dachu.

Igor przyspiesza kroku.

Już wie na pewno, że ktoś był świadkiem tej zbrodni. Jak go opisze? Szpakowaty mężczyzna, w dżinsach, białej koszuli i czarnej marynarce. Z pomocą świadka policjanci stworzą portret pamięciowy. Ile to zajmie? Bardzo długo i niewiele da, bo w Cannes są setki, może nawet tysiące podobnie wyglądających mężczyzn.

Odkąd próbował oddać się w ręce policji i został bezceremonialnie odprawiony, żywił głębokie przekonanie, że żadna siła nie przeszkodzi mu w jego misji. Ma inne wątpliwości: czy Ewa naprawdę zasługuje na taką ofiarę? Kiedy przybył do Cannes, był pewien, że tak. Teraz inne uczucie zagościło w jego duszy: duch małej handlarki o gęstych brwiach i niewinnym uśmiechu.

„Wszyscy nosimy w sobie iskrę bożą", zdaje się do niego przemawiać. „W dziele stworzenia mamy wszyscy
jeden cel – Miłość. Ale ta miłość nie powinna się koncentrować w jednej osobie, jest rozproszona po całym świecie i czeka na odkrycie. Obudź się na tę miłość. Co minęło, nie wróci. Co przyjdzie, musi być rozpoznane".

Nie dopuszcza do siebie myśli, że dopiero po jego wypełnieniu cały plan okazuje się bez sensu. Albo dopiero wtedy, kiedy Bóg miłosierny skieruje nas w odwrotną stronę.

Spogląda na zegarek: jeszcze dwanaście godzin w Cannes. Dość czasu, nim wsiądzie do samolotu z ukochaną kobietą i zabierze ją z powrotem do...

...dokąd właściwie? Do pracy w Moskwie? Po wszystkim, czego doświadczył, co wycierpiał, co przemyślał i co zaplanował? Czy może odrodzi się za sprawą swoich ofiar i wybierze absolutną wolność? Odkryje w sobie osobę, której dotąd się nie domyślał i od tego momentu będzie robił już zawsze to, o czym marzył, kiedy jeszcze był z Ewą?

16:34

Jasmine wpatruje się w morze i pali papierosa. O niczym szczególnym nie myśli. W chwilach takich, jak ta, czuje silną więź z nieskończonością. Jakby to nie ona tu siedziała, ale coś potężniejszego, zdolnego dokonać nie-

zwykłych czynów. Przypomina sobie starą przypowieść, którą niedawno czytała.

Pewnego dnia hodża Nasreddin pojawił się na sułtańskim dworze we wspaniałym nakryciu głowy. Wiedział, że wzbudzi w ten sposób zachwyt władcy i bez trudu sprzeda mu turban.

– Ile zapłaciłeś za ten cudowny turban, Nasreddinie? – spytał sułtan.

– Tysiąc sztuk złota, Wasza Wysokość.

– Tylko głupiec płaci tyle za turban – szepnął do ucha władcy wezyr, który w lot przejrzał zamiary hodży.

– Dlaczego zgodziłeś się na tak wysoką cenę?! – wykrzyknął władca. – Nigdy nie słyszałem, żeby turban kosztował tak drogo.

– Ach, Wasza Wysokość, zapłaciłem za niego tak zawrotną sumę, bo wiedziałem, że na całym świecie jest tylko jeden władca, który mógłby kupić podobne cudo.

Mile połechtany pochlebstwem sułtan kazał wypłacić Nasreddinowi dwa tysiące sztuk złota za turban.

– Być może ty znasz się na turbanach – powiedział Nasreddin jakiś czas później do wezyra – ale ja znam się na słabostkach władców.

Tak właśnie wyglądała rzeczywistość wokół niej. Nie ma nic przeciwko zawodowi, który wykonuje i nie ocenia ludzi po pozorach, ale wie, co w życiu się naprawdę liczy i chce zawsze mocno stąpać po ziemi, chociaż co krok czyhają pokusy.

Ktoś uchyla drzwi i informuje, że zostało tylko trzydzieści minut do rozpoczęcia pokazu. Dobiega końca najnudniejsza część dnia – dłużące się godziny oczekiwania przed wyjściem na wybieg. Dziewczyny odkładają iPody i telefony komórkowe, wizażyści poprawiają im makijaże, fryzjerzy przyczesują niesforne kosmyki włosów.

Jasmine siada przed lustrem i spokojnie czeka, aż skończą.

– Nie denerwuj się. Cannes nie jest takie straszne – zagaduje ją wizażystka.

– Wcale się nie denerwuję.

Niby dlaczego miała się denerwować? Ilekroć wychodzi na wybieg, czuje euforię, słynny zastrzyk adrenaliny. Wizażystka widać lubi pogadać. Opowiada o zmarszczkach celebrytów, którzy przeszli już przez jej ręce, radzi używać jakiś nowy krem. Skarży się na zmęczenie, pyta, czy modelka nie ma przypadkiem dodatkowego zaproszenia na jakiś bankiet. Jasmine cierpliwie wszystkiego wysłuchuje. W myślach wraca na ulice Antwerpii do dnia, kiedy postanowiła zwrócić się do fotografów.

Zaczęło się trochę niefortunnie, ale dobrze się skończyło.

I tak będzie dzisiaj. A wtedy stały pod drzwiami obie, córka i matka, która niepokoiła się stresem dziecka i dlatego zgodziła się jej towarzyszyć. Przycisnęła dzwonek u drzwi atelier fotografa, który wcześniej zaczepił ją na ulicy. Weszły do małego pomieszczenia. Na środku stał stół z przezroczystym blatem, a na nim leżały porozrzucane negatywy. Resztę umeblowania stanowiło biurko z komputerem, a w kącie coś w rodzaju deski kreślarskiej, zawalonej stertami papieru. Fotografowi towarzyszyła mniej więcej czterdziestoletnia kobieta, która zmierzyła Jasmine wzrokiem od stóp do głów, a potem się uśmiechnęła i przedstawiła jako promotorka eventów. Wszyscy czworo usiedli.

– Jestem pewna, że pani córka ma przed sobą wielką przyszłość jako modelka – powiedziała kobieta.

– Ja jej tylko towarzyszę – odrzekła matka. – Proszę zwracać się bezpośrednio do niej.

Kobieta zamilkła zdziwiona. Potem wzięła notes i zaczęła spisywać dane.

– Cristina, to nie imię dla modelki – rzuciła – zbyt pospolite. Trzeba to od razu zmienić.

„Jest jeszcze jeden powód, dla którego Cristina to nieodpowiednie imię", pomyślała Jasmine.

Bo należało do dziewczyny, która już nie istnieje, odkąd zaprzeczyła świadectwu własnych oczu, a one jednak nie zapomniały. Kiedy postanowiła zmienić wszystko w swym życiu, zaczęła od imienia, którym nazywano ją od dzieciństwa. Dlatego miała gotową odpowiedź.

– Będę się nazywać Jasmine Tiger. Słodycz kwiatu i dzikość drapieżcy.

Kobiecie nowe imię najwyraźniej się spodobało.

– Praca modelki nie jest łatwa. Masz szczęście, że na

nas trafiłaś. Oczywiście jest wiele do zrobienia, ale ci pomożemy. Po to tu jesteśmy. Zrobimy ci zdjęcia i roześlemy do agencji modelek. Będziesz też potrzebowała swojego compositu.

Odczekała, czy Cristina zapyta, co to jest composite, ale pytanie nie padło. Lekko zdeprymowana ciągnęła:

– Composite, jak zapewne wiesz, to druk reklamowy. Na jednej stronie jedno, najlepsze z twoich zdjęć i wymiary. Na odwrocie wybór fotografii w różnych pozach i strojach: w bikini, w mundurku szkolnym, sama twarz, bez makijażu, z makijażem na wypadek, gdyby poszukiwali kogoś dojrzalszego z wyglądu. Twój biust... – znowu chwila milczenia – ...prawdę powiedziawszy trochę za duży jak na modelkę. – Tu zwraca się do fotografa – Musimy ukryć ten detal. Zapisz to sobie koniecznie.

Fotograf posłusznie notuje. Cristina – szybko przeistaczająca się w Jasmine Tiger – nie może się nadziwić: „Przecież kiedy mnie zobaczą, odkryją, że jest większy, niż sądzili!".

Z eleganckiej skórzanej teczki kobieta wyjęła przygotowaną wcześniej listę.

– Musimy wezwać wizażystę, fryzjera. Nie masz żadnego doświadczenia na wybiegu, prawda?

– Żadnego.

– Na wybiegu nie chodzi się jak na spacerze, bo przy takim tempie, w jakim się to odbywa, łatwo się potknąć albo połamać obcasy. Trzeba stawiać stopy w linii prostej, jedna za drugą, jak kot. Za bardzo się nie uśmiechaj. Najważniejsza jest postawa.

Odznaczyła trzy punkty na liście.

– Będziemy musieli wypożyczyć trochę ciuchów – następny haczyk. – Myślę, że na razie to wszystko.

Z pięknej teczki wyjęła kalkulator. Sprawdziła coś na liście, wystukała kilka cyfr, podsumowała. Wszystko w kompletnej ciszy.

– Na początek, myślę, jakieś dwa tysiące euro. Nie policzyłam za zdjęcia. Yasser – tu wskazała na fotografa – jest bardzo drogi. Ale zgodził się zrobić to za darmo, pod warunkiem, że będzie mu wolno wykorzystać zdjęcia. Wizażysta i fryzjer mogą tu być jutro rano. Ja zajmę się znalezieniem dobrego kursu. Na pewno się uda. Jestem
przekonana, że inwestując w siebie otwierasz przed sobą świetlane perspektywy. Bardzo szybko koszty się zwrócą.

– Chce pani powiedzieć, że muszę coś zapłacić?

Promotorka znowu jest zaskoczona. Zwykle dziewczyny, które przekraczają próg tego atelier, zrobią wszystko, żeby stać się symbolem seksu – to marzenie całego pokolenia. Nigdy żadna z nich nie zadawała tak niestosownych pytań.

– Posłuchaj, Cristino…

– Jasmine. Odkąd tu weszłam, jestem Jasmine.

Zadzwonił telefon. Fotograf wyjął komórkę z kieszeni i odszedł w pogrążony w mroku kąt pokoju. Odsunął jedną z zasłon i Jasmine ujrzała wiszącą na ścianie czarną kotarę, lampy błyskowe na trójnogach, jakieś urządzenia z migoczącymi kontrolkami i kilka świateł punktowych w suficie.

– Droga Jasmine. Tysiące, miliony ludzi chciałoby być teraz na twoim miejscu. Wybrał cię jeden z czołowych fotografów w tym mieście. Możesz liczyć na pomoc najlepszych w swoim fachu. Osobiście zajmę się twoją karierą.

Jednak, jak w każdym innym zawodzie, musisz wierzyć w sukces i zainwestować w jego realizację. Jesteś piękna, ale przy takiej konkurencji jaką dziś mamy sama uroda nie wystarcza. Musisz być najlepsza, a to kosztuje. Przynajmniej na początku.

– Skoro mam tak wielkie możliwości, czemu pani nie chce we mnie zainwestować?

– Bądź spokojna, zrobię to, ale jeszcze nie teraz – odpowiedziała szorstkim tonem. – Na razie muszę być pewna, że zależy ci na sukcesie, na pracy modelki. Bo może się okazać, że jak wielu innym, chodzi ci tylko o podróże i złapanie bogatego męża.

– Rozmawiam z wizażystką! – zawołał fotograf. – Pyta, o której zaczynamy jutro rano.

– Jeżeli trzeba, zdobędę... – zaczęła matka, ale Jasmine skierowała się prosto do drzwi wyjściowych. Nie uścisnęła nawet dłoni gospodarzom.

– Uprzejmie dziękuję, ale takich pieniędzy nie mam. A nawet gdybym miała, wydałabym je na co innego.

– Pomyśl o swojej przyszłości!

– Właśnie! Myślę o przyszłości, mojej, a nie waszej.

Na ulicy rozpłakała się. Kolejna porażka. Najpierw w butiku potraktowano ją jak intruza, który podszywa się pod znajomą właściciela. Teraz, kiedy nowe życie wydawało się tak blisko – przecież nawet wymyśliła doskonały pseudonim – okazuje się, że bez dwóch tysięcy nie ma co marzyć o pierwszym kroku!

Matka i córka wracały do domu w milczeniu. Telefon dzwonił kilkakrotnie, ale po sprawdzeniu numeru Jasmine chowała go do kieszeni.

– Czemu nie odbierasz? Czeka nas dzisiaj jeszcze jedno spotkanie.

– Bo nie mamy dwóch tysięcy euro.

– Mamy. Od śmierci ojca pracuję codziennie i udało mi się odłożyć dwa tysiące. Prawdę powiedziawszy nawet więcej. W Europie sprzątaczka nieźle zarabia, bo nie każdemu się uśmiecha sprzątać cudze brudy. Chodzi o twoją przyszłość. Nie wracamy jeszcze do domu.

Znowu zadzwonił telefon, a Jasmine wróciła do roli

posłusznej swojej matce Cristiny. Kobieta po drugiej stronie tłumaczyła się, że z ważnych powodów musi przesunąć popołudniowe spotkanie o dwie godziny. Prosiła o wybaczenie.

– W porządku – odpowiedziała Cristina. – Nie chcę jednak marnować pani cennego czasu i zapytam od razu: ile to będzie kosztować?

– Ile będzie kosztować?

– Właśnie. Wracam z innego spotkania, gdzie zażądano ode mnie dwóch tysięcy euro za fotografa i makijaż...

Kobieta roześmiała się.

– Stara sztuczka! Nic nie będzie kosztować. Porozmawiamy u mnie w studiu.

Studio było podobne, ale rozmowa zupełnie inna. Skąd tyle smutku w jej oczach, pytała fotografka – najwyraźniej pamiętała ich pierwsze, przypadkowe spotkanie. Wysłuchawszy relacji Cristiny o tym, co się wydarzyło rano, kobieta wyjaśniła, że takie próby wyłudzenia to, niestety, częste zjawisko, które odpowiednie władze starają się zwalczać. W każdej minucie, w wielu miejscach na świecie, urodziwe dziewczyny płacą słono za możliwość zaprezentowania „całego swego potencjału". Pod pretekstem poszukiwania nowych talentów agencje wynajmują pokoje w pięciogwiazdkowych hotelach i zapełniają je sprzętem fotograficznym, a potem kuszą potencjalne modelki obietnicami co najmniej jednego pokazu mody w roku. Każą sobie drogo płacić za zdjęcia, usługi podrzędnych wizażystów i fryzjerów, szkoły dla modelek, a po zainkasowaniu wszystkich opłat często znikają bez śladu. Cristina miała dużo szczęścia, ale słusznie zrobiła odrzucając propozycję.

– Wykorzystują ludzką próżność. I nie byłoby w tym nic zdrożnego, gdyby kandydatki na modelki wiedziały, w co się pakują. Tak się dzieje nie tylko w świecie mody, ale i w innych dziedzinach: pisarze finansują publikację własnych książek, malarze są mecenasami własnych wystaw, reżyserzy zaciągają długi, żeby konkurować z wielkimi studiami filmowymi, dziewczyny w twoim wieku rzucają wszystko i wyjeżdżają do wielkich miast, gdzie pracują jako kelnerki w nadziei, że pewnego dnia znany producent odkryje ich talent i uczyni z nich gwiazdy. Dziś nie będzie żadnych zdjęć. Muszę cię najpierw lepiej poznać. Naciskanie na guzik aparatu to ostatni etap w długim procesie odkrywania ludzkiej duszy. Umówimy się na dłuższą rozmowę. Tymczasem pomyśl o nowym imieniu.

– Jasmine Tiger – odparowała bez chwili namysłu. Znowu nabrała ochoty do życia.

Fotografka zaprosiła ją na weekend nad morzem w pobliżu holenderskiej granicy. Osiem godzin dziennie spędzały na robieniu zdjęć.

Jasmine miała wyrazić twarzą emocje, jakie budziły w niej różne słowa: ogień, uwodzenie, woda. Miała pokazać ciemną i jasną stronę własnej duszy. Patrzeć w przód, w bok, w dół, w przestrzeń. Wyobrażać sobie mewy i demony. Udawać grzesznicę i świętą, uosobienie perwersji i niewinności.

Część zdjęć powstała w plenerze. Trzęsła się z zimna, ale reagowała na każdy bodziec, na każde polecenie. Jeden z pokoi służył za prowizoryczne atelier. Tam fotografka nastawiała muzykę i zmieniała oświetlenie. Jasmine sama robiła sobie makijaż, a fotografka czesała ją.

– Jak wypadłam? – dopytywała się Jasmine. – Czemu poświęcasz mi tyle czasu?

– Porozmawiamy później – odpowiadała nieodmiennie fotografka i przez resztę wieczoru przeglądała materiał i robiła jakieś notatki, ale słowem nie wyjawiła, czy jest zadowolona czy rozczarowana.

Dopiero w poniedziałek rano Jasmine (Cristina już definitywnie umarła) usłyszała jej opinię. Czekały na dworcu kolejowym w Brukseli na pociąg do Antwerpii.

– Z tak dobrą modelką nigdy dotąd nie pracowałam.

– Chyba sobie żartujesz – zdziwiła się Jasmine.

– Tak, jesteś najlepsza. Pracuję w tej branży od dwudziestu lat. Fotografowałam tysiące ludzi, pracowałam z zawodowymi modelkami i z gwiazdami filmowymi, a więc ludźmi z dużym doświadczeniem. Nikt z nich jednak nie miał twojej umiejętności wyrażania uczuć. Wiesz, jak to się nazywa? Talent. W wielu dziedzinach talent łatwo zmierzyć. Weź na przykład prezesa wielkiej firmy, który podupadające przedsiębiorstwo zamienia w kwitnący interes, albo sportowca ustanawiającego rekordy, albo artystę, którego dzieła zachwycają wiele pokoleń. A jak się przekonać, że modelka ma talent? Jestem profesjonalistką i wiem, co mówię. Potrafisz pokazać przed obiektywem i anioły, i demony. To nie jest łatwa sztuka. Nie mówię o młodych ludziach, którzy w przebraniu wampirów chodzą na gotyckie bale. Nie mówię o przybierających niewinne minki dziewczynkach, które próbują obudzić w mężczyźnie pedofila. Mówię o prawdziwych demonach i prawdziwych aniołach.

Na dworcu było tłoczno. Jasmine sprawdziła jeszcze raz godzinę odjazdu pociągu i zaproponowała, by wyszły na zewnątrz. Chciało jej się palić, a na terenie dworca obowiązywał zakaz palenia. Długo biła się z myślami. Wreszcie powiedziała:

– Może i mam talent, ale tylko z jednego powodu mógł się ujawnić. Spędziłyśmy ze sobą sporo czasu, a ty nic mi nie powiedziałaś o swoim prywatnym życiu, ani nie pytałaś o moje. Pomóc ci z bagażem? Fotografowaniem powinni się zajmować wyłącznie mężczyźni – tyle jest do dźwigania.

– Właściwie nie ma o czym opowiadać – roześmiała się kobieta. – Przede wszystkim kocham swoją pracę. Poza tym 38 lat, rozwiedziona, bezdzietna. Mam sporo kontaktów w branży, dzięki czemu żyję wygodnie, ale bez luksusu. Do tego, co wcześniej mówiłam, muszę dodać jedno: jeśli wszystko pójdzie zgodnie z planem, obiecaj mi, że nigdy nie dasz się omotać i całkowicie uzależnić od pracy. Jeśli zlekceważysz moją radę, system cię pochłonie i wyciśnie z ciebie wszystkie soki. Oczywiście, wykorzystam twoje zdjęcia i na nich zarobię. Ale radzę ci zatrudnić dobrą, profesjonalną agentkę.

Jasmine zapaliła kolejnego papierosa: „Teraz, albo nigdy", pomyślała.

– Wiesz, dlaczego tak łatwo przyszło mi odkryć w sobie talent? Bo stało się coś, co, jak sądziłam, nie powinno mi się nigdy przydarzyć: zakochałam się w kobiecie. Pragnę, by zawsze była przy mnie, wskazywała mi drogę. Ta kobieta, która łagodnie i cierpliwie zgłębiała moją duszę i uwolniła to, co w niej najgorsze i to, co najlepsze. Nie pouczała mnie, nie namawiała do medytacji, nie poddawała psychoanalizie, jak radziła mi matka. Użyła... – głos uwiązł jej w gardle, coś jej kazało mówić dalej: nie miała już nic do stracenia. – ...użyła do tego aparatu fotograficznego.

Czas się zatrzymał. Zamarł wszelki ruch, ucichł gwar. Dym z papierosa zastygł w powietrzu i wszystkie światła zgasły – z wyjątkiem dwóch utkwionych w siebie par oczu, które lśniły dziwnym światłem.

– Gotowe – mówi wizażystka.

Jasmine podnosi głowę i widzi w lustrze swoją partnerkę, jak nerwowo chodzi z kąta w kąt po prowizorycznej garderobie. Z pewnością ma tremę – to jej pierwszy pokaz w Cannes. Od tego zależy intratny kontrakt z belgijskim rządem.

Jasmine chciałaby podejść do przyjaciółki, uspokoić

ją, powiedzieć, że wszystko będzie dobrze. Wie, że usłyszałaby w odpowiedzi: „Masz dopiero dziewiętnaście lat, co ty wiesz o życiu?"

Wie też, co sama by powiedziała: „Znam twoje możliwości, tak jak ty znasz moje. Znam tę intymną więź, która zmieniła nasze życie, a narodziła się trzy lata temu przed budynkiem dworca kolejowego, kiedy uniosłaś swoją dłoń i delikatnie dotknęłaś mojego policzka. Obie byłyśmy przerażone, pamiętasz? Ale przełamałyśmy początkowy lęk. Dzięki temu jestem tu dziś, a ty, doskonały fotograf, zajęłaś się tym, o czym zawsze marzyłaś: projektowaniem mody.

Zdaje sobie sprawę, że nie pora na takie rozmowy. Od takich uspokajających słów człowiek ma tylko gorszą tremę.

Podchodzi do okna i zapala następnego papierosa. Za dużo pali, ale niby dlaczego miałaby nie palić? Przecież to jej pierwszy wielki występ we Francji.

16:43

Drzwi otwiera młoda kobieta w czarnym kostiumie i białej bluzce. Pyta o imię i nazwisko, sprawdza na liście, prosi, żeby zaczekała na zewnątrz: apartament jest chwilowo zajęty. W korytarzu czeka też dwóch mężczyzn i jedna kobieta, może trochę od niej młodsza.

Wszyscy w milczeniu czekają na swoją kolej. „Ile to jeszcze potrwa? I co ja tu właściwie robię?", myśli Gabriela, i słyszy dwie odpowiedzi.

Po pierwsze nie wolno rezygnować. To mówi Gabriela optymistka, która wytrwale dążyła do celu, a teraz myśli o premierze, o zaproszeniach, podróżach prywatnym odrzutowcem, plakatach porozwieszanych w największych stolicach świata, o paparazzi sterczących pod jej domem w dzień i w nocy, ciekawych, co ma na sobie, gdzie się ubiera i kim jest przystojny blondyn, z którym ją widziano w jednym z nocnych klubów. Potem czeka ją triumfalny powrót do rodzinnego miasteczka, pełne podziwu i zazdrości spojrzenia dawnych koleżanek, akcje dobroczynne, które zasili hojnymi datkami.

Z drugiej strony Gabriela optymistka, która wytrwała i robi pierwszy krok do wielkiej kariery, stąpa po wiszącej nad przepaścią linie, z której łatwo się ześlizgnąć na jedną lub na drugą stronę i spaść w otchłań. Hamid Hussein nigdy nie słyszał o jej istnieniu. Nikt nigdy jej nie widział w makijażu i eleganckiej toalecie. Może jej suknia okaże się za mała lub za duża, będzie wymagała poprawek, a wtedy spóźni się do Martineza. Ma już 25 lat. Całkiem możliwe, że w tej chwili na tym samym jachcie producent rozmawia z jakąś młodszą kandydatką. Albo w ogóle się rozmyśli. Albo o to właśnie od początku chodziło: znaleźć trzy kandydatki i zobaczyć, która z nich lepiej poradzi sobie w tłumie gości. Może wszystkie trzy stawią się na bankiecie i żadna nie będzie miała pojęcia o istnieniu rywalek.

Paranoja.

Nie, to nie była paranoja; po prostu trzeba patrzeć realnie. Nawet fakt, że Gibson i Gwiazdor brali udział tylko w poważnych projektach, nie gwarantował sukcesu. Jeżeli coś nie wyjdzie z filmem, cała wina spadnie na nią. Wciąż ten kompleks Szalonego Kapelusznika z *Alicji w Krainie Czarów*. Może to nie talent, a tylko pracowitość? Nie ma tyle szczęścia, co inne – dotąd nic szczególnego w jej życiu się nie wydarzyło, chociaż wytrwale walczyła. Od przyjazdu do Cannes nie spoczęła na minutę: zaniosła swoje portfolio – kosztowało ogromne pieniądze – do wielu agencji

aktorskich, a zaproszono ją tylko na jedno przesłuchanie. Gdyby rzeczywiście była tak zdolna, teraz wybierałaby spośród wielu propozycji. Za wysoko mierzy i niebawem gorzko tego pożałuje. Tym bardziej, że prawie dopięła swego, otarła się o sławę... i niestety się nie udało.

„Przyciągam złą energię. Muszę wziąć się w garść".

Krępuje się ćwiczyć jogę przy kobiecie w kostiumie i trojgu czekających. Musi odgonić złe myśli. Skąd one się biorą? Z tego, co czytała, a czytała wiele w okresie, kiedy swoje niepowodzenia przypisywała cudzej zawiści – ktoś, jakaś aktorka, która przeżyła już niejedno rozczarowanie, koncentruje w tej chwili całą energię, żeby odebrać jej wymarzoną rolę. Tak, wyraźnie to czuje! Jedyne wyjście to zmusić własną energię do opuszczenia tego korytarza w poszukiwaniu jej Wyższego Ja, które łączy się ze wszystkimi siłami Wszechświata.

Oddycha głęboko, uśmiecha się i mówi sobie w duchu: „Emanuję energią miłości. Jest ona potężniejsza od siły ciemności. Bóg mieszkający we mnie pozdrawia Boga we wszystkich mieszkańcach tej planety, nawet tych, którzy...".

Słyszy głośny śmiech. Drzwi apartamentu otwierają się i grupa młodych, zadowolonych z siebie ludzi, wychodzi w towarzystwie dwóch celebrytek, kierując się prosto do windy. Dwóch mężczyzn i kobieta wchodzą do pokoju, wynoszą dziesiątki worków pozostawionych w pobliżu drzwi wejściowych i dołączają do czekających na windę. To po prostu asystenci, kierowcy, sekretarki.

– Twoja kolej – zwraca się do niej kobieta w kostiumie.

„Medytacja nigdy nie zawodzi".

Uśmiecha się wchodząc do pokoju, ale to, co widzi w środku dech jej zapiera. Wnętrze przypomina jaskinię pełną skarbów: okulary wszystkich marek, wieszaki uginające się od ubrań, torby i torebki, biżuteria, kosmetyki, zegarki, buty, pończochy, sprzęt elektroniczny. Na jej spotkanie wychodzi blondynka w średnim wieku, także z listą w ręku i z telefonem komórkowym zawieszonym na szyi. Raz jeszcze sprawdza nazwisko na liście.

– Proszę za mną – mówi. – Nie mamy zbyt dużo czasu. Trzeba się zabrać od razu do dzieła.

Wchodzą do następnego pokoju. Jeszcze większe skarby, jakie dotąd oglądała tylko w sklepowych witrynach, nigdy z bliska – chyba że na kimś innym.

I to wszystko czeka na nią. Musi się pospieszyć i zdecydować, co założy.

– Mogę zacząć od biżuterii?

– Nie ty wybierasz. Wiemy, czego chce HH. A suknię masz zwrócić jutro rano.

HH. Hamid Hussein. Wie, czego chce!

Przechodzą przez pokój. Na łóżku i innych meblach walają się koszulki, stosy przypraw i wiktuałów, wśród nich reklama ekspresu do kawy znanej marki, a obok kilka pudeł zapakowanych na prezenty. Wąskim korytarzem przechodzą wreszcie do olbrzymiego salonu. Nie miała pojęcia, że hotelowe apartamenty mogą być tak wielkie.

– Oto świątynia.

Nad wielkim łożem wisi biały banner z logo projektanta. W pokoju czeka jakaś androgeniczna postać – nie wiadomo czy kobieta, czy mężczyzna. Chuda jak patyk sylwetka, długie, bezbarwne włosy, ogolone brwi, pierścienie na palcach i łańcuszki zdobiące wąskie spodnie.

– Rozbierz się.

Gabriela zdejmuje bluzkę i dżinsy. Nadal nie wie, kim jest osobnik, który podchodzi do jednego z wielkich wieszaków i zdejmuje z niego czerwoną suknię.

– Zdejmij stanik. Suknia będzie się źle układać.

W pokoju jest wielkie lustro, ale odwrócone przodem do ściany. Gabriela nie ma pojęcia, czy suknia dobrze na niej leży.

– Szybciej! Hamid chce, żeby poszła na bankiet, ale najpierw musi wejść po schodach.

Wejść po schodach!

Magiczne słowa!

Suknia się nie podoba. Kobieta i androgeniczna istota zaczynają się denerwować. Kobieta prosi o przyniesienie trzech innych. W końcu Gabriela ma wejść po schodach w towarzystwie gotowego już do wyjścia Gwiazdora.

Wejść po schodach w towarzystwie Gwiazdora! To chyba sen?

Wybierają długą, opinającą ciało złotą kreację z wielkim, sięgającym pasa dekoltem. W górnej części, na wysokości piersi, rozcięcie dekoltu spina złoty łańcuch, tak by ludzkie oko zbyt wiele nie zobaczyło.

Kobieta denerwuje się coraz bardziej. Androgeniczny stwór przyprowadza krawcową, która sprawnie skraca suknię. Gdyby Gabriela mogła teraz wykrztusić słowo, poprosiłaby, żeby nie szyli sukni na niej, bo tym sposobem zszywają i przerywają jej los. Nie pora jednak na przesądy. Na pewno wielu gwiazdom filmowym to się przydarzyło i nic złego z tego nie wynikło.

Wchodzi jeszcze jedna osoba z ogromną walizką. Rozstawia bagaż w rogu pokoju – jak się okazuje jest to rozkładana toaletka z lustrem otoczonym światełkami. Hermafrodyta klęka u jej stóp – Gabriela czuje się jak nawrócona Magdalena – i jeden po drugim przymierza jej pantofle.

Kopciuszku! Niedługo spotkasz swojego Królewicza i razem wejdziecie po schodach!

– Te są dobre – decyduje kobieta.

Hermafrodyta, ciągle na klęczkach, odkłada porozrzucane po podłodze buty do właściwych pudełek.

– W porządku. Rozbierz się. Skończymy poprawki, a w tym czasie zrobią ci makijaż i uczeszą cię.

„Całe szczęście, że skończyło się to szycie – myśli Gabriela. – Znowu otwiera się przede mną los".

W samych majtkach idzie do łazienki, gdzie już wszystko przygotowane do mycia głowy i suszenia włosów. Ogolony na zero mężczyzna prosi, żeby usiadła i odchyliła głowę do tyłu, nad miską z nierdzewnej stali. Myje jej włosy strumieniem wody z zamontowanego do baterii prysznica. Jak wszyscy obecni, wydaje się być u kresu wytrzymałości nerwowej. Skarży się na hałas dochodzący z zewnątrz; do pracy potrzebuje kompletnej ciszy, ale nikogo to nie interesuje.

– Zawsze wszystko na ostatnią chwilę – narzeka, jakby nie do niej, ale do samego siebie – a tak się przecież nie da. Nikt nie jest w stanie zrozumieć gigantycznej odpowiedzialności, jaka spoczywa na moich barkach. Kiedy będziesz wchodziła po tych schodach, myślisz, że będą patrzyli na ciebie? Nie, będą podziwiali moje dzieło. Mój makijaż. Moją fryzurę. Jesteś tylko gliną, z której lepię swoje dzieło. Co powiedzieliby inni, gdybym popełnił błąd? Mógłbym stracić pracę.

Gabriela jest urażona, ale czas się przyzwyczaić do takich obyczajów. Taki właśnie jest wielki świat. Później, kiedy będzie już sławna, sama dobierze sobie grzecznych, dobrze wychowanych współpracowników. Teraz liczy się największa cnota: cierpliwość.

Rozmowę przerywa warkot suszarki, przypominający wzbijający się do lotu samolot. A miał czelność narzekać na hałas dochodzący z zewnątrz!

Szybkimi, bezceremonialnymi ruchami łysy mężczyzna suszy i rozczesuje jej włosy, a potem zaprasza przed toaletkę. Już nie trajkocze jak najęty. W milczeniu kontempluje jej twarz w lustrze, jakby był w transie. Podchodzi to z jednej, to z drugiej strony. Włada suszarką i szczotką jak Michał Anioł młotkiem i dłutem rzeźbiąc Dawida. Gabriela stara się patrzeć prosto przed siebie i przypomina sobie wiersz portugalskiego poety:

Lustro pokazuje prawdę; nie myli się, gdyż nie myśli. Myślenie w swojej istocie jest myleniem się.

Kobieta i hermafrodyta wracają. Zostało tylko dwadzieścia minut do przybycia limuzyny, która zawiezie ją do Martineza na spotkanie z Gwiazdorem. Na dole nie wolno parkować, muszą więc być bardzo punktualni. Wizażysta mruczy coś pod nosem, niczym niezrozumiany przez świat artysta, ale wie, że musi się zmieścić w czasie. Maluje twarz Gabrieli jak Michał Anioł sklepienie Kaplicy Sykstyńskiej.

Limuzyna! Schody! Gwiazdor!

Lustro pokazuje prawdę; nie myli się, gdyż nie myśli.

Staraj się nie myśleć, inaczej udzieli ci się niepokój i rozdrażnienie; powróci negatywna energia. Bardzo chciałaby zapytać, co to za apartament wypełniony po brzegi najrozmaitszymi przedmiotami, ale musi udawać, że nie takie rzeczy w życiu widziała. Pod surowym wzrokiem kobiety i nieobecnym spojrzeniem androgenicznej istoty Michał Anioł kończy swoje dzieło. Gabriela podnosi się z krzesła. W mgnieniu oka ktoś nakłada jej suknię, ktoś inny wsuwa jej pantofle na stopy. Wszystko pasuje jak ulał. Dzięki Bogu.

Z kąta salonu przynoszą małą, skórzaną torebkę od Hamida Husseina. Hermafrodyta otwiera ją, wpycha do środka pogniecioną bibułkę, ogląda torbę ze wszystkich stron i, najwyraźniej zadowolony, wręcza ją Gabrieli.

Kobieta podaje jej cztery kopie kilkustronicowego kontraktu. Na marginesach są doklejone czerwone zakładki z napisem: „Tu podpisać".

– Podpisz na miejscu bez czytania, albo zabierz do domu, albo poradź się adwokata, albo poproś o trochę czasu do namysłu. To bez znaczenia, bo dzisiaj i tak wejdziesz po schodach. Za późno, żeby cokolwiek zmieniać. Jeżeli jednak do jutra rana nie podpiszesz, musisz zwrócić suknię i na tym koniec.

Gabriela przypomina sobie rady agentki: zgódź się na wszystko. Bierze długopis i szybko podpisuje w zaznaczonych miejscach. Nie ma nic do stracenia. Jeżeli warunki kontraktu okażą się nie do przyjęcia, to od czego są sądy? Zawsze może powiedzieć, że ją zmuszono do podpisania. Ale najpierw musi zrobić to, o czym zawsze marzyła.

Kobieta chwyta podpisane dokumenty i znika bez pożegnania. Michał Anioł, złorzecząc pod nosem, składa toaletkę z sercem przepełnionym goryczą, bo musi żyć w świecie, gdzie panuje niesprawiedliwość i nikt nie docenia jego pracy, gdzie wszystko robi się na ostatnią chwilę, a jeżeli coś się nie uda, cała wina spada wyłącznie na niego. Hermafrodyta podprowadza ją do drzwi, spogląda na zegarek – jak zauważa Gabriela, na jego cyferblacie widnieje trupia czaszka – i wypowiada pierwsze słowa:

– Zostały ci trzy minuty. Na razie nie schodź, nikt nie może cię zobaczyć w tym stroju. Odprowadzę cię do limuzyny.

Wraca napięcie. Nie marzy już o limuzynie, Gwiazdorze, ani o schodach. Boi się. Musi z kimś porozmawiać.

– Co to za apartament? Do czego służą te wszystkie rzeczy?

– Rzeczywiście jest tu dosłownie wszystko, nawet safari w Kenii – hermafrodyta wskazuje reklamowy banner linii lotniczej w kącie pokoju i stertę zaadresowanych kopert na stole. – Są za darmo, jak wszystko tutaj, poza sukniami i akcesoriami w Świątyni.

Ekspresy do kawy, sprzęt elektroniczny, ubrania, torby, zegarki, biżuteria, safari w Kenii. I wszystko absolutnie gratis?

– Wiem, o czym myślisz – mówi głosem ani kobiecym, ani męskim, raczej należącym do kosmity. – Tak, wszystko za darmo. A właściwie w zamian za coś innego, bo tak naprawdę nic na tym świecie nie ma za darmo. To jest jeden z „Pokoi z Prezentami", jakich w Cannes wiele w czasie festiwalu. Wybrańcy wchodzą tutaj i wybierają, na co mają ochotę: ktoś będzie później paradował w koszuli zaprojektowanej przez A, ktoś inny w okularach od B, no a trzeci po powrocie do domu poczęstuje swych gości kawą zaparzoną w takim ekspresie. Będą się chwalić komputerem w torbie od C, polecać innym kosmetyki od D, jeszcze niedostępne na rynku. Poczują się ważni, wybrani, bo mają coś, czego jeszcze w sklepach nie można dostać. Wybiorą się na basen w biżuterii od E i będą pozować do zdjęć w pasku od F, którego też jeszcze nie znajdziesz w sklepach. Kiedy te produkty wreszcie trafią na rynek, Superklasa zdąży im już zrobić odpowiednią reklamę – nie dlatego, że jej przedstawiciele polubili właśnie te przedmioty, ale z przyczyn bardziej prozaicznych: po prostu nikt przed nimi nie miał do tych rzeczy dostępu – oni byli pierwsi. Potem zwykli śmiertelnicy będą wydawać swoje ostatnie grosze na zakup właśnie tych produktów. Nic prostszego, moja droga. Producenci inwestują w, nazwijmy to, gratisowe próbki, a wybrańcy służą za obnośne reklamy. Ale nie ciesz się na zapas. Ty jeszcze długo nie dostąpisz tego zaszczytu.

– A co ma z tym wspólnego safari w Kenii?

– Cóż może być lepszą reklamą dla biura podróży, jak zadowolona para w średnim wieku, która przeżyła „przygodę w dżungli", przywozi do domu masę fantastycznych zdjęć i radzi znajomym pójść w ich ślady? Każdy zechce zażyć takich samych rozkoszy. Jak już mówiłem: na tym świecie nie ma nic za darmo. Zagadaliśmy się jednak, trzy minuty już minęły. Zbieramy się.

Czeka na nich biały Maybach. Kierowca w rękawiczkach i czapce otwiera przed nią drzwi. Hermafrodyta daje jej ostatnie instrukcje:

– Zapomnij o filmie. To nie z tego powodu wejdziesz dziś po schodach. Na ich szczycie przywitaj się z dyrektorem festiwalu i z prefektem, a po wejściu do Pałacu Kongresowego udaj się w kierunku toalet na pierwszym piętrze. Idź korytarzem do końca, skręć w lewo i wyjdź bocznymi drzwiami. Ktoś będzie na ciebie czekał. Wiedzą, jak jesteś ubrana. Poprawią ci makijaż i fryzurę, a potem odpocznij sobie na tarasie i czekaj, aż przyjdę i odprowadzę cię na galę.

– Reżyser i producenci nie obrażą się?

Hermafrodyta wzrusza ramionami i dziwnie podrygując wraca do hotelu. A film? Film się nie liczy. Ważne jest tylko wejść po schodach!

Przejść się po przykrywającym schody czerwonym dywanie, a potem korytarzem sławy, gdzie fotoreporterzy oblegają najsłynniejszych ze słynnych w świecie kina, sztuki i rozrywki. Zdjęcia tu zrobione idą w świat i ukazują się w czasopismach na Zachodzie i na Wschodzie, na półkuli północnej i na południowej.

– Nie za zimno, ani nie za gorąco? Jeżeli ma pani ochotę, w barku po lewej stronie jest butelka schłodzonego szampana.

Gabriela otwiera barek, wyjmuje butelkę i kryształowy kieliszek. Trzymając butelkę jak najdalej od sukni, odkorkowuje ją ostrożnie, nalewa złocisty płyn do kieliszka i wypija, znowu nalewa i znowu opróżnia kieliszek. Na zewnątrz gapie starają się dojrzeć, kto siedzi za przyciemnionymi szybami w ogromnym samochodzie, który sunie uprzywilejowaną częścią jezdni. Za chwilę spotka Gwiazdora. I tak zacznie się nowy rozdział w jej karierze i niezwykły, piękny romans.

Jest romantyczką i wcale się tego nie wstydzi.

Przypomina sobie, że zostawiła ubrania i torebkę w „Pokoju Prezentów". Nie ma klucza do wynajmowanego mieszkania. Gdzie więc pójdzie po gali? Gdyby kiedyś miała napisać książkę o swym życiu, jak by opisała ten dzień? Kac po przebudzeniu w pokoju pełnym ciuchów i materaców rozłożonych na podłodze, bez pracy i w beznadziejnym humorze, a sześć godzin później w limuzynie, szykuje się do przejścia po czerwonym dywanie przed tłumem dziennikarzy, w towarzystwie jednego z najbardziej pożądanych mężczyzn świata.

Drżą jej ręce. Ma ochotę na jeszcze jeden kieliszek, ale nie chce ryzykować, że na stopniach sławy pojawi się w stanie nietrzeźwym.

„Spokojnie, Gabrielo. Nie zapominaj, kim jesteś. Nie daj się uwieść temu, co się wokół dzieje. Bądź realistką".

Powtarza te słowa, aż limuzyna zajeżdża pod hotel Martinez. Czy się jej to podoba, czy nie, już nigdy nie będzie tą samą osobą. Nie ma innego wyjścia, oprócz wskazanego przez hermafrodytę, a to wyjście prowadzi ku jeszcze wyższym szczytom.

16:52

Nawet samego Króla Królów, Jezusa, kusił demon, tak jak teraz poddaje próbie Igora. Trzeba trwać przy swojej wierze i nie ustawać w wypełnianiu misji.

Demon nalega, by zaniechał, przebaczył, wycofał się.

Jest profesjonalistą w każdym calu, wie jak słabych paraliżować strachem, piętrzącymi się trudnościami i rozpaczą.

Silni wymagają pokus bardziej wyrafinowanych: dobrych intencji. Tak diabeł kusił Jezusa na pustyni, kiedy radził Mu przemienić kamienie w chleb, by nakarmić siebie i wszystkich, którzy błagali o jedzenie. Jezus jednak postąpił z mądrością godną Syna Bożego. Nie samym chlebem żyje człowiek, odpowiedział, lecz każdym słowem, które pochodzi z ust Bożych.

Czym zresztą są dobre intencje, cnota, prawość? Niemcy, którzy budowali obozy koncentracyjne, uważali się za ludzi prawych, bo sumiennie wykonywali rozkazy. Lekarze, którzy podpisywali zaświadczenia o niepoczytalności i wysyłali przeciwników reżimu na Syberię, wierzyli w sprawiedliwość komunizmu. Żołnierz zabija w imię ideałów, których sam nie pojmuje, a też ma dobre intencje, też jest prawy i szlachetny.

Nie, to nieprawda. Zgrzeszyć w dobrym celu jest cnotą, użyć cnoty w złym celu jest grzechem.

Żeby dręczyć duszę Igora, jako narzędzia Szatan używa przebaczenia. Powiada: „Nie jesteś pierwszym, którego opuściła ukochana. Wielu tobie podobnym udało się przemienić gorycz w szczęście. Wyobraź sobie rodziny twoich ofiar: przepełnia ich żal, nienawiść i żądza zemsty. Czy tak właśnie chcesz zmieniać świat na lepszy? To pragniesz dać ukochanej kobiecie?".

Igor jest mądrzejszy od pokus, które coraz śmielej wdzierają mu się w duszę. Ale jeszcze trochę silnej woli, a ich głos zmęczy się i w końcu zamilknie. Jedna z tych, które wysłał do Raju, z minuty na minutę jest coraz bardziej obecna w jego życiu: dziewczyna o gęstych brwiach powtarza, że wszystko toczy się zgodnie z planem, a między przebaczeniem i zapomnieniem istnieje wielka różnica. W jego sercu nie ma nienawiści, a on nie spełnia swej misji po to, żeby mścić się na całym świecie.

Szatan może sobie mówić, co chce, ale Igorowi nie wolno się ugiąć, musi zawsze pamiętać, w jakim celu tu przybył.

Wchodzi do pierwszej napotkanej pizzerii. Zamawia margaritę i coca-colę. Lepiej coś zjeść teraz, bo jak zawsze na bankiecie, przy wspólnym stole, nie uda mu się zaspokoić głodu. Współbiesiadnicy zwykle czują się w obowiązku prowadzić wesołą, swobodną rozmowę i zwracają się do niego akurat wtedy, kiedy próbuje się delektować jakąś wspaniałą potrawą.

Ma też opracowaną taktykę na takie okazje: bombarduje współbiesiadników pytaniami, a potem spokojnie się posila, czekając, aż wymyślą inteligentną odpowiedź. Dziś jednak nie będzie towarzyski i grzeczny. Przeciwnie – ma zamiar zachowywać się szorstko i z dystansem. W ostateczności uda, że nie włada językiem rozmówcy.

Zdaje sobie sprawę, że w ciągu następnych kilku godzin Pokusa przybierze na sile i zażąda, żeby zrezygnował. Igor nie chce rezygnować; zamierza wypełnić swoją misję, nawet jeżeli jej główny powód ulega zmianie.

Nie ma najmniejszego pojęcia, czy trzy gwałtowne zgony wpisują się w codzienne statystyki miejscowych wydarzeń. Jeżeli tak, policja nie podejrzewa niczego szczególnego. Zajmą się rutynowymi czynnościami biurokratycznymi, a on odleci o świcie zgodnie z planem. Nie wie również, czy ktoś już go zidentyfikował: starsze małżeństwo widziało go rano z młodą Portugalką, jeden z goryli w namiocie przyglądał mu się uważnie, no i ktoś był świadkiem trzeciego morderstwa.

Teraz Pokusa zmienia taktykę, stara się go zastraszyć. Wygląda na to, że demon nie ma pojęcia, co Igor przeżył i nie wie, że z próby, jakiej poddał go los, wyszedł silniejszy niż przedtem.

Igor wyjmuje komórkę i wystukuje następnego esemesa.

Wyobraża sobie reakcję Ewy. Coś mu mówi, że będzie to mieszanina strachu i zadowolenia. Jest pewien, że Ewa głęboko żałuje kroku sprzed dwóch lat, kiedy zostawiła wszystko, włącznie z rzeczami osobistymi i biżuterią, i przez adwokata poinformowała go, że występuje o rozwód.

 Powód: niezgodność charakterów. Bzdura! Jakby małżonkowie zawsze myśleli dokładnie tak samo i byli pod każdym względem do siebie podobni. To przecież wierutne kłamstwo: po prostu zakochała się w innym.

Namiętność. Kto może uczciwie powiedzieć, że po pięciu latach małżeństwa choć raz nie zapragnął towarzystwa kogoś innego? Czy ktoś jest gotów przysiąc, że przynajmniej raz nie dochował wierności, choćby tylko w wyobraźni? A ile kobiet i ilu mężczyzn wyprowadzało się z domu po to tylko, żeby szybko odkryć, że namiętność nie trwa wiecznie i wracało do swoich prawowitych małżonków? Odrobina dojrzałości – i wszystko odchodzi w zapomnienie. To jest absolutnie normalne, taka jest natura ludzka.

Dochodził do tych wniosków stopniowo. Na początku przykazał adwokatom stawiać twarde warunki nie do spełnienia – skoro go rzuca, musi się zrzec całej, zdobytej przez dwadzieścia lat wspólnego życia, fortuny. W oczekiwaniu na odpowiedź pił na umór przez tydzień. Nie chodziło o pieniądze, chciał jej powrotu za wszelką cenę, i tylko taki sposób przyszedł mu do głowy.

Ewa była jednak osobą dumną. Jej prawnicy zaakceptowali wszystkie warunki.

Dopiero z gazet dowiedział się o nowym partnerze byłej żony – jednym z najlepiej prosperujących projektantów mody na świecie, który podobnie jak Igor zaczynał od zera, jak Igor miał ponad czterdzieści lat, i jak Igor ciężko pracował.

Nie rozumiał, co się wydarzyło. Krótko przed wyjazdem Ewy na targi mody do Londynu spędzili razem kilka romantycznych dni w Madrycie. Chociaż polecieli prywatnym odrzutowcem i mieszkali w pięciogwiazdkowym hotelu, postanowili raz jeszcze zacząć razem odkrywać świat. Nie rezerwowali stolików w restauracjach, czekali w niekończących się kolejkach przed kasami muzeów, jeździli taksówkami, a nie limuzyną ze sztywnym szoferem, spacerowali i gubili się w zaułkach starego miasta. Jedli dużo, pili jeszcze więcej. Wracali do hotelu wyczerpani i zadowoleni. I jak dawniej kochali się co noc.

Kusiły ich laptopy i komórki, ale choć z trudem, przez cały pobyt nie ulegli. Wracali do Moskwy radośni,
odprężeni, pełni pięknych wrażeń.

Igor znów rzucił się w wir pracy, zadziwiony, że pod jego nieobecność wszystko funkcjonowało prawidłowo. Ewa poleciała do Londynu i już nigdy nie wróciła.

Zatrudnił jedno z najlepszych prywatnych biur detektywistycznych, specjalizujące się w szpiegostwie przemysłowym i politycznym. Musiał przeglądać setki fotografii żony w towarzystwie nowego partnera. Na podstawie informacji dostarczonych przez Igora, detektywi znaleźli dla niej nową „przyjaciółkę", którą Ewa spotkała niby przypadkowo w centrum handlowym. Usłyszała od niej ckliwą historię: że jest z Rosji, że porzucił ją mąż, że bez pozwolenia nie może znaleźć pracy i że z trudem wiąże koniec z końcem. Na początku Ewa nie dowierzała, ale potem postanowiła jej pomóc. Porozmawiała z nowym narzeczonym, który pomimo ryzyka zatrudnił ją „na czarno" w jednym ze swych biur.

Była jedyną mówiącą po rosyjsku „przyjaciółką" Ewy. Była sama, miała problemy małżeńskie. Według psychologów z biura śledczego stanowiła idealną kandydatkę do uzyskania interesujących informacji. Igor wiedział, że Ewa nie przywykła jeszcze do nowych warunków. Czuła się samotna i było do przewidzenia, że prędzej czy później zapragnie zwierzyć się komuś, kto ma podobne doświadczenia. Nie po to, by prosić o radę, raczej po to, żeby się wygadać.

„Przyjaciółka" nagrywała wszystkie rozmowy, a nagrania lądowały na biurku Igora. Okazały się ważniejsze od dokumentów czekających na podpis, od zaproszeń, które należy potwierdzić i od prezentów czekających na wysyłkę do ważniejszych klientów, dostawców, polityków i biznesmenów.

Taśmy były użyteczniejsze niż fotografie, ale i dużo boleśniejsze. Dowiedział się z nich, że słynnego projektanta poznała trzy lata wcześniej, podczas Tygodnia Mody w Mediolanie, gdzie spotkali się na niwie zawodowej. Ewa początkowo opierała się – jego otaczały najpiękniejsze kobiety świata, a ona miała już 38 lat. Mimo to tydzień później w Paryżu spędzili razem pierwszą noc.

Słuchając tego wyznania Igor odczuł podniecenie. Nie potrafił zrozumieć tej reakcji. Bo niby dlaczego obraz rozwartych ud własnej żony, penetrowanej przez innego mężczyznę, miałby powodować erekcję zamiast obrzydzenia?

To był jedyny raz, kiedy bał się, że postradał rozum. Żeby pozbyć się poczucia winy, postanowił opowiedzieć o tym publicznie. W rozmowie z kolegami wspomniał o „pewnym znajomym", który na wieść o romansie żony doznał intensywnej rozkoszy.

Ku jego wielkiemu zaskoczeniu koledzy – ważni dyrektorzy i politycy różnych opcji – początkowo byli zaszokowani, ale po dziesiątym kieliszku wódki wyznawali, że to najbardziej ekscytująca rzecz, jaka może się przydarzyć w małżeństwie. Jeden z nich wręcz żądał od żony najbardziej intymnych szczegółów romansu. Inny utrzymywał, że dla trwałości związków dobrym lekarstwem są kluby swingersów, gdzie uprawia się seks grupowy.

Pewnie przesadzali. Ale Igor odetchnął z ulgą, że nie jego jednego podnieca myśl o żonie uprawiającej seks z innym. Zarazem przekonał się, jak niewiele wie o istotach ludzkich, zwłaszcza rodzaju męskiego – do tej pory rozmawiał z kolegami prawie wyłącznie o interesach i unikał osobistych zwierzeń.

Powraca w myślach do taśm. Już za pierwszym razem w Londynie projektant wyznał jej miłość, w co nie trudno uwierzyć – w jego oczach była jedną z najpiękniejszych kobiet na świecie. Ewa była rozdarta. Hussein był drugim mężczyzną w jej życiu. Pracowali w tej samej branży, ale czuła, że mu nie dorównuje. Musiałaby zrezygnować ze swego wielkiego marzenia: pracy w świecie mody – bo jak rywalizować z przyszłym mężem – i poświęcić się roli pani domu.

Co gorsza, nie rozumiała, dlaczego ktoś tak wpływowy zainteresował się Rosjanką w średnim wieku.

Igor mógłby jej wyjaśnić dlaczego, gdyby mu dała taką szansę: sama jej obecność opromieniała światłem wszystkich wokół, przy niej każdy dawał z siebie to, co najlepsze, i odzyskiwał wiarę w życie. To się właśnie stało udziałem młodego Igora, kiedy wrócił z krwawej, bezsensownej wojny.

Powraca Pokusa. Demon tłumaczy, że prawda jest inna. Własnymi siłami wyleczył się z wojennej traumy, rzucając się w wir pracy. Dla psychiatry pracoholizm jest chorobą, ale jemu przez przebaczenie i zapomnienie pozwolił się wyleczyć z ran. Rola Ewy nie była aż tak ważna. Nie wolno mu rozczulać się nad nieistniejącym już związkiem.

„Nie jesteś pierwszy”, powtarza demon. „Czynisz zło w mylnym przekonaniu, że ze zła narodzi się dobro”.

Igor się denerwuje. Przecież jest dobrym człowiekiem. Bywał twardy, ale zawsze działał ze szlachetnych pobudek: służył swojemu krajowi, uwalniał biednych od cierpienia, czasem nadstawiał drugi policzek, czasem smagał batem, tak jak Jezus – jedyny wzorzec w jego życiu.

Robi znak krzyża w nadziei, że Pokusa da za wygraną. Przypomina sobie fragment taśmy, gdzie Ewa mówi: „Może z nowym partnerem nie będę szczęśliwa, ale nie ma powrotu do przeszłości, do tego niezrównoważonego brutala”.

Absurd! To skutek prania mózgu. Ewa obraca się w beznadziejnym towarzystwie. Na pewno skłamała, kiedy swej rosyjskiej „przyjaciółce” wyznała, że wyszła za mąż jedynie z lęku przed samotnością.

W młodości była zakompleksiona. Nie potrafiła być sobą. Udawała, że interesuje ją to samo, co jej rówieśniczki, chodziła na te same imprezy, kłamała, że się świetnie bawi. Zmyślała, że marzy o przystojnym mężczyźnie, który będzie jej wierny i zapewni spokojny byt, o domu i dzieciach. „To było wszystko kłamstwo”, wyznaje na taśmach.

Zawsze tęskniła do przygód, do tego, co nieznane. Gdyby pozwolono jej jako nastolatce wybrać przyszły zawód, zajęłaby się sztuką. Już jako dziecko robiła kolaże ze zdjęć wycinanych z pism wydawanych przez partię komunistyczną. Zdjęcia same w sobie były ohydne, ale za pomocą kilku kredek udawało jej się ubarwiać przedstawianą na nich szarzyznę. Ubranka dla lalek szyła jej matka, bo w sklepach trudno było cokolwiek kupić. Ewie tak bardzo się podobały, że przyrzekła sobie w przyszłości szyć podobne kreacje.

Coś takiego jak moda w Związku Radzieckim nie istniało. Dopiero po upadku Muru Berlińskiego, kiedy do kraju zaczęły docierać kolorowe zagraniczne czasopisma, odkryła, co dzieje się na świecie. Jej kolaże stały się żywsze, barwniejsze. Postanowiła zwierzyć się rodzinie, że marzeniem jej życia jest świat mody. Jednak po maturze rodzice posłali ją na studia prawnicze. Cieszyli się z niedawno zdobytej wolności, ale w niektórych kapitalistycznych ideach dostrzegali niebezpieczeństwo: mogły zrujnować kraj, zniszczyć rodzimą sztukę, zastąpić Tołstoja czy Puszkina powieściami szpiegowskimi, zakazić balet klasyczny modnymi na Zachodzie dziwactwami. Jedyną córkę należało trzymać jak najdalej od degradacji moralnej, która przyszła razem z coca-colą i drogimi samochodami.

Na studiach spotkała Igora, przystojnego, ambitnego chłopaka, który podobnie jak ona nie dopuszczał myśli, że dawny reżim mógłby kiedykolwiek wrócić. Odszedł raz na zawsze i trzeba było rozpocząć życie w nowej rzeczywistości.

Chłopak się jej podobał. Zaczęli się spotykać. Był bardzo inteligentny i dobrze się zapowiadał. No i potrafił ją zrozumieć. Co prawda walczył w Afganistanie, został nawet ranny – na szczęście niegroźnie – ale nigdy nie wracał do przeszłości, nigdy nie wykazywał oznak niezrównoważenia czy wojennej traumy.

Pewnego dnia przyniósł jej bukiet róż. Powiedział, że rzuca studia i otwiera własną firmę. A potem się jej oświadczył. Przyjęła oświadczyny, choć żywiła dla niego jedynie przyjaźń i podziw. Wierzyła, że miłość przyjdzie z czasem. Poza tym był jedyną osobą, która naprawdę ją rozumiała. Bała się, że jeśli przegapi tę okazję, może już nigdy nie spotka kogoś, kto zaakceptuje ją taką, jaka jest.

Wzięli cichy ślub wbrew woli rodziców obojga. Chłopak pożyczył pieniądze od ludzi, którzy od razu wydawali się jej podejrzani, nie była jednak w stanie temu zapobiec. Stopniowo firma zaczęła prosperować. Po czterech latach małżeństwa, drżąc ze strachu – zażądała, żeby natychmiast spłacił wierzycieli, którzy nie spieszyli się z odebraniem należności. Posłuchał jej rady i wkrótce przekonał się, że miała rację.

Płynęły lata, lata nieuniknionych porażek i nieprzespanych nocy, aż wreszcie nadszedł sukces. A wraz z tym, jak w bajce, brzydkie kaczątko przemieniło się w pięknego łabędzia.

Ewę nużyło zajmowanie się domem. On nie podzielał zdania innych mężów, że dla kobiety praca zawodowa jest synonimem braku kobiecości. Kupił jej sklep w jednym z najlepszych punktów Moskwy. Zaczęła sprzedawać kolekcje światowych dyktatorów mody, ale sama nie miała śmiałości zająć się projektowaniem. Praca dostarczała jej jednak innych przyjemności: jeździła po świecie, odwiedzała słynne salony mody, spotykała interesujących ludzi. Właśnie wtedy poznała Hamida. Do dziś nie potrafi powiedzieć, czy go kocha – prawdopodobnie nie – ale dobrze jej z nim było. Kiedy oświadczył, że nigdy nie spotkał tak wspaniałej kobiety i zaproponował, żeby zamieszkali razem, nie miała nic do stracenia: bezdzietna, z mężem, który myślał tylko o pracy i pewnie nawet nie zauważy jej braku.

„Zerwałam z przeszłością”, oznajmiła Ewa w jednym z nagrań. „I nie żałuję niczego. Zrobiłabym to samo po raz wtóry, nawet gdyby Hamid nie kupił tej pięknej posiadłości w Hiszpanii i nie zapisał jej na mnie. Zrobiłabym to samo, nawet gdyby Igor, mój były mąż, zaoferował mi połowę swojej fortuny, bo nie chcę żyć w lęku. A skoro jeden z najbardziej znanych w świecie mężczyzn pragnie żyć u mojego boku, jestem lepsza, niż mnie samej się wydaje”.

W innym miejscu taśmy Ewa wspomina, że były mąż ma problemy psychiczne.

„Mój mąż zwariował. Nie wiem, czy to doświadczenia wojenne czy przeciążenie pracą, ale wydaje mu się, że potrafi odczytywać wolę boską. Zanim go opuściłam, radziłam się psychiatry. Chciałam go zrozumieć, chciałam ocalić nasze małżeństwo. Psychiatrze szczegółów nie wyjawiłam, by nie rzucać podejrzeń na męża. Teraz też nie powiem na czym polega problem. Dość powiedzieć, że jest zdolny do każdej potworności, przeświadczony, że czyni dobro. Psychiatra wyjaśnił mi, że wielu ludzi dobrych, szlachetnych, współczujących może niemal z dnia na dzień zmienić się radykalnie. Prowadzi się badania nad tym zjawiskiem, które nazwano «efektem Lucyfera», anioła najbardziej umiłowanego przez Boga, który odwrócił się od Niego”.

„Dlaczego się tak dzieje?”, słychać pytanie zadane innym kobiecym głosem.

W tym momencie nagranie się urywa.

Chciałby usłyszeć odpowiedź na to pytanie. Nie przyrównuje się do Boga. Dobrze o tym wie. Ewa to wszystko wymyśliła ze strachu przed odrzuceniem, kiedy pewnego dnia do niego wróci. Oczywiście musiał zabijać, ale co to ma wspólnego z ich małżeństwem? Zabijał na wojnie, z oficjalnym przyzwoleniem. Potem z jego ręki zginęły może dwie lub trzy osoby, ale tak było dla nich lepiej, oszczędził im przyszłych cierpień. A w Cannes ma do spełnienia misję.

Zabiłby ukochaną osobę jedynie wówczas, gdyby utraciła zdolność logicznego myślenia, zagubiła się i rujnowała własne życie. Nie pozwoli na to, by demencja przysłoniła piękną przeszłość. Zabiłby ukochaną osobę, żeby wybawić ją od długiego, bolesnego procesu samozniszczenia.

Igor spogląda na maserati, który zatrzymuje się w niedozwolonym miejscu. Absurdalne, niewygodne auto: zbyt niskie na drugorzędne drogi i zbyt niebezpieczne na autostradach.

Otwierają się drzwi i z wnętrza z trudem wykaraskuje się na oko pięćdziesięcioletni mężczyzna, najwyraźniej robiący wszystko, żeby wyglądać na trzydziestkę. Wchodzi do pizzerii i zamawia „quattro formaggi" na wynos.

Maserati i pizzeria. Lekki dysonans, ale się zdarza.

Powraca Pokusa. Nie mówi mu już o przebaczeniu i wyrozumiałości, o zapominaniu o przeszłości, a o zwróceniu się ku przyszłości. Zmienia taktykę, próbuje zasiać w jego umyśle ziarno niepokoju. A co jeśli Ewa była rzeczywiście nieszczęśliwa? Jeżeli tkwi w pułapce z powodu złej decyzji, którą podjęła, ale nadal bardzo go kocha? Tak jak Adam, gdy przyjął ofiarowane mu jabłko i skazał cały rodzaj ludzki?

Wszystko zaplanował, powtarza to sobie po raz tysięczny. Mieli wrócić razem, nie dopuścić, żeby jedno krótkie „żegnaj" przekreśliło ich wspólną przeszłość. Każde małżeństwo przeżywa kryzysy, szczególnie po osiemnastu latach trwania. Jednocześnie zdaje sobie sprawę, że dobry strateg stale modyfikuje swe plany. Raz jeszcze wysyła esemesa, żeby mieć pewność, że dotrze do niej. Wstaje i modli się, by nie było mu dane zakosztować z kielicha wyrzeczenia.

Dusza młodej Portugalki jest tuż obok. Igor rozumie, że dopuścił się niesprawiedliwego czynu; powinien był zaczekać na przeciwnika równego sobie, takiego jak choćby ten pseudoatleta z ufarbowanymi włosami. Albo działać w stanie najwyższej konieczności, jak w przypadku kobiety na plaży, którą uwolnił od niepotrzebnych cierpień.

Dziewczyna o gęstych brwiach wydaje się unosić wokół niego jak święta, prosi, by niczego nie żałował. Postąpił słusznie, wybawiając ją od przyszłości pełnej łez i cierpienia. Jej czysta dusza wypiera powoli Pokusę, a Igor już wie, że przyjechał do Cannes nie po to, żeby wskrzesić utraconą miłość – to byłoby niemożliwe. Przybył tu, żeby ocalić Ewę od upadku i goryczy. Potraktowała go niesprawiedliwie, ale to, co dla niego uczyniła, z pewnością zasługuje na nagrodę.

„Jestem dobrym człowiekiem".

Podchodzi do kasy, płaci rachunek i prosi o butelkę wody mineralnej. Wychodząc, wylewa całą jej zawartość sobie na głowę.

Musi mieć jasny umysł. Tak długo marzył o tym dniu, a kiedy w końcu nastał, ma w głowie zamęt.

17:06

Moda zmienia się co sześć miesięcy, ale jedno pozostaje niezmienne: ochroniarze są zawsze ubrani na czarno.

Hamid próbował różnych eksperymentów. Ostatecznie doszedł do wniosku, że nie ma co wprowadzać rewolucji, bo krytycy zaczęliby się rozwodzić nad „bezużytecznymi innowacjami", zamiast pisać o sprawach rzeczywiście istotnych: o nowej kolekcji. Zresztą czerń to kolor idealny: klasyczny, tajemniczy, wpisany w zbiorową podświadomość dzięki starym hollywoodzkim westernom, gdzie pozytywni bohaterowie nosili się na biało, a czarne charaktery na czarno.

„Co by było, gdyby Biały Dom nazywał się Czarnym Domem? Wszyscy myśleliby, że zamieszkuje go książę ciemności".

Kolorów używa się w określonym celu, chociaż powszechnie się uważa, że wszystko jest dziełem przypadku. Biel oznacza czystość i prawość. Czerń zastrasza. Czerwień szokuje i paraliżuje. Żółć przykuwa uwagę. Zieleń działa uspokajająco i otwiera drogę. Błękit koi nerwy. Pomarańcz wprawia w zakłopotanie.

Ochroniarze powinni ubierać się na czarno – tak zawsze było i niech tak pozostanie.

Jak zwykle są trzy wejścia. Pierwsze dla prasy – kilku dziennikarzy i tłum fotoreporterów dźwigających ciężki sprzęt. Z pozoru wobec siebie uprzejmi, nie cofną się jednak przed niczym, żeby dopchać się do lepszego miejsca i uchwycić najciekawsze momenty, najlepiej czyjeś potknięcie. Drugie wejście przeznaczone jest dla zaproszonych gości. Pod jednym względem Tygodnie Mody wyglądają wszędzie tak samo: i w Paryżu, i w Cannes zaproszeni goście są zawsze źle ubrani i z całą pewnością nie stać ich na kreacje prezentowane na pokazach. Wśród ubiorów przeważają kiepskie dżinsy, byle jakie t-shirty i „adidasy". Ich posiadacze z mizernym skutkiem udają, że są na luzie, a taki pokaz to dla nich nie pierwszyzna. Niektórzy do badziewia, jakie mają na sobie, dodają designerskie paski i torby, co daje efekt trochę taki, jak obraz Velasqueza w plastikowej ramie.

Trzecie wejście to wejście dla VIP-ów. Ochroniarze oczywiście nie mają pojęcia, kto jest kim. Stoją przy drzwiach z założonymi rękami i posyłają groźne spojrzenia, jakby wszystko do nich należało.

Podchodzi do nich miła dziewczyna, której zadaniem jest zapamiętywanie twarzy ważnych osób. W ręku trzyma listę.

– Pani Hussein, panie Hussein, serdecznie witam. Dziękujemy uprzejmie za przybycie.

Przechodzą do przodu. Wszyscy idą tym samym korytarzem, ale rozstawione od samych drzwi metalowe słupki, połączone czerwonymi, aksamitnymi sznurami, oddzielają najważniejszych od tych mniej ważnych. Tutaj się rozstrzyga, kto dostąpi Chwili Chwały i zostanie wyróżniony. Pokaz wprawdzie nie figuruje w oficjalnym kalendarzu imprez związanych z modą – w końcu Cannes jest festiwalem filmowym – ale wszystko musi się odbyć zgodnie z obowiązującym ceremoniałem. To dla takich ulotnych Chwil Chwały, przeżywanych na wszystkich tego typu imprezach (wystawne kolacje, obiady, koktajle), kobiety i mężczyźni spędzają długie godziny przed lustrem w przekonaniu, że sztuczne światło nie ma tak zgubnego wpływu na cerę, jak światło słoneczne, przed którym chronią skórę grubymi warstwami kremu z najmocniejszym filtrem. Mieszkają dwa kroki od plaży, ale wolą kabiny do opalania w salonach kosmetycznych położonych dwie przecznice dalej. Mogliby zaczerpnąć trochę świeżego powietrza, gdyby wybrali się na spacer bulwarem Croisette, ale jak na spacerze zmierzyć ilość spalanych kalorii? Czy nie lepiej pochodzić sobie po bieżni w hotelowym klubie fitness?

Doskonałą formę zapewnią im darmowe lunche – na które stroją się z wystudiowaną niedbałością – gdzie czują się ważni, bo zostali zaproszeni; galowe kolacje, gdzie za stolik trzeba słono zapłacić z własnej kieszeni, chyba że się ma wpływowych znajomych; nocne imprezy trwające do białego rana. A na koniec, przed powrotem do apartamentu, jeszcze filiżanka kawy lub szklaneczka whisky w hotelowym barze. No i przez cały czas regularne wizyty w toalecie – żeby poprawić makijaż, ściągnąć węzeł krawata, strzepnąć łupież z ramion marynarki, sprawdzić, czy szminka się nie rozmazała.

Wreszcie z powrotem w apartamencie, gdzie czeka: posłane łóżko, menu śniadaniowe do wypełnienia, prognoza pogody na następny dzień, czekoladki (natychmiast wyrzucane, bo nazbyt kaloryczne), koperta z wykaligrafowanym nazwiskiem (pozostaje nie otwarta, bo i tak wiadomo, że zawiera kurtuazyjny list powitalny od dyrekcji hotelu), a obok kosz z owocami (te zostają zjedzone z apetytem, bo dużo w nich błonnika, który jest zdrowy). Przeglądając się w lustrze, zdejmując krawat, zmywając makijaż, rozbierając się, mówią sobie: dzisiaj nie zdarzyło się nic ważnego. Może jutro będzie lepiej.

Ewa wygląda świetnie w sukni Hamida, skromnej i eleganckiej. Obsługa odprowadza ich do foteli na wprost wybiegu, blisko miejsca, gdzie fotografowie już montują sprzęt.

– Panie Hussein, który film się panu najbardziej spodobał? – pyta jakiś dziennikarz.

– Za wcześnie na takie sądy – brzmi rutynowa odpowiedź. – Widziałem sporo dobrych filmów, ale z oceną poczekajmy do końca festiwalu.

W rzeczywistości nie widział żadnego. Później porozmawia z Gibsonem, żeby się czegoś dowiedzieć o „najlepszym filmie sezonu".

Grzeczna, elegancko ubrana ładna blondynka przegania dziennikarzy. Pyta, czy Hamid i Ewa wybierają się na koktajl organizowany po pokazie przez rząd Belgii. Jeden z belgijskich ministrów chciałby porozmawiać z Hamidem. Hamid rozważa propozycję. Wie, że Belgowie sporo inwestują w swoich projektantów i w ten sposób po utracie kolonii w Afryce chcą odzyskać dawną pozycję na arenie międzynarodowej.

– Wpadnę na kieliszek szampana – obiecuje.

– Przecież po pokazie spotykamy się z Gibsonem – oponuje Ewa.

Hamid przeprasza i obiecuje skontaktować się z ministrem jak najszybciej.

Otaczają ich fotoreporterzy, pstrykają aparaty, migoczą flesze. Poza Husseinami nie ma jeszcze nikogo godnego uwagi. Po chwili pojawiają się modelki, których blask nieco już przyblakł. Uśmiechają się, pozują do kamer, rozdają autografy źle ubranym gościom i robią wszystko, żeby zwrócić na siebie uwagę w nadziei, że znów ujrzą swoje

zdjęcia na okładkach czasopism. Fotoreporterzy je oblegają, ale raczej z obowiązku, bo wiadomo, że żadne z tych zdjęć nie trafi do kolorowych pism. Spektakl, jakim jest moda, rozgrywa się w czasie teraźniejszym, a modelki na widowni, sławne trzy lata temu, interesują teraz tylko facetów czekających za metalowymi barierkami przy wejściu do hoteli, albo starsze panie, które nie nadążają za modą. Wyjątkami są tylko te dawne modelki, których nazwiska nie schodzą z pierwszych stron gazet dzięki sprytnie zaaranżowanym skandalom lub te, które rzeczywiście wybiły się spośród innych.

Stare modelki (to znaczy te, które ukończyły dwadzieścia pięć lat) nie przyszły tu z myślą powrotu na wybieg. Marzy im się raczej rola w jakimś filmie, albo kariera prezenterki w jednej z prywatnych stacji telewizyjnych.

Kto jeszcze pojawi się na wybiegu – oprócz Jasmine, dla której Hamid przyszedł na pokaz?

Z pewnością Jasmine nie jest jedną z czterech lub pięciu czołowych modelek, które robią, co chcą, każą sobie płacić krocie za każdy występ i nie są zainteresowane pokazywaniem się w Cannes po to tylko, żeby uświetnić czyjąś imprezę. Hamid spodziewa się zobaczyć dwie, może trzy modelki klasy A, takie jak Jasmine, które dostają po 1 500 euro za pokaz, są silnymi indywidualnościami i mają przed sobą przyszłość. Wystąpią też dwie lub trzy dziewczyny klasy B, profesjonalistki, które potrafią poruszać się po wybiegu i mają doskonałą sylwetkę, ale zabrakło im szczęścia i żadna z dużych firm nie podpisała z nimi kontraktu na promocję swoich produktów. Te modelki za jedno popołudnie biorą od 600 do 800 euro. Resztę będą stanowić modelki klasy C, nowicjuszki stawiające pierwsze kroki w zawodzie i zarabiające od 200 do 300 euro, plus szansa „zdobycia doświadczenia na wybiegu".

Hamid doskonale wie, co się roi dziewczynom z trzeciej grupy: „Odniosę zwycięstwo! Pokażę im, na co mnie stać! Zostanę najsłynniejszą modelką, nawet gdybym musiała przespać się z jednym z tych staruchów".

Staruchom jednak nie brak oleju w głowie. Modelki to na ogół nieletnie dziewczyny, a w większości krajów świata wykorzystywanie seksualne nieletnich kończy się odsiadką. Mity nie mają nic wspólnego z rzeczywistością: żadna modelka nie wspięła się na szczyty dzięki świadczonym usługom seksualnym. Do tego potrzebne jest dużo więcej.

Siła charakteru. Charyzma. Szczęście. Odpowiedni agent. Bycie we właściwym miejscu we właściwym momencie. A według analityków i rynkowych tendencji, właściwy moment to wcale nie to, o czym myślą adeptki tego zawodu. Jak wykazują ostatnie badania, odbiorcy mają dość widoku dziwnych, anorektycznych stworów w nieokreślonym wieku o wyzywającym spojrzeniu. Agencje selekcjonujące modelki szukają typu urody, który trudno dziś znaleźć: dziewczyny z sąsiedztwa, czyli najzwyklejszej młodej osóbki, z którą każda kobieta jest w stanie się identyfikować: „Jestem taka, jak ona", powie spoglądając na plakat czy zdjęcie w tygodniku.

Ale znalezienie takiej niezwykłej „zwykłej" dziewczyny graniczy z nieprawdopodobieństwem.

Dawno minęły te czasy, kiedy modelki były po prostu chodzącymi wieszakami – choć prawdę powiedziawszy, na takim wieszaku łatwiej udrapować tkaninę. Zmiany nie ominęły także mody męskiej. Garniturów nie reklamują już sami przystojniacy. Tak było w epoce yuppie, w latach osiemdziesiątych, ale już nie jest. Ideał męskiej urody nie jest tak wyraźnie zdefiniowany, dlatego mężczyzna wybiera dla siebie to, co kojarzy mu się z kolegą z biura czy znajomym z pubu.

O Jasmine Hamid dowiedział się od współpracowników, którzy widzieli ją na wybiegu: „To wymarzona twarz dla twojej nowej kolekcji", mówili, „ma zdecydowanie charakter, a przy tym coś, co pozwoli kobietom się z nią identyfikować". Modelki klasy C uganiają się za kontaktami i mężczyznami, którzy rzekomo mają takie wpływy, że z dnia na dzień są w stanie zrobić z nich gwiazdy. Tymczasem w świecie mody – i pewnie w każdej innej dziedzinie – najlepszą rekomendacją jest dobre słowo od ludzi z branży. Choć to brzmi absurdalnie, z chwilą, kiedy modelka staje na progu kariery, zaczyna

się obstawianie: wygra czy przegra. Czasem wygrywa, czasem przegrywa. Takie są prawa rynku.

Sala zaczyna się wypełniać gośćmi. Siedzenia w pierwszym rzędzie są zarezerwowane. Kilka z nich już zajęli mężczyźni w markowych garniturach i elegancko ubrane kobiety, reszta nadal jest wolna. Zwykła publiczność zajmuje miejsca w drugim, trzecim i czwartym rzędzie. W centrum uwagi reporterów jest słynna modelka, żona znanego piłkarza, która kilkakrotnie odwiedziła Brazylię, ponieważ „uwielbia ten kraj". Jest tajemnicą poliszynela, że „uwielbianie" Brazylii oznacza de facto operację plastyczną, ale oczywiście nikt na ten temat słowa nie piśnie. Wizytę u speca od chirurgii plastycznej wciska się gdzieś między podziwianie uroków Salvadoru a karnawał w Rio de Janeiro.

Bardzo miła blondynka cierpliwie czeka, aż fotoreporterzy skończą z żoną piłkarza (która również odpowiada na pytania o najlepszy film), a potem prowadzi ją do jedynego wolnego fotela i sadza obok Hamida i Ewy. Znów otaczają ich fotoreporterzy i pstrykają dziesiątki zdjęć –

słynny dyktator mody, jego żona i niegdysiejsza modelka, obecnie pani domu.

– Co pan sądzi o swojej belgijskiej koleżance po fachu? – pyta jeszcze jakiś dziennikarz.

– Przyszedłem tu, żeby poznać jej pracę. Słyszałem, że ma duży talent – odpowiada Hamid, przyzwyczajony do takich pytań.

Dziennikarze nie ustępują, jakby nie słyszeli odpowiedzi. Prawie wszyscy są Belgami – prasa francuska nie jest w ogóle zainteresowana tym wydarzeniem. Wreszcie bardzo miła blondynka grzecznie ich wyprasza.

Wracają na miejsce dla prasy. Była modelka zagaduje Hamida, zachwyca się jego kreacjami. Hamid dziękuje uprzejmie. Jeżeli liczy na odpowiedź: „Porozmawiajmy po pokazie", to się zawiedzie. Ale nie odpuszcza i opowiada mu o sobie – o pozowaniu do zdjęć, o zaproszeniach, podróżach.

Hamid znosi to cierpliwie, ale przy pierwszej nadarzającej się okazji (modelka odwróciła się, żeby wymienić z kimś kilka słów) szuka ratunku u żony. Jednak Ewa zachowuje się bardzo dziwnie i nie kwapi się do wzięcia na siebie ciężaru konwersacji. Jedynym wyjściem dla Hamida jest lektura katalogu projektantki.

Kolekcja została poświęcona pamięci Anny Salens, pionierki mody w Belgii. W końcu lat sześćdziesiątych XX wielu otworzyła ona własny butik. Szybko odkryła, że w stylu hippisów, którzy z całego świata zjeżdżali do Amsterdamu, tkwi niezwykły potencjał. Rzuciła wyzwanie ówczesnemu wyważonemu stylowi klasy średniej i zwyciężyła. Projektowane przez nią stroje nosiły ikony tamtych czasów, łącznie z królową, czy wielką muzą francuskiego egzystencjalizmu, pieśniarką Juliette Greco. Jako jedna z pierwszych zmieniła pokazy mody w spektakle światła, muzyki i sztuki. Ale poza granicami kraju sławy nie zdobyła. Zawsze żyła w panicznym lęku przed chorobą nowotworową. I, jak powiada Hiob w Biblii: *Spotkało mnie to, czegom się lękał, bałem się, a jednak to przyszło* – zmarła na raka. Przed śmiercią zdążyła jeszcze zobaczyć upadek swojej firmy, jako że nigdy nie miała głowy do interesów.

Jak ze wszystkim innym w świecie mody, która zmienia się co sześć miesięcy, wszyscy o niej zapomnieli. Dopiero projektantka, która za kilka minut pokaże na wybiegu swoje dzieła, odważyła się sięgnąć do przeszłości, zamiast wymyślać przyszłość.

Hamid chowa katalog do kieszeni. Jeżeli Jasmine nie spełni jego oczekiwań, porozmawia z projektantką o ewentualnym wspólnym projekcie. Jest otwarty na nowe pomysły – pod warunkiem, że nad wszystkim będzie czuwał sam.

Rozgląda się wokoło. Światła dobrze rozstawione, nadspodziewanie dużo prasy. Może kolekcja jest rzeczywiście warta obejrzenia, a może to sprawka belgijskiego rządu, który użył wszystkich wpływów i opłacił przejazd i pobyt dziennikarzom. Jeszcze jedno może być powodem tak wielkiego zainteresowania, ale Hamid wolałby się mylić: Jasmine. Jeżeli jego plan ma się powieść, modelka musi być nieznana szerokiej publiczności. Do tej pory słyszał o niej tylko od ludzi z branży. Gdyby jej twarz zdążyła się pojawić na okładkach czasopism, podpisywanie z nią kontraktu mijałoby się z celem. Po pierwsze, dlatego że ktoś go ubiegł. Po drugie, dlatego że nie kojarzyłaby się z czymś absolutnie nowym.

Hamid zaczyna liczyć. Ten pokaz nie jest tanim przedsięwzięciem. Ale, tak jak szejk, rząd belgijski wie, co robi: moda dla pań, rozrywka dla panów – celebryci dla jednych i drugich – oto czym się interesują zwykli śmiertelnicy, nie mówiąc o międzynarodowym wizerunku własnego kraju. Oczywiście, w przypadku świata mody konieczne jeszcze będą długie negocjacje z Federacją. Jeden z jej dyrektorów siedzi wśród belgijskich polityków. Najwyraźniej Belgowie nie marnują czasu.

Sympatyczna blondynka wprowadza następnych VIP-ów. Wydają się zdezorientowani, jakby nie do końca wiedzieli, po co tam przyszli. Wszyscy zanadto wystrojeni, a więc z pewnością to ich pierwszy pokaz mody we Francji. Pewnie dopiero co przylecieli z Brukseli. Zdecydowanie nie należą do menażerii okupującej miasto w dniach festiwalu.

Pięć minut spóźnienia. W Paryżu praktycznie żaden pokaz nie zaczyna się punktualnie. W Cannes odbywa się jednocześnie wiele imprez i dziennikarze nie mogą czekać w nieskończoność. Tylko tym razem jest nieco inaczej: dziennikarze prawie wyłącznie przybyli z tego samego kraju, tłumnie oblegają ministrów. Tak oto spotykają się polityka i moda.

Miła blondynka zaprasza dziennikarzy na miejsca: spektakl właśnie się zaczyna. Hamid i Ewa nie zamienili ani jednego słowa. Ewa nie wydaje się ani zadowolona, ani niezadowolona, co źle wróży. Gdyby przynajmniej zaczęła na coś narzekać, albo uśmiechnęła się, albo powiedziała choć jedno słowo! A tak nie wiadomo, co siedzi w jej głowie.

Lepiej skoncentrować się na kurtynie, zza której za chwilę wyjdą modelki. Przynajmniej to, co się tam dzieje w tej chwili, Hamid potrafi zrozumieć.

Kilka minut temu modelki zdjęły bieliznę, bo staniki i majtki mogłyby zakłócić perfekcyjną linię sukni. Już założyły pierwszy strój, w którym staną na wybiegu. Czekają tylko, aż światła na sali wygasną i zabrzmi muzyka. Wtedy poczują na plecach czyjeś lekkie dotknięcie, znak, że pora ruszać w światła reflektorów – do publiczności.

Modelki różnych klas wykazują różne oznaki zdenerwowania. Najmniej doświadczone mają największą tremę. Niektóre się modlą, inne zerkają przez szparkę w kurtynie, żeby sprawdzić kto przyszedł i czy rodzice dostali dobre miejsca. Jest ich dziesięć, najwyżej dwanaście. Zdjęcie każdej z nich przyczepiono do wieszaka z kreacjami, które będzie prezentować. Wszystko po to, żeby mogła się przebrać w kilka sekund i wrócić na wybieg tak spokojnie, jakby była tak ubrana cały dzień. Potem tylko poprawki makijażu i fryzury, i oczekiwanie na sygnał. Po sto razy powtarzają sobie:

„Nie potknij się. Nie nastąp na rąbek sukni. Projektantka mnie wybrała spośród sześćdziesięciu innych. Jestem w Cannes. Na pewno jest ktoś ważny na widowni. Wiem, że przybył sam HH. Może mnie zauważy? Podobno sala pęka w szwach od fotoreporterów i dziennikarzy.

Nie uśmiechaj się, to wbrew zasadom. Stopy równo, po niewidzialnej linii. W wysokich obcasach muszę iść, jakbym maszerowała! Nieważne, że to ani naturalne, ani wygodne. Pamiętaj o tym! Dojdź do wyznaczonego miejsca, lekki obrót, dwie sekundy w bezruchu i powrót w tym samym tempie. Za zasłoną już ktoś czeka. Pomoże ci zdjąć pierwszą kreację i założyć następną. Nie ma nawet czasu, żeby rzucić okiem w lustro! Ale na pewno wszystko pasuje jak ulał. Najważniejsze to pokazać nie tylko ciało i nie tylko suknię, ale także siłę spojrzenia!".

Hamid spogląda na sufit, na światło punktowe jaśniejsze od pozostałych. Modelka, która wyjdzie poza krąg tego światła, nie wypadnie dobrze na zdjęciu, a wtedy redaktor – belgijski, ma się rozumieć – wybierze fotografię innej modelki. W tym samym czasie francuscy dziennikarze sterczą przed hotelami, albo przechadzają się wśród gości, na którymś z popołudniowych koktajli, albo po prostu zajadają kanapki w oczekiwaniu na najważniejsze wydarzenie dnia: galowy bankiet.

Na sali gasną światła. Zapalają się reflektory oświetlające wybieg.

Nadchodzi wielki moment.

Potężny system nagłaśniający wypełnia salę dźwiękami składanki przebojów lat 60. i 70., przenosząc obecnych w nieznany Hamidowi, tajemniczy świat, o którym sporo słyszał. Odczuwa rodzaj tęsknoty za czymś, czego nigdy nie zaznał, a jednocześnie złość: dlaczego jemu nie dane było przeżyć wielkiego snu młodych ludzi tamtej epoki?

Wchodzi pierwsza modelka. Wrażenia wzrokowe mieszają się ze słuchowymi. Jaskrawo kolorowa kreacja, pełna życia i energii, opowiada historię z odległej przeszłości, do której chętnie się wraca. Pstrykają aparaty fotograficzne, terkoczą nagrywające każdy ruch kamery. Pierwsza modelka jest doskonała – dochodzi do świetlnego kręgu, obraca się w prawo, odczekuje dwie sekundy i wraca. Ma piętnaście sekund na dojście za kulisy. Tam zapomni o wybiegowej manierze, popędzi do swojego wieszaka, szybko się rozbierze, a jeszcze szybciej ubierze i stanie w kolejce do następnego wyjścia. Projektantka ogląda wszystko na ekranie monitora. Przygryza w zdenerwowaniu wargi i ma nadzieję, że żadna modelka się nie potknie, że publiczność zrozumie, co starała się jej przekazać, że na koniec usłyszy owacje na stojąco, no i że pokaz zrobi wrażenie na wysłannikach Federacji.

Pokaz trwa. Ze swoich miejsc Hamid i kamery telewizyjne widzą, jak ładnie modelki się poruszają, jak pewnie stawiają kroki. Ci z bocznych foteli – podobnie jak VIP-y nienawykli do pokazów mody – dziwią się, czemu modelki „maszerują", zamiast chodzić normalnym krokiem, jak te oglądane w telewizyjnych programach o modzie? Czy projektantka chce być taka oryginalna?

Hamid wie, że to wszystko przez wysokie obcasy. Tylko stawiając stopy w taki sposób, modelki są w stanie utrzymać równowagę. A poza tym, to, co pokazują kamery z miejsca na wprost wybiegu, wcale tak nie wygląda w rzeczywistości.

Kolekcja jest lepsza, niż się spodziewał: powrót do przeszłości z nawiązaniami do czasów współczesnych. Żadnej przesady, bo z modą jest tak, jak z dobrą kuchnią – tajemnica tkwi w odpowiednich proporcjach używanych składników. Kwiaty i koraliki przypominają o tamtych szalonych latach, ale projektantka wykorzystała je w sposób na wskroś współczesny. Zobaczył już sześć modelek. Pod kolanem jednej z nich Hamid dojrzał mały punkcik, którego kosmetyki nie zdołały ukryć: musiała kilka minut wcześniej zaaplikować sobie heroinę, żeby uspokoić nerwy i nie odczuwać łaknienia.

Nagle pojawia się Jasmine. Ma na sobie białą, ręcznie haftowaną bluzkę z długimi rękawami i spódnicę, również białą, za kolana. Idzie pewnym krokiem. W przeciwieństwie do poprzedniczek jej powaga nie jest czymś wystudiowanym: jest naturalna, absolutnie naturalna. Hamid rzuca szybkie spojrzenie na rzędy widzów i stara się zaobserwować reakcje publiczności. Wszyscy wpatrują się w Jasmine jak zahipnotyzowani. Nikt nie patrzy na modelki, które właśnie schodzą z wybiegu lub wyłaniają zza kurtyny. Każdy odprowadza ją wzrokiem, dopóki nie znika za kulisami.

„Doskonała!".

Podczas dwóch następnych pojawień się na wybiegu Hamid dokładnie się jej przyjrzał. W tej dziewczynie jest coś więcej, niż tylko uroda i doskonała figura. Trudno to coś nazwać. Małżeństwo Nieba z Piekłem? Unia Miłości z Nienawiścią?

Jak każdy dobry pokaz, i ten nie trwa dłużej niż kwadrans – chociaż cały sztab ludzi miesiącami przygotowywał i dopracowywał najmniejsze szczegóły. Na samym końcu na scenę wychodzi projektantka, żeby podziękować za aplauz. Zapalają się światła. Muzyka milknie. Dopiero teraz Hamid uświadamia sobie, jak bardzo mu się podobało. Podchodzi do nich miła blondynka z wiadomością, że ktoś z rządu belgijskiego pragnąłby z nim porozmawiać. Hamid otwiera skórzany portfel i wyjmuje wizytówkę. Mówi, że zatrzymali się w hotelu Martinez i chętnie umówi się na następny dzień.

– Bardzo mi zależy na rozmowie ze stylistką i z jej czarnoskórą modelką. Może pani wie, dokąd udają się na kolację? Poczekam na odpowiedź.

Ma nadzieję, że miła blondynka szybko wróci. Znowu otaczają go dziennikarze i zasypują pytaniami, a właściwie wszyscy zadają to samo pytanie, tylko za każdym razem inaczej sformułowane: „Co sądzi pan o pokazie?".

– Bardzo interesujący – pada rutynowa odpowiedź.

– A konkretnie?

Grzecznie, jak przystało na człowieka doświadczonego, Hamid przechodzi do pytania następnego dziennikarza. Nigdy nie wolno traktować prasy źle, ale też nigdy nie należy szczerze odpowiadać na żadne z ich pytań. Wystarczy kilka zdawkowych słów.

Wraca miła blondynka. Żadna z pań nie wybiera się na galowy bankiet – nie dostały zaproszeń. Festiwale filmowe rządzą się innymi prawami niż polityka, nawet jeśli udział w nich biorą politycy.

Hamid obiecuje wysłać obu paniom stosowne zaproszenia. Jego propozycja zostaje przyjęta. Z pewnością stylistka się tego spodziewała, w końcu wie, jaki skarb ma w swoich rękach.

Jasmine.

Tak, to musi być Jasmine. W pokazach będzie ją rzadko wykorzystywał, żeby swoją osobowością nie przyćmiewała jego kreacji. Ale jako „twarz kolekcji Hamida Husseina" będzie po prostu niezrównana.

W drzwiach wyjściowych Ewa włącza komórkę. W kilka sekund na ekraniku pojawia się koperta. Szybuje po błękitnym niebie i kończy lot u dołu monitora, żeby oznajmić: „Masz nową wiadomość".

„Co za idiotyczne obrazki", myśli Ewa.

Znowu numer zastrzeżony. Otworzyć, czy nie otwierać? Zwycięża ciekawość.

– Jakiś wielbiciel zdobył twój numer telefonu – śmieje się Hamid. – Zwykle nie dostajesz tylu esemesów.

– Całkiem możliwe.

A chciałaby mu powiedzieć: „Czy nie rozumiesz? Po dwóch latach małżeństwa nie widzisz, że jestem przerażona? A może myślisz, że to zespół napięcia przedmenstruacyjnego?

Udaje spokój, czytając wiadomość:

ZBURZYŁEM NASTĘPNY ŚWIAT Z TWOJEGO POWODU. ZACZYNAM SIĘ ZASTANAWIAĆ, CZY TO W OGÓLE MA SENS, BO CHYBA NIE ZROZUMIAŁAŚ MOJEGO PRZESŁANIA. TWOJE SERCE JEST MARTWE.

– Kto to? – pyta Hamid.

– Nie mam pojęcia. Numer zastrzeżony. Zawsze to miło mieć cichego wielbiciela.

17:15

Trzy zabójstwa. W parę godzin przekroczone statystyki kryminalne. Wzrost o całe 50%.

Podchodzi do samochodu, nastawia radio na pasmo policji.

– W mieście grasuje seryjny zabójca.

Niewyraźny głos z drugiej strony linii. Trzaski i szumy zakłócają wypowiedź, ale Savoy zrozumiał pytanie.

– Nie, nie jestem tego całkowicie pewien. Ale też nie mam żadnych wątpliwości.

Znowu trzaski i szumy.

– Nie, panie komendancie, nie oszalałem, ani nie zaprzeczam samemu sobie. Nie jestem pewien, czy moja pensja wpłynie na konto pod koniec miesiąca, a mimo to nie mam co do tego żadnych wątpliwości.

Trzaski i poirytowany głos.

– Nie proszę pana o podwyżkę. Zwracam tylko uwagę, że pewność i wątpliwości nie wykluczają się wzajemnie, szczególnie w naszym zawodzie. Dobrze, zostawmy te rozważania, bo to teraz nieistotne. Właśnie zmarł człowiek przewieziony do szpitala. Całkiem możliwe, że w wieczornych wiadomościach pojawi się informacja o trzech zbrodniach. Wszystkie morderstwa zostały dokonane za pomocą bardzo wyszukanych środków, za każdym razem innych. Z tego powodu nikomu pewnie nie przyjdzie do głowy łączyć tych zbrodni. Ale Cannes przestało być miejscem bezpiecznym. Jeżeli do jutra sytuacja nie ulegnie zmianie, zaczną się spekulacje na ten temat. Co pan chce, żebym zrobił?

Komendant jest wyraźnie zdenerwowany.

– Oczywiście, są tutaj. Chłopak, który był świadkiem, opowiada im o wszystkim. W mieście jest pełno dziennikarzy i fotoreporterów. Liczyłem na to, że będą warować w pobliżu czerwonego dywanu, ale się przeliczyłem. Wygląda na to, że jest ich zbyt dużo na festiwalu, a niewiele się dzieje.

Następna porcja słów pełnych oburzenia. Wyjmuje z kieszeni notes i zapisuje podany adres.

– Zrozumiałem. Natychmiast jadę do Monte Carlo. Porozmawiam z nim.

Trzaski milkną. Osoba po drugiej stronie linii rozłączyła się.

Savoy stawia na dachu policyjnego koguta, nastawia go na cały regulator, siada za kierownicą i rusza z piskiem opon. Ma nadzieję, że pismaki nabiorą się i ruszą za nim w pościg, ale to wyjadacze znający wszystkie policyjne sztuczki. Żaden się nie ruszył. Nadal cisną się wokół chłopaka, który zdaje im szczegółową relację z tego, co widział.

Savoy jest w swoim żywiole. Nareszcie koniec z papierkową robotą, którą z powodzeniem może wykonać jakiś podkomendny. Nareszcie coś, o czym od dawna marzył: tajemnicza zbrodnia, która jest wyzwaniem dla logicznego umysłu. Bardzo chciałby, żeby potwierdziła się jego hipoteza o seryjnym mordercy, który terroryzuje całe miasto. Biorąc pod uwagę szybkość, z jaką w dzisiejszym świecie rozchodzą się informacje, niedługo wszystkie oczy skierują się na niego. Będzie publicznie zapewniał, że „na razie są tylko poszlaki, nie ma żadnych dowodów", ale tak nieprzekonująco, że nikt mu nie uwierzy i kamery będą śledzić każdy jego krok, aż do ujęcia mordercy. W gruncie rzeczy Cannes jest tylko niewielką mieściną, w której odnalezienie seryjnego mordercy nie powinno być zbyt trudne.

Sława. Miejsce wśród celebrytów.

Czyżby przedkładał własną karierę nad dobro współobywateli? Z drugiej strony, co w tym złego, że łaknie odrobiny sławy? Od lat pracuje w miasteczku, gdzie wszystko obraca się wokół dwunastu dni festiwalu, kiedy to ze wszystkich stron zjeżdżają ważniacy, którzy w rzeczywistości niewiele znaczą. To jest zaraźliwe. Każdy jest spragniony uznania, czy to policjant, czy reżyser filmowy.

„Nie myśl o sławie. Przyjdzie sama, jeśli dobrze wykonasz swoją robotę. Poza tym bywa kapryśna. Co będzie, jeśli ci się nie uda? Publiczne upokorzenie! Skoncentruj się".

Po prawie dwudziestu latach pracy w policji na różnych stanowiskach, po awansach za zasługi, po tonach przeczytanych raportów doszedł do wniosku, że do ujęcia zbrodniarza konieczna jest intuicja i logiczne rozumowanie. Teraz, kiedy jest w drodze do Monte Carlo, największym wrogiem nie jest morderca – prawdopodobnie wyczerpany z powodu nadmiaru adrenaliny, no i zaniepokojony, bo już wie o istnieniu naocznego świadka ostatniego zabójstwa. Największym wrogiem jest prasa, dziennikarze, dla których intuicja i logika są tak samo ważne. Jeżeli pismaki połączą te trzy morderstwa, policja zupełnie straci kontrolę nad sprawą, a w mieście i na festiwalu wybuchnie panika: mieszkańcy nie będą wychodzić z domów, obcokrajowcy skrócą pobyt, handlowcy oskarżą policję o nieudolność, a gazety na całym świecie będą się rozpisywać o skandalu – w końcu seryjny morderca z krwi i kości jest bardziej interesujący niż jego ekranowa wersja.

Za rok festiwal już nie będzie tym samym. Mit seryjnego zabójcy zawładnie ludzką wyobraźnią. Luksus i blask znajdą sobie inne miejsce do prezentacji swych dóbr. Z czasem, po sześćdziesięciu latach świetności, festiwal stanie się wydarzeniem niskiej rangi, o którym nikt nawet nie wspomni ani w telewizji, ani w prasie.

Los powierzył mu bardzo odpowiedzialną rolę. Ma przed sobą dwa zadania: po pierwsze, odkryć sprawcę popełnionych morderstw i zapobiec dalszym zbrodniom, a po drugie, mieć prasę pod kontrolą.

Trzeba myśleć logicznie. Który z obecnych reporterów – w większości przybyłych z daleka – ma jakieś rozeznanie na temat ilości zbrodni popełnianych w Cannes? Ilu z nich zada sobie trud skontaktowania się z Komendą Główną i zasięgnięcia tam języka?

Logiczna odpowiedź brzmi: żaden. Koncentrują się na najświeższych wydarzeniach. Emocjonują się śmiercią znanego dystrybutora, który dostał zawału podczas jednego z festiwalowych lunchów. Nie mają pojęcia, że faktycznie został otruty – raport z autopsji leży na tylnym siedzeniu jego samochodu. Nie wiedzą też – i prawdopodobnie nigdy się nie dowiedzą – że ofiara była powiązana z grupą przestępczą, organizującą na wielką skalę pranie brudnych pieniędzy.

Odpowiedź nie podyktowana logiką brzmi jednak: zawsze znajdzie się ktoś, kto rozumuje inaczej niż pozostali. Pilnie więc należy zwołać konferencję prasową i podać szczegóły, ale tylko dotyczące amerykańskiej reżyserki, zamordowanej na molo. Dzięki temu prasa zapomni o dwóch pierwszych przypadkach.

Zamordowano znaną w środowisku filmowym kobietę. Kogo zainteresuje śmierć zwykłej dziewczyny? Wszyscy sobie pomyślą, tak jak Savoy na początku śledztwa, że dziewczyna przedawkowała. Problem rozwiązany.

A teraz co do reżyserki. Chyba nie była tak ważna, jak sądził. W przeciwnym razie komisarz z pewnością zatelefonowałby już na jego komórkę. Oto fakty: dobrze ubrany mężczyzna, lat około czterdzieści, ciemne, przyprószone siwizną włosy; on i kobieta rozmawiają na ławeczce, oglądają zachód słońca; świadkiem zajścia jest ukryty za skałą chłopak. Mężczyzna z chirurgiczną precyzją wbija sztylet, po czym spokojnie odchodzi z miejsca zbrodni i miesza się z tysiącami podobnych do siebie osób.

Savoy wyłącza sygnał i dzwoni do swojego zastępcy, który pozostał na miejscu zbrodni i najprawdopodobniej zamiast przesłuchiwać świadków, sam jest teraz przesłuchiwany przez dziennikarzy. Prosi podwładnego o przekazanie żurnalistom, których nadgorliwość często sprowadzała na niego kłopoty, następującej informacji: z „dużą dozą prawdopodobieństwa"mamy do czynienia ze zbrodnią w afekcie, popełnioną przez kochanka ofiary.

– Podkreśl, że pewności nie mamy, ale wiele na to wskazuje: w końcu siedzieli na ławce przytuleni do siebie. Na pewno nie chodziło o rabunek czy mafijne porachunki, ale o dramatyczne rozwiązanie prywatnego konfliktu. Pamiętaj – nie zalewaj. Wszystko jest nagrywane i może zostać wykorzystane przeciw tobie.

– Po co mam im to opowiadać?

– Bo tak wynika z poszlak. A im szybciej im coś rzucimy na pożarcie, tym lepiej dla nas.

– Pytają o narzędzie zbrodni.

– Mów, że wszystko wskazuje na to, że użyto noża. Tak zeznaje świadek.

– Ale świadek niczego nie jest pewien.

– Skoro nawet świadek nie jest pewien, cóż innego możesz im powiedzieć? Postrasz trochę tego chłopaka. Powiedz, że dziennikarze wszystko nagrywają i może to zostać użyte przeciwko niemu.

Rozłącza się, zanim podwładny zdąży zadać następne zbyt trudne pytania.

„Wszystko wskazuje na…" zbrodnię w afekcie, chociaż ofiara dopiero co przybyła do Cannes, zatrzymała się w hotelu w pojedynczym pokoju i – z tego, czego dowiedziała się policja – miała tylko jedno umówione spotkanie, rano,
 tuż obok Pałacu Kongresowego, w miejscu, gdzie odbywają się wolne sesje filmowe. Dziennikarze jednak nigdy się o tym nie dowiedzą.

Jest jeszcze coś, o czym nie wie nikt z jego współpracowników, nikt – poza nim.

Ofiara odwiedziła kogoś w szpitalu. Rozmawiał z nią wtedy przez chwilę, a potem odprawił – na pewną śmierć.

Ponownie włącza syrenę, żeby przeraźliwym wyciem zagłuszyć poczucie winy. Na miłość boską, przecież to nie on wbił sztylet w jej pierś!

Oczywiście, jej obecność w poczekalni można wyjaśnić następująco: należała do mafii narkotykowej i przyszła sprawdzić, czy zamach na dystrybutora się udał. Taka interpretacja faktów wydaje się „logiczna". Gdyby o tym przypadkowym spotkaniu powiadomił swojego szefa, śledztwo prawdopodobnie potoczyłoby się w tym kierunku. Zresztą takiego przebiegu wypadków oczywiście nie można wykluczyć: kobieta została zamordowana w równie wyrafinowany sposób, co hollywoodzki dystrybutor. Oboje byli obywatelami amerykańskimi. Obydwojgu zadano cios ostrym narzędziem. Wszystko wskazuje na to, że się znali i że coś ich łączyło.

Może jednak się myli, a w mieście nie grasuje żaden seryjny morderca? Dziewczyna znaleziona na ulicznej ławce ze śladami uduszenia mogła się kontaktować poprzedniej nocy z kimś należącym do grupy przestępczej. Z kimś, kto przyjechał na spotkanie z dystrybutorem filmowym. Może poza biżuterią handlowała narkotykami?

Wyobraźmy sobie, że do Cannes przybywa z zagranicy kilku gangsterów, żeby załatwić porachunki mafijne. W jednym z niezliczonych barów miejscowy diler przedstawia im śliczną dziewczynę o ciemnych brwiach, która, jak twierdzi, pracuje dla niego. Dziewczyna i jeden z gangsterów lądują razem w łóżku. Czy to dlatego, że za dużo wypił, czy to przez wpływ europejskiego klimatu, dość powiedzieć, że gangsterowi się język rozwiązał i chlapnął coś, czego nie powinien nigdy nikomu mówić. Rano zdaje sobie sprawę z pomyłki i zleca zawodowemu zabójcy – tacy zawsze kręcą się obok mafii – zlikwidowanie niewygodnego świadka.

Wszystkie części łamigłówki doskonale do siebie pasują, a więc to musi być prawda.

Tak doskonale pasują, że to wszystko nie ma najmniejszego sensu. Mało prawdopodobne, żeby kokainowy kartel wybrał na takie spotkanie miasto, w którym ze względu na międzynarodowy festiwal roi się od policjantów sprowadzonych z całego kraju. A do tego armia prywatnych goryli, ochroniarzy zatrudnionych do obsługi przyjęć, detektywów, których zadaniem jest całodobowa obserwacja drogocennych klejnotów w hotelach, restauracjach i na ulicach.

Gdyby jednak ta hipoteza okazała się prawdziwa, wcale dla niego nie byłoby tak źle. Mafijne porachunki przyciągają uwagę mediów – tak samo, jak seryjni mordercy.

Nie powinien się zbytnio przejmować. Tak w jednym, jak i w drugim przypadku, doczeka się zasłużonej sławy.

Wyłącza sygnał. Pół godziny zabrało mu przebycie całej trasy i przekroczenie niewidocznej granicy. Minuty dzielą go od celu wyprawy. Jego głowę zaprzątają myśli, które – teoretycznie – powinny być zabronione.

Trzy zbrodnie w jednym dniu. Modlitwą łączy się w bólu z rodzinami zmarłych, jak mawiają politycy. W rzeczy samej, państwo płaci mu za pilnowanie ładu i porządku, a nie za uczucie satysfakcji z powodu czyjejś gwałtownej śmierci. Teraz komisarz pewnie nie może sobie miejsca znaleźć, świadom olbrzymiej odpowiedzialności, jaka spadła na jego barki: musi wykryć sprawcę zbrodni (lub sprawców, jeżeli nie przychyla się do hipotezy Savoya) i trzymać węszącą wszędzie prasę na krótkiej smyczy. Wszyscy się przejęli ostatnimi wydarzeniami. Posterunki policyjne w regionie zostały już zaalarmowane, zmotoryzowane patrole otrzymują właśnie przez Internet portret pamięciowy sprawcy. Może, o zgrozo, któremuś z polityków przerwą zasłużony odpoczynek, ponieważ szef policji uzna sprawę za na tyle delikatną, żeby zrzucić odpowiedzialność na kogoś o szczebel wyżej.

Polityk z pewnością nie da się złapać na haczyk. Zażąda, żeby jak najszybciej miasto wróciło do stanu normalnego, gdyż „od tego zależą miliony, nie, setki milionów euro". Nie będzie się w to angażować, ma ważniejsze problemy na głowie – na przykład, jakie wina podać zagranicznym gościom.

„A ja? Czy jestem na dobrej drodze?" – zastanawia się Savoy.

Powracają zakazane myśli. Jest szczęśliwy. Oto punkt zwrotny w całej jego karierze, dotąd polegającej na wypełnianiu druczków i innych, równie trywialnych czynnościach. Nigdy nie sądził, że podobna sytuacja mogłaby wprawić go w stan takiej euforii. Nareszcie będzie prawdziwym detektywem, twórcą hipotez zaprzeczających logice faktów. No i dostanie medal, bo jako pierwszy dostrzegł to, co innym umknęło. Nie przyzna się do takich myśli nikomu, nawet własnej żonie, która z przerażeniem uznałaby, że pod wpływem stresu, w jakim żyje, czasowo postradał rozum.

„Jestem szczęśliwy. To fantastyczne!" – myśli.

W modlitwie łączył się w bólu z rodzinami zmarłych, ale jego serce po kilku latach martwoty nareszcie wracało do świata żywych.

Savoy wyobrażał sobie wielką bibliotekę pełną pokrytych kurzem książek, stół zasłany papierami. Tymczasem w sterylnie czystym gabinecie widzi kilka gustownych lamp, wygodne fotele, stół ze szklanym blatem, na którym stoi ogromnych rozmiarów monitor komputerowy, a obok bezprzewodowa klawiatura, notes i drogie pióro wieczne Montegrappa.

– Proszę przestać się uśmiechać i udawać, że się pan tym bardzo przejmuje – mówi siwy brodacz, mimo upału w tweedowej marynarce.

– O czym pan mówi?

– Wiem, jak się pan czuje. To najważniejsza sprawa w pańskiej karierze, w mieście, gdzie nic się nie dzieje. Przeżyłem podobny konflikt wewnętrzny, kiedy pracowałem w Penycae, Swansea, West Glamorgan, SA9 1GB, Wielka Brytania. I dzięki podobnej sprawie zostałem przeniesiony do Scotland Yardu.

„Moim marzeniem jest Paryż" – myśli Savoy, ale nic nie mówi. Brodacz zaprasza go, żeby usiadł.

– Mam nadzieję, że spełnią się pańskie zawodowe marzenia. Bardzo mi miło, Stanley Morris.

– Komisarz boi się – Savoy przechodzi do tematu – że prasa zacznie spekulować na temat seryjnego zabójcy.

– Niech spekulują do woli, żyjemy w wolnym kraju. Dzięki takim wydarzeniom zwiększają się nakłady gazet, a spokojne życie emeryta staje się ekscytującą przygodą. Taki emeryt w napięciu szuka nowych szczegółów we wszystkich środkach masowego przekazu i czuje na zmianę strach i pewność, że nic podobnego mu nie zagraża.

– Mam nadzieję, że dotarł do pana dokładny opis wszystkich trzech ofiar. Czy z pańskiego doświadczenia mamy tu do czynienia z seryjnym mordercą, czy też z porachunkami karteli narkotykowych?

– Oczywiście, otrzymałem dokumenty. Proszę sobie wyobrazić, chcieli mi to przesłać faksem! W dzisiejszych czasach! Poprosiłem o przesłanie pocztą elektroniczną i wie pan co odpowiedzieli? Że nie mają takiego zwyczaju! Wyobraża pan sobie! Jedna z najlepiej wyposażonych na świecie organizacja policyjna, a używają jeszcze faksu!

Savoy kręci się niecierpliwie w fotelu. Nie przyjechał tutaj po to, żeby dyskutować o plusach czy minusach nowoczesnych technologii.

– Wracajmy do sprawy – mówi dr Morris, kiedyś gwiazda Scotland Yardu, obecnie na emeryturze na południu Francji. Pewnie podobnie jak Savoy jest rad, że ma okazję na jakiś czas zerwać z rutyną, w jego przypadku sprowadzającą się do lektury, koncertów i imprez dobroczynnych.

– W całej mojej karierze jeszcze nigdy nie zetknąłem się z podobną sprawą. Czy zgadza się pan z moją hipotezą, że mamy tu do czynienia z jednym i tym samym sprawcą? Chciałbym wiedzieć, z czym przyjdzie mi się zmierzyć.

– Teoretycznie ma pan rację – przyznaje dr Morris. – Trzy zbrodnie o pewnych wspólnych cechach to wystarczająca poszlaka do wysunięcia hipotezy o seryjnym zabójcy. Do tego takie morderstwa popełniane są na tym samym obszarze, w tym przypadku, w Cannes, a...

– Mamy więc do czynienia z masowym mordercą...

– Proszę stosować właściwą terminologię – przerywa dr Morris. – Masowi mordercy to terroryści, czasem nieletni, którzy wchodzą do szkoły lub baru i strzelają do wszystkiego, co się rusza. A potem giną z rąk policji, albo popełniają samobójstwo. Preferują broń palną i bomby, które powodują możliwie największe zniszczenia w możliwie najkrótszym czasie – nie więcej niż dwie lub trzy minuty. Sprawcy nie przejmują się konsekwencjami popełnionych czynów, bo od początku dobrze wiedzą, jak się to skończy. W zbiorowej podświadomości łatwiej zrozumieć masowego mordercę, ponieważ kwalifikujemy go jako „psychicznie niezrównoważonego", a więc granica pomiędzy „nami" a „nim" jest oczywista. Z seryjnym mordercą sprawa już nie jest taka prosta, bo mamy tu do czynienia z instynktem destrukcji, który nikomu z nas nie jest obcy – przerywa na chwilę. – Czytał pan *Dziwną historię dra Jekylla i Mra Hyde'a* Roberta Louisa Stevensona?

Savoy plącze się w wyjaśnieniach, że dużo pracuje, nie ma czasu na lekturę. Wzrok Morrisa staje się lodowaty.

– Czyżby pan uważał, że ja nie pracuję?

– Nie to chciałem powiedzieć. Proszę mnie posłuchać, panie Morris, przyjechałem w bardzo ważnej sprawie. Nie mamy czasu na dyskusje o zdobyczach techniki czy literaturze. Interesują mnie wnioski, jakie pan wyciągnął z raportów.

– Bardzo mi przykro, ale w tym przypadku bez literatury się nie obejdziemy. Jest to opowieść o zupełnie normalnym lekarzu, doktorze Jekyll, który stara się zgłębić przyczynę własnych niekontrolowanych wybuchów agresji, kiedy to zmienia się w kogoś zupełnie innego, kompletnie pozbawionego zahamowań, w pana Hyde. Każdemu z nas może się zdarzyć, że ulegnie takiemu popędowi, drogi inspektorze. Seryjny morderca zagraża nie tylko naszemu bezpieczeństwu, ale także naszemu zdrowiu psychicznemu. Bo czy to się nam podoba, czy nie, w każdym z nas drzemie niszczycielska siła: każdy z nas czasem się zastanawiał, jak to jest, ulec temu najgłębiej skrywanemu uczuciu: pokusie odebrania komuś życia. Motywy mogą być najróżniejsze: przekonanie o potrzebie naprawienia świata, zemsta za coś, co wydarzyło się w dzieciństwie, tłumiona nienawiść do społeczeństwa. Świadomie, czy też nie, każdy kiedyś – choćby w dzieciństwie – marzył, żeby zabić.

Przez dobrą chwilę milczy.

– Zakładam, że nawet szanowny inspektor, mimo zajmowanego stanowiska, doświadczył kiedyś opisanego przeze mnie uczucia. Marzył, żeby się poznęcać nad kotem, albo wyrwać nóżki bezbronnym owadom.

Teraz Savoy rzuca rozmówcy lodowate spojrzenie, ale się nie odzywa. Uznając jego milczenie za zgodę, Morris snuje dalej swoje rozważania, tym samym tonem wyższości:

– Tylko niech pan nie zakłada, że morderca jest niezrównoważonym osobnikiem z włosami w nieładzie i z grymasem nienawiści zastygłym na nieogolonej twarzy. Jeśli kiedyś czas panu pozwoli – wiem, jak bardzo jest pan zajęty – radzę przeczytać książkę Hannah Arendt *Eichmann w Jerozolimie*. Autorka analizuje przebieg procesu jednego z największych w historii seryjnych morderców. Oczywiście Eichmann potrzebował pomocników do wykonania gigantycznego zadania oczyszczenia rasy ludzkiej. Przepraszam na chwilę.

Podchodzi do komputera. Wie, że jego rozmówcę interesują jedynie rezultaty, ale tego nie może mu obiecać. Może go za to przygotować do stawienia czoła trudnym chwilom, które go czekają.

– Znalazłem. Arendt przeprowadza szczegółową analizę sprawy Adolfa Eichmanna, odpowiedzialnego za śmierć sześciu milionów Żydów w nazistowskich Niemczech. Pisze, że pół tuzina badających go psychiatrów wystawiło mu opinię osoby całkowicie normalnej. Jego profil psychologiczny, stosunek do żony, dzieci, rodziców mieścił się w modelu zachowań dojrzałego i odpowiedzialnego mężczyzny. Arendt pisze tak: „Problem z Eichmannem polega na tym, że bardzo wielu było podobnych do niego, a ludzie ci nie byli ani zboczeńcami, ani sadystami, lecz byli i pozostają niezwykle i przerażająco normalni". Z punktu widzenia naszych instytucji, jego normalność była tak samo makabryczna, jak popełnione przez niego zbrodnie.

Teraz wreszcie mógł przejść do sprawy.

– Autopsja nie wykryła śladów wykorzystywania seksualnego...

– Doktorze Morris mam do rozwiązania poważny problem i zostało mi niewiele czasu. Muszę wiedzieć, czy rzeczywiście mamy do czynienia z seryjnym mordercą. Przecież nikt nie zgwałciłby mężczyzny w tłumie gości, albo dziewczyny na ławce przy ruchliwej ulicy.

Morris ignoruje jego słowa i ciągnie, jakby Savoy w ogóle się nie odezwał:

– ...co charakteryzuje działanie wielu seryjnych morderców. Niektórym przyświecają, nazwijmy to, „humanitarne" względy. Pielęgniarka morduje pacjentów w stanie terminalnym, ktoś zabija nikomu niepotrzebnego żebraka, pracownik opieki społecznej czuje taką litość dla staruszków i inwalidów, że posyła ich do innego, lepszego świata – taki przypadek zdarzył się ostatnio w Kalifornii. Są też tacy, których celem jest naprawa moralna społeczeństwa. W tym przypadku ofiarami są zwykle prostytutki.

– Doktorze Morris, nie przyjechałem tu…

– Ja pana nie zapraszałem – Morris jest lekko zirytowany. – Wyświadczam panu przysługę. Może pan wyjść, droga wolna. Ale jeżeli pan postanowi zostać, proszę mi nie przerywać co chwilę. Żeby złapać sprawcę, musimy zrozumieć, jakie pobudki nim kierują.

– Uważa więc pan, że mamy do czynienia z seryjnym mordercą?

– Jeszcze nie skończyłem.

Savoy stara się opanować. To by była heca, gdyby prasa namąciła w całej sprawie, a wtedy zjawiłby się on z gotowym rozwiązaniem zagadki.

– Przepraszam. Proszę kontynuować.

Morris przekręca monitor w stronę Savoya. Ogromny ekran przedstawia rycinę, prawdopodobnie dziewiętnastowieczną.

– To najsłynniejszy seryjny morderca wszech czasów: Kuba Rozpruwacz. Działał w Londynie pod koniec 1888 roku. Zamordował pięć do siedmiu kobiet, wszystkie w miejscach publicznych lub na pół publicznych. Rozpruwał im brzuchy, wyciągał trzewia. Nigdy go nie aresztowano. Stał się mitem. Do dziś staramy się ustalić jego tożsamość.

Na monitorze pojawia się coś, co przypomina mapę astralną.

– To podpis Zodiaka. Zabił co najmniej pięć par w ciągu dziesięciu miesięcy. Działał w Kalifornii. Czyhał na kochanków, którzy zatrzymywali samochody w odludnych miejscach. Wysyłał policji listy z tym oto znakiem, przypominającym krzyż celtycki. Dotąd nie odkryto kim był. Tak w przypadku Kuby, jak i Zodiaka, przeważa opinia, że chodzi o próbę zaprowadzenia ładu moralnego. Mieli, że tak powiem, misję do spełnienia. Wbrew temu, co nam wmawia prasa, epatująca nas przerażającymi mianami, jak Dusiciel z Bostonu, czy Dzieciobójca z Tuluzy, wszyscy ci mordercy byli zwykłymi ludźmi, w ciągu tygodnia ciężko pracowali, a w weekendy odwiedzali sąsiadów. Żaden z nich nie czerpał korzyści materialnych z popełnianych przez siebie zbrodni.

„To zaczyna być ciekawe”, myśli Savoy.

– To znaczy, że może chodzić o kogokolwiek, kto przyjechał do Cannes na festiwal…

– Tak. Jest to ktoś, kto podjął świadomą decyzję, że będzie siać grozę w imię jakiegoś absurdalnego przesłania, na przykład „walki z dyktaturą mody", czy „położenia kresu dystrybucji i wyświetlania filmów propagujących przemoc". Dziennikarze nadadzą sprawcy budzące postrach imię i zaczną badać rozmaite tropy. Mordercy zostaną przypisane przestępstwa nie mające z nim nic wspólnego. Wybuchnie panika, i wszystko się uspokoi dopiero wtedy, kiedy przez przypadek – podkreślam, przez czysty przypadek – sprawca zostanie zatrzymany. Bardzo często jednak seryjni mordercy działają przez krótki czas i znikają bez śladu. Pozostaje tylko po nich ślad w annałach kryminalistyki. Z rzadka piszą pamiętniki, które ktoś odkrywa po ich śmierci – i z których dowiemy się tylko tyle, ile sami chcieli nam przekazać.

Savoy już nie spogląda niecierpliwie na zegarek, nie odbiera komórki. Problem jest bardziej złożony, niż sądził.

– Więc zgadza się pan ze mną?

– Tak jest – potwierdza największy autorytet Scotland Yardu, człowiek legenda, który rozwiązał pięć spraw uważanych za nie do rozwiązania.

– Dlaczego uważa pan, że mamy do czynienia z seryjnym mordercą?

Morris spogląda na monitor, gdzie pojawia się nowa wiadomość poczty elektronicznej, i uśmiecha się. Nareszcie inspektor zaczął doceniać to, co autorytet ma do powiedzenia.

– Z powodu absolutnego braku motywu. Większość sprawców posiada coś, co nazywamy ich podpisem albo znakiem rozpoznawczym: wybierają jeden typ ofiary, na przykład homoseksualistów, prostytutki, żebraków, obściskujące się parki. Pozostałych nazywamy „mordercami asymetrycznymi": ci zabijają, bo nie są w stanie zapanować nad swoimi skłonnościami. Zaspokoiwszy żądzę mordu, zaprzestają zabójstw, aż chęć zabicia znów stanie się nie do opanowania. W interesującym nas przypadku należy wziąć pod uwagę kilka spraw. Przestępca ma wyrafinowany umysł. Wybiera różne narzędzia zbrodni – własne ręce, truciznę, sztylet. Nie powodują nim klasyczne motywy: seks, alkoholizm, widoczne niezrównoważenie psychiczne. Zna dobrze ludzką anatomię – i to stanowi, jak dotychczas, jego jedyny podpis. Z całą pewnością zaplanował te zbrodnie z dużym wyprzedzeniem – trudno na przykład zdobyć truciznę w jeden dzień. Dlatego jego postępowanie możemy sklasyfikować, jako typowe dla zabójców „z misją". Nie wiemy jednak, jaka to misja. Z tego, co wiem o śmierci dziewczyny – jest to jak dotąd jedyna wskazówka – sprawca uciekł się do rosyjskiej sztuki walki, zwanej Sambo. Mógłbym pójść dalej i twierdzić, że częścią jego podpisu jest sposób, w jaki zbliża się do ofiary, zaprzyjaźnia się z nią. To jednak nie pasuje do morderstwa popełnionego w namiocie. Z tego, co nam wiadomo, ofierze towarzyszyło dwóch ochroniarzy, którzy z pewnością zareagowaliby, gdyby ktoś zbliżył się do ich szefa. Do tego ofiarę inwigilowali agenci Europolu.

Rosjanin? Savoya korci, żeby złapać za telefon i zarządzić poszukiwania we wszystkich hotelach w mieście. Mężczyzna, około czterdziestki, dobrze ubrany, włosy lekko przyprószone siwizną, Rosjanin.

– Fakt posłużenia się rosyjską techniką walki nie oznacza jeszcze, że jest Rosjaninem – jak każdy dobry policjant, Morris czyta w myślach inspektora. – Tak jak nie musi być południowoamerykańskim Indianinem, chociaż w jednym z morderstw użył kurary.

– Co mam więc robić?

– Zaczekać, aż popełni kolejną zbrodnię.

18:50

Kopciuszek!

Gdyby ludzie bardziej wierzyli w bajki, zamiast potulnie słuchać własnych mężów i ojców – którzy uważają, że takie rzeczy się nie zdarzają – teraz przeżywaliby to samo, co ona: siedzieliby w jednej z kawalkady limuzyn, które suną wolno coraz bliżej schodów i czerwonego dywanu, największego wybiegu tej planty.

Obok siedzi Gwiazdor, jak zwykle elegancki, uśmiechnięty. Pyta, czy się denerwuje. Jasne, że w marzeniach nie istnieją stresy, zdenerwowanie, ani strach. Wszystko układa się doskonale, jak w filmie: bohaterka cierpi i walczy, aż osiąga wszystko, o czym zawsze marzyła.

– Jeżeli Hamid Hussein się nie wycofa, a film zrobi furorę, przygotuj się na następne takie okazje.

Jeżeli się nie wycofa? Przecież wszystko zostało ostatecznie omówione!

– Podpisałam kontrakt, kiedy mnie ubierali.

– Zapomnij, co powiedziałem. Nie chcę psuć tej szczególnej chwili.

– Proszę dokończyć.

Oczekiwał, że głupiutka dziewczyna to powie. Ze z trudem ukrywaną satysfakcją spełnia więc jej prośbę.

– Brałem udział w dziesiątkach rozpoczętych projektów, które nigdy nie doczekały się realizacji. To ryzyko zawodowe. Nie przejmuj się tym teraz.

– A co z kontraktem?

– Kontrakty podpisuje się po to, żeby adwokaci mogli się w nieskończoność wykłócać przed sądem, a ich konta pęcznieć. Raz jeszcze proszę, zapomnij, co powiedziałem. Korzystaj z chwili.

Ta „chwila" jest coraz bliżej. Samochody poruszają się bardzo wolno, przechodnie starają się zajrzeć do środka przez przyciemnione szyby oddzielające zwykłych śmiertelników od wybrańców losu. Gwiazdor macha do nich. Jakieś dłonie pukają w okno, błagają o opuszczenie szyby, o krótki moment, żeby zrobić zdjęcie, poprosić o autograf.

Gwiazdor pozdrawia ich ręką, jakby w ogóle nie rozumiał, o co im chodzi. Przecież jego jeden uśmiech wystarczy, żeby opromienić cały ich świat.

Tłum jest bliski histerii: starsze kobiety ze składanymi krzesełkami, pewnie siedziały tu robiąc na drutach od samego rana; mężczyźni z piwnymi brzuszkami i znudzonym wyrazem twarzy towarzyszą swoim żonom, kobietom w średnim wieku, wystrojonym, jakby same miały za chwilę przedefilować po czerwonym dywanie; dzieci, które choć nic nie rozumieją, zdają sobie sprawę, że uczestniczą w czymś wyjątkowym. Azjaci, czarni, biali, ludzie we wszystkich przedziałach wiekowych, w ścisku napierają na żelazne bariery, oddzielające ich od wąskiej jezdni, którą podjeżdżają kolejne limuzyny. Każdy pragnie gorąco uwierzyć, że są zaledwie o dwa metry od legendarnych postaci, chociaż dzieli ich dystans lat świetlnych – nie tylko żelazne barierki i przyciemnione szyby, ale przede wszystkim szanse, możliwości i talent.

Talent? Gabriela bardzo chce wierzyć, że talent się też liczy. Ale w głębi duszy wie, że to czysty przypadek, loteria bogów, którzy jednych wybierają, a resztę spychają w nieprzebytą otchłań, skąd mogą tylko klaskać i wielbić, a potem, kiedy moda przeminie, potępiać.

Gwiazdor udaje, że z nią rozmawia, a w rzeczywistości patrzy na nią i bezgłośnie porusza wargami – w końcu jest przecież wielkim aktorem. Nie robi tego dla zabawy, czy złośliwie. Po prostu chce być miły dla fanów na zewnątrz, a nie ma już sił machać ręką, rozdawać promienne uśmiechy i rozsyłać gorące pocałunki.

– Pewnie masz mnie za aroganckiego cynika z zimnym kamieniem w piersi zamiast serca – mówi w końcu. – Jeżeli pewnego dnia dojdziesz na sam szczyt, zrozumiesz to, o czym ja wiem już od dawna: z tej sytuacji nie ma wyjścia. Sukces zniewala i uzależnia. To tak, jak obudzić się rano w łóżku obok właściwie obcej kobiety, czy obcego mężczyzny. Zadajesz sobie wtedy pytanie: czy było warto? Czemu zawsze o tym marzyłam?

Przerywa na moment.

– Proszę mówić dalej.

– Sam nie wiem, czemu ci to opowiadam.

– Bo chce mnie pan przestrzec i uchronić. Bo jest pan dobrym człowiekiem. Proszę.

Gabriela jest może naiwna w wielu sprawach, ale jest też kobietą i dobrze wie, jak dostać od mężczyzny to, czego chce. Tym razem gra na jego próżności.

– Sam nie wiem, dlaczego o tym marzyłem – Gwiazdor wpadł w pułapkę i ujawnił swą słabą stronę, a tymczasem fani wiwatują na jego cześć. – Często w hotelu po całodziennej, wyczerpującej pracy na planie, wchodzę pod prysznic i wsłuchuję się w szum lejącej się na mnie wody. Walczą wtedy we mnie dwie przeciwne siły. Jedna mówi: dziękuj niebiosom za to, co osiągnąłeś. Druga żąda: rzuć to wszystko, dopóki jeszcze możesz. W takich momentach czuję się największym niewdzięcznikiem. Mam wielbicieli, ale niewiele mnie oni obchodzą. Chodzę na przyjęcia, których mi wszyscy zazdroszczą, a ja marzę tylko, żeby uciec do hotelu, zamknąć się w pokoju i spokojnie poczytać dobrą książkę. Dobrzy ludzie obsypują mnie nagrodami i prezentami, organizują imprezy na moją cześć, robią wszystko, żeby mnie uszczęśliwić, a ja jestem tylko zmęczony i zakłopotany, bo w głębi duszy wiem, że nie zasługuję na to, że jestem niegodny tak wielkiego sukcesu. Rozumiesz?

Przez ułamek sekundy Gabriela czuje dla niego litość. Wyobraża sobie przyjęcia, w których musi uczestniczyć, ludzi, którzy go proszą o wspólne zdjęcie lub o autograf, albo opowiadają nudne historie, których z grzeczności wysłuchuje. Ktoś próbuje mu sprzedać nowy projekt, ktoś inny zaskakuje klasycznym „Pan mnie już nie pamięta?”. Wciskają mu do ręki swoje komórki i proszą o zamienienie kilku słów z dzieckiem, żoną, czy siostrą. On zaś zawsze grzeczny, tryskający humorem i dobrze wychowany.

– Rozumiesz?

– Rozumiem. Mimo to chciałabym tego doświadczyć. Ale wiem, że przede mną długa droga.

Jeszcze cztery limuzyny i będą na miejscu. Szofer prosi, żeby się przygotowali. Gwiazdor ustawia lusterko umieszczone przy suficie i poprawia krawat. Gabriela przyczesuje włosy. Dostrzega już kawałek czerwonego dywanu, chociaż schody są jeszcze poza jej polem widzenia. Jak za dotknięciem czarodziejskiej różdżki, znika histeryczny tłum, a w jego miejsce pojawia się grupa osób z wiszącymi na szyjach identyfikatorami. Rozmawiają ze sobą i nie zwracają uwagi na nadjeżdżających. W końcu wiele takich scen już się w życiu naoglądali.

Jeszcze tylko dwie limuzyny przed nimi w kolejce. Z lewej strony widzi stopnie schodów. Mężczyźni w smokingach otwierają drzwi. Miejsce solidnych barier zajmują aksamitne sznury rozciągnięte między słupkami z drewna i brązu.

– Cholera! – Gwiazdor klnie tak głośno, że Gabriela aż podskakuje na siedzeniu. – Cholera jasna! Spójrz na tę… babę, która wychodzi z samochodu!

Gabriela widzi Supergwiazdę, również ubraną przez Hamida Husseina, która właśnie stawia pierwszy krok na czerwonym dywanie. Supergwiazda obraca się tyłem do Pałacu Kongresowego i patrzy przed siebie. Gabriela zwraca wzrok w tym samym kierunku – jej oczom przedstawia się niezwykły widok – prawie trzymetrowej wysokości ludzki mur, jarzący się błyskającymi światłami fleszy.

– Dobrze jej tak – z ulgą szepce Gwiazdor. – Patrzy nie tam, gdzie trzeba. – Nie jest już uprzejmy ani czarujący, zapomniał o egzystencjalnych rozterkach. – To tylko paparazzi. Nie mają akredytacji. Pracują dla brukowców – dodaje z satysfakcją.

– No to co pana tak zezłościło?

Gwiazdor nie potrafi ukryć irytacji. Przed nimi tylko jeden samochód.

– Nie widzisz? Skąd ty się urwałaś, dziewczyno? Kiedy staniemy na czerwonym dywanie, wszystkie teleobiektywy akredytowanych fotoreporterów – tych rozstawionych w połowie wysokości schodów – będą wycelowane na to babsko!

– Niech pan zwolni! – rzuca kierowcy.

Szofer wskazuje na mężczyznę z identyfikatorem, który macha do nich, żeby nie tamowali ruchu.

Gwiazdor wzdycha głęboko. Co za pech! I po co w ogóle wdawał się w rozmowę z tą początkującą aktoreczką? Oczywiście ma dość takiego życia, ale innego sobie nie wyobraża.

– Nie śpiesz się – instruuje. – Zatrzymamy się na dole jak najdłużej. Poczekamy, aż wejdzie do środka.

Chodzi mu o Supergwiazdę.

Para, która wysiada z limuzyny przed nimi, niezbyt interesuje dziennikarzy, a przecież na pewno to ktoś ważny. Nikt, kto nie zdobył już kilku szczytów, nie ma szans zbliżyć się do pierwszego stopnia.

Jej towarzysz wydaje się spokojniejszy, za to Gabriela odczuwa tremę i nie bardzo wie, jak się zachować. Pocą jej się dłonie. Trzyma kurczowo torebkę wypchaną bibułką, oddycha głęboko i zaczyna się modlić.

– Idź powoli – poucza ją Gwiazdor. – I nie trzymaj się za blisko mnie.

Limuzyna zatrzymuje się i ktoś z zewnątrz otwiera drzwi.

Bucha wrzawa, ze wszystkich stron słychać okrzyki – do wnętrza wyciszonej limuzyny nie docierał żaden hałas. Gwiazdor wysiada uśmiechnięty, jakby już nie pamiętał o swym wybuchu sprzed dwóch minut. Znowu czuje się pępkiem wszechświata. Zdążył wymazać z pamięci chwile szczerości. Mężczyzna w konflikcie z samym sobą, ze swoim światem, z własną przeszłością – nie potrafi już się z tego wycofać.

„O czym ja w ogóle myślę! Muszę się skupić na tym co teraz, na wejściu po schodach!”.

Oboje machają w stronę „brukowej" prasy. Zatrzymują się na dłuższą chwilę. Gapie wyciągają w kierunku Gwiazdora notesy i długopisy, proszą o autograf. On z uśmiecham składa swój podpis, dziękuje wylewnie. Gabriela nie wie, co ma robić: zostać przy nim, czy iść w stronę czerwonego dywanu i wejścia do Pałacu Kongresowego. Z kłopotliwej sytuacji ratuje ją kobieta, która podaje jej papier, długopis i prosi o autograf.

Jaka szkoda, że ceremonia nie jest transmitowana na żywo na cały świat. Matka mogłaby ją teraz zobaczyć w olśniewającej sukni, w towarzystwie aktora światowej sławy (ma wprawdzie co do niego pewne wątpliwości, ale to szczegół), jak składa najważniejszy autograf w swoich dwudziestu pięciu latach życia! Pyta kobietę o imię, ale w tym hałasie nie słyszy odpowiedzi, uśmiecha się więc i pisze w notesie: „Z wyrazami przyjaźni".

Podchodzi do niej Gwiazdor.

– Chodźmy. Droga wolna.

Kobieta, dla której skreśliła przyjazne słowa, spogląda w notes i wrzeszczy:

– To jakiś nieczytelny podpis! Jak się pani nazywa? Będę musiała jakoś podpisać zdjęcia!

Gabriela udaje, że nie słyszy – nic nie zepsuje jej tej cudownej chwili.

Zaczynają wchodzić na schody. Po bokach szpaler policjantów, chociaż gawiedź stoi daleko od schodów. Z obu stron fasady ogromne telebimy pokazują biednym śmiertelnikom to, co dzieje się w tej świątyni pod gołym niebem. Z oddali słychać histeryczne krzyki i rzęsiste brawa. Dochodzą do pierwszego podestu. Tu znowu czekają fotoreporterzy, ale ci lepsi, w porządnych ubraniach. Wykrzykują nazwisko Gwiazdora. Proszą, żeby się odwrócił to w tę, to w tamtą stronę, błagają, żeby podszedł bliżej, zatrzymał się na chwilę, uniósł nieco głowę, potem nieco opuścił. Mijają ich inni goście, ale nimi prasa się nie interesuje. Gwiazdor wciąż błyszczy na firmamencie. Od niechcenia dowcipkuje, lekkim tonem pozdrawia dziennikarzy, bo też i ma w tym wprawę.

Fotoreporterzy interesują się też Gabrielą. Nie wykrzykują jej nazwiska (no bo i skąd mieliby je znać?), pewnie myślą, że jest nową flamą Gwiazdora. Proszą, żeby stanęli obok siebie i pozwolili sfotografować się razem. Przez kilka sekund Gwiazdor przychyla się do ich prośby, ale zachowuje ostrożny dystans.

Tak, udało im się uniknąć kolizji z Supergwiazdą, która zdążyła już dotrzeć do wejścia, przywitać się z prezydentem festiwalu i prefektem Cannes.

Gwiazdor daje jej ręką znak, że pora iść dalej. Gabriela spogląda w górę schodów i ma przed sobą jeszcze jeden ekran, na którym widać wchodzących po schodach gości. Z głośnika słychać:

– Szanowni państwo, właśnie pojawił się ...

Tu spiker wykrzykuje nazwisko Gwiazdora i tytuł jego najlepszego filmu. Później się dowiedziała, że zgromadzeni w Pałacu goście też oglądają te same sceny na telebimach.

Ostatnie stopnie są już przy wejściu. Witają się z prezydentem festiwalu i prefektem miasta, potem wchodzą do środka. Wszystko trwa około trzech minut.

Gwiazdora natychmiast otacza wianuszek wielbicieli. Chcą z nim zamienić kilka słów, przypochlebić mu się, zrobić kilka wspólnych zdjęć (nawet wybrańcy lubią się fotografować ze sławami). W środku jest bardzo gorąco. Gabriela boi się o swój makijaż...

Makijaż!

Zupełnie zapomniała. Ma przecież wyjść przez drzwi po lewej stronie. Ktoś na nią czeka na ulicy. Schodzi po schodach mechanicznym krokiem. Mija dwóch ochroniarzy. Jeden z nich pyta, czy wychodzi tylko na papierosa i czy zamierza wrócić na projekcję filmu. „Nie", odpowiada i idzie szybko przed siebie.

Przechodzi przez żelazne bariery. Nikt jej o nic nie pyta, bo przecież wychodzi z Pałacu, a nie próbuje wedrzeć się za wszelką cenę do środka. Widzi od tyłu tłum gapiów, którzy wciąż machają i wciąż wykrzykują w stronę podjeżdżających limuzyn. Podchodzi do niej jakiś młody mężczyzna, pyta o nazwisko i prosi, żeby poszła za nim.

– Możemy chwileczkę poczekać?

Jest zaskoczony, ale kiwa głową, że tak. Gabriela wpatruje się w starą karuzelę, która pewnie tam stoi od stu lat i jeszcze się kręci ku uciesze dzieciarni.

– Możemy już iść? – pyta grzecznie mężczyzna.

– Jeszcze chwila.

– Spóźnimy się.

Gabriela nie potrafi już powstrzymać łez. Musi wylać z siebie całe napięcie, strach, tremę ostatnich trzech minut. Szlocha spazmatycznie. Co tam makijaż, zaraz ktoś się nim zajmie. Mężczyzna podaje jej ramię, żeby na wysokich obcasach bezpiecznie dotarła na bulwar Croisette. Hałas zostaje w tyle, a Gabriela łka coraz głośniej. Wypłakuje wszystkie łzy tego dnia, całego tygodnia, lat marzeń o tej chwili, która minęła, zanim zdążyła ogarnąć rozumem, co się właściwie zdarzyło.

– Bardzo przepraszam – mówi do swojego towarzysza.

Mężczyzna głaszcze ją po głowie. Przez jego uśmiech przebija troska, zrozumienie i nuta litości.

19:31

Zrozumiał ostatecznie, że nie wolno szukać szczęścia za wszelką cenę. Życie obdarzyło go już wszystkim, dopiero teraz widzi, jak hojnie. Odtąd resztę swoich dni poświęci odkrywaniu skarbów ukrytych we własnym cierpieniu i cieszyć się będzie każdą chwilą szczęścia, jakby miała być ostatnią.

Zwyciężył Pokusę. Jest bezpieczny pod opiekuńczymi skrzydłami ducha dziewczyny, która doskonale rozumie jego misję i otwiera mu oczy, by dostrzegł prawdziwy powód wyprawy do Cannes.

Przez kilka chwil w pizzerii, kiedy przypominał sobie treść nagranych na taśmie rozmów, Pokusa podpowiadała mu, że jest psychicznie niezrównoważony i ubzdurał sobie, że wszystko mu wolno w imię miłości. Dzięki Bogu, te najtrudniejsze chwile miał już za sobą.

Jest najnormalniejszym w świecie człowiekiem. Jego praca wymaga dyscypliny, systematyczności, umiejętności negocjowania i planowania. Znajomi zwrócili mu uwagę, że ostatnio stał się samotnikiem, ale nie wiedzą, że zawsze lubił samotność. Bywanie na przyjęciach, weselach czy chrzcinach, niedzielna partia golfa – to wszystko traktował jako zawodowy obowiązek. Zawsze gardził światowym życiem, ludźmi ukrywającymi za fałszywym uśmieszkiem głęboki smutek przepełniający ich dusze. Szybko odkrył, że członkowie Superklasy uzależnili się od sukcesów, jak narkomani od środków odurzających. I byli dużo mniej szczęśliwi niż ci, którzy poprzestają na niedużym domu z ogrodem, cieszą się dziećmi bawiącymi się z psem, wspólnymi posiłkami i ogniem w kominku w zimowe wieczory. Czy sami zainteresowani zdają sobie z tego sprawę? Czy wiedzą, jak krótkie jest życie? Czy zastanawiają się, po co stale sięgać coraz wyżej?

Superklasa wyznaje własny system wartości. Zwykli śmiertelnicy skarżą się na boską niesprawiedliwość, zazdroszczą władzy, cierpią widząc, jak inni się bawią. Nie rozumieją, że tam na górze nikt się nie bawi. Że każdego dręczy niepewność, że za brylantami, eleganckimi samochodami i wypchanymi portfelami kryje się kompleks niższości.

Igor ma skromne upodobania. Ewa zawsze mu wytykała, że nie dba o swój wygląd. Ale po co wydawać krocie na koszulę, skoro i tak nikt nie zobaczy metki? Jaki jest sens bywać w modnych lokalach, skoro wiadomo, że nic interesującego się tam nie zdarzy? Ewa mu zarzucała, że rzadko się odzywa na przyjęciach i spotkaniach biznesowych. Starał się zmienić i być bardziej towarzyski, ale w gruncie rzeczy wszystko to go śmiertelnie nudziło. Obserwował otaczających go ludzi. Gadali jak najęci. Porównywali ceny akcji i przechwalali się swoimi jachtami. Rozwodzili się nad malarstwem impresjonistycznym, powtarzając słowo w słowo to, co usłyszeli od przewodnika, który oprowadzał ich po paryskim muzeum. Śmiało głosili wyższość jednego pisarza nad innym, ale ich wiedza na ten temat pochodziła wyłącznie z przypadkowo przeczytanej recenzji, bo oczywiście na czytanie powieści nigdy nie mieli czasu.

Tacy wykształceni. Tacy bogaci. Tak czarujący. Prędzej czy później zadają sobie to samo pytanie: „Czy nie pora się wycofać?". I odpowiadają: „Jeżeli się wycofam, moje życie straci jakikolwiek sens".

Tak jakby wiedzieli, czym jest sens życia.

Pokusa przegrała bitwę. Chciała mu wmówić, że zwariował, że zaplanować złożenie w ofierze kilku osób to jedno, a zdobyć się na odwagę i wykonać taki plan, to całkiem inna sprawa. Pokusa podpowiada, że każdy czasem marzy o popełnieniu zbrodni, ale tylko ktoś niepoczytalny wprowadza ten makabryczny pomysł w czyn.

Igor jest osobą zrównoważoną, człowiekiem sukcesu. Mógłby wynająć zawodowego zabójcę, najlepszego fachowca w tej branży, który odwaliłby za niego całą robotę i posłał Ewie odpowiedni sygnał. Mógłby skorzystać z usług najlepszej na świecie agencji PR, a wtedy nim upłynąłby rok, pisałyby o nim nie tylko czasopisma ekonomiczne, ale i kolorowe tygodniki zajmujące się życiem celebrytów. Wówczas Ewa rozważyłaby wszystkie konsekwencje pochopnie podjętej decyzji, a on w odpowiednim momencie posłałby jej bukiet kwiatów, poprosił, żeby do niego wróciła i wszystko jej wybaczył. Ma kontakty wśród różnych środowisk, od biznesmenów, którzy wspięli się na szczyty dzięki ciężkiej pracy i wytrwałości, po bandytów, którym los nie dał szansy na pokazanie się z lepszej strony.

Nie przyjechał do Cannes, żeby z chorobliwą satysfakcją patrzeć w oczy komuś, kto idzie na spotkanie z Nieuniknionym. Jak postanowił, zajął pozycję na pierwszej linii i wystawia się na niebezpieczeństwo, bo mocno wierzy, że każdy podjęty przez niego krok w ciągu tego niekończącego się dnia, przybliża go do tego, co najważniejsze: do narodzenia się z popiołów osobistej tragedii nowego Igora, który zawsze w nim istniał.

Zawsze potrafił podejmować trudne decyzje i kroczyć do samego końca wytyczonymi przez siebie szlakami, ale nikt, nawet Ewa, nie wiedział, co działo się w mrocznych zakamarkach jego duszy. Przez wiele lat w milczeniu znosił pogróżki podejrzanych indywiduów. A kiedy poczuł się już dostatecznie silny, dyskretnie likwidował tych, co go szantażowali. Nauczył się kontrolować własne odruchy, żeby zapanować nad wyniesioną z wojny traumą. Lęków i stresu nie przynosił do domu, bo Ewa zasługiwała na spokojne życie. Nie chciał jej niepokoić swoimi zawodowymi kłopotami. Chronił ją przed troskami, a ona odpłaciła mu czarną niewdzięcznością.

To duch dziewczyny podsuwa mu tę myśl, żeby go uspokoić. A potem dodaje coś, czego nigdy przedtem nie brał pod uwagę: nie przyjechał do Cannes, żeby odzyskać kobietę, którą raz utracił, ale po to, żeby się ostatecznie przekonać, że Ewa nie jest godna tych wszystkich lat wyrzeczeń, miesięcy planowania, całej jego szczodrości, wielkoduszności, cierpliwości.

Posłał jej pierwszą, drugą i trzecią wiadomość. Nie zareagowała. Gdyby zechciała, łatwo odkryłaby, gdzie się zatrzymał. Co prawda telefonowanie po pięciogwiazdkowych hotelach niewiele by dało, bo zameldował się pod innym nazwiskiem, ale przecież kto szuka, ten znajdzie.

Czytał statystyki: Cannes ma jedynie 70 tysięcy mieszkańców. Liczba ta potrajała się w okresie festiwalu, ale wszyscy przybysze bywają w tych samych miejscach. Gdzie zatrzymała się Ewa? Widział oboje poprzedniej nocy, a więc prawdopodobnie w tym samym hotelu, co on. Ewa nie spaceruje po Croisette, szukając go wśród tłumu. Nie dzwoni do wspólnych znajomych, żeby się o niego zapytać – na pewno przynajmniej jeden z nich, by coś wiedział. Myślał, że kobieta jego życia skontaktuje się z tym znajomym. Domyśla się już przecież, że Igor jest w Cannes. Wspólnemu znajomemu polecił przekazać jej, gdzie mieszka. Tymczasem do tej pory nie próbowała go odnaleźć.

Rozbiera się i wchodzi pod prysznic. Ewa nie zasługuje na to wszystko. Jest prawie pewien, że jeszcze dziś ją spotka, ale z minuty na minutę mniej go to obchodzi. Być może w jego misji chodzi o coś więcej, niż tylko odzyskanie miłości kobiety, która go zdradziła i teraz go oczernia. Duch dziewczyny o gęstych brwiach przypomina mu pewną historię, którą usłyszał od starego Afgańczyka w przerwie między bitwami.

Przez długie lata mieszkańcy pewnego miasta, położonego na pustynnej wyżynie w prowincji Herat, znosili nieudolne rządy i niepokoje społeczne. Nie mogli po prostu obalić monarchy, tego zabraniał obyczaj, a z drugiej strony mieli szczerze dość arogancji i egoizmu kolejnych władców. Zwołali więc Loya Jirga – radę mędrców.

Loya Jirga podjęła decyzję: odtąd król będzie wybierany na cztery lata i otrzyma władzę absolutną. Będzie mógł podnosić podatki, żądać bezwarunkowego posłuszeństwa, wybierać każdej nocy inną kobietę do łożnicy, jeść i pić ile dusza zapragnie. Będzie nosił najwytworniejsze szaty i dosiadał najwspanialszych rumaków. Krótko mówiąc, każdy jego rozkaz, nawet najbardziej absurdalny, zostanie natychmiast spełniony i nikt nie będzie kwestionował jego sensu.

Po upływie czterech lat władca zrzeknie się tronu i opuści miasto, zabierając ze sobą rodzinę i wszystko, co mają na sobie. Wiadomo było, że czeka ich pewna śmierć w ciągu trzech lub czterech dni, bo na pustyni, gdzie zimą panował lodowaty chłód, a w lecie nieznośny upał, nie było ani co jeść, ani co pić.

Mędrcy zasiadający w Loya Jirga sądzili, że przy takich warunkach nikt rozsądny nie zechce sięgnąć po władzę, a wtedy można by wrócić do pradawnego obyczaju demokratycznych wyborów. Decyzję obwieszczono wszystkim mieszkańcom. Tron był do wzięcia. Początkowo zgłaszało się kilku chętnych: starzec toczony nieuleczalną chorobą, który umarł w czasie swojej kadencji, szaleniec, który opuścił miasto już po czterech miesiącach (nie zrozumiał dokładnie warunków) i pochłonęła go pustynia. Zaczęły krążyć dziwne plotki o klątwie rzuconej na tron. Nikt nie chciał ryzykować własnym życiem. W mieście zapanowała anarchia. Mieszkańcy zrozumieli, że należy zapomnieć o monarchii i przygotować się do zmiany. Starszyzna z Loya Jirga była rada, że tak to wszystko sprytnie obmyślili: do niczego nikogo nie zmuszali, a pozbyli się tych, którym chodziło wyłącznie o władzę.

Wtedy pojawił się pewien młody mężczyzna, dobry mąż i ojciec trojga dzieci.

– Chcę być królem! – oświadczył.

Mędrcy ostrzegali go o ryzyku, przypominali o rodzinie, wyjaśniali, że ustanawiając takie zasady, chcieli zniechęcić wszystkich despotów i awanturników. Młodzieniec jednak twardo obstawał przy swoim. Loya Jirga nie miała więc innego wyjścia: z wprowadzeniem demokratycznych zmian trzeba poczekać następne cztery lata.

Młodzieniec i jego rodzina okazali się wspaniałymi zarządcami. Rządzili sprawiedliwie, mądrze dzielili bogactwa, obniżyli ceny żywności, organizowali festyny na zmiany pór roku, wspierali rzemiosło i sztukę. Ale co noc wielka karawana obładowanych wozów opuszczała miasto. Każdy wóz był przy-

kryty jutową płachtą i nikt nie widział, co się pod nią kryje. Żaden wóz nigdy do miasta nie powracał.

Początkowo starszyzna sądziła, że władca wywozi kosztowności ze skarbca. Pocieszali się jednak, że karawany ze zrabowanym bogactwem daleko nie zajadą, bo wkoło ciągnęła się tylko dzika pustynia, jeden z najbardziej niegościnnych obszarów na ziemi. A kiedy nastąpi kres panowania młodego władcy, zorganizują wyprawę do miejsca, gdzie konie padły z wycieńczenia, a jeźdźcy umarli z pragnienia i odzyskają całe skradzione mienie.

Przestali się zamartwiać i czekali cierpliwie.

Upłynęły cztery lata. Młody władca ustąpił z tronu i zbierał się do opuszczenia miasta, ku wielkiej rozpaczy mieszkańców, gdyż nigdy nie żyło im się tak dobrze i nikt nawet nie pamiętał króla równie mądrego i równie sprawiedliwego!

Decyzja Loya Jirga była jednak nieodwołalna. Młodzieniec zwrócił się do żony i dzieci z prośbą, by mu towarzyszyli.

– Pójdę z tobą – odrzekła żona – ale pozwól naszym dzieciom zostać. Przeżyją i będą opowiadać naszą historię następnym pokoleniom.

– Zaufaj mi – prosił zdetronizowany władca.

Cóż robić? Prawo było surowe. Żonie nie pozostało nic innego, jak usłuchać męża. Dosiedli koni i wyruszyli, żegnani przy bramach miasta przez rzeszę wiernych poddanych. Starszyzna plemienna nie ukrywała zadowolenia – na nic się zdało poparcie ludności, prawo jest prawem, odtąd nikt nie ośmieli się sięgać po królewską władzę i w końcu powróci demokratyczny ład. Trzeba jeszcze tylko odzyskać skarby ukryte na pustyni trzy dni drogi od miasta.

Cała rodzina jechała w milczeniu w kierunku doliny śmierci. Kobieta bała się cokolwiek powiedzieć, dzieci nie rozumiały, co się stało, a były król pogrążył się we własnych myślach. Cały dzień zjeżdżali ze wzgórza, wędrowali rozległą równiną, a obóz rozbili na następnym wzniesieniu.

Kobieta obudziła się o świcie, żeby w pełni wykorzystać ostatnie chwile życia i po raz ostatni spojrzeć na ojczyste góry, które tak kochała. Wspięła się na sam szczyt, popatrzyła w dół, gdzie spodziewała się zobaczyć pustynię i oczom nie mogła uwierzyć.

Przez cztery lata panowania władca wysyłał z miasta wo-

zy wyładowane nie klejnotami, ani nie złotymi monetami, ale cegłami, nasionami, drewnem, dachówką, tkaninami, przyprawami, zwierzętami domowymi, narzędziami do poszukiwania wody.

Zobaczyła więc w dole miasto nieporównanie nowocześniejsze i piękniejsze niż to, które musieli opuścić.

– To twoje królestwo – rzekł mąż, który właśnie się obudził i dołączył do niej. – Odkąd usłyszałem o dekrecie rady starszych, wiedziałem, że w cztery lata nie da się zreformować tego, co do ruiny doprowadziły stulecia złej administracji i korupcji. Jednego jednak byłem pewien: zawsze można rozpocząć wszystko od nowa.

On też zacznie wszystko od nowa. Wreszcie zrozumiał, dlaczego pierwsza osoba, z którą szczerze porozmawiał w Cannes, jest teraz po jego stronie i kieruje jego krokami, podpowiada mu zmiany w pierwotnym planie. No i wyjaśnia, że cała jego ofiara ma sens i nie jest kwestią przypadku. Jednocześnie przekonała go, że Ewą kie-

rowały niskie pobudki, a głównie pragnienie społecznego awansu, nawet za cenę zdrady.

„W Moskwie musisz się zająć sportem. Ruch pozwoli ci rozładować napięcie", słyszy głos dziewczyny.

W zaparowanym lustrze ledwo widzi własną twarz. Nigdy nie czuł takiej bliskości z drugą osobą, jak teraz z Olivią, dziewczyną o gęstych brwiach.

„Nie zatrzymuj się, nawet jeśli dręczą cię teraz wątpliwości. Niezbadane są ścieżki opatrzności. Czasem trzeba wstąpić na jakąś ścieżkę, żeby się przekonać, że dokonaliśmy dobrego wyboru".

Dziękuję ci, Olivio. Może przyjechał tutaj, żeby odkryć przed światem wynaturzenia współczesności, których Cannes jest najdobitniejszym przykładem?

Nie jest pewien, ale jest tu z jakiegoś powodu. Dwa lata napięć, planów, lęków i niepewności wreszcie okazują się mieć głębszy sens.

Wyobraża sobie następny festiwal: dostęp na plaże tylko dla posiadaczy kart magnetycznych, strzelcy wyborowi na każdym dachu, setki tajniaków wmieszanych w tłum gości, wykrywacze metalu w drzwiach wszystkich hoteli. Synowie i córki Superklasy wyczekują w kolejkach, aż policjanci przeszukają ich torebki, kobiety zdejmują pantofle na wysokich obcasach, mężczyźni wytrząsają z kieszeni marynarki kilka monet, które uruchomiły alarm. Szpakowaci dżentelmeni z rezygnacją podnoszą ramiona, poddając się rewizji jak pospolici kryminaliści. Eleganckie panie są prowadzone do brezentowej kabiny – która pasuje do stylowej fasady jak pięść do nosa – a tam czekają cierpliwie w długiej kolejce na rewizję osobistą, aż policjantka odkryje, że alarm się włączył przez metalowe fiszbiny biustonosza.

Miasto ukaże swoje prawdziwe oblicze. Miejsce luksusu i blasku zajmą wściekłość, wyzwiska, beznadzieja, kamienne twarze policjantów. Ludzie poczują się jeszcze bardziej wyobcowani – tym razem z winy systemu, a nie wiecznej arogancji wybrańców losu. Do miasta zostaną sprowadzone posiłki wojskowe, żeby ochraniać tych, którzy chcą się dobrze bawić, a ogromne koszty tej operacji spadną oczywiście na barki podatnika.

Robotnicy wyjdą na ulice na znak protestu przeciwko temu, co w ich zdrowym mniemaniu jest monstrualną aberracją. Ostatecznie rząd wyda oświadczenie, że wobec zaistniałej sytuacji rozważa się obciążenie wszystkimi kosztami organizatorów festiwalu. Sponsorzy, których stać na pokrycie tych wydatków, zaczną wycofywać swe poparcie, bo jeden z nich zostanie źle potraktowany przez niskiego rangą funkcjonariusza policji: podczas rewizji osobistej policjant każe mu stulić pysk i zastosować się do przepisów bezpieczeństwa.

Cannes będzie powoli umierać. Po dwóch latach okaże się, że wszystkie dodatkowe środki ostrożności dały rezultat pozytywny: podczas festiwalu nie odnotowano żadnego przestępstwa, a terrorystom nie udało się wywołać paniki w mieście.

W związku z powyższym władze zamierzają odwołać specjalne środki ostrożności, ale jest już za późno. Cannes zapada w stan śpiączki. Nowy Babilon zostanie skutecznie zniszczony. Nowoczesna Sodoma na zawsze zniknie z mapy.

Igor wychodzi spod prysznica. Wie już, co powinien zrobić. Po powrocie do Rosji zleci komuś ustalenie nazwiska młodej dziewczyny. Przez jeden z banków o nieposzlakowanej opinii będzie anonimowo przelewał regularnie określoną sumę na konto jej rodziców, zamówi jej biografię i zapłaci za przekłady na najważniejsze języki świata.

„Historia dziewczyny, która sprzedawała tandetną biżuterię, była bita przez narzeczonego, wyzyskiwana przez rodziców, aż do dnia, w którym powierzyła swą duszę nieznajomemu, a tym samym zmieniła losy jednego miasta na ziemi".

Otwiera szafę. Wyjmuje śnieżnobiałą koszulę, odprasowany smoking i lakierki na miarę. Zawiązuje muszkę: ma w tym wprawę.

Włącza telewizor na wiadomości lokalne. Targowisko próżności na czerwonym dywanie zajmuje większą część lokalnych doniesień. Ale jest też krótka informacja o kobiecie zamordowanej na molo.

Policja odgrodziła miejsce zbrodni taśmą. Przypadkowy świadek (Igor przygląda się uważnie jego twarzy, ale nie czuje żądzy odwetu) opowiada, że widział, jak zakochana para usiadła na ławce, jak rozmawiali, a potem mężczyzna wyjął sztylet i wodził nim po ciele ofiary. Kobieta wyglądała na zadowoloną, dlatego nie wezwał policji od razu. Myślał, że to jakaś perwersyjna zabawa.

„Jak wyglądał?"

„Jasna karnacja, około 40 lat, ubrany tak i tak, nieskazitelne maniery".

Nie ma powodu się przejmować. Igor otwiera skórzaną teczkę. Wyjmuje z niej dwie koperty. W jednej jest zaproszenie na bankiet, który zaczyna się za godzinę (wszyscy wiedzą, że opóźni się przynajmniej o 90 minut). Tam spotka Ewę. Trudno, sam do niej pójdzie, skoro ona nie przyszła. Wystarczyło mniej niż 24 godziny, żeby odkryć kogo poślubił i że próżno cierpiał przez ostatnie dwa lata.

Druga, srebrna koperta jest hermetycznie zaklejona. Na niej napis „Dla ciebie" eleganckim charakterem pisma, nie wiadomo czy męską, czy damską ręką.

Jak w każdym hotelu, wszystkie korytarze są monitorowane przez wewnętrzny system kamer. Gdzieś w podziemiach znajduje się ciemny pokoik. Jego ściany tworzą monitory telewizyjne, z których oczu nie spuszcza kilka osób. Wychwytują wszystko, co odbiega od normy, jak na przykład mężczyzna, który przez dłuższy czas wchodził i schodził schodami. Wysłany do zbadania sprawy agent dowiedział się, że gość wykonuje zalecenia lekarza. Agent grzecznie przeprosił i wrócił do pomieszczeń piwnicznych.

Oczywiście nie interesują ich goście, którzy wchodzą do cudzych apartamentów wieczorem i wychodzą rano, zwykle po śniadaniu. To całkiem normalne i nic im do tego.

Monitory są podłączone do systemów cyfrowych, które wszystko nagrywają. Nagrania przechowuje się przez sześć miesięcy w sejfie, do którego klucze mają tylko szefowie zmiany. Żaden szanujący się hotel nie zaryzykuje utraty klienta z powodu jakiegoś zazdrosnego bogatego męża, który zamierzałby przekupić kogoś z obsługi monitorów i w ten sposób wejść w posiadanie kompromitujących taśm, następnie sprzedałby je brukowcom i wykorzystał jako materiał dowodowy w sprawie rozwodowej, w której pozbawiłby żonę wszystkich praw do ich wspólnego majątku.

Taki przypadek fatalnie by się odbił na reputacji hotelu chlubiącego się dyskrecją i cieszącego się zaufaniem. Ilość rezerwacji spadłaby radykalnie, bo przecież po to wybieramy luksusowy hotel, żeby mieć pewność, że personel widzi tylko to, co mu wolno zobaczyć. Kelner, który przynosi śniadanie do numeru, podając ci rachunek nie podnosi wzroku znad pchanego przed sobą wózka i nigdy, przenigdy, nie spogląda w stronę łóżka.

Prostytutki – kobiety i mężczyźni – starają się nie rzucać w oczy, ale obserwatorzy w pokoju monitorów, doskonale ich rozpoznają dzięki bazie danych udostępnianej przez policję. To też nie ich sprawa, chociaż na wszelki wypadek ze zdwojoną uwagą obserwują drzwi, za którymi zniknęła taka osoba, aż do czasu opuszczenia przez nią apartamentu. W niektórych hotelach do obowiązków telefonistki należy zadzwonić do pokoju pod byle jakim pozorem, żeby się dyskretnie upewnić, że wszystko w porządku. Gość podnosi słuchawkę i słyszy damski głos dopytujący się o kogoś obcego. Rzuca parę inwektyw, czasem dodaje: „Pomyliła pani pokój" – i z trzaskiem odkłada słuchawkę. Telefonistka wypełniła swoje zadanie: nie ma powodu do zmartwień, gość jest cały i zdrowy.

Podpitego gościa, który próbuje swoją kartą otworzyć drzwi cudzego apartamentu, a kiedy nie chcą się otworzyć, kopie i wali w nie pięściami, czeka niespodzianka. Zanim się spostrzeże, jak spod ziemi wyrośnie przed nim uprzejmy pracownik hotelu – który właśnie „przypadkowo" tamtędy przechodził – i zaproponuje mu odprowadzenie pod właściwy numer (zwykle na innym piętrze).

Igor zdaje sobie sprawę, że każdy jego krok jest rejestrowany przez hotelowe kamery: data, godzina, minuta i sekunda wejścia do lobby, wyjścia z windy, podejścia do drzwi apartamentu, wsunięcia karty magnetycznej. Kiedy już zamknie za sobą drzwi, może odetchnąć z ulgą. Tego, co się dzieje w środku nie wolno filmować: byłaby
 to zbyt daleko posunięta ingerencja w jego prywatność.

Wychodzi i zamyka drzwi apartamentu.

Zaraz po przyjeździe dokładnie przyjrzał się rozmieszczeniu kamer. Jak wiedzą kierowcy, każdy samochód, bez względu na ilość lusterek bocznych i wstecznych, ma swój „martwy punkt", w którym prowadzący przez moment nie widzi wyprzedzającego go auta. Podobnie jest z monitoringiem: kamery pokazują cały korytarz, z wyjątkiem drzwi do czterech apartamentów w jego narożnikach. Oczywiście jeżeli przechodzący korytarzem gość zniknie za rogiem i nie pojawi się w oku następnej kamery, obserwatorzy z podziemi hotelu natychmiast wyślą kogoś, kto sprawdzi, czy delikwent przypadkiem nie zasłabł po drodze. Najczęściej okazuje się, że obserwowany zniknął za drzwiami, któregoś z narożnych apartamentów, a wtedy obsłudze hotelowej nic do tego.

Igor nie zamierza się zatrzymywać. Swobodnym krokiem idzie do miejsca, gdzie korytarz zakręca w kierunku wind, pochyla się i wsuwa srebrną kopertę pod drzwi narożnego apartamentu.

Nie trwa to dłużej niż ułamek sekundy. Obserwatorzy z pewnością nie zauważyli niczego podejrzanego. Później, kiedy policja przejrzy taśmy w celu zidentyfikowania winnego, trudno jej będzie ustalić dokładny moment śmierci. Może przesyłka nadeszła pod nieobecność ofiary, która otworzyła kopertę dopiero po powrocie z nocnego przyjęcia? A może ofiara otworzyła ją od razu, tyle że zawartość koperty działa z opóźnieniem?

Zanim ofiara umrze, wiele osób przejdzie tym samym korytarzem. Podejrzenie padnie na nich wszystkich. Gdyby się tak złożyło, że kamery zarejestrują kogoś reprezentującego sfery z zasady uznawane za podejrzane – masażystkę, prostytutkę czy dilera – osobnik taki zostanie natychmiast aresztowany i przesłuchany. A w czasie festiwalu szanse, że ktoś taki pojawi się na monitorach, są olbrzymie.

Wie, że zaistniało nowe niebezpieczeństwo, którego nie wkalkulował w swoje plany: człowiek, który był świadkiem morderstwa na plaży. Po zakończeniu całej biurokratycznej procedury na pewno poproszą go o obejrzenie taśm. Na szczęście meldując się w hotelu Igor posłużył się fałszywym paszportem ze zdjęciem wąsatego mężczyzny w okularach (recepcjonistka nie zadała sobie nawet trudu, żeby spojrzeć na paszport, zresztą gdyby nawet wyraziła jakieś wątpliwości, Igor mógłby wyjaśnić, że zgolił wąsy i używa szkieł kontaktowych).

Nawet przyjmując, że ma do czynienia z najszybciej działającym aparatem ścigania na świecie, a jego funkcjonariusze już jakiś czas temu odkryli, że za próby zakłócenia międzynarodowej imprezy odpowiada jeden i ten sam człowiek, policjanci poczekają na jego powrót do hotelu i dopiero wtedy poproszą go o złożenie zeznań. Tymczasem Igor wie, że to jego ostatni spacer korytarzami Martineza.

Wejdą do jego pokoju. Znajdą pustą walizkę i żadnych odcisków palców. W łazience się mocno zdziwią: „Co?! Niby milioner, a pierze sam w hotelowej umywalce! Nie ma na pralnię?"

Jeden z policjantów wsadzi rękę w odpływ umywalki, żeby wydobyć coś, co według niego stanie się materiałem dla badań DNA. Wrzaśnie z bólu, bo poparzy palce kwasem siarkowym, który właśnie rozpuszcza wszystko, co Igor pozostawił w apartamencie. Potrzebny mu tylko fałszywy paszport, karty kredytowe i trochę gotówki – wszystko mieści się w kieszeniach smokingu, razem z Berettą, bronią pogardzaną przez zawodowców.

Zawsze zabiera w podróż niewielki bagaż. Nawet wybierając się z ważną misją do Cannes, wybrał narzędzia lekkie i łatwe w transporcie. Nie rozumie ludzi, którzy nawet na dwa dni taszczą ze sobą ogromne walizy.

Nie ma pojęcia, kto otworzy kopertę. Nie zaprząta też sobie tym głowy. Wybór zostawia Aniołowi Śmierci. Do tego czasu może się zdarzyć wszystko albo nic.

Odbiorca może zadzwonić na recepcję z pretensją, że przesyłkę dostarczono pod zły numer. Może wyrzuci ją do kosza, uznając, że pochodzi od dyrekcji hotelu i zawiera powitanie oraz zapewnienie, że obsługa dołoży wszelkich starań, by umilić mu pobyt: ma inne, ważniejsze sprawy na głowie, a poza tym za niecałą godzinę wychodzi na bankiet. Jeżeli odbiorcą jest mężczyzna czekający na powrót żony, pewnie schowa kopertę do wewnętrznej kieszeni marynarki, przekonany, że to pozytywna odpowiedź od spotkanej wcześniej kobiety, którą próbował poderwać. A może apartament zajmuje jakaś para i żadne z nich nie wie, do kogo adresowane jest „Dla ciebie" na kopercie, a więc żeby rozwiać wszelkie podejrzenia wyrzucą przesyłkę przez okno.

Jeżeli mimo wszystko Anioł Śmierci postanowi musnąć swoim skrzydłem twarz odbiorcy koperty, wtedy ona (albo on) otworzy ją, żeby sprawdzić zawartość. Zawartość, która kosztowała go wiele zabiegów i sporo pieniędzy.

Musiał zwrócić się po pomoc do swoich dawnych, wypróbowanych „przyjaciół", którzy kiedyś udzielili mu finansowego wsparcia na rozkręcenie własnego interesu, a potem okazali wielkie niezadowolenie, kiedy przed terminem ich spłacił. A już zacierali ręce, że zawsze będą mogli lokować brudne pieniądze w całkowicie legalne przedsięwzięcie i w każdej chwili korzystać z własnych zasobów.

Po dłuższym okresie chłodnych stosunków odnowili znajomość. Ilekroć zwracali się do Igora z jakąś prośbą – przyjęcie syna lub córki na uniwersytet, bilety na koncert dla któregoś z ich „klientów" – Igor poruszał niebo i ziemię, żeby ją spełnić. Ostatecznie, jako jedyni wierzyli w możliwość realizacji jego marzeń, niezależnie od motywów, które nimi powodowały. Ewa – teraz wpadał w gniew, ilekroć o niej pomyślał – zarzucała im wykorzystywanie naiwności męża w operacji prania brudnych pieniędzy pochodzących z handlu bronią. Tak jakby to miało jakiekolwiek znaczenie. W końcu sam nie zajmował się ani kupnem, ani sprzedażą broni, a poza tym w interesach każda ze stron liczy na zarobek.

No i każdy jest raz na wozie, raz pod wozem. Niektórzy z jego dawnych pożyczkodawców odsiedzieli swoje w więzieniach, ale Igor nigdy żadnego z nich nie zawiódł, chociaż sam nie potrzebował ich pomocy. Miarą godności człowieka nie jest tłum, otaczający nas, kiedy znajdujemy się u szczytu, ale pamięć o tych, którzy wyciągnęli do nas dłoń, kiedy najbardziej potrzebowaliśmy pomocy.
Nieważne, czy te dłonie są zbrukane krwią, czy też mokre od potu. Spadający w przepaść nie pyta, czyje ręce wyciągają się, by go ocalić.

Poczucie wdzięczności jest cnotą. Nikt daleko nie zajedzie, jeżeli zapomni o ludziach, którzy stali przy nim w potrzebie. Co nie znaczy, że należy stale przypominać i pamiętać o otrzymanej lub udzielonej pomocy. Od tego jest Bóg, który patrzy na Swoje córki i synów, i nagradza tych, którzy swoim postępowaniem zasłużą sobie na Jego błogosławieństwo.

Dlatego, kiedy potrzebował kurary, wiedział, do kogo się zwrócić i zapłacił horrendalną sumę za coś, co w lasach południowoamerykańskich można znaleźć stosunkowo łatwo.

Wchodzi do hotelowego lobby. Miejsce, gdzie odbędzie się gala, znajduje się o pół godziny drogi samochodem. Wie, że o złapaniu wolnej taksówki nie ma co marzyć. Życie go nauczyło, że w hotelach opłaci się rozdawać hojne napiwki – o tym wie każdy szanujący się biznesmen. Dzięki temu nie ma kłopotów z zarezerwowaniem stolika w restauracji, biletu do teatru, zdobyciem informacji na temat pewnych miejsc w mieście, o których z oczywistych powodów nie wspominają przewodniki, żeby nie szokować szacownych obywateli.

Z pogodnym uśmiechem prosi o zamówienie taksówki i za chwilę taksówka podjeżdża. W tym samym czasie jakiś gość z pianą na ustach skarży się na kłopoty z transportem. Wdzięczność, wyższa konieczność i właściwe kontakty – tylko tyle, a każdy problem da się rozwiązać.

Nawet zdobyć srebrną kopertę z wykaligrafowanymi na niej słowami: „Dla ciebie". Zostawił ją na sam koniec swojej misji. Nawet gdyby Ewa nie pojęła wcześniejszych sygnałów, po tym ostatnim, najbardziej wyrafinowanym, nie będzie miała cienia wątpliwości.

Dawni towarzysze spisali się na medal. Nie chcieli pieniędzy, ale Igor był bogaty i nie chciał zaciągać długów wdzięczności.

Nie zadawał zbędnych pytań. Dowiedział się tylko, że

hermetycznie zamykaną kopertę wykonano w rękawicach i masce przeciwgazowej. Wysoka cena była w pełni uzasadniona, bo praca wymagała wyjątkowej precyzji, chociaż sam produkt nie tak trudno zdobyć – używa się go w metalurgii, produkcji papieru, ubrań i plastików. Jego nazwa brzmi groźnie: cyjanowodór, a jego migdałowa woń upaja. Poza tym wygląda zupełnie niewinnie.

Odpędza myśl o tym, kto zamknął srebrną kopertę. Stara się sobie wyobrazić osobę, która ją otworzy – trzymając blisko twarzy, jak to się zwykle robi. Na znajdującym się w niej białym kartoniku jedno zdanie w języku francuskim: „Katiusza, *je t'aime*".

„Katiusza? Kto to taki?", zapyta. Zauważy, że bilecik pokryty jest białym proszkiem. W kontakcie z powietrzem proszek zamieni się w gaz. Mocny zapach migdałów wypełni cały pokój.

Zdziwiona pomyśli: „Szkoda, że to nie inny zapach. To pewnie próbka reklamująca nowe perfumy". Potem dokładniej przyjrzy się bilecikowi, obracając go to w tę, to w drugą stronę, a gaz z białego proszku zacznie się coraz szybciej rozprzestrzeniać.

„Głupi żart?", pomyśli, i to będzie jej ostatnia, świadoma myśl. Zostawi bilecik na stoliku przy drzwiach i skieruje się do łazienki, żeby wziąć prysznic, zrobić makijaż lub zawiązać krawat.

Poczuje, że serce jej wali młotem, ale nie skojarzy tego z przesycającym powietrze zapachem migdałów – przecież nie ma wrogów, najwyżej konkurentów i przeciwników. Zanim dojdzie do łazienki, poczuje, że nogi odmawiają jej posłuszeństwa, więc przysiądzie na skraju łóżka. Zaraz potem zacznie się nieznośny ból głowy i trudności z oddychaniem, a następnie nudności. Nim pomyśli o wezwaniu pomocy, straci przytomność, do końca nie kojarząc swojego stanu z zawartością srebrnej koperty.

W kilka minut – Igor zamówił produkt o wysokiej zawartości trucizny – płuca przestaną funkcjonować, ciało przebiegnie nagły skurcz, serce przestanie pompować krew i nastąpi śmierć.

Bezbolesna. Miłosierna. Humanitarna.

Igor wsiada do taksówki i podaje adres: Hotel du Cap, Eden Roc, Cap d'Antibes.

Wielka gala.

19:40

Hermafrodyta – w czarnej koszuli i z białą muszką, w opinających chude nogi spodniach i hinduskim kaftanie – robi niezwykle celną uwagę:

– Przyjedziemy albo w najlepszym, albo w najgorszym momencie. Jest mniejszy ruch na ulicy niż się spodziewałem. Będziemy w Eden Roc jako jedni z pierwszych.

Gabriela, która ma już za sobą „poprawki" makijażu i uczesania, tym razem dokonane przez kompletnie znudzoną swoją pracą wizażystkę, nie bardzo rozumie, o co mu chodzi.

– Przy takich korkach chyba lepiej być wcześniej? Czemu miałoby to się obrócić przeciwko nam?

Hermafrodyta głośno wzdycha, zmuszony do wyjaśniania ignorantce elementarnych zasad obowiązujących w wielkim świecie.

– Plusem może być to, że znajdziesz się sama w korytarzu... – na widok jej zdziwionej miny wzdycha jeszcze głośniej. – Na takie uroczystości nikt nie wchodzi prosto z ulicy. Trzeba zawsze przejść korytarzem, w którym po jednej stronie ustawią się fotoreporterzy, a na przeciwległej ścianie zawiesza się logo sponsora. Nie oglądałaś kolorowych czasopism? Nie zauważyłaś, że celebryci uśmiechają się do aparatów i kamer zawsze na tle jakiegoś logo?

Celebryta. Arogancki obojnak nieostrożnie wypowiedział to słowo. Niechcący przyznał, że towarzyszy celebrytce. Gabriela w milczeniu rozsmakowuje się tym małym zwycięstwem. Oczywiście nie jest dzieckiem i wie, że przed nią jeszcze długa droga.

– A co złego w punktualnym przybyciu na miejsce?

Jeszcze jedno głębokie westchnienie.

– Fotoreporterzy mogą nie dojechać. Trzymajmy kciuki, żebym się mylił, wtedy zdążę porozdawać twoje ulotki.

– Ulotki? O mnie?

– Chyba się nie łudzisz, że wszyscy cię znają, dziecino! Wejdę pierwszy i wcisnę każdemu fotoreporterowi ten świstek. No i uprzedzę, że za chwilę wkroczy wielka gwiazda następnego filmu Gibsona, więc lepiej niech szykują aparaty. Dam im znak, jak tylko pojawisz się w korytarzu. Nie będę się z nimi cackał, o nie! Zresztą nawykli już do tego, że w Cannes traktuje się ich jak istoty najniższej kategorii. „Wyświadczam wam wielką przysługę, powiem, nie przegapcie okazji, bo możecie wylecieć z pracy". Świat jest pełen ludzi z aparatami fotograficznymi i łączami internetowymi, ludzi, którzy tylko marzą, żeby posłać w świat coś, czego inni nie wychwycili. Tak sobie myślę, że za kilka lat dla obniżenia kosztów gazety korzystać będą wyłącznie z usług anonimowych współpracowników. Już i tak nakłady gazet spadają na łeb na szyję.

Popisuje się przed dziewczyną wiedzą na temat mediów, ale na Gabrieli nie robi to wrażenia. Bierze ulotkę i czyta.

– Kto to taki, ta Lisa Winner?

– Jak to kto? Ty! Zmieniliśmy ci imię i nazwisko. A prawdę powiedziawszy najpierw wybraliśmy imię, a dopiero potem ciebie. Od tej chwili tak się nazywasz. Gabriela trąci włoszczyzną, a Lisa może być każdej narodowości. Badania rynkowe wykazały, że publiczność łatwiej zapamiętuje nazwy i nazwiska nie dłuższe niż sześć liter: Fanta. Taylor. Burton. Davis. Woods. Hilton. Mam kontynuować?

– Dziękuję, tyle starczy. Jak widzę, znasz prawa rynku. Pozwól, że teraz spróbuję się dowiedzieć, kim jestem – zgodnie z moją nową biografią.

Nie stara się ukryć ironii w swym głosie. Nabiera pewności siebie i z minuty na minutę wciela się coraz bardziej w rolę rozkapryszonej gwiazdy. Czyta ulotkę: wielkie odkrycie sezonu, wybrana spośród ponad tysiąca kandydatek do pierwszego filmu słynnego projektanta i biznesmena Hamida Husseina... itd.

– Ulotki są gotowe od miesiąca – rzuca hermafrodyta, przechylając szalę zwycięstwa na swoją stronę. Nie potrafi ukryć satysfakcji ze swojego małego triumfu. – Tekst został przygotowany przez zespół marketingowców; oni nigdy się nie mylą. Popatrz tutaj: „Pracowała jako modelka, ukończyła szkołę teatralną". Zgadza się?

– To znaczy, że zostałam wybrana ze względu na mój życiorys, a nie na rezultaty przesłuchania?

– Nie. To znaczy, że wszystkie dopuszczone do castingu kandydatki miały takie same życiorysy.

– Słuchaj, skończmy tę wojnę i zacznijmy się traktować po ludzku, jak przyjaciele, zgoda?

– Tutaj? W Cannes? Wykluczone! W tym kłębowisku żmij przyjaźń nie istnieje – tu liczy się tylko własny interes. Nie ma tu istot ludzkich, są jedynie opętane jedną myślą maszyny, miażdżące wszystko na swojej drodze do celu. Oczywiście, często rozbijają się o przydrożny słup.

Wbrew temu, co powiedział, Gabriela wyczuwa, że nawiązała się między nimi – wciąż jeszcze cienka – nić sympatii.

– Popatrz dalej: „Przez wiele lat odrzucała propozycje pracy w filmie, wierząc, że tylko teatr spełni je oczekiwania". To przemawia na twoją korzyść: jesteś wierną swym ideałom artystką, która zgodziła się zagrać w filmie tylko dlatego, że zakochała się w zaproponowanej roli. Dla niej zrezygnowałaś z zaproszeń do współpracy w sztukach Szekspira, Becketta, Geneta.

Ten bezpłciowy stwór jest wykształcony i oczytany.

Samochód dociera do celu podróży. Tak jak gdzie indziej, i tu na posterunkach ochroniarze: czarne garnitury, białe koszule, krawaty. Każdy ściska w ręku maleńką radiokomórkę (atrybut tego zawodu). Jeden z nich gestem prosi kierowcę, żeby odjechał. Zjawili się zdecydowanie za wcześnie.

Hermafrodyta błyskawicznie rozważa wszystkie za i przeciw i dochodzi do wniosku, że więcej przemawia za wcześniejszym przybyciem. Wyskakuje z limuzyny i podchodzi do dwa razy potężniejszego od siebie mężczyzny. Gabriela próbuje zachować spokój i myśleć o innych sprawach.

– Co to za samochód? – pyta szofera.

– Maybach 57S – odpowiada szofer z niemieckim akcentem. – Dzieło sztuki! Doskonała maszyna. Szczyt luksusu.

Gabriela nie słyszy, co do niej mówi. Widzi tylko, jak hermafrodyta dyskutuje ze zwalistym ochroniarzem, który nie słucha jego racji i stanowczym gestem nakazuje powrót do auta i natychmiastowy odjazd. Hermafrodyta, maleńki komar przy słoniowatym ochroniarzu, odwraca się na pięcie i podchodzi do samochodu.

Otwiera drzwi limuzyny i prosi ją, żeby wysiadła. Właśnie, że wejdą teraz.

Gabriela boi się najgorszego. Będzie awantura. Pod ramię z komarem, przechodzi obok słonia, który usiłuje ich zatrzymać: „Ej, nie wolno tam wchodzić!". Głusi na jego protesty idą dalej. „Proszę przestrzegać zasad, jeszcze nie otwarto drzwi!", słychać za ich plecami. Boi się spojrzeć za siebie. Oczyma duszy widzi ścigającą ich bandę zbirów, gotowych rozszarpać ich na strzępy.

Zupełnie niepotrzebnie, bo nikt ich nie goni, chociaż androgeniczny stwór – być może przez wzgląd na jej długą suknię – nie przyspiesza kroku. Idą przez nienagannie utrzymany ogród. Horyzont pokrywa się odcieniami różu i błękitu. Słońce znika za widnokręgiem.

Jej towarzysz znowu triumfuje.

– Każdy ochroniarz stawia się, udaje wielkiego twardziela. Ale wystarczy podnieść na takiego głos, spojrzeć mu w oczy i robić swoje, a palcem nie ruszy. Mamy zaproszenia i to jest wszystko, co powinno ich interesować. Są silni, ale nie są głupi. Wiedzą, że tylko ktoś ważny jest w stanie potraktować ich z góry. – I dodaje z niespodziewaną pokorą w głosie – Zdążyłem się już przyzwyczaić do roli ważniaka.

Podchodzą do drzwi luksusowego hotelu z dala od szumu i zgiełku Cannes. Tu zatrzymują się tylko ważne osobistości – ludzie, którzy nie czują potrzeby biegania z jednego końca bulwaru Croisette na drugi. Hermafrodyta poleca Gabrieli/Lisie udać się do baru i zamówić dwa kieliszki szampana – żeby wszyscy myśleli, że nie jest sama. Żadnych rozmów z nieznajomymi i żadnych skandali – prosi. Sam pójdzie zbadać teren i rozdać ulotki.

– To tylko na wszelki wypadek – dodaje jak zwykle arogancko. – Nikt i tak nie opublikuje twoich zdjęć. Ale za to mi płacą. Wracam niedługo.

– Przecież przed chwilą mówiłeś, że fotoreporterzy... – chce się odgryźć Gabriela, ale za późno – odszedł.

Nie ma wolnych miejsc. Bar pełen mężczyzn w smokingach i kobiet w długich wieczorowych sukniach. Rozmawiają przyciszonymi głosami, większość z oczami utkwionymi w morze, widoczne przez duże okna. Są tu po raz pierwszy, a mimo to w barze wionie niemal namacalną, wszechogarniającą nudą.

Uczestniczyli już w setkach, tysiącach takich imprez. Kiedyś się emocjonowali spotkaniem z nieznanym, nadzieją na znalezienie nowej miłości i na nawiązanie ciekawych kontaktów. Teraz znajdują się już na szczycie i nie ma żadnych nowych wyzwań. Zostaje tylko porównywanie jachtów i brylantów ludzi siedzących koło okna – co wskazuje na ich wyższy status – z tymi w głębi sali. Tak wygląda przystanek końcowy: nuda i nieustanne porównywanie. Po latach wysiłków, żeby znaleźć się na szczycie, nie pozostało im absolutnie nic, nawet przyjemność kontemplowania jeszcze jednego malowniczego zachodu słońca.

O czym myślą te bogate, milczące kobiety?

O swoim wieku.

Planują kolejną wizytę u chirurga plastycznego i zoperowanie tego, co swym zębem nadgryzł nieubłagany czas. Gabriela zdaje sobie sprawę, że pewnego dnia to będą też jej zmartwienia. Nagle – być może pod wpływem przeżyć całego dnia, który się kończy tak inaczej niż zaczynał – wracają ponure myśli.

Znowu czuje tę mieszaninę strachu i radości; przekonanie, że mimo wszelkich starań, nie zasługuje na to, co staje się jej udziałem. Owszem, ciężko pracowała, ale do życia nie jest przygotowana, nie zna reguł tej gry. Porwała się z motyką na słońce, nie należy do tego świata i nigdy nie zdoła się w nim odnaleźć. Sama już nie wie, po co przyleciała do Europy. Czy jest coś złego w pracy w prowincjonalnym amerykańskim teatrze, w robieniu tego, co się lubi, a nie tego, co dyktują jej inni ludzie. Chce być szczęśliwa i nie jest do końca przekonana, że wybrała najlepszą drogę do szczęścia.

„Daj spokój! Nie myśl o tym!"

Nie jest to miejsce ani czas na ćwiczenia jogi. Próbuje więc skoncentrować się na morzu i zabarwionym na czerwono i złoto niebie. Stoi wobec swojej życiowej szansy. Zostało jeszcze trochę czasu. Pokona niechęć i zmusi się do rozmowy z androgenicznym stworem, zanim wejdzie do „korytarza". Nie wolno jej popełniać błędów. Poszczęściło się jej i musi to wykorzystać. Otwiera torebkę, żeby wyjąć z niej szminkę, ale w środku jest tylko pomięta bibułka. Znowu zapomniała zabrać z Pokoju Prezentów swoje ciuchy i dokumenty. A gdyby nawet pamiętała, to gdzie niby miałaby to schować?

Torebka wydaje się doskonałą metaforą tego, co aktualnie przeżywa: piękna z zewnątrz, a pusta w środku.

Musi zachować spokój.

„Słońce schowało się za horyzont i jutro znów się odrodzi z całą swoją siłą. Ja też muszę się odrodzić. Tyle razy przeżywałam ten moment w marzeniach, że powinnam czuć się pewnie, przygotowana na to, co nadchodzi. Wierzę w cuda, a Bóg, który wysłuchuje moich modlitw, mi pobłogosławił. Muszę pamiętać, co mi powtarzał reżyser przed każdą próbą: «Nawet jeżeli powtarzasz te same gesty i słowa, za każdym razem musisz odkrywać coś nowego, fantastycznego, niewiarygodnego, coś, co wcześniej umknęło twojej uwadze»".

Wchodzi przystojny mężczyzna około czterdziestki, lekko szpakowaty, w eleganckim smokingu, który wyszedł spod igły mistrza krawieckiego. W pierwszej chwili zmierza w jej kierunku, ale na widok drugiego kieliszka szampana, skręca i odchodzi na koniec baru. Miałaby ochotę z nim porozmawiać, hermafrodyty tyle czasu nie ma. Przypomina sobie jednak jego zalecenia: „Żadnych rozmów z obcymi i żadnych skandali".

Rzeczywiście, wyglądałoby to delikatnie mówiąc niestosownie, gdyby młoda kobieta, siedząca samotnie w barze pięciogwiazdkowego hotelu, zaczepiała starszego od siebie mężczyznę. Co ludzie by powiedzieli?

Wypija szampana i zamawia jeszcze jeden kieliszek. Gdyby hermafrodyta się już nie pojawił, kto za to zapłaci? Ale co tam! Wątpliwości i niepewność ustępują z każdą kroplą szampana. Jeszcze tylko trochę się boi, że nie dostanie się na przyjęcie i nie wypełni warunków umowy.

Nie jest już prowincjuszką, walczącą o to, żeby się w życiu urządzić. Nigdy już nią nie będzie. Jeszcze jeden kieliszek szampana i strach przed nieznanym zmienia się w obawę, że nigdy się nie dowie, co to znaczy być tu i teraz. Grozą napawa ją to, że wszystko może ulec zmianie w mgnieniu oka. Czy dzisiejszy cud powtórzy się jutro i będzie trwał w przyszłości? Jaka jest gwarancja, że wszystkie złożone w ciągu kilku ostatnich godzin obietnice zostaną spełnione? Tyle już razy stała u magicznych wrót, tyle marzyła o fantastycznej szansie, która na zawsze odmieni jej życie. A potem telefon uparcie milczał, agent gubił jej CV na dnie szuflady, a reżyser dzwonił z przeprosinami, bo znalazł dziewczynę, która bardziej pasuje do roli, „ale pamiętaj, masz ogromny talent i pod żadnym pozorem nie wolno ci rezygnować z kariery". Życie poddaje człowieka wielu próbom. Czasami nie dzieje się absolutnie nic, innym razem dzieje się wszystko w tym samym czasie.

Mężczyzna, który wszedł przed chwilą sam, nie odrywa wzroku od niej i drugiego kieliszka szampana. Tak chciałaby, żeby do niej podszedł! Od rana z nikim nie rozmawiała o tym, co się wydarzyło. Myślała, żeby zadzwonić do domu, ale zostawiła komórkę w swojej torebce. Pewnie się nazbierało wiadomości od przyjaciółek z wynajmowanego wspólnie mieszkania. Nie wiedzą, gdzie się podziała, czy zdobyła jakieś zaproszenie, a może zechce z nimi pójść na imprezę z niższej półki, na której „ma się pojawić X, Y czy Z".

Nie ma z kim się podzielić tym, co przeżywa. Zrobiła dzisiaj bardzo duży krok, jest sama w hotelowym barze, przerażona, że piękny sen się skończy, a jednocześnie przekonana, że nigdy już nie będzie tą, którą była. Wspięła się bardzo blisko szczytu: albo zdobędzie się na jeszcze większy wysiłek, albo bezlitosny wiatr strąci ją w przepaść.

Szpakowaty mężczyzna około czterdziestki sączy sok pomarańczowy. W pewnej chwili ich spojrzenia krzyżują się, mężczyzna uśmiecha się. Gabriela udaje, że nie zauważyła.

Dlaczego tak bardzo się boi? Z każdym następnym krokiem nie bardzo wie, jak się zachować. Nikt jej nie pomaga; wszyscy wydają rozkazy i oczekują, że je wykona bez mrugnięcia okiem. Czuje się jak mała dziewczynka zamknięta w ciemnym pokoju, po omacku szukająca drogi do drzwi, za których dochodzi wołanie kogoś bardzo ważnego, kto żąda bezwarunkowego posłuszeństwa.

Rozmyślania przerywa jej nadejście hermafrodyty.

– Poczekamy jeszcze chwilę. Zajeżdżają pierwsi goście.

Przystojny mężczyzna wstaje, płaci rachunek i odchodzi do wyjścia. Wydaje się rozczarowany; może czekał tylko na odpowiedni moment, żeby się do niej przysiąść, przedstawić i...

– ...porozmawiać przez chwilę.

– Co powiedziałaś?

Wygadała się. Dwa kieliszki szampana – i już traci kontrolę nad językiem.

– Nic.

– Powiedziałaś, że niby chcesz porozmawiać przez chwilę.

Ciemny pokój i wystraszona dziewczynka. Potrzeba trochę pokory. Musi robić to, co przysięgła sobie jeszcze kilka minut temu.

– Masz rację. Chciałabym spytać, co robisz w Cannes. Jak trafiłeś do tego świata, którego ja zupełnie nie rozumiem? Wszystko wygląda inaczej, niż sobie wyobrażałam. Wierz mi lub nie, ale kiedy poszedłeś porozmawiać z fotoreporterami, czułam się opuszczona i wystraszona. Wiem, że mogę na ciebie liczyć. Dlatego ciekawi mnie, czy lubisz swoją pracę.

Jakiś anioł – z pewnością jeden z tych, co lubią szampana – wkłada jej w usta właściwe słowa.

Androgeniczna istota patrzy na nią z rosnącym zdziwieniem. Czyżby chciała się z nim zaprzyjaźnić? Dlaczego zadaje pytania, których nikt nie ośmiela się zadać? I to po raptem kilku godzinach znajomości?

Nikt mu nie ufa, ponieważ jest niepodobny do innych, jest wyjątkowy. Wbrew temu, co sądzi większość, nie jest homoseksualistą: po prostu inni ludzie przestali go interesować. Tleni włosy na biało, ubiera się w to, co zawsze chciał nosić, waży dokładnie tyle, ile chce ważyć. Wie, że robi dziwne wrażenie, ale dopóki profesjonalnie wypełnia swoje obowiązki, nie musi być dla nikogo miły.

A teraz ta kobieta pyta, co myśli i co czuje? Podnosi kieliszek szampana, który od początku na niego czekał, i wypija jego zawartość jednym haustem.

Jest pewnie przekonana, że pracuje dla Hamida Husseina i dużo może. Stara się mu przypodobać, żeby z niego wyciągnąć, jak się dalej zachować. Oczywiście on dobrze wie, jak, ale został zatrudniony tylko na czas festiwalu – otrzymał określone zadania i nie zamierza robić więcej, niż do niego należy. Po dniach festiwalowego przepychu i blichtru wróci do swojego mieszkania na jednym z paryskich przedmieść, gdzie zatruwają mu życie sąsiedzi, którzy nie mogą się pogodzić z jego odmiennością. A wszystko przez jakiegoś głupca, który kiedyś oznajmił światu: „Wszyscy ludzie są równi". Przecież to nie znaczy, że muszą być tacy sami! Każdy człowiek jest inny i za wszelką cenę powinien bronić swego prawa do indywidualności.

Będzie oglądał telewizję, robił zakupy w pobliskim markecie, czytał czasopisma, od czasu do czasu pójdzie do kina. A że ma opinię dobrego fachowca, raz na jakiś czas skontaktuje się z nim agencja poszukująca asystentów „z dużym doświadczeniem", którzy umieją ubrać modelkę i dobrać jej akcesoria. Pokieruje wtedy odpowiednio nowicjuszkami, nauczy je, co i kiedy należy robić, a czego w żadnym przypadku robić nie wolno.

Oczywiście, ma swoje marzenia. Jest wyjątkowy, powtarza to sobie. Czuje się szczęśliwy, bo niczego więcej od życia nie oczekuje. Chociaż wydaje się być dużo młodszy, ma już czterdzieści lat. Próbował swych sił jako stylista, ale nie znalazł żadnej porządnej pracy, a do tego pokłócił się z ludźmi, którzy mogli mu pomóc. Rzeczywiście nie oczekuje wiele od życia, mimo że ma sporą wiedzę, dobry gust i silną wolę. Przestał się łudzić, że pewnego dnia ktoś na niego spojrzy, zachwyci się jego strojem i powie: „Fantastycznie! Zatrudnimy pana". Otrzymał jedną lub dwie propozycje pracy jako model, ale to było wiele lat temu. Nie żałuje, że je odrzucił, bo takie zajęcie za bardzo odbiegało od jego życiowych aspiracji.

Sam szyje swoje stroje z resztek materiałów, odrzucanych przez wielkie domy mody. W Cannes dzieli mieszkanie z dwoma kobietami – na szczycie wzgórza, pewnie niedaleko od Gabrieli. Ona właśnie dostała swoją szansę. Wprawdzie życie źle się z nim obchodzi, nie podda się frustracji i zawiści. Da z siebie wszystko, bo może już nigdy nikt nie zaprosi go do współpracy.

Oczywiście, że jest szczęśliwy. Człowiek, który nie pragnie niczego, jest człowiekiem szczęśliwym. Spogląda na zegarek – już czas.

– Chodźmy. Porozmawiamy innym razem.

Płaci za szampan i prosi o fakturę. Zaraz po zakończeniu tych kilku dni luksusu wystawi swoim szefom rachunek ze szczegółową listą wszystkich wydatków. Razem z nimi ze swoich krzeseł podnoszą się inni. Muszą się pospieszyć, żeby Gabriela nie znikła w gęstniejącym tłumie. Przez hotelowe lobby kierują się w stronę korytarza. Wręcza ochroniarzowi dwa zaproszenia, które starannie przechowywał w kieszeni spodni – ważna osoba nie musi zaprzątać sobie głowy takimi detalami. Od czego są asystenci?

On jest jej asystentem, a ona ważną osobą. Widać już, że wielkość zaczyna uderzać jej do głowy. Ale spokojnie, szybko odkryje do czego jest zdolne to środowisko: wyssie z niej do cna całą energię, wypełni jej głowę marzeniami, wykorzysta jej próżność i wyrzuci na śmietnik właśnie wtedy, kiedy zyska pewność, że stać ją na wszystko. Tak było z nim, tak jest z każdym, kto się na to poważy.

Schodzą po schodach. Zatrzymują się w niedużym holu przed „korytarzem".

– Pójdę przodem, dam znać znajomym fotoreporterom. Nie śpiesz się – tutaj wszystko jest inne niż na czerwonym dywanie. Jeżeli usłyszysz swoje imię, odwróć się i uśmiechnij. Jest wtedy szansa, że i inni zaczną robić ci zdjęcia, bo skoro jeden zna twoje imię, to musisz być kimś. Nie zatrzymuj się na dłużej niż dwie minuty. To tylko wejście na salę główną, chociaż może ci się wydać nieziemskie. Chcesz zostać gwiazdą, zachowuj się jak gwiazda.

– Mam iść sama? Dlaczego?

– Wydarzyło się coś nieprzewidzianego. On powinien już tu być. To profesjonalista. Musiało mu coś wypaść.

„On" to Gwiazdor. Mógłby jej powiedzieć, co się pewnie stało: „Przygruchał napaloną panienkę i zapomniał o całym bożym świecie". Ale nie chce ranić serca nowicjuszki, której pewnie też po głowie chodziły niedorzeczne mrzonki o wielkiej miłości.

Nie chce być ani jej dręczycielem, ani przyjacielem. Wystarczy, jeżeli dobrze wypełni swoje obowiązki. A poza tym, dziewczyna może się zdenerwować i źle wyjdzie na zdjęciach.

Staje ze dwa metry przed nią w kolejce. Zaraz po wejściu w korytarz, podejdzie do fotoreporterów i postara się wzbudzić ich zainteresowanie jej osobą.

Gabriela odczekuje kilka sekund, przywołuje na usta swój najpiękniejszy uśmiech, prostuje plecy i z torebką pod pachą zaczyna pewnie kroczyć, gotowa na spotkanie z fleszami. Korytarz otwiera rzęsiście oświetlona przestrzeń, z białą ścianą pokrytą logo sponsora. Po drugiej stronie z podwyższenia celują w jej stronę obiektywy.

Zwalnia, odmierza starannie każdy krok – nie chce, żeby było znów tak, jak na czerwonym dywanie, kiedy zanim się spostrzegła, wszystko się skończyło. Pragnie przeżyć ten moment, jakby był filmem jej życia wyświetlanym w zwolnionym tempie. Za chwilę pójdą w ruch kamery.

– Jasmine! – krzyczy ktoś z tłumu reporterów.

Jasmine? Przecież nazywa się Gabriela!

Zatrzymuje się na ułamek sekundy, uśmiech zamiera na jej wargach. Nie, nie nazywa się już Gabriela. Jak teraz ma na imię? Jasmine?

Pstrykają aparaty fotograficzne, migawki otwierają się i zamykają, tyle że wszystkie obiektywy skierowane są w stronę kogoś za jej plecami.

– Przechodź! – rzuca jakiś fotoreporter. – Twój moment chwały już minął. Dalej!

Nie może uwierzyć. Wciąż się uśmiecha, ale przyśpiesza kroku w kierunku, gdzie za kręgiem światła wydaje się otwierać czarny tunel.

– Jasmine! Spójrz w tę stronę! Tutaj!

Fotoreporterzy wpadają w zbiorową histerię.

Dociera do końca korytarza. Nikt nie wołał do niej po imieniu, którego sama zapomniała. Hermafrodyta czeka na nią.

– Nie bierz sobie tego do serca – po raz pierwszy okazuje ludzkie uczucia. – Nie tobie jednej to się tej nocy przydarzy. Bywa gorzej. A co z tymi, co nawykli do chóru skandującego ich imię, a dziś pies z kulawą nogą się nimi nie zainteresuje, żaden reporter nie potrudzi się nacisnąć spust aparatu – choćby z litości.

Musi zachować zimną krew, trzymać nerwy na wodzy. To jeszcze nie koniec świata.

– Nie przejmuję się. To przecież dopiero początek. A właściwie kim jest ta Jasmine?

– Też zaczyna dzisiaj. Późnym popołudniem ogłoszono jej gigantyczny kontrakt z Hamidem Husseinem. Ale nie w filmie, więc nie masz się czym martwić.

Nie martwi się. Marzy tylko, żeby ziemia się otworzyła i ją pochłonęła.

20:12

Uśmiechnij się! Udawaj, że nie masz pojęcia, skąd to wielkie zainteresowanie. Idź tak, jakby to był czerwony dywan, a nie wybieg.

Uwaga! Wchodzą następni. Twój przydział czasu się kończy. Ruszaj przed siebie.

Fotoreporterzy nie przestają wykrzykiwać jej imienia. Jest zażenowana – następni w kolejce, jakaś para, muszą odczekać, aż wszyscy fotoreporterzy zaspokoją swoje zawodowe ambicje, a to chyba nigdy nie nastąpi, bo ciągle się przepychają, proszą o nową pozę, jeszcze jedno wyjątkowe ujęcie (jakby to w ogóle było możliwe!), spojrzenie prosto w obiektyw.

Teraz pomachaj im, uśmiechnij się i idź dalej.

W końcu korytarza otaczają ją dziennikarze. Padają pytania o monumentalny kontrakt z jednym z czołowych projektantów na świecie. Chciałaby powiedzieć, że to nieprawda.

– Dopracowujemy szczegóły – odpowiada.

Odpowiedź ich nie zadowala. Zbliża się ekipa telewizyjna. Reporterka z mikrofonem pyta, czy jest szczęśliwa z powodu ostatnich wydarzeń. Oczywiście, odpowiada, pokaz się udał, a projektantka – tu dobitnie podkreśla jej nazwisko – szykuje następny pokaz na Tydzień Mody w Paryżu.

Dziennikarka najwyraźniej nie ma pojęcia o popołudniowym pokazie mody, ale niczym nie zrażona zasypuje ją pytaniami.

Uważaj! Mów tylko to, co chcesz powiedzieć, a nie to, co oni chcą usłyszeć. Udawaj, że nie znasz szczegółów. Powtarzaj, że pokaz był wielkim sukcesem, zasłużonym hołdem dla Anny Salens, zapomnianej genialnej stylistki, która miała to nieszczęście, że niestety nie urodziła się we Francji. Na pytanie jakiegoś dowcipnisia, co myśli o bankiecie, odpowiada z lekką ironią: „Powiem o tym, jeżeli pozwolicie mi w końcu wejść do środka". Była modelka, obecnie prezenterka telewizji kablowej, pyta: „Jak to jest być twarzą przyszłej kolekcji HH?", a jej lepiej zorientowany kolega chce wiedzieć, czy rzeczywiście dostanie rocznie więcej niż sześciocyfrową sumę:

– Nie lepiej by było w komunikacie dla prasy napisać „siedmiocyfrową"? – docieka. – Czyż suma przekraczająca sześć cyfr nie brzmi trochę absurdalnie? A w ogóle najlepiej byłoby od razu powiedzieć, że chodzi o ponad milion euro, zamiast zmuszać nas do liczenia cyfr, no nie? Albo zamiast słowa „cyfry" użyć pojęcia „zera"?

– Dopracowujemy szczegóły – powtarza. – Pozwólcie mi, proszę, przejść. Później odpowiem na resztę pytań.

To czyste kłamstwo. Później wsiądzie do taksówki i pojedzie prosto do hotelu.

Ktoś pyta, dlaczego nie ma na sobie kreacji Hamida Husseina.

– Zawsze pracowałam dla...

Raz jeszcze akcentuje imię i nazwisko swojej przyjaciółki. Niektórzy je zapisują, inni ignorują. Szukają informacji wartych opublikowania, a nie prawdy ukrytej za faktami.

Ratuje ją tempo, w jakim wszystko rozgrywa się przy takich okazjach. W „korytarzu" znów słychać krzyki fotoreporterów. Jak w magicznej orkiestrze pod dyrekcją niewidzialnego maestro, otaczający ją dziennikarze odwracają głowy i dostrzegają następnego celebrytę, dużo ważniejszego od niej. Jasmine korzysta z okazji i wymyka się do malowniczego, otoczonego murem ogrodu, przemienionego w salon, gdzie goście spacerują, piją drinki i palą papierosy.

Za chwilę też będzie mogła się napić, zapalić, spojrzeć w niebo, walnąć kilka razy pięścią w mur, okręcić się na pięcie i wyjść.

Tymczasem na jej drodze staje przedziwna para – młoda kobieta w towarzystwie stwora o wyglądzie androida z filmu science fiction. Gapią się na nią. Jakby nie bardzo wiedzieli, jak się tu znaleźli. Jasmine postanawia do nich podejść i nawiązać rozmowę. Przedstawia się. Dziwny stwór wyjmuje z kieszeni komórkę, krzywi twarz, prosi o wybaczenie i oddala się.

Dziewczyna wpatruje się w nią z niemą wymówką: „Wszystko zepsułaś”.

Jasmine żałuje, że przyjęła zaproszenie. Przynieśli je dwaj mężczyźni, kiedy razem z przyjaciółką szykowały się do wyjścia na imprezę organizowaną przez Belgijskie Stowarzyszenie Mody, instytucję wspierającą rodzime wzornictwo. A zresztą może dobrze, że przyszła. Jeśli jej zdjęcia ukażą się w prasie, ktoś może się zainteresuje nazwiskiem projektantki jej kreacji.

Dostarczyciele zaproszeń byli bardzo uprzejmi. Powiedzieli, że na zewnątrz czeka już limuzyna, a tak doświadczonej modelce pewnie wystarczy piętnaście minut na przebranie się.

Jeden z nich wyjął z teczki laptopa i małą drukarkę. Przybyli, jak ją poinformowali, żeby sfinalizować umowę. Chodzi tylko o uzgodnienie kilku szczegółów. Szybko omówią interesujące obie strony warunki, a jej agentka – wiedzieli, że jej interesy reprezentuje siedząca obok kobieta – podpisze kontrakt w jej imieniu.

Przyjaciółce obiecali wszelką pomoc przy następnej kolekcji. Oczywiście nadal będzie występować pod własnym nazwiskiem i własnym znakiem firmowym. No i biuro prasowe HH jest do jej dyspozycji! Zresztą HH chętnie odkupi od niej markę, a to oznacza spory zastrzyk finansowy i obecność we włoskich, angielskich i francuskich mediach.

Postawili dwa warunki. Po pierwsze, kontrakt musi zostać podpisany natychmiast, żeby wiadomość o nim dotarła do redakcji dzienników przed zamknięciem jutrzejszego numeru. Po drugie, przyjaciółka zrezygnuje ze współpracy z Jasmine Tiger, która od tej chwili będzie pracować wyłącznie dla Hamida Husseina. Na rynku nie brak modelek – pocieszali – i belgijska projektantka szybko znajdzie jej następczynię, a jako agentka Jasmine będzie bardzo dobrze zarabiać.

– Zgadzam się na transfer Jasmine – odpowiedziała Belgijka bez wahania – a o innych szczegółach będziemy jeszcze rozmawiać

Jak mogła się tak szybko zgodzić? Kobieta, której Jasmine tyle zawdzięczała dobrego, teraz tak lekko i bez żalu się z nią rozstaje? Ta, którą kocha nad życie, wbija jej nóż w plecy?

Mężczyzna wyjmuje BlackBerry z kieszeni marynarki.

– Zaraz wysyłamy komunikat prasowy. Jest już zredagowany: „Jestem bardzo podekscytowana z powodu szansy..."

– Chwileczkę. Wcale nie jestem podekscytowana. Prawdę mówiąc, nie mam zielonego pojęcia, o czym mówicie – protestuje Jasmine.

Jej przyjaciółka już zaczyna nanosić poprawki: „cieszę się" zamiast „jestem podekscytowana" i „zaproszenie" w miejsce „szansy". Po kilka razy czyta każde zdanie i każde słowo. Domaga się wpisania do kontraktu absurdalnie wysokiego wynagrodzenia, ale panowie protestują, tłumacząc, że może to spowodować inflację na rynku. W takim razie nic z porozumienia – brzmi odpowiedź. Obaj mężczyźni przepraszają i wychodzą na zewnątrz, żeby zatelefonować. Po krótkiej chwili wracają; podadzą w kontrakcie enigmatyczną sześciocyfrową sumę. Ściskają kobietom dłonie, gratulują pokazu i kolekcji, chowają do teczki komputer i drukarkę. Na koniec proszą belgijską projektantkę o nagranie na komórkę krótkiego komunikatu o formalnie zawartym porozumieniu, na dowód, że negocjacje w sprawie transferu Jasmine zakończyły się pomyślnie. Znikają tak prędko, jak się zjawili. Na odchodnym proszą, żeby Jasmine była na dole za piętnaście minut. Zgodnie z podpisanym kontraktem, modelka musi wziąć udział dzisiejszej uroczystości.

– Szykuj się – powiedziała projektantka.

– Nie masz prawa decydować o moim życiu! Dobrze wiesz, że mi się to nie podoba, a nawet nie raczyłaś zapytać mnie o zdanie! Praca dla kogoś innego wcale mnie nie interesuje!

Projektantka podeszła do porozrzucanych sukien i wybrała najpiękniejszą z nich – białą kreację haftowaną w motyle. Potem przez chwilę wybierała pantofle i torebkę. Szybko podjęła decyzję – nie ma czasu do stracenia.

– Nie zastrzegli, że masz dziś wystąpić w kreacji HH. Mamy więc szansę pokazać coś z mojej kolekcji.

– Tylko dlatego się zgodziłaś? – Jasmine nie wierzy własnym uszom.

– Tak. Tylko dlatego.

Obie stoją naprzeciw siebie. Żadna nie odwraca wzroku ani przez sekundę.

– Kłamiesz.

– Oczywiście, że kłamię.

Padają sobie w ramiona.

– Od naszego wspólnego weekendu nad morzem, kiedy robiłyśmy razem pierwsze zdjęcia, wiedziałam, że ten dzień kiedyś nastąpi. Trwało to dość długo. Masz już dziewiętnaście lat i czas na nowe wyzwania. To nie pierwsza taka oferta, ale dotąd zawsze mówiłam „nie". Może dlatego, że nie chciałam cię stracić, a może dlatego, że nie byłaś jeszcze gotowa. Dziś, kiedy zobaczyłam na widowni Hamida Husseina, wiedziałam, że nie przyszedł oddać hołdu Annie Salens. Że musi istnieć inny powód, a tym powodem mogłaś być tylko ty. Przesłał mi wiadomość, że chciałby z nami porozmawiać. Nie bardzo wiedziałam, co z tym zrobić, ale przekazałam mu adres naszego hotelu. Wcale się nie zdziwiłam, kiedy tych dwóch przyszło z gotowym kontraktem.

– Ale dlaczego się zgodziłaś?

– Kto kocha, obdarza wolnością. On może ci dać dużo więcej, moje możliwości się już wyczerpały. Masz moje błogosławieństwo. Życzę ci wszystkiego, na co zasługujesz. Nadal będziemy razem: moje serce, moje ciało i moja dusza należą do ciebie. Wiem, ile znaczą możni protektorzy w naszej branży, ale wolę niezależność. Gdyby Hamid zaproponował mi odkupienie marki, bez wahania przystałabym na pracę w jego zespole. Ale kontrakt nie dotyczy mnie, tylko ciebie. A akceptując dotyczące mnie warunki, czułabym się podle.

Ucałowała ją.

– Nie mogę się na to zgodzić – zaprotestowała Jasmine. – Kiedy cię poznałam byłam wystraszonym dzieciakiem, przerażonym, bo złożyłam fałszywe zeznania, nieszczęśliwym, bo z mojej winy banda oprychów grasowała bezkarnie po ulicach. Bardzo poważnie myślałam o samobójstwie. Tobie wszystko zawdzięczam.

Przyjaciółka usadziła ją przed lustrem i pogłaskała po włosach.

– Zanim cię poznałam, też straciłam chęć do życia. Opuszczona przez mężczyznę dla dziewczyny młodszej, ładniejszej i bogatszej, musiałam zarabiać na życie fotografowaniem. Weekendy spędzałam w domu, czytałam, surfowałam po Internecie, oglądałam stare filmy w telewizji. Marzenie o pracy stylistki wydawało się coraz mniej realne. Nie miałam sponsora, a znużyło mnie chodzenie od drzwi do drzwi i rozmowy z ludźmi, którzy mnie nie słuchali. Wtedy pojawiłaś się ty. W tamten weekend, przyznaję, myślałam tylko o sobie. Miałam w rękach rzadki klejnot. Mogłam zbić fortunę, gdybym skłoniła cię do podpisania kontraktu na wyłączność. O ile pamiętam, zaproponowałam, że zostanę twoją agentką. Nie dlatego, żebym chciała cię chronić przed światem. Moje intencje były równie egoistyczne, co Hamida Husseina. Wiedziałam, jak wykorzystać swój skarb. Mogłam zostać bogata, sprzedając twoje zdjęcia.

Skończyła czesać Jasmine.

– A ty, zaledwie szesnastoletnia, pokazałaś mi, jak miłość może zmienić człowieka. Dzięki tobie odkryłam, kim jestem. Żeby zademonstrować światu twój talent, zaczęłam projektować dla ciebie stroje, które zawsze widziałam w wyobraźni, a które tylko czekały na konkretną formę, tkaniny, hafty i dodatki. Mieszkałyśmy razem i razem się uczyłyśmy, chociaż ja byłam od ciebie dwa razy starsza. Zaczęto zwracać uwagę na to, co robię i inwestować w moją pracę. Po raz pierwszy mogłam realizować to, czego pragnęłam. Razem przyjechałyśmy do Cannes. I żaden kontrakt nas nie rozdzieli.

Wyszła do łazienki po przybory do makijażu.

– Tej nocy musisz się prezentować olśniewająco – powiedziała już innym tonem. – Rzadko której modelce udaje się to, co tobie: wyjść z cienia i zajaśnieć pełnym blaskiem. Wzbudzisz spore zainteresowanie. Dziennikarze będą się dopytywać o szczegóły kontraktu. Odpowiadaj, że ich nie znasz, to wystarczy. Będą naciskać, naprowadzać na odpowiedzi: „Zawsze marzyłam, żeby z nim pracować", albo „To ważny krok w mojej karierze". Nie daj się złapać.

Towarzyszyła jej aż do wyjścia z hotelu. Szofer otworzył drzwi limuzyny.

– Trzymaj się – rzuciła na pożegnanie. – Pamiętaj, nie znasz szczegółów kontraktu. Tym zajmuje się twoja agentka. Baw się dobrze.

Przyjęcie.

Właściwie kolacja – nie widzi jednak stołów, ani półmisków, tylko kelnerzy przemykają w te i we wte, proponując różne napoje, włącznie z wodą mineralną. Tworzą się małe grupki, a kto przyjdzie samotnie, wydaje się zagubiony w tłumie. Wszystko odbywa się w rozległym ogrodzie, gdzie rozstawiono fotele i sofy. Na szczycie kolumn mierzących około metra półnagie modelki wyginają gibkie ciała w rytm muzyki płynącej z przemyślnie ukrytych głośników.

Coraz więcej celebrytów. Goście chyba dobrze się bawią, uśmiechają się, witają serdecznie, jakby znali się od lat, chociaż wiadomo, że tak nie jest. Pewnie spotykają się od czasu do czasu przy takich okazjach, ale nawet nie pamiętają swoich imion. Muszą jednak pokazać innym, że są wpływowi, znani, podziwiani i że znają, kogo trzeba.

Młoda kobieta, która wcześniej mierzyła ją wrogim spojrzeniem, przyznaje, że nie wie, co ze sobą zrobić. Prosi o papierosa, przedstawia się. W kilka minut wiedzą o sobie wszystko. Prowadzi ją do balustrady, skąd roztacza się widok na morze. Robi się coraz większy ścisk, a one stoją ze wzrokiem utkwionym w dal. Jak się okazuje, obie pracują teraz dla tego samego człowieka, ale przy dwóch różnych projektach. Żadna go jeszcze nie poznała, i obie rozpoczęły z nim współpracę właśnie dziś.

Co jakiś czas zagadują je mężczyźni, ale ani Jasmine, ani Gabriela nie mają ochoty z nikim innym rozmawiać. Tego Jasmine było trzeba, kogoś takiego jak Gabriela, z kim może się podzielić uczuciem odrzucenia, które nosi w sercu, pomimo pięknych słów usłyszanych od towarzyszki życia. Gdyby miała wybierać pomiędzy karierą i miłością, bez chwili wahania wybrałaby miłość i gwiżdże na to, że tak zachowują się naiwne nastolatki. Teraz miłość jej życia każe jej wybrać karierę i przyjąć propozycję HH, jak się wydaje jedynie po to, żeby chełpić się tym, co dla niej zrobiła. Pysznić się, jak pokierowała początkującą modelką i jak delikatnie korygowała jej błędy.

Gabriela też potrzebowała spotkania z Jasmine, bo może prosić ją o radę, bo nie czuje się już tak samotna
i na nowo uwierzyła, że szczęście do każdego przychodzi niespodziewanie. Wyjawia nowej przyjaciółce, że niepokoi ją nagłe zniknięcie jej towarzysza, który przecież miał ją przedstawić różnym ludziom z branży.

– Ukrywa coś przede mną, ale czuję, że coś jest nie w porządku.

Jasmine uspokaja ją, proponuje szampana, radzi cieszyć się muzyką i pięknym widokiem. Zawsze może się coś nieprzewidzianego wydarzyć, tłumaczy, ale od czego cały sztab ludzi, którzy dbają o to, żeby nikt nie odkrył, co dzieje się za kulisami wielkiego świata. Gwiazdor wkrótce się pojawi, zapewnia.

– Tylko nie zostawiaj mnie samej – błaga.

Gabriela obiecuje. Jasmine jest przecież jej jedyną przyjaciółką w tym nowym świecie, gdzie obie stawiają pierwsze kroki.

Właśnie tak, jedyną przyjaciółką. Tyle że jest taka młoda. Gabriela nagle czuje się zbyt staro, żeby zaczynać nowe życie. Podczas jazdy limuzyną Gwiazdor okazał się taki płytki, powierzchowny, stracił cały swój urok. Nowo poznana dziewczyna jest bardzo miła, ale lepiej znaleźć jakiegoś mężczyznę na resztę wieczoru. Podnosi głowę i widzi przy balustradzie przystojniaka z hotelowego baru. Odwrócony plecami do bawiącego się towarzystwa, kontempluje piękno morza. Przystojny, elegancki i tajemniczy. Kiedy nadarzy się okazja, zaproponuje swojej nowej przyjaciółce, żeby do niego podejść i porozmawiać, wszystko jedno o czym.

Mimo wszystko to jednak szczęśliwy dzień, a na dodatek zabłysła iskierka nadziei, że spotka nową miłość.

20:21

Siedzą wokół stołu – lekarz medycyny sadowej, komisarz, detektyw Savoy i jakiś czwarty, nieznany mężczyzna, przyprowadzony przez komisarza.

Nie zebrali się, żeby rozmawiać o ostatnim morderstwie, ale żeby przygotować wspólny komunikat przeznaczony dla dziennikarzy zgromadzonych przed szpitalem. Tym razem zginął światowej sławy Gwiazdor, a słynny reżyser walczy o życie na oddziale intensywnej terapii. Szefowie agencji informacyjnych całego świata najwyraźniej postawili swoim wysłannikom ultimatum: więcej szczegółów, albo możecie sobie szukać innej pracy.

– Medycyna sądowa należy do najstarszych dziedzin nauki, zajmującej się wykrywaniem substancji toksycznych w organizmie i szukaniem na nie antidotum. Proszę zauważyć, że dwory królewskie i magnackie często zatrudniały „oficjalnego degustatora”, tak na wszelki wypadek, gdyby lekarz czegoś nie dopatrzył.

Savoy spotkał tego „mądralę” już wcześniej, podczas sekcji przeprowadzonej tego samego dnia. Tym razem czeka, aż komisarz powstrzyma erudycyjne zapędy medyka.

– Proszę się nie popisywać, doktorze. Po mieście grasuje niebezpieczny zbrodniarz.

– Jako lekarz sądowy – ciągnie niczym niezrażony doktor – nie jestem upoważniony do wydawania sądów na temat okoliczności zabójstwa. Nie jestem biegły w tych sprawach. Mogę natomiast określić przyczynę śmierci, narzędzie zbrodni, wiek i tożsamość ofiary oraz przybliżony czas zgonu.

– Czy widzi pan jakąś zbieżność między tymi dwoma zgonami? Czy odkrył pan coś, co łączy morderstwo popełnione na dystrybutorze i na aktorze?

– Oczywiście. Obaj pracowali w branży filmowej!

Chichocze z własnego żartu, podczas gdy reszcie towarzystwa wyraźnie nie do śmiechu.

– Jedyna zbieżność to użycie w obu przypadkach substancji toksycznej działającej bardzo szybko. To, co najbardziej zastanawia, to opakowanie, w jakim cyjanek został dostarczony: koperta wewnątrz wyścielona hermetycznie sklejoną plastikową folią, którą łatwo rozerwać przy otwieraniu.

– Czy taka koperta mogła zostać wyprodukowana tutaj? – pyta czwarty mężczyzna, mówiący z wyraźnym obcym akcentem.

– Możliwe, ale prawdę powiedziawszy mało prawdopodobne. Wykonanie takiej koperty jest wyjątkowo skomplikowane, a osoba, która ją zrobiła, musiała wiedzieć, do jakiego celu zostanie użyta – innymi słowy, świadomie współdziałała w morderstwie.

– To znaczy, że nie zrobił jej sam morderca?

– Mało prawdopodobne. Potrzebna do tego była grupa specjalistów. W przypadku kurary, sam zabójca mógł zanurzyć igłę w truciźnie, ale obchodzenie się z cyjankiem wymaga fachowego przygotowania.

Savoy bierze pod uwagę Marsylię, Korsykę, Sycylię, niektóre kraje Europy Wschodniej, no i terrorystów z Bliskiego Wschodu. Przeprasza zebranych i wychodzi, żeby zadzwonić do Europolu. Wyjaśnia powagę sytuacji i prosi o pełną listę laboratoriów będących w stanie wyprodukować broń chemiczną.

Łączą go z kimś innym, kto odebrał już dziś podobną prośbę od agencji wywiadowczej Stanów Zjednoczonych. O co w tym wszystkim chodzi, pyta rozmówca Savoya.

– O nic. Proszę oddzwonić, jak tylko sporządzicie taką listę, najpóźniej za dziesięć minut.

– To absolutnie niemożliwe – słyszy w odpowiedzi. – Skontaktujemy się z wami, jak będziemy gotowi, ani chwili wcześniej, ani chwili później. Musimy wpierw wystosować prośbę do...

Savoy odkłada słuchawkę i wraca do pokoju.

Ciągle ta cholerna biurokracja.

To obsesja wszystkich, pracujących w służbach bezpieczeństwa publicznego. Nikt nie podejmuje ryzyka, zanim się nie upewni, że ma pełne poparcie przełożonego. Ludzie, którzy rokowali nadzieje, byli operatywni i pełni entuzjazmu, pozwolili się przytłoczyć machinie administracyjnej. Stanęli przed problemem nie do rozwiązania: mają działać szybko, a jednocześnie z poszanowaniem obowiązującej hierarchii. Do tego prasa tylko węszy, żeby znaleźć okazję do oskarżenia policji o naruszanie praw obywatelskich i o brutalność, a podatnicy narzekają na nieefektywność policyjnych działań. Z powyższych powodów zawsze lepiej jest przerzucić odpowiedzialność na kogoś o stopień wyżej w hierarchii.

Telefon do Europolu był tylko przykrywką. Dobrze wie, kim jest morderca. Sam go zaaresztuje i nie pozwoli nikomu odebrać sobie laurów za rozwiązanie największej w historii Cannes kryminalnej zagadki. Musi zachować zimną krew, ale nie może się doczekać końca zebrania.

Kiedy wraca, komisarz informuje go, że właśnie otrzymał telefon z Monte Carlo, od Stanleya Morrisa. Według byłego asa Scotland Yardu, nie należy zakładać, że morderca użyje tej samej broni po raz drugi. To bardzo mało prawdopodobne.

– To może być nowa fala ataków terrorystycznych – zabiera głos cudzoziemiec.

– Możliwe – odpowiada komisarz. – Ale w odróżnieniu od was, my nie chcemy siać paniki wśród mieszkańców miasta. Teraz chodzi o zredagowanie komunikatu dla prasy, żeby zapobiec spekulacjom – inaczej dziennikarze wyciągną własne wnioski i opublikują swoje sensacje w wieczornych wiadomościach. Mamy do czynienia z odosobnionym aktem terroru. Najprawdopodobniej chodzi o seryjnego mordercę.

– Ale…

– Żadnego „ale”… – komisarz brzmi ostro i autorytatywnie. – Zwróciliśmy się do waszej ambasady, ponieważ ofiara pochodzi z waszego kraju. Pan jest tu w charakterze gościa. Nie zainteresowała was śmierć dwójki obywateli amerykańskich. Przypominam, że w przypadku jednej z ofiar również użyto trucizny. Jeżeli więc chce pan nagłośnić sprawę i przedstawić ją jako masowe zagrożenie dla bezpieczeństwa publicznego przy użyciu broni biologicznej, proszę wyjść. Nie zamierzamy rozdmuchiwać kryminalnego przypadku do rozmiarów problemu politycznego o globalnym zasięgu. Zależy nam na następnym festiwalu za rok, z całym jego blaskiem i przepychem. Posłuchamy rady specjalisty ze Scotland Yardu. Napiszemy zatem komunikat dla prasy zgodnie z jego sugestiami.

Obcokrajowiec sznuruje usta.

Komisarz wzywa asystenta. Prosi o powiadomienie oczekujących w budynku dziennikarzy, że za dziesięć mi-

nut zostanie odczytany komunikat.

Lekarz sądowy informuje, że możliwe jest odnalezienie źródła, z którego pochodzi użyty w morderstwie cyjanek: trucizna zawsze pozostawia coś w rodzaju „podpisu”. Ale operacja taka potrwa dłużej niż dziesięć minut – prawdopodobnie około tygodnia.

– W organizmie ofiary znalazłem ślady alkoholu. Skóra była zaczerwieniona, a śmierć nastąpiła prawie natychmiast. Nie ma żadnych wątpliwości, co do rodzaju użytej trucizny. Gdyby to był kwas, okolice nosa i ust nosiłyby ślady poparzeń. W przypadku wilczej jagody, zwanej belladonną, źrenice oczu byłyby znacznie rozszerzone. Po…

– Doktorze. Dobrze wiemy, że skończył pan medycynę z wyróżnieniem i potrafi ze znawstwem określić przyczynę zgonu. Nie wątpimy w pańskie kompetencje. Zatem trucizną był cyjanek?

Zirytowany lekarz przygryza wargi, ale przytakuje.

– A co z tym drugim, z tym co leży na intensywnej terapii. Z tym reżyserem?

– Podaliśmy mu czysty tlen, a dożylnie co piętnaście minut 600 miligramów kelocyanoru. Jeżeli to nie pomoże, dodamy tiosiarczan sodu w dwudziestopięcioprocentowym...

Cisza przed burzą.

– Przepraszam – kończy szybko lekarz. – Reżyser przeżyje.

Komisarz notuje coś na żółtej kartce. Wie, że nie ma czasu do stracenia. Obcokrajowca prosi o nie pokazywanie się dziennikarzom, żeby uciąć jakiekolwiek spekulacje. Idzie do łazienki i poprawia krawat. Prosi Savoya, żeby też się doprowadził do porządku.

– Morris twierdzi, że zabójca nie użyje po raz wtóry tej samej trucizny. Odnoszę wrażenie, że postępuje według pewnego – być może nieuświadomionego – schematu. Wiesz jakiego?

Savoy też o tym myślał w drodze powrotnej z Monte Carlo. Oczywiście, że według schematu – którego nawet wielki detektyw ze Scotland Yardu nie odkrył.

Ofiara na ławce: morderca jest blisko.

Ofiara na lunchu: morderca jest daleko.

Ofiara na molo: morderca jest blisko.

Ofiara w hotelu: morderca jest daleko.

A więc następna ofiara będzie blisko mordercy. Oczywiście pod warunkiem, że zabójca nie zostanie ujęty w ciągu najbliższych trzydziestu minut. Wszystkiego dowiedział się od kolegów z posterunku, którzy nie mieli pojęcia o wadze przekazanych mu informacji. Sam Savoy również początkowo uznał je za nieważne. Tymczasem jest to kluczowy trop, brakujące ogniwo, ostatni element niezbędny do rozwiązania całej łamigłówki.

Serce w piersi Savoya bije jak młot. Całe życie marzył o takiej chwili, a to głupie zebranie wlecze się i wlecze.

– Słuchasz mnie?

– Oczywiście, panie komisarzu.

– Pismaki, które tam czekają, nie spodziewają się technicznych szczegółów, ani dokładnych odpowiedzi na zadawane pytania. Zrobią wszystko, żeby usłyszeć to, co chcą usłyszeć, ale nie damy zapędzić się w pułapkę. Nie przyszli, żeby nas wysłuchać, ale żeby nas zobaczyć i pokazać swoim widzom.

Spogląda na Savoya wzrokiem pełnym wyższości, jakby był największym mędrcem na świecie. Widać popisywanie się erudycją nie jest domeną jedynie Morrisa i lekarza sądowego. Każdy na swój sposób oznajmia wszem i wobec: „Znam się na swoim fachu".

– Pamiętaj o mowie ciała. Twoje ciało i twarz powinny wyrażać więcej niż słowa. Patrz przed siebie, głowa uniesiona, ramiona wyprostowane. Uniesienie ramion znamionuje napięcie, widomy znak, że nie mamy pojęcia o tym, co się dzieje w naszym mieście.

– Tak jest, panie komisarzu.

Wychodzą z Zakładu Medycyny Sądowej. Zapalają się światła, ręce wyciągają w ich stronę mikrofony, zaczynają się przepychanki. Po kilku minutach nastaje jaki taki spokój. Komisarz wyjmuje z kieszeni złożoną na pół kartkę papieru.

– Przyczyną śmierci znanego aktora filmowego był cyjanek wodoru, śmiertelna trucizna, którą można zaaplikować w różny sposób. W tym przypadku zatrucie spowodowane zostało działaniem oparów szkodliwej substancji. Stan zdrowia znanego reżysera ulega szybkiej poprawie. Wszystko wskazuje na to, że padł ofiarą zatrucia zupełnie przypadkowo. Wszedł do zamkniętego pokoju, w którym wciąż unosiły się w powietrzu resztki trującego gazu. Hotelowe służby bezpieczeństwa zauważyły na jednym z monitorów mężczyznę idącego korytarzem, wchodzącego do jednego z apartamentów, a po pięciu minutach wytaczającego się zeń i padającego na ziemię.

Nie wspomina, że apartament, o którym mowa, znajduje się poza zasięgiem kamer bezpieczeństwa. Niedomówienie nie jest kłamstwem.

– Służby hotelowe zareagowały błyskawicznie. Przybyły na miejsce wypadku lekarz wyczuł zapach migdałów. Do tego czasu stężenie substancji trującej w powietrzu zmniejszyło się na tyle, że nie stanowiła ona zagrożenia dla ludzkiego życia. Wezwano policję, która przybyła na miejsce przed upływem pięciu minut. Część korytarza została odgrodzona. Drugą ofiarę, po podaniu tlenu, odwieziono do szpitala.

Savoy jest pod wrażeniem elokwencji swojego przełożonego. Czyżby komisarze przechodzili specjalne szkolenie z PR-u?

– Truciznę dostarczono w kopercie z wykaligrafowanym napisem. Specjaliści ustalają teraz, czy słowa na kopercie skreślone zostały ręką kobiety czy mężczyzny. W kopercie znajdował się bilecik.

Nie mówi nic o tym, że koperta została wyprodukowana przez najwyższej klasy specjalistów. Szanse, że któryś z dziennikarzy wie o tym, są minimalne. Później przyjdzie czas na bardziej szczegółowe wyjaśnienia. Nie przypomina także, że tego samego dnia został otruty jeszcze jeden przedstawiciel przemysłu filmowego, bo i po co? Przecież sami z siebie dziennikarze orzekli, że był to zwykły zawał serca. Swoją drogą to dobrze, że z braku wyobraźni, bądź przez lenistwo prasa wyciąga z faktów własne wnioski i nie zawraca głowy policji.

– Jaka była treść wspomnianego bileciku? – brzmiało pierwsze pytanie.

Komisarz wyjaśnia, że dla dobra toczącego się śledztwa nie wolno mu tego wyjawić. Savoy zaczyna rozumieć, dokąd zmierza komisarz. Jego podziw dla szefa rośnie – ten człowiek rzeczywiście zasługuje na stanowisko, które piastuje.

– Czy policja bierze pod uwagę zbrodnię w afekcie? – pada kolejne pytanie.

– Bierzemy pod uwagę wszystkie możliwości. A teraz bardzo państwa przepraszam, musimy wracać do pracy.

Komisarz wsiada do samochodu, włącza koguta i rusza z piskiem opon. Savoya przepełnia duma, że przyszło mu pracować z kimś takim jak komisarz. Niesamowite! Już widzi treść pasków informacyjnych na ekranach telewizorów: „Gwiazdor ofiarą zbrodni namiętności?!”.

Nic bardziej nie poruszy wyobraźni milionów fanów Gwiazdora. Jego śmierć przyćmi wszystkie inne popełnione tego dnia w Cannes zbrodnie. Kto teraz przejmie się biedną dziewczyną, do tego prawdopodobnie narkomanką? Co kogo obchodzi, że dystrybutor filmowy o uczernionych włosach zmarł nagle na zawał? Kogo interesuje morderstwo – również na tle uczuciowym – nikomu nieznanej młodej kobiety na opuszczonym molo, z dala od wszystkich ważnych festiwalowych wydarzeń? Takie rzeczy widzi się codziennie w telewizji. Co innego śmierć Wielkiego Gwiazdora. O tym media będą się rozwodzić jeszcze długo. No i o kopercie. I tajemniczym bileciku!

Savoy wsiada do samochodu, włącza koguta i rusza w kierunku przeciwnym do siedziby policji. Używając częstotliwości policji łączy się z komisarzem.

– Moje najszczersze gratulacje!

Komisarz też jest z siebie dumny. Zarobili kilka godzin, może nawet kilka dni. Obaj jednak pamiętają, że w mieście grasuje seryjny morderca, posługujący się bardzo wyszukaną bronią. To szpakowaty, dobrze ubrany mężczyzna około czterdziestki. Biegły w sztuce zabijania. Może na tym skończy, ale równie dobrze może znów uderzyć w najbardziej niespodziewanym momencie.

– Wyślij funkcjonariuszy na wszystkie imprezy – rozkazuje komisarz. – Niech szukają samotnych mężczyzn

odpowiadających temu opisowi. Wszystkich podejrzanych zatrzymać. Potrzebujemy posiłków – policjantów w cywilu, w zależności od rangi imprezy w dżinsach albo strojach wieczorowych. Powtarzam: mają obstawiać wszystkie imprezy. Nawet gdybyśmy mieli do tego celu oddelegować policjantów z drogówki.

Savoy natychmiast wykonuje rozkaz. Dzwoni komórka: Europol. Potrzebują więcej czasu na sporządzenie listy laboratoriów. Najmniej trzy dni.

– Chcę mieć to na piśmie. Nie będę nadstawiał karku, jeżeli coś się znowu wydarzy.

Uśmiecha się do siebie. Prosi jeszcze, żeby kopię listy posłano do byłego agenta Scotland Yardu. Dla niego ten dokument nie ma już żadnego znaczenia. Gna w stronę hotelu Martinez, zostawia wóz pod wejściem, blokując podjazd. Głuchy na pouczenia portiera macha policyjną odznaką i rzuca mu kluczyki, żeby sam przestawił samochód. Wpada do hotelu i pędzi na pierwsze piętro do pomieszczeń służbowych, gdzie zastaje kierowniczkę zmiany i kelnera w towarzystwie policjanta.

– Ile jeszcze czasu będziecie nas tu przetrzymywać? – pyta zdenerwowana kierowniczka. Savoy ignoruje ją i zwraca się do kelnera:

– Jesteś pewien, że zamordowana kobieta, której zdjęcie pokazywali w wiadomościach, siedziała na tarasie dziś po południu?

– Prawie pewien, proszę pana. Na zdjęciu wyglądała młodziej, miała utlenione włosy. Zawsze zapamiętuję twarze klientów na wypadek, gdyby któryś chciał wyjść bez płacenia rachunku.

– Jesteś pewien, że siedziała przy stoliku zarezerwowanym wcześniej przez gościa hotelu?

– Na sto procent. Mężczyzna koło czterdziestki, przystojny, lekko siwiejący.

Serce Savoya o mało nie wyskoczy z piersi.

– Idziemy do jego pokoju – zwraca się do kierowniczki i policjanta.

– Ma pan nakaz rewizji? – pyta kierowniczka.

– Nie! Nie mam! – puszczają mu nerwy. – I nie będę niczego wypełniał, ani podpisywał! Wie pani, jaki jest największy problem tego kraju? Wszyscy jesteśmy zbyt posłuszni! To zresztą problem naszych czasów! Czy sprzeciwiłaby się pani, gdyby jej syna posłali na wojnę? A może on sam by się sprzeciwił? Oczywiście, że nie! A skoro jest pani posłuszną obywatelką, proszę pójść ze mną, albo aresztuję panią za współudział!

Kobieta niemal drży ze strachu. Podchodzą do windy, która zjeżdżając zatrzymuje się na każdym piętrze, nie bacząc na to, że od szybkości działania może zależeć kolejne ludzkie życie.

– Idziemy na piechotę! – rozkazuje Savoy.

Kierowniczka buntuje się – ma buty na wysokim obcasie.

– Niech je pani zdejmie – radzi inspektor.

Pędzą w górę marmurowymi schodami, mocno trzymając się mosiężnej poręczy. Mijają gustownie urządzone saloniki i grupki czekających na windę gości, którzy się zastanawiają, kim może być ta bosa kobieta i co w takim hotelu robią umundurowani policjanci. Czyżby wydarzyło się coś strasznego? Jeżeli tak, czemu nie skorzystają z szybkobieżnej windy? Festiwal schodzi na psy, myślą. Porządne hotele przyjmują byle kogo, nie tak jak dawniej. Policja się panoszy, jakby to był byle burdel. Przy najbliższej okazji poskarżą się kierownictwu.

I nawet przez myśl im nie przejdzie, że pędząca po schodach bosonoga kobieta to właśnie kierowniczka.

Dopadają wreszcie do drzwi apartamentu, w którym zatrzymał się domniemany morderca. Szef ochrony monitorujący korytarze zdążył już przysłać kogoś do zbadania sytuacji. Ochroniarz rozpoznaje kierowniczkę. Pyta, w czym może pomóc.

Savoy prosi o zachowanie ciszy. Pyta, czy ochroniarz jest uzbrojony, otrzymuje odpowiedź negatywną.

– Zostań tu.

Rozmawiają szeptem. Kierowniczka zmiany ma zapukać, a Savoy, policjant i ochroniarz przywrą do ścian po obu stronach drzwi. Savoy wyjmuje pistolet. Policjant idzie w jego ślady. Kierowniczka puka kilka razy, ale w środku cisza.

– Wyszedł.

Savoy pyta o klucz uniwersalny, ale kobieta nie ma go przy sobie, a zresztą nawet gdyby miała, potrzebuje zgody dyrektora.

– W porządku – tym razem Savoy reaguje spokojnie. – Zejdę teraz do pokoju ochrony. Wcześniej czy później facet wróci. Chciałbym go pierwszy przesłuchać.

– Mamy fotokopię jego paszportu i numer karty kredytowej. Dlaczego ten człowiek tak bardzo pana interesuje?

– To nie ma żadnego znaczenia.

21:02

Pół godziny drogi od Cannes, bez żadnej kontroli granicznej, wjeżdża się do innego kraju, gdzie mówi się w tym samym języku i używa tej samej waluty, ale panuje zupełnie inny system polityczny niż we Francji. Jak za dawnych czasów, władzę sprawuje tam książę. W tym to kraju przed ekranem komputera siedzi człowiek. Przed kwadransem pocztą elektroniczną otrzymał wiadomość o morderstwie popełnionym na sławnym aktorze filmowym.

Morris przygląda się zdjęciu ofiary. Nie ma pojęcia o kogo chodzi – od wieków nie był w kinie. Musi być jednak ważną postacią, bo wszystkie portale podają wiadomość o jego śmierci.

Anglik odszedł ze służby czynnej. Kiedyś takie wydarzenia traktował jak partię szachów, w które rzadko wygrywał przeciwnik. Stawką w tej partii nie jest kariera, ale poczucie własnej wartości.

Kiedy pracował dla Scotland Yardu, hołdował kilku podstawowym zasadom. Zaczynał od postawienia szeregu hipotez, które kolejno obalał, co stanowiło doskonałe przygotowanie do dalszych dociekań. Na nudnych spotkaniach komitetu do spraw oceny efektywności pracy z dużą przyjemnością prowokował zebranych: „Wszystko, co już wiecie, bierze się z doświadczenia gromadzonego przez lata pracy. Wiedzcie jednak, że dawne rozwiązania dotyczą tylko dawnych spraw. Podejście kreatywne wymaga zapomnienia o doświadczeniu!”.

Starsi udawali, że notują, młodsi byli przerażeni, a zebranie toczyło się dalej, jakby słowa te nigdy nie padły. Morris jednak wiedział, że dobrze zrozumieli jego przesłanie. W krótkim czasie – oczywiście bez należnych mu pochwał – przełożeni żądali więcej nowatorskich rozwiązań.

Drukuje dokumenty przysłane przez policję z Cannes. Zwykle niczego nie drukuje – nie chce być seryjnym mordercą dziewiczych lasów. Czasami jednak to konieczne.

Zastanawia się nad *modus operandi*, sposobem popełnienia zbrodni. Czas (rankiem, po południu, późnym wieczorem), narzędzie zbrodni (ręce, trucizna, sztylet), typ ofiary (mężczyźni i kobiety w różnym wieku), odległość od ofiary (w dwóch przypadkach bezpośredni kontakt fizyczny, w dwóch pozostałych żadnego kontaktu), reakcja ofiar na agresję (brak we wszystkich przypadkach).

Kiedy trafia w ślepą uliczkę, pozwala myślom błądzić, a wtedy zaczyna działać podświadomość. Otwiera w Internecie okno Nowojorskiej Giełdy Papierów Wartościowych. Nie gra na giełdzie, to nudy. Ale tak właśnie działa podświadomość. Analizuje teraz wszystkie otrzymane do tej pory informacje, a jego intuicja podpowiada mu nowe i kreatywne pomysły. Po dwudziestu minutach wraca do akt policyjnych – gotów do twórczej pracy.

Po raz kolejny metoda się sprawdziła. Wszystkie morderstwa mają jeden wspólny mianownik.

Morderca jest wykształcony. Musiał tygodniami szperać po bibliotekach, szukając najwłaściwszych sposobów na przeprowadzenie swego planu. Potrafił obchodzić się z truciznami i z pewnością nie sam przygotował kopertę z cyjankiem. Zna anatomię na tyle, żeby wbić sztylet w ciało, nie trafiając na kość i żeby zabić ofiarę gołymi rękami. Wie sporo o kurarze i jej działaniu. Prawdopodobnie dużo też czytał o seryjnych morderstwach i słyszał o „podpisie”, który może doprowadzić policję do sprawcy. Dlatego morderstwa mają charakter przypadkowy, a zbrodniarz nie trzyma się jednego *modus operandi*.

Tyle że to niemożliwe. Podświadomość musi pozostawić jakiś „podpis", którego Morris jeszcze nie odcyfrował.

Jeszcze jeden ważny szczegół: sprawca jest bogaty. Musiał przejść szkolenie Sambo, żeby nieomylnie zlokalizować na ciele ofiary właściwe punkty, których uciskanie powoduje paraliż. Ma rozległe kontakty. Takich trucizn nie kupiłby w pierwszej lepszej aptece, ani nawet na czarnym rynku. Chodzi o nowoczesną broń biologiczną, której użycie wymaga wiedzy i ostrożności. Z pewnością ktoś mu to załatwił.

Wreszcie ostatni punkt. Morderca działa bardzo szybko. Co według Morrisa wskazuje na to, że nie pozostanie w Cannes długo. Może tydzień, może kilka dni dłużej.

Co to wszystko oznacza?

Jeżeli z powyższego nie potrafi wysnuć ostatecznego wniosku, to znak, że popadł w rutynę. Utracił niewinność, której zawsze żądał od swoich podwładnych. Tego właśnie spodziewa się po nim świat: z upływem czasu ma się stać przeciętniakiem i dbać, by nikt nie widział w nim ekscentryka i wiecznego entuzjasty. Starość stała się stygmatem, a nie znamieniem mądrości. Wedle powszechnego przekonania, człowiek po pięćdziesiątce nie jest w stanie nadążyć za zachodzącymi we współczesnym świecie zmianami.

To prawda, że nie biega tak szybko jak dawniej, a do czytania potrzebuje okularów, ale jego umysł jest bystry jak dawniej – przynajmniej tak mu się wydaje.

Co jednak z tymi zbrodniami? Skoro jest taki mądry, to dlaczego nie potrafi rozwiązać zagadki, która kiedyś wydawałaby się dziecinnie prosta?

W tej chwili nie jest w stanie nic zrobić. Utknął w martwym punkcie. Musi poczekać na kolejne ofiary.

21:11

Obok przechodzi jakaś para.

– Szczęściarz z pana! – mówią ze śmiechem. – Nie dość, że przystojny, to jeszcze w towarzystwie dwóch pięknych kobiet!

Igor dziękuje za komplementy. Musi przestać myśleć stale o spotkaniu, na które tak niecierpliwie czeka. Przecież zawsze sobie jakoś radził ze stresem. Przypomina sobie, jak przed każdą niebezpieczną akcją w okolicach Kabulu jego towarzysze broni pili wódkę, rozmawiali o kobietach i sporcie – jednym słowem, zachowywali się tak, jakby to nie był Afganistan, a ich rodzinne strony, jakby siedzieli przy zastawionym stole z rodziną i przyjaciółmi. To uspokajało ich nerwy, pomagało odnaleźć własną tożsamość, a jednocześnie przygotowywało lepiej do czekających ich zadań.

Jako dobry żołnierz, wie, że w walce chodzi o cele, nie o przemoc. Jako dobry strateg – przecież stworzył swój biznes z niczego i przemienił w jedno z najlepiej prosperujących przedsiębiorstw w Rosji – ma świadomość, że raz wyznaczony cel pozostaje niezmienny, nawet jeśli czasem zmieniają się motywy. Tak jest i dzisiaj: przyjechał do Cannes w określonym celu, ale dopiero gdy zaczął wcielać swój plan w życie, zrozumiał prawdziwe motywy swego postępowania. Przez wszystkie minione lata błądził jak ślepiec. Teraz widzi światło, doznaje objawienia.

Właśnie z tego powodu musi dokończyć rozpoczęte dzieło. Podejmowane dotąd decyzje wymagały odwagi, skupienia, czasami odrobiny szaleństwa – nie destrukcyjnego szaleństwa, ale takiego, które pomaga pokonać własne słabości. Zawsze tak z nim było. Zwyciężał, bo w każdą podejmowaną decyzję wkładał kontrolowaną dozę szaleństwa. Znajomi, którzy jeszcze niedawno go ostrzegali: „Za wiele ryzykujesz", szybko zmieniali zdanie i teraz mówili: „Zawsze wiedziałem, że to słuszna decyzja". Zaskakiwał ich nowymi pomysłami, a przede wszystkim gotowością podjęcia koniecznego ryzyka.

W Cannes jednak – może z powodu obcego otoczenia, a może z braku snu – niepotrzebnie ryzykował, i to w sposób, który mógł zagrozić jego misji przed osiągnięciem wyznaczonego celu. Gdyby tak się stało, nigdy nie doznałby olśnienia, nie odkryłby prawdziwego oblicza kobiety, którą kiedyś kochał do szaleństwa i dla której gotów był ponieść każdą ofiarę. Przypomina sobie, jak podszedł do policjanta, żeby przyznać się do winy. Wtedy rozpoczęła się w nim przemiana. Dziewczyna o gęstych brwiach rozpostarła nad nim opiekuńcze skrzydła i wyjaśniła mu, że to co robi, jest słuszne, ale powodują nim niewłaściwe pobudki. Gromadzenie miłości przynosi szczęście, gromadzenie nienawiści sprowadza tragedie. Kto nie nauczy się rozpoznawać wrót własnych problemów, mógłby równie dobrze zostawiać je otwarte i pozwolić nieszczęściom wtargnąć do środka.

Przyjął miłość młodej dziewczyny. Był narzędziem posłanym przez Boga, żeby uratować ją przed tragicznym przeznaczeniem. Od tej chwili ona mu pomaga.

Ma pełną świadomość, że choć przedsięwziął wszelkie środki ostrożności, wszystkiego nie był w stanie przewidzieć. Niewykluczone, że jego misja skończy się przed czasem. Nie ma jednak powodu do strachu czy żalu. Zrobił wszystko, co w jego mocy, działał z właściwym sobie perfekcjonizmem. Jeżeli Bóg nie zechce, żeby dokończył rozpoczęte dzieło, pozostanie mu tylko zaakceptować Jego wolę.

Rozluźnij się, powtarzał w myślach, porozmawiaj z nimi. Niech twoje mięśnie odpoczną przed zadaniem ostatecznego ciosu. Gabriela, młoda kobieta, którą widział wcześniej w barze, jest wyjątkowo rozemocjonowana. Ilekroć obok przechodzi kelner z drinkami, odstawia do połowy opróżniony kieliszek i bierze nowy.

– Lubię tylko lodowato zimny!

Jej beztroska trochę mu się udziela. Z tego, co opowiadała, podpisała umowę na rolę w filmie. Nie zna tytułu filmu, nie wie też, jaka to rola, poza tym, że będzie „odtwórczynią głównej roli żeńskiej". Reżyser słynie z tego, że dobrze dobiera obsadę i scenariusze, a główną rolę męską powierzył aktorowi, którego Igor zna i podziwia. Kiedy dziewczyna wspomina nazwisko producenta, Igor tylko kiwa głową, jakby chciał powiedzieć: „Oczywiście, że wiem, o kogo chodzi", chociaż dziewczyna zapewne zrozumie to: „Nie mam pojęcia, o kogo chodzi, ale nie chcę wyjść na ignoranta". Papla coś o pokoju pełnym prezentów, o czerwonym dywanie, o spotkaniu na jachcie, o surowych wymogach castingu, o planach na przyszłość.

– W tej chwili, tysiące dziewczyn w Cannes i miliony

na całym świecie wiele by dało, żeby tu być. Moje modlitwy zostały wysłuchane, a wysiłek nagrodzony.

Druga dziewczyna zachowywała się bardziej powściągliwie, a na jej twarzy malował się smutek – może ze względu na młody wiek i brak doświadczenia. Igor widział, jak entuzjastycznie powitali ją fotoreporterzy, a potem jak zasypywali ją pytaniami. Jednak inni goście najwyraźniej nie wiedzieli, kim była ta młoda kobieta oblegana na początku, a potem zapomniana.

To pewnie roztrajkotana dziewczyna namówiła ją, żeby do niego podeszły i zagadały. Z początku go to denerwowało, ale wiedział, że jeżeli nie one, to i tak za chwilę podejdzie ktoś samotny, szukający towarzystwa – wszystko po to, żeby nikt nie pomyślał, że się nie ma tu znajomych. Dlatego z przyjemnością przystał na ich towarzystwo i słuchał rozmowy piąte przez dziesiąte, bo jego myśli koncentrowały się na zupełnie czym innym. Przedstawił się jako Gunther, przemysłowiec z Niemiec, produkujący ciężki sprzęt budowlany (to branża, która nikogo nie zainteresuje). Do Cannes zaprosił go jeden z jego przyjaciół, a wyjazd zaplanował na jutro (rzeczywiście miał taką nadzieję, chociaż niezbadane są ścieżki opatrzności).

Na wieść o tym, że nie pracuje w przemyśle filmowym, a do tego wyjeżdża następnego dnia, aktorka miała ochotę odejść, ale młoda dziewczyna zatrzymała ją. Miło poznać nowych ludzi, przekonywała. Zostali więc we trójkę: on czekał na przyjaciela, który się spóźniał, aktorka wypatrywała asystenta, który zniknął bez śladu, a milcząca dziewczyna nie czekała na nic, poza odrobiną spokoju.

Aktorka zauważa jakiś pyłek na marynarce jego smokingu i zanim zdążył ją powstrzymać wyciąga rękę i dotyka klapy.

– Pali pan cygara? – pyta zdziwiona.

– Tak, ale tylko po kolacji – odpowiada Igor.

Nie jest tak źle. Myśli, że ma w kieszeni cygara.

– Jeśli macie ochotę, zapraszam was później na przyjęcie na jachcie. Ale najpierw muszę znaleźć mojego asystenta.

Dziewczyna przypomina, że aktorka dopiero podpisała kontrakt, daleko jej jeszcze do gwiazdy, która może sobie przyprowadzać na cudze przyjęcia całą świtę przyjaciół (cały „entourage", jak się powszechnie mówi o pasożytach krążących wokół celebrytów). Powinna pójść sama, jak nakazują dobre maniery.

Aktorka dziękuje za radę. Znowu przechodzi kelner, i znowu aktorka odstawia do połowy pełen kieliszek i sięga po nowy.

– Lepiej tyle nie pij – Igor/Gunther delikatnie wyjmuje jej kieliszek z ręki i wylewa zawartość za balustradę. Aktorka robi rozpaczliwą minę, ale domyśla się, że mężczyzna ma jej dobro na względzie.

– Jestem bardzo podekscytowana – wyznaje. – Muszę się uspokoić. Poczęstuje mnie pan cygarem?

– Bardzo przepraszam, ale mam tylko jedno. Poza tym naukowcy udowodnili, że nikotyna działa stymulująco, a nie uspokajająco.

Cygaro. Kształt podobny, ale to jedyne podobieństwo. W górnej lewej kieszeni marynarki ma tłumik do pistoletu. Przedmiot o długości dziesięciu centymetrów, który nałożony na lufę Beretty schowanej w kieszeni spodni jest w stanie czynić cuda: zmienić głośne „Bum!" w cichutkie „Puk".

Działają tu podstawowe prawa fizyki. Kula pokonująca kilka gumowych pierścieni porusza się z mniejszą prędkością. Jednocześnie gazy powstałe w wyniku eksplozji wypełniają komorę wokół cylindra, szybko się schładzają i tłumią huk eksplodującego prochu.

Broń z tłumikiem nie nadaje się do strzelania na dużą odległość, ponieważ tłumik zmienia trajektorię lotu kuli, natomiast jest idealna, żeby trafić z bliska.

Igor zaczyna się niecierpliwić. Czyżby Ewa i jej mąż odwołali swój udział? A może – tu przez moment czuje dreszcz na skórze – wsunął kopertę pod drzwi ich apartamentu?

Nie, to niemożliwe. Nie wierzy w tak fatalny zbieg okoliczności. Myśli o rodzinach tych, którzy umarli.

Gdyby nadal jego celem było odzyskanie kobiety, która go porzuciła dla mężczyzny, który nie jest jej wart, cały jego wysiłek okazałaby się daremny.

Zaczyna tracić zimną krew. Czyżby właśnie z tego powodu Ewa nie odpowiadała na esemesy, które jej wysłał? Dzwonił też dwukrotnie do ich wspólnego przyjaciela, a ten go poinformował, że nie ma od niej żadnych wiadomości.

Wątpliwości szybko stają się pewnością. Obydwoje leżą martwi na podłodze hotelowego apartamentu. To by wyjaśniało „nagłe" zniknięcie asystenta nowej znajomej. No i dlaczego nikt nie towarzyszy dziewiętnastoletniej dziewczynie, która podobno miała się pokazać tej nocy u boku wielkiego projektanta.

Czy Bóg go każe za to, że za mocno pokochał kobietę, która nie zasługiwała na jego miłość? Była żona użyła jego rąk, żeby udusić młodą dziewczynę, która miała całe życie przed sobą: mogła odkryć lekarstwo przeciw nowotworom, albo przemówić ludziom do rozsądku i ocalić przyszłość naszej planety. Może Ewa nic nie wiedziała o jego morderczych zamiarach, ale to ona go skłoniła do użycia trucizn. Od samego początku Igor był pewien, że wystarczy unicestwić jeden świat, a wiadomość dotrze do adresata. Przywiózł ze sobą cały arsenał środków, ale nie miał zamiaru ich wykorzystywać. Już pierwszego wieczoru Ewa miała przed przyjęciem zejść do baru na kieliszek szampana, wyczuć jego obecność i zdać sobie sprawę, że wybaczył jej całe zło i ogrom destrukcji, do jakiej się przyczyniła. Jak się dowiedział z prasy naukowej, osoby żyjące ze sobą wystarczająco długo doskonale wyczuwają obecność partnera w tym samym pomieszczeniu, nawet jeśli go nie widzą.

Tak się jednak nie stało. Przez swą obojętność, a może poczucie winy za krzywdę, którą mu wyrządziła, ostatniego wieczoru Ewa go nie dostrzegła – był wprawdzie ukryty za kolumną, ale siedział jednak przy stoliku, na którym porozkładał kilka rosyjskich czasopism. To powinno dać do myślenia komuś, kto bezustannie tęskni i szuka utraconej drugiej połowy. Zakochani widzą obiekt swoich uczuć wszędzie: na ulicy, na przyjęciu, w teatrze. Tymczasem Ewa najwyraźniej zamieniła miłość swego życia na zwykły blichtr.

Uspokaja się. Ewa była najniebezpieczniejszą trucizną na świecie. Jeżeli zabił ją cyjanek, tym lepiej. Zasługiwała na gorszy los.

Kobiety gadają jak najęte. Igor odchodzi na bok. Nie wolno mu wpaść w panikę, bo zniszczy swoje własne dzieło. Potrzebuje samotności, spokoju, zdolności do szybkiego zareagowania na niespodziewane zmiany planu.

Podchodzi do grupy osób, które żywo dyskutują o metodach rzucenia palenia. To jeden z ulubionych tematów w tych sferach: popisać się przed znajomymi siłą woli w pokonywaniu nikotynowego wroga. Postanawia zabawić się ich kosztem i prowokacyjnie zapala papierosa.

– Palenie szkodzi – zwraca się do niego obsypana diamentami i chuda jak szkielet kobieta ze szklanką soku pomarańczowego w ręku.

– Wszystko szkodzi, szanowna pani – odpowiada. – W ogóle życie to śmiertelna choroba.

Mężczyźni wybuchają śmiechem. Kobiety spoglądają na przybysza z zainteresowaniem. W tym momencie z oddalonego o dwadzieścia metrów korytarza dobiega głośna wrzawa dziennikarzy:

– Hamid! Hamid!

Z daleka, zza spacerujących po ogrodzie gości, dostrzega projektanta i kobietę, która kiedyś jemu towarzyszyła na przyjęciach na całym świecie, która wkraczała u jego boku do sal balowych i która równie delikatnie, z taką samą czułością wspierała się na jego ramieniu.

Nim zdążył odetchnąć z ulgą, coś każe mu spojrzeć w drugą stronę. Widzi mężczyznę, który wchodzi bocznym wejściem przez nikogo nie zatrzymywany. Rozgląda się w prawo i w lewo, jakby kogoś szukał.

Bez słowa Igor wraca do swoich nowych znajomych, które wciąż stoją przy balustradzie i rozmawiają z ożywieniem. Ujmuje dłoń aktorki i w krótkiej modlitwie zwraca się do dziewczyny o gęstych brwiach; prosi ją o wybaczenie za chwilę zwątpienia: „My, ludzie, mówi, jesteśmy tylko grzesznymi istotami, które nie rozumieją niezliczonych błogosławieństw, jakie na nas bezustannie spadają".

– Szybki pan jest – mówi aktorka, ale nie odsuwa się od niego.

– Owszem. Ale z tego, co opowiadałaś, dzisiaj wszystko w twoim życiu nabrało tempa.

Gabriela się śmieje. Jej smutna przyjaciółka także. Policjant przechodzi obok, nie zwracając na nich uwagi. Ma szukać siwiejącego mężczyzny w wieku około czterdziestu lat. Tyle że samotnego.

21:20

Lekarze analizują wyniki badań, które zaprzeczają wszystkiemu, co wiedzą o chorobie i muszą zdecydować, czy wierzyć bardziej nauce, czy własnej intuicji. Czas i doświadczenie uczą ich polegać na swoim wyczuciu, a wtedy terapia daje lepsze rezultaty.

Wielcy biznesmeni studiują wykres za wykresem, a potem robią coś, co wydaje się przeczyć wynikom ich dociekań, i stają się jeszcze bogatsi.

Twórcy piszą książki lub realizują filmy, o których wszyscy wyrokują: „To się nie przyjmie, nikogo nie interesują takie tematy", i wkrótce stają się ikonami kultury masowej.

Przywódcy religijni głoszą strach i poczucie winy zamiast miłości, która – teoretycznie – powinna być największą cnotą, a mimo to przyciągają coraz większe rzesze wiernych.

Wszyscy starają się iść pod prąd panującym tendencjom. Oprócz jednej jedynej grupy: polityków. Ci chcą wszystkich zadowolić i ściśle się trzymają zaleceń zawartych w podręczniku postaw politycznie poprawnych. A jak kończą? Podają się do dymisji, przepraszają wyborców, zaprzeczają sami sobie.

Morris otwiera w komputerze jedno okno za drugim. Nie ma to nic wspólnego z techniką, a właśnie z intuicją.

Żeby dać mózgowi odpocząć, przejrzał już indeks Dow Jones, ale z miernym skutkiem. Może lepiej się skupić na kilku osobnikach, z którymi przyszło mu się zetknąć przez wiele lat czynnej służby.

Raz jeszcze ogląda film wideo, w którym Gary Ridgway – Zabójca znad Zielonej Rzeki – opowiada beznamiętnym głosem o zamordowaniu 48 kobiet, w większości prostytutek. Opowiada o popełnionych zbrodniach nie dlatego, że spodziewa się rozgrzeszenia, albo chce ulżyć własnemu sumieniu. W zamian za przyznanie się do winy prokurator zaproponował mu zamianę kary śmierci na dożywotnie więzienie, bo chociaż zbrodniarz całymi latami bezkarnie uprawiał swój proceder, prokuratura nie miała wystarczających dowodów, żeby doprowadzić do skazania. A może oskarżony był już znużony makabrycznym zadaniem, jakie sam sobie postawił?

Ridgway. Miał stałą pracę w lakierni karoserii ciężarówek. Przypominał sobie ofiary tylko wówczas, gdy zdołał je włączyć w kontekst swojego normalnego dnia pra-

cy. Przez dwadzieścia lat czasem aż pięćdziesięciu detektywów deptało mu po piętach, a mimo to udawało mu się popełnić kolejną zbrodnię bez pozostawienia po sobie śladu czy znaku rozpoznawczego. „Nie był zbyt inteligentny – mówi jeden z detektywów na nagraniu – ani wykształcony. Jako pracownik pozostawiał wiele do życzenia, ale był idealnym zabójcą". A więc był urodzonym mordercą. W pewnym okresie wobec braku dowodów jego sprawę odłożono *ad acta*.

Morris widział ten film setki razy. Dawniej inspirował go do rozwiązywania kolejnych trudnych przypadków, ale nie dzisiaj. Zamyka okno w Internecie i otwiera następne: list napisany ręką ojca Jeffreya Dahmera zwanego Rzeźnikiem z Milwaukee, który zamordował i porąbał na kawałki siedemnastu mężczyzn w latach 1978-1991:

Oczywiście początkowo nie mogłem uwierzyć w to, co policja opowiadała na temat mojego syna. Jaki ojciec by w to uwierzył? Przecież zdarzało mi się schodzić do piwnicy, która według policji była niczym innym jak rzeźnią. Zaglądałem do lodówki syna i znajdywałem tam tylko butelki mleka i wodę sodową. Opierałem się o stół, który podobno służył za miejsce do ćwiartowania ciał i jako satanistyczny ołtarz. Jak to możliwe, żebym tego wszystkiego nie widział – nie tylko potwornego świadectwa jego zbrodni, ale i ciemnej strony charakteru tego człowieka, którego, kiedy był małym chłopcem, sadzałem sobie na kolanach, a którego twarz później spoglądała na mnie ze zdjęć publikowanych we wszystkich gazetach? Gdybym usłyszał od policji, że syn nie żyje, myślałbym o nim inaczej. Gdybym usłyszał, że ktoś zwabił go do jakiegoś obskurnego mieszkania, nafaszerował narkotykami, udusił, a potem zgwałcił, a ciało poćwiartował – innymi słowy, gdyby mi powiedzieli o wszystkich tych potwornościach, o których w czerwcu 1991 roku usłyszało tylu ojców i tyle matek – zrobiłbym to, co oni. Opłakiwałbym syna i żądał najwyższej kary dla oprawcy: jeśli nie śmierci, to przynajmniej odosobnienia od społeczeństwa na resztę życia. A potem ciepło bym o nim myślał, pewnie od czasu do czasu chodziłbym na jego grób, opowiadałbym o nim ze smutkiem i czułością i stałbym się strażnikiem pamięci o nim. Ale mnie nie powiedziano tego, co usłyszeli tamci ojcowie i tamte matki – że ich synowie zginęli z rąk mordercy. Mnie powiedziano, że to mój syn zamordował ich synów.

Satanistyczny ołtarz. Charles Manson i jego „Rodzina”. W 1969 roku kilku członków Rodziny wdarło się do willi wynajmowanej przez słynnego reżysera i zabiło wszystkich obecnych, w tym młodą kobietę w ósmym miesiącu ciąży. Następnego dnia popełniają kolejne dwa morderstwa. Tym razem ofiarą padają znany biznesmen i jego żona.

„Ja sam byłbym w stanie wymordować całą ludzkość”, mówił o sobie Manson.

Po raz tysięczny patrzy na twarz uśmiechającego się do obiektywu prowodyra. Otoczony jest przyjaciółmi hippisami, między nimi sławny w tamtym czasie muzyk. Wyglądają tak niewinnie, zapewne marząc o pokoju na świecie i o miłości.

Zamyka otwarte na ekranie okna. Postać Mansona pasuje najbardziej do wypadków w Cannes: też chodzi o świat filmu i o sławne ofiary. Rodzaj manifestu politycznego przeciwko zbytkowi, konsumpcji i kultowi celebrytów. Tyle że Manson był tylko mózgiem. Sam nikogo nie zamordował, brudną robotę zlecał swoim uczniom.

Nie, to nie jest właściwy trop. Pomimo porozsyłanych już mailowych wiadomości wyjaśniających, że zagadki nie jest w stanie rozwiązać w tak krótkim czasie, Morris zaczyna odczuwać symptomy przypadłości, która nie jest obca żadnemu detektywowi rozpracowującemu sprawę seryjnych morderców: śledztwo staje się osobistym wyzwaniem.

Z jednej strony mamy człowieka, który prawdopodobnie ma jakiś zawód. Z nieznanej przyczyny serię morderstw zaplanował sporo wcześniej – świadczą o tym użyte przez niego narzędzia zbrodni. Jednocześnie porusza się po terenie, którego nie zna – nie ma wiedzy na temat możliwości lokalnej policji. Z tego można wysnuć wniosek, że nie czuje się całkiem pewnie. Z drugiej strony, jak wynika z doświadczenia różnych służb, które mają do czynienia z rozmaitymi dewiantami, policji często nie udaje się przerwać ciągu zabójstw popełnianych przez zwykłego amatora.

Nie powinien przystawać na prośbę komisarza. Osiadł na południu Francji, bo klimat tu lepszy, mieszkańcy milsi i do morza blisko. Miał nadzieję jeszcze długo cieszyć się tu spokojnym życiem emeryta.

Opuścił Londyn w glorii. A teraz wieść o tym jednym niepowodzeniu dotrze do uszu dawnych kolegów i lata wytężonej pracy i poświęcenia pójdą na marne. Będą o nim mówić: „Jako pierwszy walczył o komputeryzację naszej pracy, ale nawet najnowsze zdobycze techniki na nic się nie zdadzą, bo jest za stary, żeby dotrzymać kroku wyzwaniom współczesności".

Naciska klawisz „Wyłącz". Pojawia się na chwilę logo programu, a potem ekran wygasa. Impulsy elektryczne wewnątrz maszyny znikają z pamięci stałej, nie pozostawiając poczucia winy, żalu, czy bezradności.

On takiego przycisku nie ma. Podzespoły jego mózgu nadal pracują: wyciągają wciąż te same wnioski, próbują usprawiedliwić coś, czego usprawiedliwić nie sposób, ranią jego dumę i przekonują, że koledzy mają rację – wiek wpływa negatywnie na jego instynkt i zdolność analitycznego rozumowania.

Idzie do kuchni. Włącza ekspres do kawy, który ostatnio szwankuje. Jak z całym nowoczesnym sprzętem AGD, taniej jest wyrzucić ten stary do śmieci i jutro rano kupić nowy. Szczęśliwie tym razem maszyna postanawia współpracować. Morris popija kawę bez pośpiechu. Większość dnia spędza przyciskając klawisze: komputer, drukarka, telefon, światło, kuchenka, ekspres do kawy, fax.

Teraz jednak musi włączyć odpowiedni przycisk w swojej głowie. Nie ma sensu czytać od nowa raportów przesłanych przez policję. Trzeba myśleć niekowencjonalnie i sporządzić listę.

a) Przestępca posiada wystarczającą wiedzę i doświadczenie – przynajmniej, co do narzędzi zbrodni i posługiwania się nimi.

b) Nie jest mieszkańcem regionu, w przeciwnym razie wybrałby lepszy moment, kiedy w mieście jest mniej funkcjonariuszy policji.

c) Nie pozostawia czytelnego znaku rozpoznawczego, a więc nie chce zostać zidentyfikowany. To wydaje się oczywiste, ale nie jest. Doktor Jekyll pozostawia swój „podpis" na miejscu zbrodni, żeby zapobiec złu czynionemu przez pana Hyde'a. Mówi: „Powstrzymajcie mnie, proszę. Jestem niebezpieczny dla społeczeństwa i nie potrafię się kontrolować".

d) Fakt, że zbliżył się do przynajmniej dwóch ofiar, spojrzał im w oczy i dowiedział się nieco o ich życiu, dowodzi, że nawykł do zabijania. Musiał więc kiedyś walczyć na wojnie.

e) Ma pieniądze, dużo pieniędzy. Pobyt w Cannes sporo kosztuje, a co najistotniejsze, za kopertę z cyjankiem musiał słono zapłacić – około 5000 dolarów: 40 za truciznę i 4.460 za opakowanie.

f) Nie należy ani do mafii narkotykowej, ani szajki handlarzy bronią – inaczej Europol deptałby mu już po piętach. Wbrew temu, co sądzą trudniący się takim procederem, cieszą się jeszcze wolnością dlatego, że z różnych powodów policja zwleka z wsadzeniem ich za kratki. Grupy przestępcze są infiltrowane przez bardzo dobrze opłacanych agentów.

g) Nie chce trafić do więzienia i podejmuje wszelkie środki ostrożności. Z drugiej strony nie kontroluje własnej podświadomości, i chcąc nie chcąc postępuje według pewnego szablonu.

h) Jest osobą zupełnie normalną, poza wszelkim podejrzeniem. Prawdopodobnie grzeczny i miły, wzbudzający zaufanie tych, których posyła na śmierć. Spędza jakiś czas w towarzystwie ofiary; w dwóch przypadkach były to kobiety, z reguły bardziej ufne, niż mężczyźni.

i) Nie ma szczególnych preferencji co do ofiar. Mogą się nimi stać mężczyźni i kobiety, bez względu na wiek i pozycję społeczną.

Morris chwilę się waha. Któryś z punktów nie zgadza się z całą resztą.

Czyta raz jeszcze, i jeszcze raz. Przy czwartym podejściu znajduje to, czego szukał:

c) Nie pozostawia czytelnego znaku rozpoznawczego, a więc nie chce zostać zidentyfikowany.

Morderca nie zamierza oczyścić świata, tak jak Manson, nie stara się zaprowadzić porządku w swoim mieście jak Ridgway, ani zaspokoić apetytu bogów jak Dahmer. Większość przestępców nie chce skończyć w więzieniu, ale bardzo się stara, by ich zidentyfikowano. Jedni po to, żeby się znaleźć na tytułowych stronach gazet, zdobyć sławę i uznanie, jak Zodiak czy Kuba Rozpruwacz. Być może uważają, że ich wnukowie będą z nich dumni, kiedy po latach odkryją w piwnicy domu pokryty kurzem pamiętnik dziadka. Inni wypełniają misję, na przykład oczyszczenia miasta z prostytutek. Jak wynika z analiz psychologicznych, seryjny morderca kończy swoją działalność nagle, kiedy uzna, że jego przesłanie trafiło do adresatów.

Oczywiście! O to chodzi! Jak mógł wcześniej na to nie wpaść?!

Z jednej prostej przyczyny: bo wtedy śledztwo policyjne musiałoby się toczyć w dwóch kierunkach – poszukiwanie mordercy i poszukiwanie adresata przekazu.

A morderca z Cannes działa bardzo szybko. Morris jest prawie pewny, że zniknie z miasta wkrótce po tym, jak wiadomość zostanie odebrana. Jeszcze dwa, trzy dni, nie dłużej. Tak jak w przypadku innych seryjnych morderców, których ofiary nie posiadały cech wspólnych, ta wiadomość jest przeznaczona wyłącznie dla jednej osoby.

Wraca do komputera, włącza go i posyła komisarzowi uspokajającą wiadomość:

„Proszę się nie przejmować. To się skończy niebawem, jeszcze przed zakończeniem festiwalu".

Niewiele myśląc, wysyła e-mail tej samej treści do przyjaciela ze Scotland Yardu. Niech wie, że we Francji cieszy się opinią dobrego fachowca, proszą go o pomoc, a on nie odmawia. Że wciąż potrafi wyciągać wnioski, które okazują się słuszne i wielce pomocne w śledztwie. Że nie jest jeszcze tak stary, jak chcieliby go widzieć inni.

Kładzie na szali swoją reputację, ale jest pewien, że się nie myli.

22:19

Hamid wyłącza komórkę. Nie interesują go wieści ze świata. W ciągu ostatnich trzydziestu minut przyszło zbyt wiele alarmujących wiadomości.

To jasny znak, że powinien zarzucić absurdalny pomysł z filmem. Uległ podszeptom własnej próżności, zamiast słuchać mądrych rad szejka i własnej żony. Czyżby tracił zdrowy rozsądek? Czyżby wielki świat zaczynał mu imponować i uderzać do głowy? Przecież zawsze uważał się za odpornego na ten blichtr i grę pozorów.

Dosyć tego! Jutro, kiedy wszystko trochę się uspokoi, zwoła konferencję prasową i oznajmi, że pomimo zainwestowania w film sporych środków, wycofuje się z projektu, „wspólnego marzenia naszego zespołu, w którym właśnie zabrakło jednej z głównych postaci". Z pewnością ktoś zapyta o przyszłe plany. Wtedy odpowie, że na to jeszcze za wcześnie. „Wpierw uczcijmy pamięć tego, który od nas odszedł", zakończy.

Jak każdy wrażliwy człowiek głęboko ubolewa nad faktem, że Gwiazdor obsadzony w głównej roli w jego filmie został otruty, a reżyser leży na oddziale intensywnej terapii miejscowego szpitala – na szczęście zagrożenie życia minęło. Oba te wydarzenia są wyraźnym sygnałem: nigdy więcej filmów! Kino to nie jego specjalność – straci tylko pieniądze, a w zamian nic nie uzyska.

Kino dla reżyserów, muzyka dla muzyków, literatura

dla pisarzy! Odkąd dwa miesiące wcześniej powziął zamiar o produkcji tego filmu, ma same kłopoty. Zmaga się z rozdętymi ego, wykłóca o budżet, czyta wielokrotnie scenariusz, którego każda kolejna wersja jest gorsza od poprzedniej, znosi uszczypliwe uwagi innych producentów, dla których jest – i słusznie – dyletantem.

Miał najlepsze intencje. Pragnął pokazać światu kulturę, w której wyrósł: piękno pustyni i wiekową mądrość kodeksu honorowego Beduinów. Czuł, że ma dług do spłacenia wobec swoich, chociaż szejk go ostrzegał przed zbaczaniem z raz obranej drogi.

„Ludzie gubią się na pustyni, ponieważ pozwalają się uwieść fatamorganie. Jesteś świetnym projektantem. Skoncentruj się na tym, w czym jesteś dobry".

Hamid jednak pragnął iść dalej, wspinać się wyżej, zadziwiać świat i podejmować ryzyko. Pogrążyła go własna pycha, ale nie zamierzał popełnić tego samego błędu po raz drugi.

Dziennikarze zasypują go pytaniami. Wygląda na to, że wieści rozchodzą się lotem błyskawicy. Odpowiada, że nie zna wszystkich szczegółów, i że wkrótce złoży wyczerpujące oświadczenie. Powtarza to samo dziesiątki razy. Wybawia go z opresji jeden z ochroniarzy, który stanowczo wyprasza dziennikarzy.

Hamid wzywa asystenta. Prosi go o odszukanie Jasmine w tłumie spacerujących po ogrodzie gości. Czeka go teraz kilka wspólnych zdjęć z modelką, a potem redagowanie noty prasowej na temat kontraktu. Resztą zajmie się specjalista od PR, który do października, a konkretnie do najbliższego Tygodnia Mody w Paryżu, nie pozwoli mediom zapomnieć o przygotowywanej kolekcji. Za jakiś czas osobiście przekona belgijską stylistkę do współpracy. Spodobały mu się jej projekty i jest pewien, że przysporzy jego firmie renomy, nie mówiąc o pieniądzach. Wie jednak, że gdyby teraz jej to zaproponował, podejrzewałaby, że chodzi mu o korzystniejsze warunki transferu jej najlepszej modelki. Zresztą byłoby to nieeleganckie. Wszystko w swoim czasie – lepiej poczekać na odpowiedni moment.

– Powinniśmy już iść – Ewa ma naprawdę dość pytań dziennikarzy.

– Jeszcze nie teraz. Nie mam serca z kamienia, ale też nie mam zamiaru udawać, że cierpię z powodu ostatnich wydarzeń, które tylko potwierdzają słuszność twoich rad, żeby trzymać się z daleka od kina. Przyszliśmy na przyjęcie i zostaniemy do końca.

Jego głos zabrzmiał zbyt ostro, ale Ewa tego nie zauważyła, jakby była jej obojętna i jego miłość i jego nienawiść.

– Spójrz tylko na tę perfekcję – mówi już łagodniejszym tonem. – Gospodarz musiał wydać na to fortunę, nie wspominając o kosztach biletów lotniczych i pobytu w luksusowych hotelach dla wybranych celebrytów, zaproszonych dla podniesienia rangi tej gali. Ale możesz być pewna, że nakłady zwrócą mu się z nawiązką. Ma darmową reklamę: całostronicowe relacje w tygodnikach i dziennikach na całym świecie, reportaże w telewizji publicznej, całe godziny transmisji w telewizjach kablowych, które nie mają i tak

nic lepszego do zaoferowania. Kobietom jego biżuteria kojarzyć się będzie z blaskiem jupiterów i wystawnymi przyjęciami. Mężczyźni będą demonstrować jego zegarki na dowód, że posiadają zasobne konta i odpowiednie wpływy. A nastolatki będą wertować żurnale i marzyć: „Pewnego dnia też się tam znajdę, i też tak się będę ubierać".

– Chodźmy już. Mam złe przeczucia.

Tego było za wiele. Przez cały dzień znosił bez skargi humory żony. Co pięć minut sprawdzała nowe wiadomości w komórce. Teraz jest już prawie pewien, że dzieje się coś dziwnego. Inny mężczyzna? Może były mąż, którego zauważył w hotelowym barze, chce się z nią za wszelką cenę spotkać? Jeżeli tak, dlaczego nie powie otwarcie, tylko zamyka się w sobie i milczy?

– Nie zawracaj mi głowy przeczuciami! Staram ci się wytłumaczyć, dlaczego organizuje się takie imprezy. Jeżeli chcesz pracować w branży, o której zawsze marzyłaś, i prowadzić dom mody, powinno cię to interesować. Swoją drogą wspominałem, że wczoraj w barze widziałem twojego byłego męża. Odpowiedziałaś, że to niemożliwe. Czy to powód, dla którego stale sprawdzasz esemesy?

– A co on by tu właściwie robił? – mówi Ewa, choć chciałaby powiedzieć: „Wiem kto obrócił wniwecz twoje filmowe plany. Znam go. Wiem do czego jest zdolny. Zrozum! Grozi nam tu niebezpieczeństwo. Błagam! Chodźmy stąd!”.

– Nie odpowiedziałaś na moje pytanie.

– Odpowiedź brzmi: tak. Właśnie dlatego sprawdzam wiadomości. Bo znam go, wiem, że tu jest i boję się.

– Ja też tu jestem – śmieje się Hamid.

Ewa bierze do ręki kieliszek szampana i opróżnia go jednym haustem. Hamid milczy. Czuje, że Ewa chce go sprowokować.

Hamid rozgląda się. Chce zapomnieć o złych wiadomościach, które wyświetliły się na ekranie jego komórki. Ma wciąż nadzieję, że zanim zaproszą ich do stołów, zrobi sobie kilka zdjęć z Jasmine. Śmierć sławnego aktora nie mogła nastąpić w gorszym momencie. Nikt już nie pyta o wielki kontrakt z nieznaną nikomu modelką. A przecież pół godziny wcześniej o niczym innym nie mówiono. Teraz nikt się tym nie interesuje.

Mimo tylu lat pracy w branży musi się jeszcze sporo nauczyć: o milionowym kontrakcie szybko zapomniano, ale gospodarzowi kolacji udaje się podtrzymywać zainteresowanie prasy. Żaden z reporterów nie opuścił przyjęcia, żeby udać się do szpitala, czy na policję i poznać szczegóły na temat makabrycznych wydarzeń. Oczywiście w większości reprezentują prasę zajmującą się modą, a o morderstwach nie pisze się rubryce towarzyskiej.

Producenci drogiej biżuterii nie bawią się w kręcenie filmów, a promotorzy wielkich imprez wiedzą, że niezależnie od tego, ile krwi zostanie przelane na świecie, czytelnicy i widzowie zawsze wolą kolorowe obrazki przedstawiające świat doskonały, nieosiągalny i olśniewający.

Morderstwa popełniane są w mieszkaniu obok albo na sąsiedniej ulicy, ale imprezy jak ta zdarzają się w świecie wybrańców. Co bardziej interesuje zwykłego śmiertelnika? Doskonale zorganizowane przyjęcie.

Poprzedzają je miesiące reklamy. Prasa donosi, że znana firma jubilerska organizuje doroczną imprezę w Cannes: zaproszenia już rozesłano. Nie jest to całkiem prawda: na tym etapie połowa gości otrzymała zawiadomienie z uprzejmą prośbą o zarezerwowanie czasu na planowaną kolację.

Oczywiście natychmiast potwierdzają swój udział. Zaznaczają datę w kalendarzu, kupują bilety lotnicze, rezerwują dwunastodniowy pobyt w hotelach, nawet jeśli planują zatrzymać się w Cannes na 48 godzin. Za wszelką cenę muszą pokazać wszystkim, że nadal należą do Superklasy, a przynależność ta jest bezcenna: otwiera wszystkie drzwi, ułatwia kontakty, no i dobrze działa na ego.

Po dwóch miesiącach nadchodzi eleganckie zaproszenie. Kobiety szukają kreacji na tę okoliczność, mężczyźni obdzwaniają znajomych, żeby umówić się na spotkanie w jakimś barze i przy kieliszku szampana pomówić o interesach, a w rzeczywistości, żeby mieć okazję wspomnieć mimochodem: „Zostałem zaproszony. A ty?”. Gdyby niemożność wyjazdu do Cannes znajomy tłumaczył innymi zobowiązaniami, i tak wiadomo, co się za tym kryje: nie został jeszcze zaproszony.

A zaraz po opuszczeniu baru poruszy niebo i ziemię, zmobilizuje przyjaciół, doradców i wspólników – wszystko po to, żeby zdobyć zaproszenie. Tymczasem gospodarz imprezy przystępuje do wyboru drugiej połowy gości, kierując się trzema podstawowymi kryteriami: władza, pieniądze, kontakty.

Doskonale zorganizowane przyjęcie.

Zatrudnia się profesjonalną firmę cateringową. W dniu przyjęcia zostanie jej pracownikom wydane polecenie: podawać jak najwięcej alkoholu, przede wszystkim legendarnego, niezrównanego francuskiego szampana. Goście przybyli z innych stron świata zwykle zapominają, że to szampan tutejszy, dużo tańszy niż u nich. Kobiety – tak jest w przypadku Ewy – uważają kieliszek złotawego płynu za idealny dodatek do wszystkiego: sukienki, torebki, pantofli. Także większość mężczyzn przechadza się z kieliszkiem w ręku, ale dużo mniej piją. Są tu, żeby zawrzeć pokój z konkurencją, zacieśnić stosunki z dostawcą, znaleźć nowych dystrybutorów. Przy takich okazjach trwa ożywiona wymiana biletów wizytowych, głównie między ludźmi interesu. Kilka wizytówek trafia też do pięknych kobiet, które dobrze wiedzą, że to nic nie znaczy, bo nikt tu się nie zjawia, żeby znaleźć miłość swojego życia.

Chodzi o robienie interesów, brylowanie, no i dobrą zabawę, z tym, że dobra zabawa nie jest obowiązkowa.

Zebrani tu goście jakby zajmują trzy kąty trójkąta. Pierwsza grupa to ci, którzy osiągnęli już wszystko. Spędzają dni na polach golfowych, w restauracjach i ekskluzywnych klubach. Kiedy wchodzą do sklepu, nie muszą pytać o ceny artykułów. Wspięli się na szczyt i zdali sobie sprawę z czegoś, o czym nigdy wcześniej nie pomyśleli: muszą otaczać się innymi ludźmi. Nie znoszą swoich małżonków. Muszą być w ciągłym ruchu i chcą wierzyć, że prowadzą inne życie, ciekawsze niż ogromna większość śmiertelników. Tymczasem odkrywają, że ich życie stało się tak nudne, jak żywot przeciętnego przedstawiciela klasy średniej: śniadanie, gazeta, obiad, poobiednia drzemka, kolacja, telewizja. Chętnie przyjmują zaproszenia na kolacje, w weekendy zaliczają imprezy towarzyskie i sportowe. Jeżdżą do modnych kurortów (chociaż są rentierami, wciąż wierzą w istnienie czegoś takiego, jak „urlop").

Drugi kąt trójkąta to ci, którzy niczego jeszcze nie zdobyli. Uparcie wiosłują po spienionych wodach, żeby dołączyć do kasty tych, którzy mają wszystko. Uśmiech nie schodzi im z warg, nawet kiedy w szpitalu umierają ich matki czy ojcowie, nawet kiedy muszą wyprzedać wszystko, łącznie z tym, co do nich nie należy.

Wreszcie górny kąt trójkąta zajmuje Superklasa.

Wszystkie trzy grupy razem stanowią gwarancję udanego przyjęcia. Ci, którzy zdobyli już wszystko, zbili takie fortuny, że starczy tego na kilka przyszłych pokoleń, ale jednocześnie utracili wpływy i zbyt późno zdali sobie sprawę, że władza jest ważniejsza od pieniędzy. Ci, którzy pną się w górę, są duszą towarzystwa; wydaje im się, że robią dobre wrażenie, tymczasem w kilka tygodni później czeka ich rozczarowanie: rozdali dziesiątki wizytówek, a ich telefony milczą. Są też tacy, którym udaje się utrzymać na samym szczycie. Wiedzą, że wieje tu ostry wiatr i w każdej chwili niespodziewany poryw może ich strącić w niebyt.

Do Hamida podchodzi wiele osób, żeby porozmawiać, ale nikt nie wspomina ani słowa o morderstwie – może nic o nim nie wiedzą (w ich świecie takie rzeczy się nie zdarzają), a może przez delikatność (o którą trudno ich podejrzewać). Rozgląda się dookoła i dostrzega to, czego nienawidzi najbardziej: kobiety w średnim wieku wystrojone jak dwudziestolatki. Czy nie widzą, że pora zmienić styl? Rozmawia, uśmiecha się, dziękuje za gratulacje, przedstawia Ewę nielicznym, którzy jej jeszcze nie poznali. Ale ma tylko jeden cel: spotkać się z Jasmine i pozować z nią do zdjęć.

Jakiś przemysłowiec i jego żona przypominają mu, że już kiedyś się spotkali. Hamid niczego nie pamięta, ale potakująco kiwa głową. Podchodzą inni, opowiadają o podróżach, spotkaniach, planach. Nikt nie porusza tematów naprawdę ważnych: „Jesteś szczęśliwy?", albo „Jak to jest odnieść sukces?". Należą do Superklasy, muszą więc zachowywać się tak, jak ludzie zadowoleni z życia i spełnieni, nawet jeśli gnębi ich pytanie: co dalej,

skoro już zrealizowałem wszystkie marzenia?

Podchodzi jakaś dziwaczna postać rodem z komiksów, ubrana w oblepiające nogi spodnie i hinduski kaftan:

– Panie Hussein, bardzo mi przykro...

– Kim pan jest?

– Pracuję dla pana.

Absurd!

– Jestem zajęty. Wiem, co powinienem wiedzieć o tym, co się wydarzyło.

Dziwadło nie rusza się z miejsca. Hamid jest zażenowany. Co za wstyd! Co sobie ludzie pomyślą, jeśli usłyszeli to „Pracuję dla pana"?

– Panie Hussein, przyprowadzę zaraz aktorkę, która zagra w pańskim filmie. Musiałem ją opuścić, bo otrzymałem wiadomość...

– Później. Teraz czekam na Jasmine Tiger.

Dziwadło oddala się. Aktorka, która zagra w jego filmie! Biedaczka, zatrudniona i zwolniona tego samego dnia.

Ewa trzyma w jednym ręku kieliszek szampana, w drugim komórkę i zgaszonego papierosa. Przemysłowiec wyjmuje złotą zapalniczkę i podaje jej ogień.

– Bardzo dziękuję – mówi Ewa. – Chcę mieć zajęte ręce, żeby mniej palić.

A chciałaby móc powiedzieć: „Trzymam telefon, żeby chronić stojącego obok mnie idiotę, który nie wierzy w to, co mu mówię. Nigdy się nie zainteresował moim życiem; nigdy nie zapytał, przez co przeszłam. Jeżeli dostanę następną wiadomość, zrobię tu taką scenę, że będzie musiał mnie stąd zabrać, czy chce tego, czy nie. Pewnie na mnie potem nawrzeszczy, ale przynajmniej uratuję mu życie. Wiem, kto jest mordercą! Czuję obecność Zła. Zła Absolutnego".

Hostessa zaprasza gości do sali na piętrze. Podchodzi jeden z jego asystentów.

– Nie mogę znaleźć Jasmine Tiger. Prawdopodobnie już wyszła.

Hamid Hussein musi pogodzić się z losem: zdjęcia poczekają do jutra, sfotografuje się z nią na schodach.

– Nieważne. Może nie wiedziała, że mamy się tu spotkać.

Zachowuje spokój, jakby był przyzwyczajony do takich sytuacji. Ale wewnątrz wszystko się w nim gotuje. Wyszła już? Jak śmiała?

Tak łatwo jest umrzeć. Ludzki organizm jest jednym z najsprawniejszych mechanizmów w przyrodzie, a przecież wystarczy, że go przeszyje poruszający się z odpowiednią prędkością, mały ołowiany pocisk... i gotowe.

Śmierć. Według słownika to kres życia (samo życie zasługuje na pełniejszą definicję). Ostateczny zanik funkcji życiowych organizmu: ustanie pracy mózgu, czynności oddechowej i krążenia, zaprzestanie pracy serca. Tylko dwie części organizmu nie poddają się natychmiast temu procesowi: włosy i paznokcie rosną jeszcze przez kolejnych kilka dni lub tygodni.

Definicja śmierci zmienia się w zależności od religii. Dla niektórych to przejście do innej, wyższej formy życia. Dla innych jedynie stan przejściowy, a dusza zamieszkująca ciało powróci i w następnym wcieleniu będzie albo pokutować za grzechy, albo cieszyć się zasłużoną szczęśliwością.

Aktorka u jego boku stoi nieruchomo. To albo efekt

kilku kieliszków szampana, albo początki otrzeźwienia. Pewnie uprzytomniła sobie, że nikogo tu nie zna, że to może jej pierwsze i ostatnie zaproszenie na taką galę. Życie ją uczy, że czasem marzenia mogą stać się koszmarem. Kiedy odszedł na chwilę na bok ze smutną dziewczyną, do aktorki podchodziło kilku mężczyzn, ale żaden nie przypadł jej do gustu. Później, kiedy wrócił, poprosiła, żeby jej nie zostawiał samej. Zapytała też, czy może ją podwieźć do miasta, bo jest bez grosza, a wiele na to wskazuje, że jej towarzysz już się nie pojawi.

– Oczywiście z przyjemnością cię odwiozę.

Tego nie miał w planie, ale odkąd zauważył węszącego policjanta, uznał, że lepiej mieć kogoś obok – udawać ważniaka afiszującego się z piękną, dużo młodszą kobietą, jak zresztą niejeden z tu obecnych.

– Może powinniśmy już wejść na salę?

– Za chwilę. Wiem, jak to się odbywa. Najlepiej wejść, kiedy wszyscy zajmą swoje miejsca. Niektóre stoły będą zarezerwowane dla szczególnych gości. Lepiej nie ryzykować, że usiądziemy nie tam, gdzie trzeba.

Dziewczyna jest przez chwilę lekko rozczarowana, że na niego nie czeka jedno z honorowych miejsc.

Kelnerzy zbierają puste kieliszki z całego ogrodu. Tańczące modelki zdążyły już zejść ze swych żałosnych piedestałów, gdzie jeszcze niedawno rozkosznie wyginały ciało, czym mężczyznom przypominały, że życie wciąż dostarczać im może uciech, a kobietom uświadamiały, że czas najwyższy na następną liposukcję, botoks, silikon lub operację plastyczną.

– Proszę. Chodźmy już. Jestem głodna. Zaraz zrobi mi się słabo.

Bierze go pod rękę i kierują się w stronę sali na piętrze. Wygląda na to, że Ewa otrzymała i zignorowała ostatnią wiadomość, ale on i tak już wie doskonale, czego oczekiwać po tak zepsutej kobiecie. Czuje bliskość anioła o gęstych brwiach. To ten anioł kazał mu odwrócić się we właściwym momencie i zauważyć policjanta w cywilu. A przecież całą uwagę powinien skupić na drzwiach, którymi wchodził właśnie sławny dyktator mody.

– Dobrze, wejdźmy do środka.

Idą schodami do sali jadalnej. U wejścia prosi ją delikatnie, żeby puściła jego ramię – znajomi mogliby to źle zrozumieć.

– Jesteś żonaty?

– Rozwiedziony.

„Tak, miałam rację – myśli Ewa – intuicja mnie nie zawiodła". Wszystkie wydarzenia mijającego dnia są niczym wobec tego, co właśnie zobaczyła. Igor nie ma nic wspólnego z przemysłem filmowym, a więc jego obecność da się wytłumaczyć tylko w jeden sposób.

– Igor! – szepce Hamid.

Stojący w drzwiach mężczyzna w towarzystwie młodszej od siebie kobiety patrzy prosto na nich.

– Co chcesz zrobić? – pyta Ewa z drżeniem serca.

Hamid podniósł się już miejsca. Nie, on nie zdaje sobie sprawy, na co się naraża. Zmierza w kierunku Absolutnego Zła, zdolnego do najgorszej podłości. Myśli, że ma do czynienia ze zwykłym człowiekiem, któremu można się przeciwstawić siłą fizyczną, bądź logiką argumentów. Nie zdaje sobie sprawy, że Absolutne Zło ma serce dziecka, nie odpowiada za swoje czyny i jest zawsze przekonane o swojej racji. A jeśli nie dostanie, czego pragnie, ucieknie się do ostateczności, żeby zaspokoić swe kaprysy. Dopiero teraz Ewa rozumie, jak to się stało, że w tak krótkim czasie anioł przemienił się w demona: zawsze nosił w swoim sercu poczucie krzywdy i chęć odwetu – chociaż głośno zapewniał, że wydoroślał i przezwyciężył wszystkie traumy. Zawsze w życiu wygrywa, dlatego uwierzył, że jest wszechpotężny. Nigdy nie daje za wygraną, bo wyszedł obronną ręką z najgorszych opałów. Jego dewizą jest: „Pewnego dnia wrócę, a wtedy zobaczycie, na co mnie stać".

– Widać dojrzał kogoś bardziej interesującego – rzuca uszczypliwie była Miss Europy zasiadająca u szczytu stołu obok dwójki innych celebrytów i gospodarza.

Ewa stara się ukryć niepokój, ale nie bardzo wie, co robić. Gospodarz, wyraźnie rozbawiony tą sytuacją, czeka na jakieś wyjaśnienie.

– Bardzo przepraszam. To mój dawny znajomy.

Hamid podchodzi do Igora, który jakby stracił pewność siebie.

– Dzień dobry, panie Hussein! – wykrzykuje towarzysząca mu dziewczyna. – Jestem pańską nową aktorką!

Siedzący przy innych stołach goście odwracają się, żeby zobaczyć, co się dzieje. Gospodarz uśmiecha się zadowolony: zawsze dobrze, kiedy coś niespodziewanego się wydarza, dzięki temu goście lepiej zapamiętają tę kolację i jeszcze długo będą o niej opowiadać. Hamid stoi twarzą w twarz z wchodzącym mężczyzną. Gospodarza coś zaczyna niepokoić.

– Lepiej sprowadzić Hamida z powrotem do stołu – mówi do Ewy. – A może dostawić dodatkowe krzesło dla waszego przyjaciela? Obawiam się tylko, że dla jego towarzyszki zabraknie już miejsca.

Goście wrócili do swoich talerzy i rozmów o jachtach, prywatnych odrzutowcach i kursach akcji na giełdzie. Jedynie gospodarz bacznie śledzi rozwój wypadków.

– Lepiej podejdź do nich – radzi.

Ewa jest tysiące kilometrów stąd, w restauracji w Irkucku niedaleko Bajkału, kiedy to Igor wyprowadzał innego mężczyznę na zewnątrz. Podnosi się z wielkim wysiłkiem i podchodzi do obu mężczyzn.

– Wracaj do stołu – rozkazuje Hamid ściszonym głosem. – My wyjdziemy porozmawiać na zewnątrz.

To najgłupsze, co mógłby zrobić! Ewa wita się z mężczyzną, uśmiecha się, udaje uradowaną, ze spotkania z kimś, kogo nie widziała od lat.

– Przecież podano już do stołu! – mówi spokojnie.

Nie dodaje „kochanie”, boi się, że otworzą się wrota piekieł.

– Ona ma rację. Porozmawiajmy raczej tutaj – popiera ją Igor.

„On to powiedział? Czy ja śnię?”, myśli Ewa. Czyżby dawne dziecko wyrosło na odpowiedzialną osobę? Czy demon otrzymał rozgrzeszenie i wrócił do królestwa niebieskiego?

Chciałaby, żeby tak było, ale obaj mężczyźni nie spuszczają z siebie wzroku. W niebieskich oczach Igora Hamid dostrzega coś złowrogiego i czuje, jak zimny dreszcz przebiega mu po plecach.

– Bardzo mi miło. Jestem Gabriela...

Nie odpowiada na pozdrowienie. Oczy Igora lśnią dziwnym blaskiem.

– Tam w rogu jest wolny stół. Usiądźmy na chwilę – proponuje Ewa.

Stół w jakimś kącie? Czy jego żona ma zamiar zamienić honorowe miejsce na stół w kącie? Ale Ewa już wzięła obu mężczyzn pod rękę i prowadzi ich w stronę jedynego wolnego stołu w samym rogu, blisko wyjścia służbowego. Aktorka podąża za nimi. Hamid na chwilę odchodzi i przeprasza gospodarza za zamieszanie.

– Spotkałem kolegę z dzieciństwa. Wyjeżdża jutro. Chciałbym z nim chwilę porozmawiać. Nie czekajcie na nas. Nie wiem, ile czasu to zajmie.

– Miejsca będą na was czekać – odpowiada gospodarz z uśmiechem, chociaż wie, że krzesła pozostaną puste aż do końca kolacji.

– Wydawało mi się, że to przyjaciel z dzieciństwa twojej żony – złośliwie dorzuca była Miss Europy.

Ale Hamid nie słyszy, bo jest już w drodze do najgorszego na sali stołu, przeznaczonego dla asystentów celebrytów, którzy zawsze się jakoś wkręcą na uroczyste kolacje.

„Hamid to porządny człowiek", myśli gospodarz, odprowadzając wzrokiem słynnego stylistę, który kroczy z wysoko podniesioną głową. „Szkoda, że ta noc tak się źle dla niego zaczyna".

Siadają przy stole. „To moja ostatnia szansa", myśli Gabriela. Kolejna z jedynych szans, jakich los jej dzisiaj nie szczędził. Dziękuje za rolę. Zapewnia, że uczyni wszystko, żeby sprostać oczekiwaniom.

– Mam do pana pełne zaufanie. Podpisałam kontrakt w ciemno.

Pozostali nic nie mówią, tylko mierzą się wzrokiem. Czyżbym powiedziała coś niestosownego? Może za dużo wypiłam?

– Jestem szczęśliwa, bo wbrew temu, co się mówi, wszystko zostało uczciwie załatwione. Żadnych specjalnych względów, żadnej protekcji. Rano był casting. Nie skończyłam nawet czytać tekstu, kiedy mi przerwano. Od razu spotkałam się z reżyserem na jachcie. To doskonały przykład dla całego środowiska, panie Hussein. Uczciwość i profesjonalizm. Sprawiedliwe kryteria doboru obsady. Każdy sądzi, że w filmie liczy się tylko to, żeby... – chciała powiedzieć „przespać się z producentem", ale ten siedział obok w towarzystwie żony. – ...tylko wygląd zewnętrzny kandydatki.

Kelner przynosi przekąski i recytuje wykuty na pamięć tekst:

– Dziś na początek proponujemy serca karczochów w sosie musztardowym, skropione oliwą ze świeżymi ziołami i plastry koziego sera z Pirenejów...

Słucha go tylko młoda dziewczyna, uśmiechająca się niepewnie. Kelner przeprasza i oddala się.

– Wygląda smakowicie! – mówi Gabriela. Spogląda po obecnych. Nikt się nie częstuje. Coś jest nie w porządku. – Chcecie porozmawiać bez świadków, prawda? Może przesiądę się gdzieś...

– Proszę tak zrobić – mówi Hamid.

– W żadnym wypadku! – protestuje Ewa.

Co teraz począć?

– Jesteś z nim szczęśliwa? – pyta kobieta.

– Dopiero co poznałam Gunthera.

Gunther. Hamid i Ewa spoglądają na Igora, który siedzi z obojętną miną.

– Czym się Gunther zajmuje?

– Przecież jesteście jego przyjaciółmi!

– Oczywiście. I wiemy, czym się zajmuje. Ale nie wiemy, czy ty wiesz.

Gabriela patrzy na Igora. Dlaczego się nie odezwie?

– Wino białe czy czerwone? – na ratunek przychodzi jej kelner, który pojawia się przy ich stole.

– Czerwone dla wszystkich – decyduje Hamid.

– No więc czym zajmuje się Gunther?

Nie ma ratunku.

– Sprzęt budowlany, jeżeli dobrze zrozumiałam. Prawie

się nie znamy. Łączy nas jedynie to, że oboje czekaliśmy dzisiaj na przyjaciół, którzy się niestety nie pojawili.

Bardzo dobra odpowiedź – gratuluje sobie Gabriela. Może ta kobieta ma romans z Guntherem, o czym mąż się właśnie dowiedział? To by wyjaśniało napięcie, jakie panuje przy stole.

– Ma na imię Igor – oznajmia kobieta. – Jest jednym z największych w Rosji operatorów telefonii komórkowej.

Jeżeli to prawda, czemu skłamał? Postanawia nie otwierać więcej ust.

– Wiedziałam, że cię tu spotkam – kobieta zwraca się teraz bezpośrednio do Igora.

– Przyjechałem po ciebie. Ale zmieniłem plany – pada krótka odpowiedź.

– Dzwoni moja komórka – Gabriela grzebie w wypchanej bibułką torebce i robi zdziwiona minę. – To pewnie dojechał mój przyjaciel. Muszę go odnaleźć. Bardzo przepraszam. Przyjeżdża z daleka. Czuję się za niego odpowiedzialna.

Podnosi się z miejsca. Jak nakazują dobre obyczaje, nie podaje się ręki gościom podczas posiłku. Sztućce wprawdzie leżą jeszcze nietknięte, ale kieliszki z czerwonym winem zostały już opróżnione. Człowiek, który przed dwoma minutami miał na imię Gunther, zamówił właśnie kolejną butelkę wina.

– Mam nadzieję, że otrzymałaś moje wiadomości – mówi Igor.

– Dostałam trzy. Może tutejsze łącza są dużo gorsze od twoich.

– Nie mówię o telefonie.

– Nie mam zatem pojęcia, o czym mówisz – a chciałaby powiedzieć: „Niestety, wiem".

Tak jak Igor musi wiedzieć, że przez cały pierwszy rok po rozstaniu czekała na jakiś znak od niego: telefon, list, wiadomość przesłaną przez wspólnego znajomego, że za nią bardzo tęskni. Nie dlatego, żeby chciała do niego wrócić, ale dlatego, że ranienie go było najgorszym błędem z jej strony. Musiała więc uspokoić własne Furie i udawać, że kiedyś będą jeszcze dobrymi przyjaciółmi. Pewnego dnia, kiedy wypiła więcej niż zwykle, zdobyła się na odwagę i zadzwoniła do niego, ale zmienił numer komórki. Spróbowała dodzwonić się do biura, ale właśnie był na ważnym zebraniu. Ilekroć później dzwoniła – zawsze przedtem wypiwszy coś dla kurażu – słyszała, że „wyjechał" lub że „oddzwoni". Ale nigdy nie oddzwaniał.

Zaczęła wtedy dostrzegać upiory na każdym kroku. Czuła, że jest śledzona. Zdawało się jej, że skończy jak tamten żebrak i inni, których Igor „przeprowadził do lepszego świata". Tymczasem Hamid nigdy nie pytał o jej przeszłość, bo jak powiadał, każdy ma prawo pogrzebać tajemnice własnej przeszłości w mrokach swojej pamięci. Robił wszystko, żeby była szczęśliwa i bezpieczna. Zapewniał ją, że jego życie nabrało sensu dopiero, kiedy się spotkali.

Aż pewnego dnia Absolutne Zło przycisnęło guzik dzwonka ich londyńskiego mieszkania. Szczęśliwie Hamid był w domu i wyrzucił intruza. Potem przez wiele miesięcy nie wydarzyło się nic.

 Znowu oszukiwała samą siebie. Tak, dokonała właściwego wyboru: kiedy raz człowiek wybierze ścieżkę, powinien zapomnieć o wszystkich pozostałych. Szaleństwem było się łudzić, że po rozwodzie pozostanie w przyjaźni z byłym mężem. To bywa możliwe w przypadku ludzi zrównoważonych, a Igor do nich nie należał.

Przez cały ten czas miała tylko jedną prawdziwą przyjaciółkę, która zniknęła równie nagle, jak się pojawiła. Też była Rosjanką, ale w przeciwieństwie do niej, została opuszczona przez męża. Znalazła się w Anglii i nie wiedziała, co ze sobą począć. Rozmawiały prawie codziennie.

„Zostawiłam wszystko", opowiadała jej Ewa. „I nie żałuję niczego. Zrobiłabym to samo po raz wtóry, nawet gdyby Hamid nie kupił tej pięknej posiadłości w Hiszpanii i nie zapisał jej na mnie. Zrobiłabym to samo, nawet gdyby Igor, mój były mąż, zaoferował mi połowę swojej fortuny, bo nie chcę żyć w lęku. A skoro jeden z najbardziej znanych w świecie mężczyzn pragnie żyć u mojego boku, jestem lepsza niż mnie samej się wydaje".

Wszystko to wierutne kłamstwo. Nie chodziło o przekonywanie jedynej powiernicy, ale o przekonanie samej siebie. Z pozoru silna kobieta, siedząca teraz przy stoliku między dwoma wpływowymi mężczyznami, jest w istocie dziewczynką, która lęka się samotności i biedy, i której marzenie o macierzyństwie nigdy się nie spełniło. Czy po prostu polubiła luksus i blask wielkiego świata? Nie. Zawsze była przygotowana na to, że w każdej chwili może stracić wszystko, wystarczy, że jej obecny towarzysz życia odkryje, że nie jest tą, za którą ją uważał.

Jest kobietą i wie, jak uzależnić od siebie swojego mężczyznę i jak mu pomagać – jako kochanka, doradczyni, żona i siostra. Wkłada w to całą swą energię.

Czy potrafiła manipulować mężczyznami? Oczywiście. Wszyscy uważali ją za silną i pewną siebie, za panią własnego losu. Wszyscy byli przekonani, że była gotowa rzucić każdego mężczyznę, nawet najważniejszego i najbardziej pożądanego przez inne kobiety. Co najgorsze, wszyscy bez wyjątku mężczyźni święcie w to wierzyli. Tak Igor, jak i Hamid. Bo potrafiła udawać! Nigdy nie mówiła, co naprawdę myśli. Była najlepszą na świecie aktorką i wiedziała doskonale, jak ukryć swoje słabostki.

– Co ci zamówić? – pyta ją po rosyjsku.

– Wina.

Jego głos brzmiał tak, jakby wcale go nie interesowała odpowiedź; powiedział już, co miał do powiedzenia.

– Zanim odeszłaś, powiedziałem ci coś ważnego, ale najwyraźniej już zapomniałaś.

Mówił jej wiele rzeczy: „Obiecuję się zmienić i mniej pracować", „Jesteś kobietą mojego życia", „Jeżeli odejdziesz, zginę". Zdania każdemu dobrze znane i zupełnie pozbawione treści.

– Powiedziałem: jeśli odejdziesz, unicestwię świat.

Nie pamiętała, ale bardzo możliwe, że to mówił. Igor nigdy nie potrafił przegrywać.

– Co to miało oznaczać? – zapytała po rosyjsku.

– Grzeczność nakazywałaby rozmawiać po angielsku – wtrąca Hamid.

– Będziemy mówić po angielsku – Igor patrzy mu prosto w oczy – ale nie przez grzeczność. Chcę, żebyś zrozumiał każde słowo.

Znowu zwraca się do Ewy:

– Powiedziałem, że unicestwię świat, żeby cię odzyskać. I już się za to zabrałem, ale na szczęście wybawił mnie anioł. Zrozumiałem, że nie jesteś tego warta. Jesteś samolubną, okrutną kobietą. Interesuje cię tylko sława i pieniądze. Odrzuciłaś wszystko, co chciałem ci dać, bo samotny domek na wsi nie pasował do twego wyśnionego świata, do świata, do którego zresztą nie należysz i nigdy nie będziesz należała. Dla ciebie poświęciłem siebie i innych, a to nie jest w porządku. Muszę doprowadzić sprawy do samego końca, a potem wrócić do świata żywych z poczuciem wypełnionego obowiązku i zakończonej misji. Teraz masz przed sobą człowieka, który należy do świata umarłych.

„W oczach Igora czai się Absolutne Zło", przebiega Hamidowi przez myśl, kiedy tak słucha tej absurdalnej rozmowy, przerywanej długimi chwilami milczenia. Niech sobie doprowadza sprawy do końca, pod warunkiem, że nie stracę Ewy. Wszystko układa się jak najlepiej: nie dość, że były mąż pojawił się w towarzystwie jakiejś gąski, to do tego obraził jego ukochaną kobietę. Niech sobie gada tak dalej. W odpowiednim momencie trzeba będzie położyć temu kres. Ale dopiero, kiedy Igor posunie się za daleko, kiedy za późno już będzie na przeprosiny.

Ewa na pewno tak samo go widzi: wyziera z niego ślepa nienawiść do wszystkiego i wszystkich tylko dlatego, że ktoś mu się nie podporządkował. Hamid się zastanawia, co sam by zrobił na miejscu tego mężczyzny, który teraz walczy o powrót ukochanej.

Byłby w stanie zabić.

Podchodzi kelner, widzi nietknięte jedzenie.

– Nie smakuje państwu? – pyta.

Nikt nie zwraca na niego uwagi. Kelner wszystko rozumie w lot: mąż przyłapał w Cannes żonę *in flagranti*. A teraz doszło do konfrontacji. Widział takie sceny setki razy. Kończyły się zawsze kłótnią i bijatyką.

– Proszę nam podać jeszcze jedną butelkę wina – mówi jeden z mężczyzn.

– Nie zasługujesz na nic – mówi drugi, z oczami wbitymi w twarz kobiety. – Wykorzystałaś mnie, tak jak teraz wykorzystujesz tego idiotę. Byłaś największym moim błędem.

Kelner nie wie, czy spełnić polecenie. Zastanawia się, czy nie warto powiadomić gospodarza o sytuacji. Zanim jednak zdążył zrobić pierwszy krok w stronę głównego stołu, mężczyzna się podniósł i rzekł do kobiety:

– Dosyć tego. Chodźmy stąd.

– Tak jest. Chodźmy na zewnątrz – mówi ten drugi. – Ciekawe, jak daleko się posuniesz, żeby bronić tej, która nie ma pojęcia, co to honor i godność.

Dwóch samców staje do walki o samicę. Kobieta błaga, żeby zostali. Jej mąż ma jednak chyba dość zniewag. Kelner rozważa powiadomienie ochroniarzy, że szykuje się bójka, ale szef sali pogania, bo mają spóźnienie, a tyle stolików do obsłużenia. Szef ma oczywiście rację. A zresztą to nie jego sprawa, co dzieje się na zewnątrz. Dostałby też burę, gdyby się przyznał do podsłuchiwania. Płacą mu za podawanie do stołu, a nie za zbawianie świata.

Wszyscy troje przemierzają ogród, gdzie przed kolacją podawano aperitif, a teraz trwa przemeblowanie. Schodzący po kolacji goście zobaczą parkiet oświetlony lampionami, wygodne fotele i kilka barków, serwujących darmowe drinki.

Igor otwiera pochód, za nim Ewa, a na końcu Hamid. Idą w milczeniu ku furtce wiodącej do zejścia na plażę. Igor otwiera furtkę i chce ich przepuścić, ale Ewa odmawia. Schodzi więc pierwszy stopniami prowadzącymi w dół, prosto na plażę. Wie, że Hamid nie jest tchórzem. Do tego spotkania brał go za zwykłego uwodziciela cudzych żon, pozbawionego skrupułów, biegłego w manipulowaniu ludzką próżnością. Teraz go skrycie podziwia. Okazał się prawdziwym mężczyzną, gotowym walczyć do końca o ukochaną kobietę. Co do Ewy, to talentem nie dorównuje aktorce, którą niedawno poznał. Nie potrafi ukryć swych uczuć. Czuje jej trwogę, wie, że cała się poci ze strachu i zastanawia się, jak i kogo wezwać na pomoc.

Igor prowadzi ich na koniec plaży. Siada na wystających kamieniach. Zaprasza, żeby do niego dołączyli. Wie, że oprócz strachu, Ewę niepokoi teraz coś innego: „Zniszczę sukienkę. Pobrudzę sobie buty". Ale siada obok niego. Hamid prosi, żeby się trochę odsunęła i zrobiła mu miejsce obok Igora, ale ona nie słucha. Hamid nie nalega. Siedzą na plaży we troje, jak dobrzy przyjaciele, którzy znaleźli chwilę, żeby w ciszy podziwiać pełnię księżyca. Zaraz wstaną i wrócą schodami tam, skąd dochodzi już piekielny jazgot dyskoteki.

„Dam mu najwyżej dziesięć minut – obiecuje sobie Hamid. – Wystarczy, żeby powiedzieć wszystko, co mu leży na sercu, wylać swoje żale. Potem niech idzie w diabły. Jeżeli zechce się bić, przegra, bo jestem silniejszy, a jako Beduin potrafię szybko i precyzyjnie odpierać ataki. Nie chcę skandalu przy kolacji, ale Igor niech się lepiej nie łudzi: jestem gotowy na wszystko. Kiedy tylko wrócimy na górę, przeproszę gospodarza, powiem, że już po sprawie.

Mogę z nim mówić otwarcie. Opowiem o niespodziewanym pojawieniu się byłego męża Ewy, i że uznałem, że najlepiej wyprowadzić go z przyjęcia, zanim wywoła skandal. Jeśli ten pyszałek nie wyjdzie natychmiast, wezwę ochroniarzy. Może i w Rosji jest bogaty, ale tutaj przez niego tylko same kłopoty.

– Zdradzałaś mnie – mówi Igor. – Nie tylko przez te dwa lata, odkąd jesteś z tym człowiekiem, ale przez cały ten czas, kiedy byliśmy razem.

Ewa milczy.

– Co byłbyś w stanie uczynić, żeby przy tobie została? – pyta Hamida.

Hamid zastanawia się, czy powinien odpowiadać na tak postawione pytanie. Ewa nie jest towarem, o który można toczyć targi.

– Zadaj to pytanie inaczej.

– Doskonale. Oddałbyś życie za tę kobietę?

Czyste Zło wyziera z jego oczu. Nawet gdyby w restauracji ściągnął ze stołu nóż (niczego takiego Hamid nie zauważył, ale trzeba być gotowym na każdą ewentualność), obezwładnienie go nie byłoby problemem. Nie,

nie oddałby życia za nikogo, z wyjątkiem Boga i przywódcy plemienia. Musi jednak coś odpowiedzieć.

– Walczyłbym o nią. A jeśli byłoby trzeba, zabiłbym.

Ewa nie wytrzymuje napięcia. Chciałaby opowiedzieć wszystko, co wie o mężczyźnie siedzącym po jej prawej stronie. Jest pewna, że zamordował aktora i przekreślił wieloletnie marzenia jej obecnego męża.

– Wracajmy na przyjęcie – mówi, a chciałaby głośno krzyknąć: „To psychopata!".

– Byłbyś w stanie zabić dla niej? Wnioskuję z tego, że jesteś też gotów za nią zginąć – Igor jakby nie słyszał jej słów.

– Gdybym walczył o nią i przegrał, to myślę, że tak. Ale chyba nie będziemy się bić tu na plaży?

– Chcę już stąd iść – powtarza Ewa.

Hamid nie może teraz odejść jak tchórz, to już sprawa jego męskiej dumy. Zaczyna się odwieczny taniec godowy samców, znany tak zwierzętom, jak i ludziom.

– Odkąd odeszłaś, przestałem być sobą – mówi Igor, jakby nikogo wokół nich nie było. – Interesy szły dobrze.
Za dnia panowałem nad sobą, ale nocami gnębiły mnie najczarniejsze myśli. Pękło we mnie coś, czego już nigdy nie uda się na nowo zlepić. Jeszcze wybierając się do Cannes miałem nadzieję, że się uda. Teraz już wiem, że to niemożliwe. To, co we mnie umarło, nie może i nie powinno odżyć. Nigdy bym cię z powrotem nie przyjął. Nawet gdybyś czołgała się u moich stóp i błagała o przebaczenie. Nawet gdybyś groziła samobójstwem.

Ewa oddycha z ulgą. Wygląda na to, że przynajmniej obędzie się bez bójki.

– Nie zrozumiałaś sygnałów, które ci wysłałem. Powiedziałem, że byłbym w stanie niszczyć światy i nie pojęłaś tego. A jeśli pojęłaś, nie uwierzyłaś. Co to znaczy zniszczyć świat?

Wkłada rękę do kieszeni spodni i wyjmuje płaski pistolet. Nie mierzy w nikogo; nadal wpatruje się w morze i wschodzący na niebo księżyc. Krew się burzy w Hamidzie. Czy Igor próbuje ich zastraszyć i poniżyć? Czy może czeka ich walka na śmierć i życie? Czy zabije ich tutaj, podczas gali? Przecież go zaaresztują nim dojdzie na górę? Chyba tak szalony nie jest – nie zaszedłby tak daleko, gdyby był szaleńcem.

Dość tego! Jest wojownikiem, wie, jak się bronić i jak atakować. Ani jednego ruchu, bo Rosjanin wprawdzie na niego nie patrzy, ale na pewno wyczuje każde poruszenie.

Można tylko bezpiecznie poruszać gałkami ocznymi. Na plaży nie ma żywej duszy. Na górze orkiestra stroi instrumenty. Hamid wyłącza myślenie. Teraz liczy tylko na swój instynkt.

Ewa, która siedzi między nim a Igorem, patrzy jak zahipnotyzowana na pistolet. Jeden nierozważny ruch ze strony Hamida, a broń może wystrzelić w jej stronę.

Może jednak słuszna jest pierwsza hipoteza? Igor chce ich po prostu trochę postraszyć. Chce udowodnić, że Hamid jest tchórzem, człowiekiem bez honoru. Gdyby zamierzał strzelić, nie trzymałby broni tak niedbale. Lepiej z nim porozmawiać. Uspokoi się wtedy, a tymczasem może znajdzie się jakieś wyjście z tej sytuacji.

– Co to znaczy zniszczyć świat?

– Zniszczyć czyjeś życie, unicestwić je, a wraz z nim unicestwić wszystko, co ktoś przeżył, czego doświadczył, rzeczy dobre i złe, które go spotkały, wszystkie marzenia i nadzieje, porażki i zwycięstwa, absolutnie wszystko przestaje istnieć. Jako dziecko, uczyłem się w szkole pewnego wersu, który, jak się dużo później dowiedziałem, został napisany przez protestanckiego duchownego. Jeżeli dobrze pamiętam, to było coś o tym, że kiedy morze zabiera ziarnko piasku w swoje głębiny, wtedy kurczy się Europa. Wprawdzie nie możemy tego zauważyć, bo to tylko jedno maleńkie ziarnko piasku, a jednak przez to zmniejsza się cały kontynent.

Igor milknie. Denerwuje go dobiegający z góry hałas. Szum fal działał uspokajająco, przydawał tej chwili powagi, na jaką zasługiwała. Anioł o gęstych brwiach patrzy i cieszy się z tego, co widzi.

– Wers miał nam przypominać, że jesteśmy odpowiedzialni za budowanie społeczeństwa doskonałego, komunizmu – kontynuuje. – Wszyscy jesteśmy braćmi, mówili, a tak naprawdę, byliśmy kapusiami donoszącymi jeden na drugiego.

Znowu jest spokojny, zamyślony.

– Nie dosłyszałem, co mówisz – Hamid korzysta z okazji, żeby zmienić pozycję.

– Jasne, że dosłyszałeś. Wiesz, że mam w broń i chcesz się przysunąć bliżej, żeby mi ją odebrać. Zabawiasz mnie rozmową, żeby mnie zbić z tropu, a cały czas kombinujesz, jak z tego wybrnąć. Nie ruszaj się. Jeszcze ta chwila nie nadeszła.

– Chodźmy już, Igorze. Zapomnijmy o wszystkim – mówi Ewa po rosyjsku. – Kocham tylko ciebie. Wyjedźmy razem.

– Mów po angielsku. Chcę, żeby twój obecny mąż rozumiał, co masz mi do powiedzenia.

Oczywiście, że on zrozumie, i potem będzie jej za to wdzięczny.

– Kocham cię – powtarza po angielsku. – Nie dostałam od ciebie żadnych wiadomości. Gdybym dostała, wróciłabym od razu. Dzwoniłam do ciebie tyle razy, ale zawsze bez skutku. Zostawiałam wiadomości twojej sekretarce, ale nigdy nie oddzwoniłeś.

– To prawda.

– Odkąd przyszła dziś od ciebie pierwsza wiadomość, marzyłam, żeby cię zobaczyć. Nie miałam pojęcia gdzie jesteś, ale wiedziałam, że przyjdziesz po mnie. Wiem, że nie możesz mi wybaczyć. Ale pozwól mi znowu z tobą zamieszkać. Będę twoją służącą, sprzątaczką, zadbam o ciebie. Pragnę tylko być blisko ciebie.

Później wyjaśni wszystko Hamidowi. Teraz musi zagadać Igora, aż wrócą na górę do realnego świata, gdzie są policjanci, którzy pokrzyżują plany Absolutnego Zła.

– Wspaniale. Chciałbym w to wierzyć. Albo inaczej: chciałbym uwierzyć, że jeszcze cię kocham i chcę żebyś do mnie wróciła. A tak nie jest. Poza tym kłamiesz, jak zresztą zawsze kłamałaś.

Hamid nie słyszy już, o czym mówią. Jest myślami daleko stąd, wśród dawnych wojowników. Prosi ich o natchnienie i pomoc w wyborze właściwej strategii.

– Mogłaś mi powiedzieć, że nasze małżeństwo nie wygląda tak, jak oboje o tym marzyliśmy. Tyle razem przeżyliśmy, tyle zbudowaliśmy. Czy nie byliśmy zdolni do znalezienia jakiegoś wyjścia? Zawsze można odzyskać szczęście, ale obie strony muszą się bardzo starać. Wysłuchałbym cię, znowu bylibyśmy szczęśliwi, jak na początku. Ty jednak wybrałaś łatwiejsze wyjście.

– Zawsze się ciebie bałam. A teraz, kiedy masz w ręku broń, boję się jeszcze bardziej.

Ostatnie słowa Ewy ściągają Hamida z powrotem na ziemię. Jego dusza nie unosi się już w przestworzach, nie szuka rady dawnych wojowników.

Ewa nie powinna tak mówić. W ten sposób ustępuje pola przeciwnikowi, który już wie, że jest w stanie ją zastraszyć.

– Marzyłam, żeby pójść z tobą na kolację i opowiedzieć o swojej samotności, pomimo tych bankietów, klejnotów, podróży, rozmów z wielkimi tego świata – ciągnie Ewa. – Wiesz co? Zawsze obdarowywałeś mnie drogimi prezentami. Nigdy jednak nie dostałam od ciebie najmilszego podarunku: kwiatów.

Zaczyna to coraz bardziej wyglądać na kłótnię mał-

żeńską.

– Może zostawię was. Nagadajcie się do woli – mówi Hamid.

Igor nie odpowiada. Z oczami wbitymi w morze kieruje lufę pistoletu w jego stronę, nakazując mu zostać. To szaleniec! A ten pozorny spokój jest w istocie bardziej niebezpieczny niż krzyki i groźby.

– No cóż – ciągnie, jakby obojętny na jej słowa i bezskuteczne próby Hamida – wybrałaś łatwiejszą drogę. Opuściłaś mnie. Nie dałaś mi szansy. Nigdy nie rozumiałaś, że wszystko co robię, robię dla ciebie, z twojego powodu i na twoją cześć. A jednak, choć mnie potraktowałaś niesprawiedliwie i poniżyłaś, jeszcze dziś rano zrobiłbym wszystko, żebyś wróciła. Do dziś. Do pierwszych wiadomości, jakie ci wysłałem, a ty udawałaś, że ich nie otrzymałaś. Przekonałem się, że nawet ofiara z życia ludzkiego nie jest w stanie cię poruszyć. Dbasz tylko o luksus, władzę i pieniądze.

Otruty Gwiazdor i reżyser zawieszony pomiędzy życiem a śmiercią. Czy to możliwe?! To się w głowie nie mieści! A najpotworniejsze jest w tym wszystkim to, że przyznaniem się do winy ten obłąkaniec podpisał na siebie wyrok śmierci! Albo odbierze życie sobie, albo skończy z życiem ich dwojga, bo teraz za dużo wiedzą.

„Może to ja oszalałem, myśli Hamid, może zrozumiałem wszystko na opak". Zdaje sobie jednak sprawę, że czas nagli.

Spogląda na broń w ręku Rosjanina. Mały kaliber. Jeżeli nie trafi w punkty krytyczne, nie zrani poważnie. Brak doświadczenia, bo inaczej wybrałby coś skuteczniejszego. Z pewnością nie wie, co robi. Pewnie kupił pierwszy lepszy pistolet. Wystarczyło mu, że strzela i może ugodzić śmiertelnie.

Na górze gra już orkiestra. Czy wystarczająco głośno, żeby zagłuszyć huk wystrzału? Zresztą, kto zauważy różnicę pomiędzy odgłosem wystrzału, a wszystkimi tymi sztucznymi dźwiękami, które zatruwają – to jest właściwe określenie, zatruwają, skażają, zaśmiecają – środowisko?

Igor znowu zamilkł. To dużo bardziej niebezpieczne, niż kiedy mówi i wylewa z serca gorycz i nienawiść. Hamid na nowo rozważa różne możliwości. Jeśli nie zareaguje teraz, może być za późno. Rzucić się i zasłonić Ewę własnym ciałem, próbować wyrwać broń, która teraz spoczywa na kolanach Rosjanina, chociaż palec wskazujący jest wciąż na spuście. Mógłby też odepchnąć Ewę z linii strzału i chwycić przeciwnika. Lufa będzie wtedy skierowana na niego, ale z tak niewielkiej odległości z pewnością uda mu się złapać za pistolet. Wszystko rozstrzygnic się w ciągu jednej sekundy.

Teraz.

Może milczenie to dobry znak; oznacza, że Igor stracił koncentrację. Ale może też świadczyć, że nadszedł koniec, że Rosjanin powiedział już wszystko, co miał do powiedzenia.

Teraz.

Mięśnie lewego uda napinają się, Hamid z impetem rzuca się w stronę Absolutnego Zła, wyciągniętymi do przodu ramionami zasłania sobą Ewę. Trwa jeszcze pierwsza sekunda, kiedy widzi pistolet wymierzony w sam środek swojego czoła. Igor okazał się szybszy, niż się spodziewał.

Jeszcze szybuje w kierunku pistoletu. Powinni byli więcej rozmawiać o tym, co było. Ewa niewiele mówiła o byłym mężu, jakby należał do przeszłości, której nie chciała pamiętać. Wszystko odbywa się w zwolnionym tempie, ale Rosjanin odsuwa się ze zwinnością kota. Pistolet nawet nie zadrży mu w dłoni.

Kończy się pierwsza sekunda. Widzi ruch palca, ale nie słyszy żadnego dźwięku, czuje tylko, jak coś druzgocze mu kości czaszki. Gaśnie jego świat, a wraz z nim wspomnienia o młodzieńcu, który chciał być w życiu kimś ważnym, o przybyciu do Paryża, o ukochanym ojcu i jego sklepie z tkaninami, o mądrym i sprawiedliwym szejku, o bataliach o uznanie na rynku, o pokazach mody, podróżach, spotkaniu ukochanej kobiety, dniach sielanki, o uśmiechu i łzach, ostatnim wschodzie księżyca, zimnych oczach Absolutnego Zła i przerażonych oczach jego żony. Wszystko gaśnie.

– Nie waż się krzyczeć. Nic nie mów! Uspokój się!

To oczywiste, że nie ma odwagi krzyczeć. Nie musiał też prosić, żeby się uspokoiła. Jest w szoku, jak zwierzątko, którym jest, pomimo klejnotów i drogiej sukni. Krew jej zastygła w żyłach, twarz pobladła, głos uwiązł w gardle. Igor dobrze wie, co czuje była żona. Tego samego uczucia doświadczył na widok lufy karabinu afgańskiego wojownika wycelowanej prosto w jego pierś. Niemożność wykonania jakiegokolwiek ruchu, całkowity brak reakcji. Od pewnej śmierci wybawił go jeden z jego towarzyszy, który strzelił pierwszy. Do dziś jest mu wdzięczny za uratowanie życia. Wszyscy go uważają za zwykłego szofera, a tymczasem jest właścicielem sporego pakietu akcji jego firmy. Codziennie ze sobą rozmawiają. Nawet dziś po południu Igor do niego dzwonił, żeby się dowiedzieć, czy Ewa odezwała się w związku z wiadomościami, które jej posłał.

Ewa, biedna Ewa. Z mężczyzną umierającym w jej ramionach. Ludzie są nieprzewidywalni. Czasem reagują tak jak ten głupiec, który musiał sobie zdawać sprawę, że nie miał żadnych szans. Broń też bywa nieprzewidywalna. Sądził, że pocisk przestrzeli głowę, wyrywając część czaszki. Jednak przy tym kącie musiał przeszyć mózg, odbić się od kości i trafić do klatki piersiowej. Dlatego ciałem wciąż wstrząsają konwulsje, a oznak zewnętrznego krwawienia nie widać.

To raczej konwulsje, a nie huk wystrzału, wywołały u Ewy taki szok. Igor nogą zsuwa ciało na ziemię i strzela w tył głowy. Drgania ustają. Ten człowiek zasługuje na godną śmierć – do końca okazywał męstwo.

Są teraz na plaży sami. Igor klęka przed nią i opiera lufę pistoletu o jej pierś. Ewa zastyga.

Wyobrażał sobie inny finał: Ewa właściwie odczytuje sens jego sygnałów. Otwiera się przed nimi jeszcze jedna szansa. Planował, co jej powie, kiedy zostaną sami, tak jak tutaj – nikogo w pobliżu, tylko spokojny szum morskich fal. Uśmiechają się do siebie, rozmawiają.

Wszystko przemyślał. Nie chce, żeby choć jedno z zaplanowanych słów poszło na marne, chociaż wie, że straciły już ważność.

– Zawsze marzyłem, że kiedyś znów pójdziemy na długi spacer brzegiem morza i wypowiemy w końcu tak długo odwlekane słowa miłości. Że raz w tygodniu wyjdziemy do restauracji, będziemy podróżować do miejsc, których nie znamy. Wszystko po to, żeby wspólnie odkrywać nowe miejsca. Kiedy byłaś daleko, spisywałem do zeszytu wiersze. Chciałem ci je wyszeptać do ucha, kiedy będziesz zasypiać. W listach pisałem ci o swoich uczuciach. Zamierzałem te listy zostawić tam, gdzie byś je odnalazła, a wtedy wiedziałabyś, że nigdy, nawet przez jedną minutę, nie przestałem o tobie myśleć. Mieliśmy razem budować nasz nowy dom nad Bajkałem. Miałaś dużo pomysłów, jak go urządzić. Ja planowałem prywatne lotnisko, a tobie i twojemu dobremu gustowi zostawiałem dekorację domu. Właśnie tobie – kobiecie, dla której żyłem i która nadała mojemu życiu sens.

Ewa milczy. Spogląda tylko w dal.

– Przyjechałem tu z twojego powodu, ale zrozumiałem, że to wszystko nie ma już sensu.

Naciska spust.

Prawie żadnego odgłosu, bo lufa pistoletu dotykała jej ciała. Pocisk trafił tam, gdzie mierzył. Serce od razu przestało bić. Pomimo bólu, którego była przyczyną, nie chciał, żeby cierpiała.

Jeżeli istnieje życie po śmierci, oboje – kobieta, która go zdradziła i mężczyzna, który uczestniczył w zdradzie – trzymając się za ręce szli w świetle księżyca po piaszczystej plaży. Spotkają anioła o gęstych brwiach, który im wszystko wyjaśni i nie pozwoli żywić uczucia żalu i nienawiści. Każdy pewnego dnia musi opuścić planetę zwaną Ziemia. A poza tym miłość usprawiedliwia czyny, których zwykli ludzie często nie są w stanie zrozumieć – chyba że ktoś przeżyje dokładnie to, co on przeżył.

Ewa ma oczy otwarte. Bezwładne ciało osuwa się na piasek. Igor odchodzi. Po drodze wyciera odciski palców z pistoletu i wrzuca go do morza – jak najdalej od miejsca, skąd podziwiali księżyc. Wchodzi po schodach, wyrzuca do kosza tłumik. Nie przydał mu się na nic. We

 właściwym momencie orkiestra zagrała *crescendo*.

22:55

Gabriela podchodzi do jedynej znanej jej osoby.

Goście opuszczają salę jadalną. Orkiestra gra przeboje z lat sześćdziesiątych. Mimo ogłuszającego hałasu goście uśmiechają się do siebie, próbują rozmawiać.

– Szukałam cię wszędzie! Gdzie twoi przyjaciele?

– A gdzie twój przyjaciel?

– Wyszedł. Powiedział, że coś się stało z głównym aktorem i z reżyserem. Jakiś problem. I tyle. I jeszcze dodał, że impreza na jachcie została odwołana.

Igor domyśla się, o jakim problemie mowa. Nie planował zabijać człowieka, którego podziwiał i którego filmy chętnie oglądał, o ile czas mu na to pozwalał. Ale to opatrzność wybrała kolejną ofiarę – człowiek jest tylko narzędziem w jej ręku.

– Czas na mnie. Jeżeli chcesz, mogę cię podrzucić do miasta.

– Zabawa dopiero się zaczyna!

– Baw się dobrze. Jutro z samego rana wyjeżdżam.

Gabriela musi błyskawicznie podjąć decyzję. Albo z torebką wypchaną bibułką zostaje tu, gdzie nikogo nie zna i może liczyć tylko na jakąś dobrą duszę, która zlituje się i podrzuci ją choćby do bulwaru Croisette, a tam zdejmie pantofle i zacznie niekończącą się wspinaczkę po stromym wzgórzu do domu, gdzie wynajęła pokój razem z czterema innymi dziewczynami.

Albo przyjmie zaproszenie tego miłego faceta, który ma z pewnością kontakty i przyjaźni się z żoną Hamida Husseina. Była wprawdzie świadkiem jakiejś kłótni pomiędzy nimi, ale jutro z pewnością się pogodzą.

Ma rolę w filmie. Jest zmęczona emocjami mijającego dnia. Boi się, że przesadzi z alkoholem i wywoła jakiś skandal. Zaraz pojawią się podtatusiali panowie z pytaniami, czy jest sama, czy ma jakieś plany na resztę nocy i czy nie miałaby ochoty obejrzeć jutro biżuterii w jakimś sklepie jubilerskim. Przez resztę nocy będzie się musiała grzecznie od nich opędzać, a przy tym słodko się uśmiechać, żeby nikogo nie urazić. W końcu nigdy nie wiadomo, czy nie ma się do czynienia z kimś ważnym. Przecież jest na jednej z najbardziej ekskluzywnych imprez całego festiwalu.

– Chodźmy.

Tak zachowuje się prawdziwa gwiazda – wychodzi w najmniej spodziewanym momencie.

Idą do hotelowej recepcji. Gunther (nie może sobie przypomnieć tego drugiego imienia) zamawia taksówkę. Recepcjonistka informuje, że mają dużo szczęścia. Pół godziny później musieliby czekać bardzo długo.

W drodze powrotnej pyta, dlaczego skłamał, czym się zajmuje. Odpowiada, że nie skłamał. Kiedyś był właścicielem firmy telefonicznej, ale ją sprzedał, bo przyszłość należy do ciężkiego sprzętu budowlanego.

– A co z imieniem?

– Igor to rosyjskie zdrobnienie od imienia Gunther.

Gabriela czeka tylko na dobrze jej znane zaproszenie: „Napijemy się czegoś w hotelowym barze?". Ale na próżno. Odwozi ją pod wskazany adres, ściska na pożegnanie jej dłoń i poleca taksówkarzowi jechać dalej.

To się nazywa klasa!

Tak. To był jej pierwszy szczęśliwy dzień. Pierwszy z wielu, które teraz nastąpią. Jutro odzyska swój telefon i zadzwoni na koszt odbiorcy do małego miasteczka w pobliżu Chicago. Przekaże dobrą wiadomość i przypomni, żeby kupili wszystkie kolorowe tygodniki, bo została sfotografowana, jak ramię w ramię z Gwiazdorem wchodzi po schodach wysłanych czerwonym dywanem. Powie im także, że się teraz inaczej nazywa. Ale kiedy zapytają, co dalej, zmieni temat: jest przesądna i nie lubi opowiadać o projektach, które są jeszcze w fazie przygotowań. Dowiedzą się wszystkiego w odpowiednim czasie z mediów:

„Nieznana nikomu dziewczyna z Chicago wielkim odkryciem w filmie Gibsona. Jej agenci negocjują kontrakt milionowej wartości z jednym z największych studiów w Hollywood".

Nic jej już nie powstrzyma.

23:11

– Wcześnie wróciłaś.

– Byłabym jeszcze wcześniej, gdyby nie korki.

Jasmine zrzuca pantofle, ciska torebkę i pada na łóżko. Jest skonana.

– Najważniejsze słowa we wszystkich językach świata są krótkie. Na przykład „Tak" albo „Miłość", albo „Bóg". Słowa, które łatwo wymówić. Wypełniają puste przestrzenie w naszym świecie. Jest jednak takie słówko, którego wypowiedzenie sprawia mi dużą trudność, ale teraz je powiem – patrzy na swoją przyjaciółkę – Nie!

Projektantka siada na brzegu łóżka i gładzi ją delikatnie po włosach.

– „Nie" ma złą sławę, jako wyraz egoizmu, skąpstwa, podłości. Kiedy mówimy „tak", czujemy się hojni, wielkoduszni i taktowni. Ale teraz mówię ci: „nie". Nie zrobię tego, o co mnie prosisz, a właściwie, co każesz mi zrobić, tłumacząc, że to dla mojego dobra. Oczywiście powiesz, że w wieku dziewiętnastu lat nie mam pojęcia o życiu. Ale dzisiejsza kolacja wystarczyła, żeby zrozumieć, czego naprawdę chcę, a czego absolutnie nie chcę. Nigdy nie marzyłam o zostaniu modelką. Nigdy też nie sądziłam, że się zakocham. Wiem, że miłość potrzebuje wolności. Nie będę niczyją niewolnicą! Mogę być tylko niewolnicą własnego serca, a to jest jarzmo słodkie. Wybrałam ciebie, zanim ty wybrałaś mnie. Bez słowa skargi znosiłam wszystkie konsekwencje tego wyboru – społeczne przesądy, ostracyzm, zerwanie z rodziną. Wytrzymywałam to wszystko po to, żeby być tej nocy z tobą tutaj, w Cannes, i cieszyć się twoim sukcesem. Wiem, że mam przed sobą inne wielkie szanse – właśnie u twojego boku.

Przyjaciółka kładzie się obok niej.

– Zdałam sobie z tego sprawę w rozmowie z pewnym poznanym dzisiaj cudzoziemcem. Stałam sama w tłumie obcych ludzi, nie do końca wiedząc, co ze sobą począć. Zapytałam, co tam robi. Powiedział, że stracił miłość swojego życia i przyszedł ją odzyskać, ale nie był już pewien, czy rzeczywiście mu jeszcze na niej zależy. Poprosił, żebym rozejrzała się dookoła. „Jesteśmy wśród ludzi pewnych siebie, dumnych ze swoich osiągnięć i sytych sławy – powiedział – ale nie są szczęśliwi. Wydaje im się, że osiągnęli szczyty i boją się to stracić. Przeraża ich nieuchronność upadku. Zapomnieli, że istnieje jeszcze ogromny świat do zdobycia, ponieważ...”

– ...ponieważ przywykli do takiego życia.

– Dokładnie tak. Otaczają się przedmiotami, a zabrakło im inspiracji. Rozwiązali mnóstwo problemów, zrealizowali wiele projektów, mają dobrze prosperujące firmy, nie muszą nic robić. Teraz pozostał im tylko strach przed zmianą. Dlatego chodzą z jednego przyjęcia na drugie, z jednego spotkania na następne – wszystko po to, żeby nie mieć czasu na myślenie, spotykać zawsze te same osoby i wierzyć, że nic się nie zmieniło. Pewność zajęła miejsce uczuć.

– Jesteś zmęczona. Rozbieraj się – mówi przyjaciółka.

Jasmine wstaje z łóżka, zdejmuje sukienkę i wchodzi pod kołdrę.

– Ty też się rozbierz. I obejmij mnie. Bardzo potrzebuję twojego ciepła. Dzisiaj myślałam, że mnie opuszczasz.

Projektantka rozbiera się i gasi światło. Po chwili Jasmine śpi już w jej ramionach. Sama jeszcze długo nie może zasnąć. Wpatruje się w sufit i rozmyśla, jak to czasami dziewiętnastoletnia dziewczyna bez żadnego doświadczenia życiowego okazuje się dużo dojrzalsza od trzydziestoośmioletniej kobiety. Teraz jest pełna lęku i niepewności, ale musi nauczyć się piąć do góry. Zyskała bardzo potężnego przeciwnika. Z całą pewnością HH zrobi wszystko, żeby nie pozwolono jej na pokaz podczas październikowego Tygodnia Mody. Najpierw zechce kupić jej markę, a kiedy to się okaże niemożliwe, oskarży ją przed Federacją o niedotrzymanie danego słowa.

Nadchodzące miesiące będą bardzo trudne.

Jest tylko jedno, czego nie wie HH, ani nikt inny. Tego, że ona ma siłę, która pomoże jej pokonać wszystkie trudności. Tą siłą jest miłość kobiety, która śpi teraz w jej ramionach.

Dla niej zrobi wszystko – z wyjątkiem popełnienia morderstwa. Z nią jest zdolna do wszystkiego – nawet do zwycięstwa.

1:55

Odrzutowiec stoi w pełnej gotowości z włączonymi silnikami. Igor zajmuje swoje ulubione miejsce – drugi rząd po lewej stronie – i czeka na start. Gdy gaśnie lampka „Proszę zapiąć pasy”, podchodzi do baru, nalewa sporą porcję wódki i wypija jednym haustem.

Przez chwilę zastanawia się, czy wysyłał Ewie wystarczająco czytelne sygnały, kiedy burzył światy wokół siebie. Może powinien był wyrażać swoje intencje bardziej konkretnie, dodawać krótką informację albo imię...? Nie, to byłoby zbyt niebezpieczne – mogliby go wziąć za seryjnego mordercę.

A przecież nim nie był: miał cel, który na szczęście w porę zmienił.

Wspomnienie Ewy nie ciąży mu już jak dawniej. Nie kocha jej, jak kochał i nie nienawidzi, jak zdążył znienawidzić. Z czasem zniknie całkowicie z jego życia. Szkoda – mimo wszystkich jej wad, drugiej takiej pewnie już nigdy nie spotka.

Raz jeszcze podchodzi do baru, otwiera nową buteleczkę wódki i wypija duszkiem. Czy ktoś się domyśli, że sprawcą zburzenia kilku różnych światów jest ta sama osoba? To go już nie dotyczy. Jeśli czegoś żałuje, to tylko popołudniowej próby oddania się w ręce policji. Opatrzność stanęła jednak po jego stronie i udało mu się wypełnić misję do końca.

Tak, wygrał. Lecz zwycięzca nie jest sam. Skończył się zły sen i anioł o gęstych brwiach czuwa nad nim, gotów poprowadzić go drogą, która właśnie się zaczyna.

dzień świętego Józefa,
19 marca 2008 roku

PODZIĘKOWANIA

Książka ta nie powstałaby bez pomocy wielu osób, które, otwarcie lub anonimowo, udostępniły mi zawarte w niej informacje. Kiedy zabierałem się do pracy nad książką, nie zdawałem sobie sprawy z tego, ile się dzieje za kulisami wielkiego świata. Oprócz przyjaciół, którzy prosili o nie wymienianie ich nazwisk, na moje najszczersze podziękowania zasługują: Alexander Osterwald, Bernadette Imaculada Santos, Claudine i Elie Saab, David Rothkopf (autor terminu „Superklasa"), Deborah Williamson, Fátima Lopes, Fawaz Gruosi, Franco Cologni, Hildegard Follon, James W. Wright, Jennifer Bollinger, Johan Reckman, Jörn Pfotenhauer, Juliette Rigal, Kevin Heienberg, Kevin Karroll, Luca Burei, Maria de Lourdes Débat, Mario Rosa, Monty Shadow, Steffi Czerny, Victoria Navaloska, Yasser Hamid, Zeina Raphael. Wszyscy oni – w bezpośredni lub w pośredni sposób – przyczynili się do powstania tej książki. Muszę wyznać, że w większości przypadków nie była to współpraca bezpośrednia, gdyż nigdy nie mam w zwyczaju wtajemniczać nikogo w temat, nad którym pracuję.

NOTA OD WYDAWCY

W książce wykorzystano:

fragment wiersza Walta Whitmana
Ty, który teraz mnie obejmujesz, kimkolwiek jesteś
w przekładzie Andrzeja Szuby
ze zbioru *Tatarak. Dzieci Adama • Calamus. Children of Adam*
Wydawnictwo Miniatura, Kraków 2006

fragment wiersza Roberta Frosta
Droga nie wybrana
w przekładzie Stanisława Barańczaka
„Tygodnik Powszechny" nr 39, 1989

fragmenty z Nowego Testamentu
podane według Biblii Tysiąclecia

SPIS TREŚCI

W PRZYGOTOWANIU:

Jean-Claude Carrière • **Alfabet zakochanego w Indiach** • [wrzesień 2009]

Fernando Morais • **Czarodziej.** Biografia Paula Coelho [listopad 2009]

Vedrana Rudan • **Murzyni we Florencji** • [grudzień 2009]

INNE KSIĄŻKI WYDAWNICTWA DRZEWO BABEL:

Grzegorz Brzozowicz • **Goran Bregović, szczęściarz z Sarajewa** [1999]

Edward Lear • **Dong co ma świecący nos** [1999]

Khalil Gibran • **Szaleniec** [2002]

Idries Shah • **Mądrość głupców** [2002]

Wojciech Eichelberger, Renata Dziurdzikowska • **Mężczyzna też człowiek** [2003]

Idries Shah • **Zaczarowana świątynia** [2003]

Idries Shah • **Wyczyny niezrównanego hodży Nasreddina** [2003]

Idries Shah • **Fortele niewiarygodnego hodży Nasreddina** [2004]

Vedrana Rudan • **Ucho, gardło, nóż...** [2004]

Vedrana Rudan • **Miłość od ostatniego wejrzenia** [2005]

Liezi • **Prawdziwa Księga Pustki** • Przypowieści taoistyczne [2006]

Aleksandra Kroh • **Jan Potocki. Daleka podróż** [2007]

Cathi Hanauer • **Jędza w domu** • [2007]

Galsan Tschinag • **Koniec pieśni** • [2007]

Daniel Jones • **Drań na kanapie** • [2008]

Polly Williams • **Wzloty i upadki Super Mamy** • [2008]

Michał Batory • **Grafika emocjonalna** • [2008]

Magdalena Rybak • **Olśnienia** • [2009]

WYD. PIERWSZE • NAKŁAD 100 000 EGZ • PRINTED IN POLAND
DRZEWO BABEL • WARSZAWA, MAJ 2009

Wyłączny dystrybutor
firma księgarska
Jacek Olesiejuk
www.olesiejuk.pl

Druk i oprawa:
Z.P. DRUK-SERWIS, G. GÓRSKA SP. J.
ul. Tysiąclecia 8b • 06-400 Ciechanów